JOANNE FLUKE

Der Kirschkuchenmord

Weitere Titel der Autorin

Das Geheimnis der Schokoladenkekse
Das Rätsel des Teekuchens
Das Mysterium der Blaubeertörtchen
Der Zitronentortenmord
Der Schoko-Muffin-Mord
Ein pfirsichsüßer Mord

Über die Autorin

Joanne Fluke lebt als freie Autorin in Kalifornien. Ihre Romane sind regelmäßig auf den ersten Plätzen der *New York Times*-Bestsellerliste vertreten. Die Leser:innen lieben die Geschichten der *Queen of Culinary Mystery* wegen ihrer lebensechten Figuren und der Wohlfühlatmosphäre rund um Hannah Swensens Café *The Cookie Jar* in der fiktiven Kleinstadt Lake Eden.

JOANNE FLUKE

Der Kirschkuchen Mord

EIN FALL FÜR HANNAH SWENSEN

Kriminalroman

Übersetzung aus dem Englischen von
Angela Koonen

Lübbe

Vollständige Taschenbuchausgabe

Deutsche Erstausgabe

Titel der englischen Originalausgabe:
»Cherry Cheesecake Murder«
Originalverlag: Kensington Publishing Corp., New York
Published by Arrangement with Kensington Publishing Corp.,
New York, NY 10018 USA

Umschlaggestaltung: Kirstin Osenau
Einband-/Umschlagmotiv: © canadastock/Shutterstock; VikaSuh/Shutterstock;
PON-PON/Shutterstock; Kmann/Shutterstock;
IRINA_PRO / Shutterstock; design us studio/Shutterstock;
mipan/Shutterstock; Avocado_studio/Shutterstock; avian/Shutterstock
Satz: hanseatenSatz-bremen, Bremen
Gesetzt aus der Bembo
Druck und Verarbeitung: GGP Media GmbH, Pößneck

Printed in Germany
ISBN 978-3-404-19363-9

2 4 5 3 1

Sie finden uns im Internet unter:
luebbe.de
Bitte beachten Sie auch: lesejury.de

Meiner besten Freundin Shiva gewidmet.
Ohne dich ist es nicht mehr dasselbe.

Prolog

Lake Eden, Minnesota
Zweiter Mittwoch im März

»Danke!« Dean Lawrence hatte an vielen Drehorten Regie geführt, aber Lake Eden war der schlimmste. Diese Landeier waren einfach zum Gähnen. Die pummelige Tussi aus dem Bäckerei-Café backte zwar einen erstklassigen Kirschkäsekuchen, aber das war auch schon das einzig Gute, was er über das Kaff sagen konnte.

Heute klappte überhaupt nichts. Diese Szene würden sie nie in den Kasten bekommen. Der Stumpfsinn der Einheimischen war anscheinend ansteckend. Zeit, ein paar Leuten in den Hintern zu treten.

»Danke! Was ist mit Ihnen los, Burke? Sie sollen die Zuschauer zum Weinen bringen! Stehen Sie auf. Ich zeige Ihnen, was ich hier haben will.« Dean schob Burke aus dem Kamerabereich und machte sich bereit, die Rolle selbst zu spielen.

Mitten in der Szene bemerkte er, dass die Rothaarige, die seinen Kirschkäsekuchen gebacken hatte, ihn mit neuem

Respekt anblickte. Offenbar war sie von seinem Talent beeindruckt. Na, vielleicht würde sie hinterher ein bisschen empfänglicher sein. Er öffnete die mittlere Schreibtischschublade, nahm den Bühnenrevolver heraus und starrte darauf, bis Lynne wenig später den entscheidenden Satz sagte.

»Nein! Ich liebe dich, Jody! Tu mir das nicht an!«

Sie sprach ihn perfekt, und Dean war froh, dass er entschieden hatte, sie für seinen nächsten Film zu engagieren. Die Kamera kam zur Nahaufnahme heran, als er ein gequältes Gesicht machte und Lynne mit Tränen in den Augen ansah. »Ich will dir nichts antun, Schwesterlein. Ich tue das für mich.«

Er hob den Revolver an die Schläfe. Lynne schaute entsetzt, genau so, wie sie sollte, und er lächelte sie ein letztes Mal traurig an. Dann drückte er ab.

Es knallte, und Lynne kreischte.

Zu Recht, wie sich zeigen sollte. Ihr Regisseur war tot.

1

Zwei Wochen zuvor

Hannah Swensen gab sich alle Mühe, ihren schlafenden Verstand zu überzeugen, dass das hartnäckige elektronische Piepen zum Soundtrack ihres Traumes gehörte. Ein riesiger Sattelschlepper fuhr rückwärts an die Tür ihrer Backstube heran, um den Berg von Schokoladentropfen auszuliefern, den sie bestellt hatte. Denn sie würde einen Berg von Schoko-Cookies backen, alle für ihren größten Fan, Porky Pig, der mit der Hilfe eines Stimmtrainers endlich sein Stottern überwunden hatte und gerade den Eid auf die Verfassung schwor, als neuer Präsident der Vereinigten Staaten …

Der Traum entschwebte wie die Schleier der Salome, und Hannah knipste stöhnend die Nachttischlampe an. Das konnte sie nur geträumt haben, weil sie bis zwei Uhr früh Zeichentrickfilme geguckt und dabei zwei Schalen Schokoladeneis und eine ganze Tüte Mikrowellenpopcorn vertilgt hatte. Sie schaltete den Wecker aus, warf sofort die Bettdecke zurück und setzte sich auf, um den Drang, sich wieder einzukuscheln, im Keim zu ersticken.

»Komm, Moishe.« Sie stupste den orange-weißen Kater an, der am Fußende ihres Bettes lag. »Tagesanbruch in den Sümpfen, Morgengrauen in der Wüste, Sonnenaufgang in Lake Eden.«

Moishes gelbe Augen wurden sichtbar. Er schaute zum Fenster und in die Dunkelheit dahinter, dann drehte er den Kopf, um sie vorwurfsvoll anzustarren. Die meisten Leute glaubten nicht, dass Katzen die Menschensprache verstanden, aber Hannah war nicht wie die meisten Leute. Vor allem nicht, da Moishe nicht wie die meisten Katzen war. »Entschuldige.« Sein unverwandter Blick bewog sie zu einem Rückzieher. »Eigentlich geht die Sonne bei uns noch nicht auf, aber bald wird sie das tun, und ich muss aufstehen und zur Arbeit fahren.«

Moishe schien ihre Erklärung zu akzeptieren. Er gähnte herzhaft und gab dabei ein kurzes Fiepen von sich, das Hannah liebenswert fand. Dann streckte er sich.

Sie wurde es nie leid, ihrem vormals obdachlosen Kater bei der Morgengymnastik zuzusehen. Er rollte sich auf den Rücken und schaute an die Zimmerdecke. Das rechte Vorderbein streckte er zur Decke und nach kurzer Pause auch das linke, drückte sodann die Hinterpfoten gegen das Fußbrett des Bettes und streckte sich zu einem breiten Ypsilon aus. Sobald sein ganzer Körper straff gedehnt war, begann er zu zittern wie ein Wackelpudding.

Das Katzenzittern hielt mehrere Sekunden lang an, und schließlich drehte er sich auf den Bauch. Diese Haltung nannte Hannah den »Pfannkuchen«, denn dabei war er so flach, wie eine Katze nur sein konnte, die nicht unter eine Dampfwalze geraten war. Alle vier Beine waren bis zum Äußersten gestreckt und Moishes Kinn parallel zu dem abgenutzten Flor der Chenille-Decke, die sie im Lake Edener Secondhandladen gekauft hatte.

Der nächste Teil der Übung war ihr liebster. Moishes Hinterbeine bewegten sich nach vorn, zuerst das linke, dann das rechte, als wollte er einen Riesenschritt machen. Das tat er, bis sein Hinterteil so weit in die Höhe ragte, dass er wie ein Katzentipi aussah. Sobald der Scheitelpunkt erreicht war, seufzte er, schüttelte sich ein bisschen, bewegte die Ohren parallel nach vorn und hinten und sprang mit einem großen Satz auf den Boden, um Hannah in den Flur zu folgen.

»Warte.« Sie zog sich die schaffellgefütterten Mokassins an und hüpfte dabei von einem Fuß auf den anderen. »Du weißt, du kannst den Trockenfutterbehälter nicht selbst öffnen.«

Nach dem kurzen Gang durch den Flur, bei dem Moishe in einem fort an den Zugbändern ihrer Hausschuhe reißen wollte und sie seinen Pfoten auswich, gelangte sie in die Küche. Sie schaltete die Deckenlampen ein und kniff die Augen zusammen, weil das Weiß der Wände für ihre schläfrigen Augen noch zu grell war. Vielleicht war es Zeit, die Wände in einer dunkleren Farbe zu streichen, Schwarz zum Beispiel. Vor allem wenn sie weiterhin nur drei Stunden Schlaf bekam.

Wie viele Nächte zuvor hatte sie auch diese im Wohnzimmer zugebracht, ausgestreckt auf dem Sofa mit einem dreiundzwanzig Pfund schweren Kater auf ihrer Brust, und hatte beim Fernsehen mit einer Entscheidung gerungen, bei der selbst der weise Salomo aufgeschmissen gewesen wäre.

Ein indigniertes »Miau« holte sie zu ihrer unmittelbaren Aufgabe zurück. Sie öffnete den Besenschrank und hob den Behälter heraus, einen runden grauen Eimer mit einem Schraubdeckel, an dem laut Hersteller selbst das hartnäckigste Haustier scheiterte. Hannah hatte ihn im Einkaufscenter erstanden, nachdem Moishe alle bisherigen Sperren überwunden und sich selbst an seinem Futter bedient hatte.

Nicht, dass sie ihm das Futter missgönnte. Vielmehr war das anschließende Fegen und Putzen für sie nicht machbar. Aber nun würde sie nie wieder Futterpellets aufkehren und in den Mülleimer werfen, denn der Verkäufer in der Zoohandlung hatte ihr versichert, dass kein lebendes Wesen ohne opponierbare Daumen den Schraubverschluss aufdrehen könne. Er sei außerdem aus einem Kunstharz gefertigt, dem Zähne und Krallen nichts anhaben könnten und der auch einen Sturz vom Küchenschrank überstünde. Der Behälter sei an einem Tiger im Zoo von Minnesota getestet worden und habe die Prüfung mit Bravour bestanden.

Hannah war völlig klar, dass Moishe physisch nicht fähig war, den Deckel abzuschrauben, trotzdem öffnete sie den Behälter immer so, dass ihr Kater es nicht sah. Es wäre unklug, Moishe zu unterschätzen, der erwiesenermaßen viel findiger war als seine Artgenossen.

»Da hast du«, sagte sie, als sie eine große Portion in seinen Napf schaufelte. »Friss das auf, dann bekommst du mehr.«

Während ihr Mitbewohner vor sich hin knusperte, goss sie sich eine Tasse dampfenden Kaffee ein und sandte ein stilles Danke an den Erfinder der Zeitschaltuhr, die sie an die Maschine angeschlossen hatte. Sie trank einen sengend heißen Schluck und holte sich einen Würfel gefrorenen Kaffee aus dem Tiefkühlfach. Ein gewöhnlicher Eiswürfel würde ihren Kaffee verwässern, und deshalb hielt sie einen Eiswürfelbehälter voll gefrorenem Kaffee im Vorrat. Morgens brauchte sie ihren Wachmacher sehr stark.

Nach einigen großen Schlucken näherte sie sich dem Wachzustand. Also war es Zeit, zu duschen und sich anzuziehen. Das Verlangen nach der zweiten Tasse würde sie zur Eile antreiben, und sie war gerade wach genug, um nicht unter dem heißen Wasserstrahl einzudösen und krebsrot aus der Duschkabine zu kommen.

Ihre roten Locken waren noch handtuchfeucht, als sie elf Minuten später in die Küche zurückkehrte. Sie trug Jeans und das dunkelgrüne Sweatshirt mit gelbem Schriftzug: *Schokolade ist Gemüse! Sie wird aus Bohnen gemacht.* Sie goss sich gerade die Tasse voll, als das Telefon klingelte.

Sie griff nach dem roten Telefon, das über dem Küchentisch an der Wand hing, hielt aber mitten in der Bewegung inne. »Was, wenn es Mike ist? Oder Norman?«

Moishe fauchte beim zweiten Läuten und miaute dann.

»Du hast recht. Was, wenn sie mir noch einmal beide einen Antrag machen? Und von mir erwarten, dass ich mich zwischen ihnen entscheide? Ich bin dreißig, habe ein eigenes Unternehmen und bin eine vernünftige, erwachsene Frau. Niemand wird mich zu einer Entscheidung drängen, die ich später bereuen könnte … auch nicht meine Mutter.«

Beim letzten Wort legte Moishe die Ohren an und machte einen Buckel wie ein Halloween-Kater. Er konnte Delores Swensen nicht ausstehen. Eine Schublade voll zerrissener Strumpfhosen ihrer Mutter bewies das.

»Keine Sorge, falls sie es ist: Du musst nicht mit ihr sprechen.«

Mit einem tiefen Atemzug nahm sie den Hörer ab und setzte sich. Wenn der Anrufer ihre Mutter war, würde das Gespräch eine Weile dauern, und dabei würden unverblümte Bemerkungen zu ihrem unverheirateten Zustand fallen. Wenn das ihre jüngere Schwester Andrea war, würde es um ihre Nichten Tracey und Bethany gehen und auch einige Minuten in Anspruch nehmen. Wenn es Michelle war, ihre jüngste Schwester, würden sie über das Leben am Macalester College plaudern, und auch das würde die Zeit vor der Arbeit verkürzen.

»Hallo?«, sagte Hannah zur Begrüßung und hoffte inständig, dass es nicht einer der beiden Männer in ihrem Leben war.

»Wieso hat das so lange gedauert? Ich hätte fast wieder aufgelegt. Aber ich wusste, du kannst nicht so früh schon weg sein.«

Der Anrufer war ein Mann, aber keiner der gefürchteten. Sie seufzte erleichtert. Es war ihr Schwager Bill, der einzige andere Frühaufsteher in der Familie. »Hallo, Bill. Noch zu Hause oder schon bei der Arbeit?«

»Ich bin auf dem Revier, und wir haben ein Problem.«

Hannah sah zur Uhr. Es war erst Viertel nach fünf. Bill hatte geregelte Arbeitszeiten, seit er der Sheriff des Winnetka County war. Er war nie vor acht im Büro, außer es gab einen Notfall. »Kann ich irgendwie helfen?«

»Und ob du das kannst. Du bist sogar die Einzige, die den Schlamassel in Ordnung bringen kann!«

»Welchen Schlamassel?« Vor ihrem inneren Auge sah sie ausgeraubte Häuser, gestohlene Autos, verwüstete öffentliche Einrichtungen und Mordopfer, die sich bereits stapelten. Doch wenn das Verbrechen in Lake Eden sprunghaft angestiegen wäre, hätte sie längst davon gehört. Und wieso sollte sie überhaupt als Einzige fähig sein, das Problem zu beheben?

»Den mit Mike. Du hast ihm wirklich übel mitgespielt, Hannah. Eben war er noch supergut drauf und erzählte jedem, du würdest dich für ihn entscheiden, und plötzlich ist er völlig down, weil du ihm garantiert den Laufpass gibst und Norman heiratest.«

Sie überlegte fieberhaft, was sie darauf sagen sollte. Es war nicht ihre Schuld, dass Mike das Warten auf ihre Entscheidung stresste. Sein Antrag lag erst eine Woche zurück. Selbst eine Frau, die in den Augen ihrer Mutter schon eine alte Jungfer war, hatte das Recht, sich für eine so wichtige Entscheidung die nötige Zeit zu nehmen.

»Schau, Hannah, ich weiß, es ist nicht nur deine Schuld, doch ich habe hier eine gefährliche Situation.«

»Gefährlich?«

»Oh ja. Mike ist mein leitender Detective, meine rechte Hand bei der Aufklärung von Verbrechen. In seinem jetzigen Zustand könnte er einen Täter nicht mal schnappen, wenn der vor seinem Schreibtisch stehen und ein Schild hochhalten würde, auf dem steht: *Ich war's*. Was, wenn wir tatsächlich einen Mörder oder dergleichen fassen müssen? Wie soll das dann gehen?«

Hannah atmete langsam aus. Ihr war nicht mal bewusst gewesen, dass sie den Atem angehalten hatte. »Was soll ich also für dich tun?«

»Dich entscheiden, damit Mike wieder arbeitsfähig ist. Nägel mit Köpfen machen, weißt du?«

»Aber ich darf mich nicht unter Druck setzen. Das ist eine Entscheidung von großer Tragweite.«

»Das verstehe ich.« Bill seufzte. »Und ich will dich wirklich nicht beeinflussen. Doch letzten Endes wird es Mike sein, das weiß ich. Wenn du ihn so sehr liebst, wie ich glaube, wirst du seinen Antrag heute annehmen und ihn von seinem Elend erlösen. Er ist der Richtige für dich, und das meine nicht nur ich. Jeder auf dem Revier denkt das.«

Sie griff zu dem unverbindlichsten Versprechen, das sie parat hatte. »Ich werde … äh … darüber nachdenken.«

»Denk schnell. Und drück die Daumen, dass wir Mike nicht brauchen, bis du Ja gesagt hast.«

Sie versprach es und legte auf. Sie hatte Verständnis für sein Anliegen. Eine Woche war ein langer Zeitraum, um jemanden hinzuhalten, aber sie war einer Entscheidung noch nicht näher als am Tag nach dem Antrag. Mike war attraktiv und erregend. Norman war zuverlässig und liebenswert. Wenn Mike sie küsste, schlug ihr Herz Purzelbäume, und wenn Norman sie küsste, wurde ihr warm ums Herz, und es kribbelte sie im ganzen Körper. Sie wünschte, sie könnte beide haben, aber das ging nicht. Und einen für den anderen aufgeben konnte sie auch nicht.

Ehe sie von ihrem Kaffee trinken konnte, klingelte das Telefon wieder. Sie nahm sofort ab, sicher, dass es Bill war, der etwas vergessen hatte. »Dir ist noch was eingefallen, Bill?«

»Hier ist nicht Bill, hier ist Lisa. Ich möchte dir nur Bescheid geben, dass du dich heute Morgen nicht beeilen musst.«

»Warum nicht?«

»Weil ich schon im *Cookie Jar* bin.«

Hannah sah zur Uhr. Es war Viertel vor sechs. Lisas Arbeitszeit begann um sieben. »Wieso schon so früh?« Hoffentlich hing bei Lisa und Herb nicht der Haussegen schief.

»Herb musste um vier aufstehen, und nachdem er weg war, konnte ich nicht wieder einschlafen.«

»Warum musste er schon um vier aufstehen?«

»Er fährt nach Fargo zur Verkehrsmesse.«

»Was ist das?«, fragte Hannah, obwohl Lisa ihr das wahrscheinlich sowieso erzählt hätte.

»Da geht es um alles, was mit Straßenverkehr und Parken zu tun hat, also Schilder, Parkuhren, Ampeln. Bürgermeister Bascomb hat gestern Abend bei uns angerufen und wollte, dass Herb sich über die Preise von Parkuhren informiert.«

»Parkuhren?« Hannah war entsetzt. In Lake Eden war das Parken immer kostenlos gewesen.

»Genau. Herb soll ermitteln, wie viel es kosten würde, die Main Street damit zu bestücken.«

»Die Main Street?«

»Ja. Aber Herb hält das für eine Finte.«

»Eine Finte?«, wiederholte Hannah. Sie kam sich schon vor wie ein Papagei.

»Es gibt eine Gruppe von Bürgern, die den Schnapsladen schließen lassen wollen. Sie meinen, die Stadt sollte keinen Profit aus dem Verkauf von Alkohol schlagen.«

Hannah schnaubte. Alle paar Jahre trommelte jemand ein paar Leute zusammen, denen der kommunale Schnapsladen ein Dorn im Auge war. »Ich wünschte, die Leute würden begreifen, dass man Tugendhaftigkeit nicht verordnen kann. Eine Schließung des Schnapsladens wird den Alkoholkonsum nicht verringern.«

»Ich weiß, aber diesmal meinen sie es wirklich ernst. Sie sammeln Unterschriften, damit bei der nächsten Ratsversammlung darüber abgestimmt wird. Herb ist sich sicher, dass Bascomb nur deshalb wissen will, was die Parkuhren kosten würden.«

Hannah trank einen Schluck Kaffee, konnte jedoch keinen Zusammenhang erkennen. »Was haben Parkuhren mit dem Schnapsladen zu tun?«

»Herb denkt, dass der Bürgermeister sie vor die Wahl stellen will. Entweder wird der Schnapsladen geschlossen, und die Main Street bekommt Parkuhren, damit der Einnahmeverlust wettgemacht werden kann, oder der Schnapsladen bleibt offen, und die Steuererhöhung kann ausbleiben, die sie treffen würde, damit die Parkuhren überhaupt angeschafft und installiert werden können.«

»Das sollte klappen«, sagte Hannah lächelnd. Bascomb war fast so gerissen wie ihre Mutter.

»Meine ich auch. Jeder möchte umsonst parken, und keiner will noch mehr Steuern zahlen. Jedenfalls bin ich hier, und du kannst gern etwas später kommen. Du brauchst schließlich Zeit zum Nachdenken.«

»Nachdenken?«

»Über Mike und Norman. Bürgermeister Bascomb hat Herb gefragt, ob du dich schon entschieden hast.«

»Tatsächlich?« Hannah war verblüfft. »Ich wusste nicht, dass ihn das interessiert.«

»Doch, das tut es. Er will, dass du Norman heiratest. Er sagt, das ist im öffentlichen Interesse.«

»Wie bitte?!«

»So hat Herb auch reagiert, aber der Bürgermeister hat es ihm erklärt. Er meint, einen neuen Detective bekommen sie jederzeit, doch einen Zahnarzt zu finden, der die Praxis übernimmt, ist viel schwieriger.«

»Moment mal … Bascomb meint, der Mann, den ich nicht heirate, wird von hier wegziehen?«

»Ja, und da ist er nicht der Einzige. Herb sagt, wenn du dich für Norman entscheidest, wird Mike bestimmt keine Lust haben, zu bleiben und sich wie ein Versager zu fühlen. Und wenn du dich für Mike entscheidest, wird Norman nicht hierbleiben und zusehen, wie du ein glückliches Leben mit Mike führst. Das wäre zu schmerzlich für ihn, denn er liebt dich von ganzem Herzen. Und obendrein wird Carrie wahrscheinlich mit ihm gehen, weil er dann völlig deprimiert sein wird und sie glaubt, dass er sie braucht. Und dann wird deine Mutter ihre Geschäftspartnerin verlieren.«

»Ach du meine Güte!« Hannah stöhnte leise. Da gab es einen ganzen Strauß von Folgen zu bedenken. Bisher hatte sie nur daran gedacht, wie die Entscheidung sich auf ihr eigenes Glück auswirkte, aber nun schien es, als würde ganz Lake Eden in Mitleidenschaft gezogen!

»Jedenfalls kannst du dir heute Morgen Zeit lassen. Bis nachher dann.«

Hannah verabschiedete sich und wandte sich Moishe zu. »Hätte ich das bloß eher gewusst. Offenbar hätten wir lange schlafen können.«

Moishe knurrte, und sie fand, er sah enttäuscht aus. Lange schlafen am Fußende ihres Bettes, halb unter der flauschigen Tagesdecke – dafür war er immer zu haben.

»Tja, nun. Dann kann ich wohl noch den Müll raustragen und …«

Ehe sie den desinteressierten Kater über ihre unmittelbaren Pläne informieren konnte, rief wieder jemand an, und sie nahm ab. »Hallo?«

»Hallo, Hannah. Hier Barbara Donnelly. Ich weiß, es ist reichlich früh, aber ich wollte Sie erwischen, bevor Sie zur Arbeit fahren.«

»Hallo, Barbara.« Hannah nahm sich den Notizblock, der immer auf dem Küchentisch lag. Barbara war die leitende Sekretärin des Sheriffs und bestellte häufig Plätzchen für die Mitarbeiterbesprechungen, die sie montagnachmittags abhielt. »Möchten Sie Gebäck für heute Nachmittag bestellen?«

»Ja. Packen Sie mir drei Dutzend Schwarz-Weiß-Plätzchen ein. Ich schicke eine Kollegin, die sie abholt. Wenn ich darüber nachdenke, machen sie vier Dutzend daraus. Die Sorte ist hier besonders beliebt. Aber deshalb rufe ich nicht an. Sie müssen mir einen Gefallen tun.«

»Welchen?« Hannah fand es klüger nachzufragen, bevor sie etwas versprach.

»Ich bitte Sie, die ganze Angelegenheit heute noch abzuschließen.«

Hannah war sich zu fünfundneunzig Prozent sicher zu wissen, was Barbara meinte, aber die fehlenden fünf Prozent wollte sie lieber nicht ignorieren. »Um welche Angelegenheit geht es?«

»Die mit Mike. Er treibt uns alle in den Wahnsinn. In der letzten Woche musste ich ihm zwei Mal eine andere Sekretärin zuweisen.«

»Warum das?«

»Weil jede nach einem Tag mit ihm zu mir kam und versetzt werden wollte. Es ist einfach zu aufreibend, für einen Boss zu arbeiten, der mal fröhlich vor sich hin pfeift und mal nervös an den Fingernägeln kaut. Natürlich hoffe ich, dass Sie sich für Mike entscheiden, aber das bleibt Ihnen überlassen. Ich möchte nur, dass Sie die Entscheidung heute treffen und meine Sekretärinnen aus ihrer misslichen Lage erlösen.«

»Ich werde es versuchen«, versprach Hannah und legte auf. Im nächsten Augenblick klingelte es erneut. »Okay, okay.« Sie nahm den Hörer von der Gabel. »Hallo?«

»Guten Morgen, Hannah. Hier Doc Bennett.«

Mit dem Hörer in der Hand ging sie zur Kaffeemaschine, sodass sich die Kabelspirale auseinanderzog, schenkte sich Kaffee nach und setzte sich wieder an den Tisch. »Is' was, Doc?«

»Sehr witzig«, erwiderte Doc Bennett mit seiner lustigen Stimme, mit der er schon vielen Kindern die Angst vor dem Zahnarztbesuch genommen hatte. »Aber Scherz beiseite, Hannah. Es geht um Norman.«

»Was ist los?«

»Der arme Kerl kann nachts nicht mehr schlafen. Er hat mich angerufen und gefragt, ob ich ihn heute vertreten kann. Es ist wirklich eine Schande, Hannah. Ich weiß nicht, wie lange er das noch aushalten wird. Bisher sind ihm keine Behandlungsfehler unterlaufen, von denen ich wüsste, doch es ist nur eine Frage der Zeit, bis er dem verkehrten Zahn eine Füllung verpasst oder Schlimmeres tut. Wieso brauchen Sie überhaupt so lange? Wenn Sie Norman so sehr lieben, wie ich glaube, dann sollten Sie seinen Antrag heute annehmen, damit er wieder schlafen kann!«

Hannah war sprachlos. Sie fand keine Worte. »Ich … Ich …«

»Ich weiß, das ist eine weitreichende Entscheidung, aber Sie haben sich lange genug Zeit gelassen. Werden Sie heute eine Wahl treffen?«

»Ich versuche es.« Sie bezweifelte allerdings, dass der Versuch zum Erfolg führen würde.

»Gut. Ich muss Schluss machen. Mrs Wahlstrom hat gleich einen Termin, und ich habe noch nicht gefrühstückt.« Doc Bennett legte abrupt auf, und im Hörer war es totenstill.

Hannah zischte ein Wort, das sie im Beisein ihrer Nichten niemals ausspräche, obwohl Bethany noch zu klein war, um es zu verstehen, und Tracey es wahrscheinlich längst kannte. »Die rotten sich gegen mich zusammen«, sagte sie zu Moishe. »Was soll ich tun?«

Ihr Kater sah sie bloß mit großen Augen an. Ich habe nicht die leiseste Ahnung, sagte sein Blick. Sie langte hinunter, um ihn zu streicheln, doch ehe sie sein orangeweißes Fell berührte, klingelte das Telefon.

»Oh, oh.« Hannah beobachtete, dass Moishe die Ohren anlegte und das Fell sträubte. Ihr Anrufer-Warn-Kätzchen war nicht unfehlbar, aber in neun von zehn Fällen war ihre Mutter in der Leitung, wenn es so reagierte. Als sein Schwanz hin- und herzuckte wie ein Metronom, nahm sie den Hörer ab. Ihre Mutter war absolut hartnäckig. Wenn Hannah jetzt nicht ranginge, würde Delores später im *Cookie Jar* anrufen. »Hallo, Mutter.«

»So solltest du dich wirklich nicht melden«, erwiderte Delores wie immer.

»Ich weiß, aber andernfalls wärst du enttäuscht.«

»Mag sein«, räumte Delores ein. »Ich muss mit dir über etwas Wichtiges reden, Hannah. Und du weißt ja, dass ich mich normalerweise nicht einmische ...«

Hannah wusste, was unweigerlich kommen würde: Aber?

»Aber Carrie hat mich gerade angerufen, und wir haben eine ernste Situation zu bewältigen. Weißt du, dass Norman im Augenblick bei Hal und Rose im Café sitzt und den Kaffee so in sich hineinkippt, dass Rose mit dem Nachschenken kaum hinterherkommt?«

»Nein«, antwortete Hannah wahrheitsgemäß.

»Nun, das tut er. Rose hat Carrie extra deswegen angerufen. Sie sagte, sie habe Norman ermahnt, sich beim Kaffee zu mäßigen, doch er hat argumentiert, das könne der wichtigste Tag seines Lebens werden und den wolle er nicht verschlafen.«

Hannah stöhnte. »Norman glaubt, ich würde ihm heute meine Antwort geben?«

»Es ist nicht nur heute. Laut Carrie verhält er sich schon die ganze Woche so, seit er dir den Antrag gemacht hat. Und zu allem Überfluss sitzt Mike mit Norman zusammen in der hinteren Nische und trinkt auch eine Tasse nach der anderen.«

»Wenigstens nicht ein Bier nach dem anderen«, erwiderte Hannah schmunzelnd.

»Schäm dich, Hannah Louise! Das ist überhaupt nicht lustig, und das weißt du. Ich habe mich bisher bezwungen und den Mund gehalten, aber diesmal bist du zu weit gegangen. Ich habe dich nicht zur Grausamkeit erzogen!«

»Grausamkeit?« Hannah war geschockt.

»Wie kann man es anders nennen? Ich meine es ernst, Hannah. Genug ist genug, und du darfst nicht länger zaudern. Du musst dich entscheiden, welchen Mann du heiraten willst, ihm das sagen und den anderen behutsam abweisen. Das ist es, was eine Dame unter diesen Umständen tut. Es derart hinauszögern wie du gerade ist allen Beteiligten gegenüber unfreundlich.«

Hannah war ein paar Augenblicke lang still und überdachte, was ihre Mutter gesagt hatte. Sie musste ihr zustimmen. »Du hast recht, Mutter.«

Es polterte, als hätte Delores den Hörer fallen gelassen, und dann raschelte es. »Entschuldige. Sagtest du, ich habe recht?«

»Genau das.«

»Nun …« Delores klang ein wenig atemlos und völlig verblüfft. »Heißt das, du bist bereit, hier endgültig Klarheit zu schaffen?«

»Ja, ich werde Klarheit schaffen.«

»Und du wirst es heute tun?«

»Ich tue es sofort. Wir sprechen uns später, Mutter.«

Hannah legte auf, um weitere Anforderungen zu verhindern, füllte Moishes Futternapf noch einmal auf, nahm Mantel und Autoschlüssel, ignorierte das Telefon, das schon wieder drängend klingelte, und verließ das Haus zu ihrem Date mit dem Schicksal in Hals und Roses Café.

2

Zwanzig Minuten später schlitterte Hannah in ihrem paradiesapfelroten Chevy Suburban, den die Lake Edener Kinder den »Plätzchenwagen« nannten, an der Third und Main Street um die Ecke und parkte mit dem Kühler am Schneewall, den Hal vor dem Café beim Räumen des Gehwegs aufgeschaufelt hatte. Die Schaufensterscheibe war beschlagen, sodass Hannah nicht hineinsehen konnte, aber Mikes Hummer stand links und Normans Wagen rechts neben ihr. Bei beiden waren die Windschutzscheiben vereist. Demnach waren sie schon da gewesen, als Rose für die Angestellten von *DelRay* die Tür aufgeschlossen hatte, die frühmorgens vor Schichtbeginn bei ihr frühstückten.

Hannah stieg aus und ging zur Tür, zog sie mit einem Ruck auf und stapfte ins Café. Als Erstes sah sie die Tafel an der hinteren Wand neben dem Vorhang, der das Pokerzimmer abteilte. Da stand: *Norman versus Mike – Wettschluss um zwölf Uhr.*

Hannah hätte nicht geglaubt, dass sie noch wütender werden konnte, doch da hatte sie falschgelegen. Ein Blick auf die Tafel, und sie war auf hundertachtzig. Sie schnaubte wenig damenhaft, als sie Norman und Mike in der hinteren Nische entdeckte, und mit der Titelmelodie vom *Weißen Hai* im Kopf hielt sie auf die beiden zu.

Mike stieß Norman an, als er sie bemerkte. Norman blickte auf und runzelte die Stirn. Vermutlich wegen ihres finsteren Gesichtsausdrucks. Es war zu früh am Morgen, um ein Pokerface aufzusetzen, und außerdem war ihr egal, ob ganz Lake Eden erfuhr, dass sie stinkwütend war. Sie schätzte es nicht, vor sechs Uhr früh fünf Anrufe zu erhalten, alle von Leuten, die mit ungebetenen Ratschlägen über sie herfielen. Das war *ihr* Leben, das waren *ihre* Heiratsanträge und *ihre* Entscheidung, mit der sie schließlich leben musste. Es gefiel ihr nicht im Geringsten, Gegenstand einer sehr öffentlichen Wette zu sein, und es war überfällig, den Spekulationen ein Ende zu setzen.

Zielstrebig schritt sie auf ihren gummibesohlten Stiefeln den Gang zwischen den Sitznischen entlang. Sie achtete nicht darauf, dass die anderen Stammgäste sich allesamt umdrehten, um das angehende Spektakel zu verfolgen. Sie hörte weder die leisen Bemerkungen, noch sah sie das Geld, das hastig den Besitzer wechselte. Sie konzentrierte sich auf die zwei Männer in der hinteren Nische und auf die Worte, die sie sich gerade zurechtlegte.

»Stimmt was nicht, Hannah?«, fragte Norman, als sie an dem Tisch ankam und die Hände in die Seiten stemmte.

»Gar nichts stimmt.« Sie beschloss, kein Blatt vor den Mund zu nehmen. »Warum musstet ihr mir unbedingt einen Heiratsantrag machen?«

Norman antwortete als Erster. »Weil ich dich liebe.«

»Und weil ich dich liebe«, sagte Mike.

»Tja, das ist toll, denn ich empfinde genauso.«

»Für wen?«, fragte Norman.

»Ja, für wen?«, wollte auch Mike wissen.

»Für euch beide. Aber das ist nicht mal das größte Problem. Ich bin es absolut leid, mir von anderen Leuten anhören zu müssen, dass ich mich zwischen euch entscheiden soll! Und es macht mich rasend, dass mich jeder in dieser Stadt drängt, das unbedingt noch heute zu tun!«

Mike hob die Hand. »Aber, Hannah …«

»Still!«, unterbrach sie ihn. »Heute früh habe ich Anrufe von Bill, Lisa, Barbara Donnelly, Doc Bennett und meiner Mutter bekommen. Sogar der Bürgermeister hat mir ein Ultimatum gestellt! Alle wollen, dass ich mich jetzt entscheide, aber sie sehen die Sache völlig falsch. Ich allein sollte entscheiden, wann ich mich entscheide!«

»Hä?« Norman schaute verwirrt.

Mike ebenfalls. »Wie war das, Hannah?«

»Egal. Ich weiß, was ich meine, und das genügt. Wollt ihr mich trotzdem noch heiraten?«

Hätte es gegossen wie aus Eimern, wären beide Männer ertrunken, denn sie schauten mit offenem Mund zu ihr hoch.

Mike schüttelte seine Verblüffung als Erster ab. »Ja.«

Dann Norman. »Ich auch!«

»Gut.« Hannah lächelte sie mit schmalen Lippen an. »Das heißt, ich weise euch beide ab. Ihr seid vom Haken. Ihr könnt aufhören, mit Leidensmiene darauf zu warten, zu wem ich Ja sage. Auf keinen Fall werde ich mich dem Druck der Öffentlichkeit beugen und zwischen euch wählen.«

»Moment mal«, sagte Norman bestürzt. »Heißt das, du wirst keinen von uns heiraten?«

»Genau das heißt es.«

»Aber … gibt es einen anderen?«, fragte Mike.

»Nein, keinen.«

»Warum …«, begann Norman zögernd, doch Hannah unterbrach ihn.

»Es geht ums Prinzip. Wer sagt eigentlich, dass unbedingt der Mann den Antrag machen muss?«

Beide zuckten mit den Schultern, und Norman antwortete schließlich.

»Keine Ahnung, aber so ist es immer gewesen.«

»Tja, mir gefällt das nicht, und deshalb ändere ich die Regel. Ich bestimme wieder ganz allein über mein Leben und folge meinem eigenen Zeitplan. Niemand wird mich zu etwas drängen, was ich nicht tun will. Ich werde entscheiden, wann ich heiraten möchte. Und wenn es so weit ist, werde ich den Mann meiner Wahl fragen, ob er mich heiraten will. Ist das klar?«

Mike und Norman wechselten einen Blick. Dann sahen sie sie an und nickten.

»Perfekt. Können wir jetzt alle aufhören, uns wie Figuren einer Seifenoper zu benehmen, und zu einem halbwegs normalen Leben zurückkehren?«

»Ja«, antwortete Mike und lächelte zum ersten Mal, seit Hannah hereingekommen war.

»Und ob!«, sagte Norman, doch er lächelte nicht. »Ich will jetzt keine neuen Probleme machen, möchte aber eins gern wissen: Willst du weiter mit mir ausgehen, Hannah?«

»Unbedingt.«

»Und mit mir?«, fragte Mike.

»Mit dir auch. Lasst uns nicht mehr ans Heiraten denken und lieber so weitermachen wie vorher.«

»Einverstanden«, sagte Mike.

»Abgemacht«, meinte Norman und lächelte nun doch noch.

»Ich bin wirklich froh, dass wir das geklärt haben.« Hannah lächelte und wandte sich Norman zu. »Bist du so gut und holst mir einen Stuhl? Wenn ich mich neben einen von euch beiden setze, spekulieren die anderen Gäste nur wieder, was das bedeuten könnte.«

»Klar.« Norman schob sich aus der Nische.

Hannah sah Mike an. »Und würdest du zu Rose gehen und sagen, dass ich einen Bärenhunger habe? Ich möchte zwei gewendete Spiegeleier, den Speck extra knusprig und dazu Toast.«

»Natürlich.«

Mike schob sich ebenfalls von seiner Bank, aber Hannah hielt ihn am Handgelenk auf, als er an ihr vorbeigehen wollte. »Moment noch. Meinst du, du kannst ein paar Minuten lang so tun, als wärst du im Dienst?«

»Schätze ja. Warum?«

»Ich wäre dir dankbar, wenn du die Leute an der Theke daran erinnerst, dass Wetten in Minnesota illegal sind. Und dann kannst du Hal sagen, dass ich keinen von euch heirate und dass er den Topf der Wette einem wohltätigen Verein spenden soll.«

Als Hannah durch die Hintertür die Backstube betrat, empfing Lisa sie mit zwei gereckten Daumen. »Es war absolut richtig von dir, beiden einen Korb zu geben.«

»Danke, aber wie kannst du schon davon wissen?«

Lisa zeigte zur Wand neben dem Spülbecken, und Hannah drehte sich dorthin. Das Spiralkabel des Wandtelefons war straff gezogen und der Hörer nicht zu sehen, denn er lag in der Schublade mit den Geschirrtüchern. »Zu viele Anrufe?«

»Genau!« Hannahs zierliche Geschäftspartnerin gab ein kleines Lachen von sich. »Wer es noch nicht weiß, versucht, mich auszuquetschen. Und wer es weiß, will es mir als Erster erzählen. Ich konnte nicht gleichzeitig backen und ans Telefon gehen, daher habe ich den Hörer abgenommen und weggepackt.«

»Und zwar in die Schublade, damit du ihn nicht siehst und keine Gewissensbisse bekommst?«

»Du kennst mich zu gut.«

»Na, jetzt bin ich ja hier. Ich werde die Anrufe annehmen.« Hannah zog die Schublade auf, nahm den Hörer heraus und hängte ihn an die Gabel. Es folgte ein Augenblick atemloser Spannung, dann klingelte der Apparat.

»Du bist dran«, erklärte Lisa. Sie zog sich den Mantel über und ging zur Tür. »Ich laufe schnell zur Schule rüber mit den Plätzchen für die Lehrerkonferenz.«

»Zieh dir Handschuhe an. Es ist kalt da draußen«, rief Hannah ihr nach. Dann nahm sie den Hörer ab und hoffte, der Anrufer würde ein angenehmer freundlicher Mensch sein, jemand aus einem anderen Staat. »*Cookie Jar*, Sie sprechen mit Hannah Swensen.«

»Hi, Hannah!« Eine vertraute Stimme drang in ihr Ohr. »Ich dachte mir schon, dass du in der Backstube bist. Zu Hause habe ich dich nicht erreicht.«

»Gut kombiniert.« Hannah seufzte erleichtert. Es war Michelle, ihre jüngste Schwester. Sie rief aus dem Haus an, das sie mit Freunden und Kommilitonen zusammen in der Nähe des Campus gemietet hatte.

»Wie ich höre, hast du beiden einen Korb gegeben.«

Hannah geriet ins Stottern. Michelle war hundert Kilometer weit weg. »Wie kannst du davon wissen?«

»Ich lebe nicht in einer einsamen Höhle. Viele Leute halten mich über das auf dem Laufenden, was in Lake Eden passiert.«

»Mutter!«, hauchte Hannah.

»Mutter«, bestätigte Michelle. »Du hast das Richtige getan, Hannah. Das ist viel besser, als zu einem Ja zu sagen und später seine Meinung zu ändern.«

»Da hast du recht. Rufst du deswegen an?«

»Nicht nur. Ich wollte dir auch erzählen, dass ich eine ganze Woche lang Werbung für Lake Eden gemacht und geschwärmt habe, was für eine tolle Stadt das ist.«

»Es ist ja auch eine tolle Stadt.«

»Ich weiß das, aber Mr Barton nicht«, erwiderte Michelle.

»Wer ist Mr Barton?«

»Der Produzent der Indy Prod.«

Hannah hatte das Gefühl, sich im Kreis zu bewegen. »Was ist die Indy Prod? Und was hat die mit Lake Eden zu tun?«

»Mr Barton war zu Gast in unserer Schauspielklasse. Er ist Produzent einer unabhängigen Produktion. Das bedeutet Indy Prod.«

»Du sprichst von einem Filmproduzenten?« Hannah kam auf den Kern der Sache.

»Ja. Er ist fast durch mit seinem Film, der in Minnesota spielt, und sagte, dass er nach einer Kleinstadt an einem

See sucht, in der es eine Kirche, eine Schule und einen Park gibt.«

»Das trifft auf praktisch jede Kleinstadt in Minnesota zu.«

»Ich weiß. Das habe ich ihm auch gesagt und dann Lake Eden empfohlen.«

Hoffentlich hatte Michelle sich nicht schon darauf versteift, ihre Heimatstadt in einem großen Kinofilm wiederzusehen. Lake Eden war zwar ein nettes Städtchen, doch es gab idyllischere Settings für einen Film. »Das wäre sicher interessant, Michelle, aber …«

»Das *wird* sicher interessant«, unterbrach Michelle korrigierend.

»Wird? Du meinst …?«

»Allerdings! Mein Schauspielprofessor hat mich heute Morgen angerufen. Mr Barton hat einen Location-Scout nach Lake Eden geschickt. Du kennst ihn, Hannah. Er war im *Cookie Jar.*«

»Ach ja?«

»Ja. Erinnerst du dich an diesen Mitch, der dich nach dem Namen des Sees und der Stadt gefragt hat?«

»Danach haben mich viele Touristen gefragt.« Fast jeder Auswärtige, der ins *Cookie Jar* kam, wollte wissen, warum die Stadt Lake Eden und der See Eden Lake hieß. Die Antwort lautete, dass zuerst der See seinen Namen erhalten hatte und die Stadt erst dreißig Jahre später gebaut worden war und dass die Stadtväter einen Namen gewollt hatten, der sich auf den See bezog, aber anders war.

Lisas Cousine Dianne Herron, die es leid gewesen war, immerzu dieselbe Frage zu beantworten, hatte eine Lösung vorgeschlagen. Hannah hatte Karten mit der Antwort drucken lassen, und die stellten sie während der Touristen-saison auf die Tische.

»Nun, Mitch sagte, du wärst wirklich nett gewesen, als du ihm das erklärt hast, und er war begeistert von deinen Plätzchen. Er hat einen überschwänglichen Bericht geschrieben, und nachdem Mr Barton einmal durch die Stadt gefahren war, hat er beschlossen, mit dem Bürgermeister zu sprechen und sich zu erkundigen, wie viel es kosten würde, die Main Street für eine Woche zu mieten.«

»Die Main Street mieten?« Hannah war fasziniert. »Aber was heißt das für unsere Geschäfte?«

»Ihr werdet für den Ausfall entschädigt. So machen es alle Produktionsfirmen. Mitch erzählte, dass Mr Barton gewöhnlich den Bruttoumsatz des Vorjahres für den entsprechenden Zeitraum zahlt, plus zehn Prozent für die Unannehmlichkeiten. Und sie nehmen immer Einheimische als Statisten. Ist das nicht aufregend?«

»Aufregend«, wiederholte Hannah, unsicher, welchen Effekt eine Filmfirma auf ihre verschlafene Heimatstadt haben würde. »Weiß Bürgermeister Bascomb davon?«

»Noch nicht, aber bald. Der Produzent wird ihn heute Vormittag anrufen. Ich wollte dich nur schon mal vorbereiten, ehe es losgeht, und dir die beste Neuigkeit von allen erzählen.«

»Du willst heiraten?«, scherzte Hannah, wohl wissend, dass das bestimmt nicht der Fall war. Michelle hatte ganz klar geäußert, dass sie den College-Abschluss machen würde, bevor sie auch nur in Erwägung zog, zum Altar zu schreiten.

Michelle lachte. »Natürlich nicht, und das weißt du. Aber der Produzent hat mich als Produktionsassistentin eingestellt, und ich werde für eine Woche nach Hause kommen. Ich werde bezahlt und bekomme für den Job Leistungspunkte vom College.«

»Das ist super!« Hannah vollzog eine Kehrtwende. Sie hatte halb gehofft, die Filmfirma würde das Leben in Lake Eden nicht durcheinanderbringen, doch nun war sie ganz dafür. Michelle würde die Erfahrung genießen, und es würde wunderbar sein, sie wieder zu Hause zu haben. »Möchtest du in meinem Gästezimmer übernachten?«

»Das wäre toll, weißt du, doch ich schlafe besser bei Mutter, besonders nach dem Ärger mit Winthrop. Sie wird bestimmt einsam sein. Und da wir gerade von ihr sprechen, der Produzent hat mir versprochen, dass ich sie und Carrie beauftragen darf, Requisiten zu beschaffen. Und als ich ihm geschildert habe, wie sie ihren Antiquitätenladen eingerichtet haben, sodass es darin aussieht wie im Haus des ersten Bürgermeisters, da sagte er, er würde seinen Bühnenbildner hinschicken, damit er es sich ansieht, und vielleicht werden sie das Haus als Set benutzen.«

»Zu schade, dass der Film nicht im England der Regency-Zeit spielt«, meinte Hannah. Carrie und Delores gehörten zu den Gründern des Lake Edener Regency Romance Club, und der Produzent würde so schnell niemanden finden, der sich mit jener Zeit besser auskannte als die beiden.

»Ich weiß, aber diese ist fast genauso gut. Der Teil des Films, der in Lake Eden gedreht wird, spielt in den späten Fünfzigerjahren. Das sollte für Mutter und Carrie ein Kinderspiel sein, da sie die Zeit beide selbst erlebt haben.«

Hannah kicherte. »Ja, aber das werden sie nicht zugeben.«

Ein paar Minuten lang plauderten sie noch darüber, dass die ersten Mitarbeiter in der nächsten Woche anrücken würden und die restliche Crew und die Schauspieler in der Woche danach, dann verabschiedete sich Hannah und legte auf. Kaum hing der Hörer in der Gabel, klingelte es erneut. Da sie keine Lust mehr hatte, mit irgendwem zu reden, gab es nur eins.

»Sie haben das *Cookie Jar* erreicht«, sagte sie möglichst tonlos. »Wir können Ihren Anruf im Moment leider nicht entgegennehmen, aber wenn Sie Ihren Namen und die Rufnummer nennen, rufen wir so bald wie möglich …«

Es klickte. Der Anrufer hatte aufgelegt.

Sie war im Begriff, das Gleiche zu tun, hielt jedoch inne. Es war Zeit, von Lisa zu lernen. Sie zog das Spiralkabel auseinander, öffnete die Schublade und versenkte den Hörer wieder unter den Geschirrtüchern. Endlich unbehelligt, eilte sie durch die Schwingtür ins Café.

Ihre erste Aufgabe war es, den Kaffee aufzusetzen, und ohne viele Umstände befüllte sie die Dreißig-Tassen-Maschine und schaltete sie ein. Sie stellte Sahne, Zucker und Süßstoff auf die Tische und schrieb die Tagesangebote auf die Tafel hinter der Theke. Sie hatte gerade die Backstube betreten, um die Glasdosen mit frischen Plätzchen zu bestücken, als Lisa zurückkam.

»Ich helfe dir.« Sie zog den Mantel aus und ging sich die Hände waschen. »In der Schule wollten alle wissen, warum du keinen von beiden nimmst.«

Hannah schüttelte den Kopf. Es war noch nicht mal acht Uhr, und die Lake Edener Klatsch-Hotline lief schon heiß. »Was hast du geantwortet?«

»Ich hätte dich nicht darauf angesprochen, weil mich das nichts anginge.«

Hannah betrachtete sie anerkennend. »Diese Ehe tut dir gut. Herb hat dich mit seinem Durchsetzungsvermögen angesteckt.«

»Und nicht nur damit.«

»Womit noch?«, fragte Hannah und bereute es sofort, da ihr ein paar üble Möglichkeiten durch den Kopf schossen.

»Mit seiner Vorliebe für Urgroßmutter Beesemans Rezepte. Die lagen in Kartons auf Marges Dachboden, und sie hat sie mir geschenkt. Sie konnte sie nicht lesen, weil sie auf Deutsch sind.«

»Du kannst Deutsch?«

»Nein, aber Herb hat im Internet einen Übersetzungsdienst gefunden, und eine Frau aus Deutschland hilft mir.« Sie nahm einen Keks aus dem Kühlgestell und reichte ihn Hannah. »Probier den mal. Sie heißen Kokosnuss-Schokoladen-Kekse.«

»Coconut Chocolate Cookies?« Damit war ihr Schatz an deutschen Wörtern, die sie im Laufe der Jahre aufgeschnappt hatte, schon fast erschöpft.

»Genau! Kannst du etwa Deutsch?«

»Außer ›Volkswagen‹ und ›Sauerkraut‹ verstehe ich nichts. Habe die Bedeutung nur aus dem verwandten Klang geschlossen.« Hannah biss ab und lächelte anerkennend. »Die sind gut.«

»Ich weiß. Möchtest du sie ins Sortiment aufnehmen?«

»Auf jeden Fall«, antwortete Hannah. »Aber wir sollten uns einen anderen Namen ausdenken. Den deutschen werden sich die Kunden schlecht merken können, und die englische Übersetzung ist nicht prägnant genug.«

»Wie wär's mit Cocolattas?«, schlug Lisa vor.

»Gefällt mir. Das klingt nach Kokosnuss und Schokolade, und daraus sind sie gemacht. Schreib es an die Tafel. Wir machen heute einen Testlauf.«

Lisa nickte und nahm sich den Notizblock, der immer bereitlag, damit sie zur Neige gehende Zutaten aufschreiben konnten. »Ich setze schon mal Kokosflocken auf die Liste. Die sind fast alle.«

»Gute Idee. Und wenn du schon mal dabei bist, schreib Fruchtgummis und Schokonüsse dazu.«

»Gehen wir ins Kino?«, witzelte Lisa und blickte grinsend auf.

»Nein, das Kino kommt zu uns. Sobald wir die Gläser gefüllt und nach drüben getragen haben, machen wir eine Kaffeepause, und ich erzähle dir alles.«

Cocolattas

Den Ofen auf 175 Grad vorheizen, das Blech in der Mitte einschieben.

240 g zerlassene Butter
150 g weißer Zucker
150 g brauner Zucker
1 TL Backnatron
2 TL Kokosextrakt***
½ TL Salz
2 geschlagene Eier
80 g Kokosraspeln
270 g Mehl
175 g Schokotropfen

*** Der ist nicht unbedingt nötig, aber die Plätzchen schmecken damit besser. Wenn Sie keinen bekommen oder draußen ein Schneesturm tobt und Sie nicht einkaufen fahren können, nehmen Sie Vanilleextrakt.

Die zerlassene Butter mit dem Zucker verrühren. Backnatron, Kokosextrakt und Salz, dann die geschlagenen Eier zugeben und gründlich verrühren.

Nach und nach die Kokosflocken, die Hälfte des Mehls, dann die Schokotropfen unterrühren und zuletzt das übrige Mehl einarbeiten.

Den Teig 10 Minuten in der Schüssel ruhen lassen. Jeweils einen Teelöffel Teig auf ein **ungefettetes** Backblech setzen, 12 Portionen pro Blech. Sollte der Teig zu klebrig sein, stellen Sie ihn für eine Weile kalt, und versuchen Sie es dann noch mal.

Bei 175 Grad 9 bis 11 Minuten backen, bis die Plätzchen am Rand goldbraun sind.

Für 3 Minuten abkühlen lassen, vom Blech nehmen und auf ein Kühlgitter legen.

Notiz von Lisa: Das Rezept verlangt gehackte Schokolade, aber ich habe Schokotropfen verwendet. Hannah sagt, wenn es die damals schon gegeben hätte, hätte Herbs Urgroßmutter sie wahrscheinlich auch genommen.

Notiz von Hannah: Das sind Herbs neue Lieblingskekse. Er sagt, sie schmecken wie Kokosschokoriegel. Die Ananasschnitten, die ich für ihn erfunden habe, sind bei Plätzchen dieser Art noch immer sein Favorit.

3

Hannah trank gerade ihren letzten Schluck Kaffee, als das Telefon klingelte. Sie hatten den Hörer wieder in die Gabel gehängt, und Lisa hatte versprochen ranzugehen. Es verging keine Minute, da kam ihre Partnerin zurück und grinste von einem Ohr zum andern.

»Das war der Bürgermeister«, verkündete sie. »Er wird gleich bei uns reinschneien. Er hat wohl aufrüttelnde Neuigkeiten, die Lake Eden aus dem Schlaf reißen werden. Glaubst du, es geht um den Film?«

»Lake Eden ist kein Erdbebengebiet. Also ja.«

Lisa stöhnte. »Schade, dass mir das in dem Moment nicht eingefallen ist. Natürlich hätte ich das nicht zu ihm gesagt. Immerhin ist er praktisch Herbs Boss und hätte das vielleicht in den falschen Hals bekommen. Am besten lege ich ein paar seiner Lieblingskekse für ihn heraus. Erdnussbutter-Marmeladen-Plätzchen.«

Fünf Minuten später klopfte es an der Hintertür, und Bürgermeister Bascomb kam herein. Er trat sich die Stiefel auf der Matte ab und schnupperte genießerisch. »Rieche ich da Erdnussbutter?«

»Hier drüben, Mr Bascomb.« Lisa zeigte auf den Teller

mit Plätzchen, der auf der Backinsel stand, und der Bürgermeister zog sich einen Hocker heran.

»Für mich heute keinen Zucker«, sagte er, als Hannah ihm einen Kaffee brachte. »Steffie meint, ich habe ein bisschen zugelegt, und ich versuche, mich einzuschränken.«

Hannah schwieg, als er nach einem Plätzchen griff. Nach zwei Bissen war es verschwunden, und sie sah ein zweites und drittes denselben Weg nehmen. Wenn das Einschränken hieß, könnte sie sich auch damit anfreunden!

»Also, was für aufrüttelnde Neuigkeiten haben Sie?« Hannah versuchte, angemessen gespannt zu klingen, und der Bürgermeister erzählte, was sie bereits wussten.

»Ein gewisser Barton hat mich vorhin angerufen. Er leitet eine Filmfirma in Minneapolis. Sie wollen einige Filmszenen auf der Main Street drehen.«

»Das ist wunderbar!« Hannah tat überrascht, damit Bascomb keinen Verdacht schöpfte. »Aber beeinträchtigt das nicht die Geschäfte?«

»Durchaus, und die Firma ist bereit, das finanziell auszugleichen. Ich möchte, dass alle Geschäftsinhaber die Umsätze ermitteln, die gewöhnlich in der zweiten Märzwoche anfallen. Denn da werden die Filmleute hier sein. Ich musste ganz schön aufschneiden, aber sie werden uns für die Woche den Bruttoumsatz derselben Woche des Vorjahres zahlen, plus zehn Prozent für die Unannehmlichkeiten.«

»Sie verhandeln hart, Herr Bürgermeister.« Hannah verkniff sich ein Grinsen, als er dieselben Zahlen nannte wie Michelle.

»Nun, ich sollte jetzt wieder gehen.« Er stand auf und schob den Hocker an seinen Platz zurück. »Ich muss noch mit allen anderen Geschäftsleuten sprechen und ihnen die gute Neuigkeit erzählen.«

Lisa beeilte sich, ihm die übrigen Erdnussbutterplätzchen einzupacken, während Hannah ihn zur Hintertür begleitete. Hinterher sammelte sie die benutzten Tassen ein und stellte sie in die Spülmaschine, Lisa wischte die Backinsel ab.

»Er muss etwas vergessen haben«, sagte Hannah, als es an der Tür klopfte. »Ich kümmere mich darum.«

Sie zog die Tür auf. Vor ihr stand ihre Nichte Tracey mit der leeren Babytrage in der Hand und hinter ihr ihre Mutter. Andrea jonglierte Bethany auf dem Arm und sprach dabei in ihr Handy.

»Ich habe gesagt, dass ich das verstehe.« Andrea war sichtlich aufgeregt, und ihre Stimme drohte zu versagen. »Aber das heißt nicht, dass ich einverstanden bin!« Mit einem perfekt manikürten Fingernagel beendete sie die Verbindung und trat in die warme Backstube. Sie gab einen langen Seufzer von sich, den Hannah als theatralisch empfunden hätte, wäre nicht das Schwanken der Stimme gewesen.

»Nimm du sie.« Andrea reichte das Baby an sie weiter wie einen Football. »Kaffee! Ich brauche einen Kaffee!«

»Ich hole ihn.« Lisa ging zu der Kaffeemaschine in der Backstube.

»Sie ist gestresst«, erklärte Tracey und stellte die Babytrage auf die Backinsel. Mit ihrem himmelblauen Wintermantel, den weißen Stiefelchen und der weißen Pudelmütze hätte sie für das Coverfoto einer Zeitschrift für Kindermode posieren können. Man konnte sie äußerst niedlich finden, wenn man von den zusammengezogenen

Brauen absah. »Leg Beth einfach in die Trage, Tante Hannah. Ich wiege sie, falls sie aufwacht.«

Hannah legte das Baby ohne Zwischenfall ab. Ihre hübsche neue Nichte schlief so fest, dass nicht einmal der verzweifelte Ruf ihrer Mutter nach Kaffee sie geweckt hatte.

Tracey setzte sich auf einen Hocker und schob die Tasse Kaffee, die Lisa brachte, zu ihrer Mutter hin. »Trink einen Schluck, und iss welche von den Plätzchen. Die sind mit Schokolade. Die Endorphine werden dir guttun. Stimmt's, Tante Hannah?«

»Absolut.« Normalerweise hätte es sie amüsiert, wie ihre Nichte ihre bevorzugte kulinarische Medizin anpries und wie erwachsen sie sich ausdrückte, doch die Situation schien ernst zu sein.

»Tu es, Mom.« Tracey stupste ihre Mutter an. »Und dann erzähl es Tante Hannah.«

»Was sollst du mir erzählen?«, fragte Hannah, aber erst nachdem Andrea von Lisas Urgroßmutterkreation abgebissen und einen großen Schluck Kaffee getrunken hatte.

»Bill verlässt uns!«

»Was?«

»Welchen Teil von ›verlässt uns‹ hast du nicht verstanden?«, erwiderte Andrea und brach in Tränen aus. Offenbar nicht zum ersten Mal an diesem Morgen, denn ihre Lider waren geschwollen, und das Taschentuch, das sie hervorzog, war feucht und zusammengeknüllt.

Hannah wandte sich Tracey zu, die mit fast sechs Jahren die vernünftigste Person ihrer kleinen Familie zu sein schien. »Was ist los, Schatz?«

»Es ist nicht so schlimm, wie es sich anhört.« Tracey

nahm sich einen Keks vom Teller und biss schnell hinein. »Daddy fliegt nach Miami zu einer Tagung, und Mommy ist traurig, weil sie nicht mitkann. Sie lassen sich nicht scheiden oder so was.«

»Na, da bin ich aber froh!« Lisa, die gerade Servietten verteilte und eine Schachtel Papiertaschentücher vor Andrea hinstellte, legte einen Arm um Tracey. »Was für eine Tagung ist es?«

»Es geht um Fitness für Polizisten«, antwortete Andrea. Sie klang noch immer aufgewühlt, aber wenigstens weinte sie nicht mehr. »Das einzige Problem ist, dass *sie* auch daran teilnimmt!«

»Wer ›sie‹?«, fragte Hannah. Sie war sich fast sicher, dass sich die Frage besser und klarer formulieren ließe, doch damit wollte sie sich jetzt nicht aufhalten.

»Für *sie* bezahlen sie, aber nicht für mich!«

»Wen ›sie‹?« Hannah änderte nur das Fragepronomen.

Andrea blickte ihre älteste Tochter an. »Tracey? Warum gehst du nicht …?«

»Weg«, schloss das Mädchen den Satz, nahm den Orangensaft, den Lisa ihr gerade eingegossen hatte, und schnappte sich zwei Plätzchen vom Teller. »Ich gehe im Café frühstücken, damit du Tante Lisa und Tante Hannah erzählen kannst, was ich in meinem Alter noch nicht hören darf. Ich kann ja Bethany hinterher fragen, was du gesagt hast.«

Hannah lachte schallend und Lisa auch. Im nächsten Moment stimmte auch Andrea ein.

»So ist es schon besser.« Tracey machte ein stolzes Gesicht. »Ich versuche schon, dich zum Lachen zu bringen, seit Daddy gesagt hat, dass er wegfährt.«

Sobald sich die Schwingtür hinter ihrer Nichte geschlossen hatte, hakten Hannah und Lisa nach. »Welche ›sie‹?«, fragten sie kurz nacheinander.

Andrea sah die beiden einen Moment lang groß an und fing an zu kichern. Es klang ein bisschen hysterisch, fand Hannah. »Ihr hört euch wie ein Rudel Papageien an.«

»Schwarm«, korrigierte Hannah. »Ein Rudel Papageien ist ein Schwarm, aber das ist eigentlich unwichtig. Wer fliegt mit Bill zu der Fitness-Tagung?«

»Na, Ronnie Ward! Weißt du noch, als Bill sie eingestellt hat, damit sie für die Deputys Fitnesskurse abhält?«

»Weiß ich noch.«

»Tja, ihr offizieller Titel ist ›Fitnesstrainerin‹, und das heißt, sie darf mitfliegen, und die Kosten übernimmt das Revier.«

Hannah tätschelte ihren Arm. Sie konnte verstehen, warum Andrea aufgebracht war. Auf Spesen der eisigen Tundra zu entkommen und in tropisches Klima zu fliegen, davon träumte in den Wintermonaten wohl jeder in Lake Eden.

»Die Tagung findet in einem Hotel direkt am Strand statt«, erklärte Andrea weiter. »Und ihr wisst, was das heißt!«

Hannah sparte sich die Antwort, denn allen dreien war klar, dass Strand Bikini bedeutete, und Ronnie Ward hatte dreimal den jährlichen Bikiniwettbewerb gewonnen. »Aber du glaubst doch nicht etwa, dass Bill …« Hannah stockte, als sie den Gesichtsausdruck ihrer Schwester sah. »Iss noch ein Schokoladenplätzchen. Das hilft.«

»Ich weiß genau, wie du dich fühlst.« Lisa schob den Plätzchenteller näher zu Andrea. »Mir würde es genauso gehen. Doch vielleicht lernt Ronnie einen superattraktiven Fitnesslehrer kennen, und sie treiben es … äh … treiben zusammen Sport oder so.«

Andrea lächelte sie halbherzig an. Hannahs Einschätzung nach war sie nicht überzeugt. Sie nahm sich aber noch einen Keks und aß ihn, bevor sie sich weiter äußerte. »Es ärgert mich nur ein bisschen, dass ich nicht mitkann, das ist alles. Im Spätwinter ist es hier stinklangweilig.«

Hannah wechselte einen Blick mit Lisa. »Wann fliegt Bill?«

»In der zweiten Märzwoche. Und du weißt so gut wie ich, dass hier im März absolut nichts los ist.«

»Nun, dieses Jahr bildet eine Ausnahme.« Hannah und Lisa tauschten ein Lächeln. Und dann erklärte sie ihrer Schwester, warum Ronnie Ward sich noch wünschen würde, sie wäre zu Hause geblieben, anstatt mit Bill nach Miami zu fliegen.

Erdnussbutter-Marmeladen-Plätzchen

Den Ofen auf 175 Grad vorheizen, das Blech auf die mittlere Schiene setzen.

240 g zerlassene Butter
400 g brauner Zucker
100 g weißer Zucker
1 TL Vanilleextrakt
1 ½ TL Backnatron
1 TL Backpulver
1/2 TL Salz
240 g Erdnussbutter
2 geschlagene Eier
55 g gehackte gesalzene Erdnüsse
360 g Mehl
70 g Marmelade (beliebige Frucht)

Die zerlassene Butter mit Zucker, Vanilleextrakt, Natron, Backpulver und Salz zu einer glatten Masse verrühren.

Nach und nach die Erdnussbutter, die geschlagenen Eier und die Erdnüsse unterrühren, dann das Mehl portionsweise zugeben und verkneten.

Aus dem Teig walnussgroße Kugeln formen und jeweils 12 auf ein gefettetes Blech setzen. (Sollte der Teig zu sehr kleben, stellen Sie ihn für eine Stunde kalt.)

Mit dem Daumen eine Vertiefung in die Kugeln drücken, einen Klecks Marmelade hineingeben und darauf achten, dass sie nicht an den Seiten hinunterläuft.

Bei 175 Grad 10 bis 12 Minuten backen, bis das Gebäck eine goldene Farbe annimmt. Auf dem Blech 2 Minuten abkühlen lassen, dann auf ein Kühlgitter legen.

Ausbeute: ungefähr 7 Dutzend Plätzchen.

Falls Ihnen die Marmelade ausgeht, aber noch Plätzchen zu belegen sind, geben Sie Schokotropfen in die Vertiefung. Sie müssen die Plätzchen dann »Erdnussbutter-Schokoladen-Plätzchen« nennen, aber sie schmecken wunderbar!

(Tracey mag die Plätzchen gern mit Erdbeermarmelade, Andrea bevorzugt Aprikosen- und Bill ist scharf auf Blaubeermarmelade, Delores liebt sie mit Pfirsich. Ich selbst esse alle Sorten, natürlich nur, um sie zu testen.)

4

Die nächsten zwei Wochen vergingen viel zu langsam, wie so oft im Winter, aber endlich war der große Tag gekommen. Wer keine äußerst dringenden Angelegenheiten zu erledigen hatte, stand am Fenster und sah zu, als die Filmcrew in die Innenstadt gefahren kam. Auch Lisa und Hannah.

Das *Cookie Jar* hatte geschlossen. Es war sonntags nie geöffnet, aber sie saßen beide zusammen mit ihren Familien an den Tischen am Fenster und beobachteten, wie die Limousinen, Wohnmobile, Sattelschlepper und Kleinlaster beim Holzlager an der First Street um die Ecke bogen und die Main Street entlang zur Sixth Street fuhren, wo für sie ein freies Grundstück als Parkplatz abgezäunt worden war.

»Das ist der Garderobenwagen«, erklärte Michelle, als eine Zugmaschine einen langen, schmalen Wohnwagen die Straße entlangzog. »Drinnen sieht es aus wie in einem Schrank mit zwei langen Kleiderstangen und Bügeln, die einrasten, damit sie nicht herunterpurzeln können.«

Hannah lächelte ihre jüngste Schwester an. Michelle war am vorigen Abend mit dem Bus angekommen, und diesen Morgen saß sie umringt von Delores, Carrie, Andrea und Lisa am Tisch. Norman, Mike und Herb saßen an einem anderen und machten alle das gleiche Interessiert-mich-nicht-die-Bohne-Gesicht, um jedem zu zeigen, wie egal es ihnen war, dass die Schauspieler und Schauspielerinnen draußen vorbeifuhren.

Hannah saß auf einem Hocker zwischen den beiden Tischen und behielt die Uhr über der Theke im Auge. In ein paar Minuten würde sie zum Gemeindezentrum fahren und Edna Ferguson mit dem Brunch helfen, den der Bürgermeister angeordnet hatte, damit die Filmcrew die Lake Edener kennenlernen konnte.

»Das ist der Wagen von Dean Lawrence.« Michelle lenkte die Aufmerksamkeit auf eine schwarze Limousine. »Er hat einen eigenen Chauffeur.«

Delores schaute neidisch. »Das muss schön sein, besonders im Winter.«

»Du sagst es!«, pflichtete Carrie bei. »Ich hätte auch gern einen Fahrer, der den Wagen aufheizt, bevor er mich abholt.«

»Ein eigener Fahrer wäre wunderbar«, meinte Lisa. »Ich müsste mir keine Gedanken über einen Parkplatz machen. Wenn keiner frei ist, könnte er mich einfach vor der Tür absetzen, da, wo ich gerade hinwill.«

»Das tue ich ja schon«, murrte Herb, aber sein liebevolles Lächeln verriet, dass er die Beschwerde nicht ernst meinte. »Demnach wäre ich dein Chauffeur.«

»Vielleicht. Ich schaue mal, ob ich eine dieser süßen Schirmmützen auftreiben kann.«

»Dean Lawrence' Chauffeur kutschiert ihn aber nicht bloß herum«, erklärte Michelle. »Er heißt Connor und ist im Abspann als Produktionsassistent aufgeführt, genau wie ich, doch er ist eigentlich auch Leibwächter und Sekretär.«

Hannah drehte sich lächelnd zu ihr um. »Ich wette, er verdient mehr Geld als du.«

»Viel mehr.« Michelle gab ein kleines Lachen von sich. »Connor macht auch ein bisschen Geld als Statist. Er bekommt in jedem Film, bei dem Mr Lawrence Regie führt, eine Statistenrolle.«

»D. L. ist in Hollywood jedem ein Begriff«, sagte Andrea. »In der *Variety* war gerade ein Artikel über ihn.«

»D. L.?« Hannah drehte sich überrascht zu ihr hin.

»*Variety?*«, wiederholte Michelle fragend.

»In der *Variety* wird Dean Lawrence immer nur D. L. genannt«, erklärte Andrea. »Und ja, ich lese die jeden Tag. Ich habe sie abonniert, seit sie hier *K. I. C.* drehen wollen.«

»Was ist *K. I. C.?*« Hannah wünschte, ihre Schwester würde nicht so viele Abkürzungen verwenden.

»*Krise in Cherrywood.* So heißt der Film. Ich wüsste gern, wie so eine kleine Indy Prod einen so berühmten Regisseur an Land ziehen konnte. Nach *In drei Minuten ins Paradies* dachte jeder, er würde gleich wieder einen großen Kinohit drehen.«

»Beziehungen, sage ich nur«, antwortete Michelle. »Es geht einzig darum, wen man kennt und wer einem etwas schuldig ist. Ich habe einen der Requisiteure danach gefragt, und laut ihm sind Mr Lawrence und der Finanzier des Films familiär verbandelt. Er wusste keine Einzelheiten, aber er sagte, dass Mr Lawrence deshalb unterschrieben hat.«

»Ich frage mich, ob es irgendwelchen Ärger gegeben hat«, überlegte Andrea. »In dem Artikel stand, dass sie D. L. den ›Bad-Boy-Regisseur‹ nennen. Er hat ein Riesenego, und letztes Jahr wurde er unter den Schauspielern zum meistgehassten Regisseur gekürt.«

Michelle lachte. »Mr Barton hat mir das erzählt, er meinte aber auch, dass das einen Vorteil hat. Mr Lawrence geht wirklich schonungslos mit seinen Schauspielern um, doch er bringt ihnen Erfolg, weil er immer eine großartige Leistung aus ihnen herausholt.«

»So interessant das ist, ich muss jetzt los.« Hannah sah zur Uhr und ließ sich von ihrem Hocker gleiten. »Ich habe Edna versprochen, gleich da zu sein.«

Andrea stand ebenfalls auf. »Brauchst du Hilfe? Ich muss nach Hause und Tracey abholen.«

»Eigentlich nicht. Das Essen ist schon dort. Ich brauche nur noch Servietten und Tischtücher hinzubringen.« Hannah sagte allen Auf Wiedersehen, eilte durch die Backstube, warf sich den Mantel über und lief nach draußen.

Nachdem sie erfolgreich die Spurrillen in der Gasse überwunden hatte, kurbelte sie das Fenster herunter und atmete tief durch. Die Luft war eisig, aber frisch und weckte die optimistische Hoffnung auf einen Neuanfang.

Fast jeder in Lake Eden freute sich darauf, mit den Prominenten in Kontakt zu kommen und ein bisschen Ruhm zu kosten, falls sie Glück hatten und als Statist genommen wurden. Wie lange sie in dem Film zu sehen sein würden, war ihnen im Grunde unwichtig. Sie wollten nur einmal im Bild sein. Und wenn alles vorbei und Lake Eden in einem Film verewigt wäre, hätten sie das Recht, vor ihren Freunden und Verwandten, die ein eintönigeres Leben führten, damit anzugeben.

Vor dem Gemeindezentrum bog Hannah in eine freie Parklücke. Sie ging zum Heck, öffnete die Tür und betrachtete die Tischtücher- und Serviettenstapel. Die hatte sie bei ihren Nachbarinnen, den Hollenbeck-Schwestern, abgeholt, die sie für diese besondere Gelegenheit gewaschen und gebügelt hatten. Sie hatte dreimal gehen müssen, bis alle im Wagen verstaut waren, und genauso oft würde sie hin- und herlaufen müssen, um sie bei Edna abzuliefern.

Um sich den ersten Schwung zurechtzulegen, nahm sie das breiteste, in braunes Papier gewickelte Wäschepaket und packte kleinere obendrauf. Als sie eine Pyramide aus fünf Paketen gestapelt hatte, hob sie sie auf den Arm und lief zum Eingang.

»Warte!«, rief eine Frau, und Hannah blieb stehen. Die Paketpyramide reichte ihr bis an die Stirn, und daher neigte sie den Kopf zur Seite und spähte daran vorbei, um zu sehen, wer sie aufhielt. »Hi, Pam«, grüßte sie die Hauswirtschaftslehrerin der Jordan High School.

Die Lehrerin drehte sich zu den sechs Schülerinnen um, die sich zum Kellnern gemeldet hatten. »Mädchen? Steht nicht herum. Ihr wisst, was zu tun ist.«

Beth Halvorsen, eine der Oberstufenschülerinnen, die ihr besonders sympathisch war, führte das Kommando zu Hannahs Plätzchenwagen, und gleich darauf wurden die Pakete in jüngeren Armen gestapelt. Eins der Mädchen nahm Hannah ihre Last ab, und ehe sie mehr als Danke sagen konnte, verschwanden Pams Schülerinnen in dem

Gebäude. Hannah war frei wie ein Vogel und brauchte nur ihre Handtasche zu tragen.

Sie ging neben Pam her, die im vergangenen Schuljahr zur »Lehrerin des Jahres« gekürt worden war. »In solchen Momenten frage ich mich immer, ob ich doch Lehrerin hätte werden sollen.«

»Vielleicht hättest du. Meine Mädchen bewundern dich.«

»Lass dich nicht täuschen. Das tun sie nur, weil ich jedes Mal Gebäck mitbringe, wenn ich euren Unterricht besuche.«

»Das könnte eine Rolle spielen«, stimmte Pam zu. Sie gingen durch die Glastür und zur Treppe, die zum großen Saal hinunterführte.

Unten trennten sich ihre Wege. Pam würde mit ihrer Referendarin Willa Sunquist zusammen die Mädchen beaufsichtigen, die die Tischtücher auflegten und die Blumengestecke, die sie im Unterricht gefertigt hatten, auf den Tischen verteilten.

»Hannah!«, rief Edna, als sie die Küchentür aufstieß. »Wie gut, dass Sie so früh kommen!«

»Gibt es ein Problem?« Hannah vermutete, dass Ednas sonst so blasse Wangen nicht nur von dem Rouge so kräftig gefärbt waren.

»Das können Sie laut sagen! Womit können wir Loretta Richardsons Würstchen-Ei-Auflauf ersetzen?«

»Mal überlegen. Warum muss er ersetzt werden?«, erkundigte sich Hannah.

»Weil Loretta auf dem Weg zur Garage auf einer vereisten Pfütze ausgerutscht ist und alle drei Auflaufformen in den Schnee gefallen sind. Wir brauchen also etwas Neues.«

Hannah überlegte rasch. Da Edna die drei Aufläufe gleich zum Backen in den Ofen geschoben hätte, war ein Backofen frei. »Ich könnte Fruchtige Arme Ritter backen.«

»Was ist das?«

»Die hat meine Grandma Ingrid immer für das Frühstück am Weihnachtsmorgen gemacht.«

Edna strahlte. »Dann ist es ein Festtagsgericht und muss etwas Gutes sein. Wie lange dauert das?«

Hannah addierte fünfundvierzig Minuten Backzeit, zehn Minuten Vorbereitungszeit und zwanzig Minuten Ruhezeit. »Wenn ich alle Zutaten in zehn Minuten habe, kann ich in anderthalb Stunden servieren.«

»Perfekt.« Edna sah sich nach Florence Evans um und winkte sie herüber. »Kannst du das *Red Owl* aufschließen? Hannah wird ein Wunder vollbringen, aber nur, wenn sie die Zutaten schleunigst bekommt.«

»Kein Problem. Gebt mir eine Liste.«

Hannah schrieb hastig alles auf, was sie benötigte, und gab ihr den Zettel. »Können Sie in zehn Minuten wieder hier sein? Sonst ist es nicht zu schaffen.«

»Ich brauche nur fünf«, versprach Florence, griff nach ihrem Mantel und sauste davon.

Solange sie weg war, bereiteten Hannah und Edna die Auflaufformen vor. Sie hatten gerade die Butter, braunen Zucker und Ahornsirup erwärmt, den sie bei den Küchenvorräten gefunden hatten, als Florence mit zwei vollen Einkaufstüten hereinkam.

»Bitte sehr, Hannah. Ich habe Dosenfrüchte mitgebracht, Pfirsiche, Birnen und Aprikosen.« Sie stellte die Dosen auf die Arbeitsplatte.

»Danke, Florence. Was für Brot haben Sie dabei?«

»Einen Laib Rosinenbrot, ein Eierbrot und ein Kartoffelbrot. Alle in Scheiben geschnitten. Und hier sind die gehackten Pecannüsse, Schlagsahne, Eier und Butter. Kann ich noch irgendwie helfen?«

»Öffnen Sie uns die Dosen, und kippen Sie das Obst in Siebe«, bat Hannah. »Und dann können Sie die Hälfte der Butter in der Mikrowelle weich machen.«

»Das übernehme ich«, sagte Edna, schnappte sich die Butter und wickelte die Stücke aus dem Papier.

Während Edna und Florence ihren Aufgaben nachgingen, goss Hannah die süße Buttermischung in die Auflaufformen, streute die gehackten Nüsse darüber und öffnete gerade die erste Tüte Brot, als Edna mit der weichen Butter zu ihr kam.

»Was soll ich damit machen?«

»Obstsandwiches. Wir befüllen die Auflaufformen nacheinander, damit wir nicht durcheinanderkommen. Bestreichen Sie sechs Scheiben Brot mit Butter, und legen die abgetropften Früchte darauf, und darauf kommen wiederum sechs gebutterte Brotscheiben.«

»Ich werde das Obst in Scheiben schneiden«, bot Florence an. »Das ist, wie wenn ich Sandwiches für meine Enkel mache. Ich lege die Brotscheiben paarweise zurecht und belege sie wie am Fließband.«

»Sehr praktisch. Die fertigen Sandwiches schneiden Sie durch und legen sie in meine Butter-Sirup-Mischung. In die Formen passt nicht mehr als eine Lage. Sie können sie eng zusammenschieben, aber sie dürfen sich nicht überlappen, sonst funktioniert das Rezept nicht.«

»Okay. Was jetzt?«

»Wir schlagen die Eier mit Zucker und Zimt auf und

rühren dann die Sahne ein. Gibt es Vanilleextrakt im Vorratsraum? Ich habe vergessen, ihn auf die Liste zu setzen.«

»Ich habe trotzdem welchen mitgebracht«, erklärte Florence. Sie legte mehrere dünne Pfirsichscheiben auf ein gebuttertes Rosinenbrot. »Er ist noch in der Einkaufstüte.«

Hannah suchte sich eine große Schüssel und schlug die Eier hinein. Nachdem sie sie mit Zucker und Zimt aufgeschlagen hatte, reichte sie die Schüssel an Edna weiter, die die Sahne hineinrührte und einen großen Schuss Vanilleextrakt zugab.

Hannah schaute zu Florence hinüber. »Wie weit sind Sie?«

»Fertig.« Florence legte das letzte Sandwich in die Form und ging sich die Hände waschen.

»Sie können die gequirlten Eier über die Sandwiches gießen«, sagte Hannah zu Edna. »Dann decken wir die Formen mit Frischhaltefolie ab und lassen sie zwanzig Minuten ruhen. In der Zeit heizen wir den Backofen vor.«

»Und dann nehmen wir die Folie ab und schieben die Formen in den Ofen?«

»Nicht ganz. Vorher zerlassen wir noch die übrige Butter und träufeln sie über die Brotscheiben.«

»Das ist eine Menge Butter!«, meinte Edna.

»Stimmt, aber dadurch werden sie so lecker. Wenn sie aus dem Ofen kommen, müssen sie zwei Minuten ruhen, dann sieben wir Puderzucker darüber und servieren sie. Sagen Sie den Kellnerinnen, dass ein halbes Sandwich eine Portion ist.«

Die drei Frauen hatten sich gerade mit einer Tasse Kaffee in die große runde Sitznische gesetzt, die eigens für das Küchenpersonal da war, als die Tür aufging und Winnie Henderson hereinkam.

»Bitte sehr!« Sie knallte eine Plastikbox mitten auf den Tisch, dass der Löffel in Ednas Tasse klirrte. »Versprochen ist versprochen, und nur darum bringe ich sie her. Sechs Dutzend selbst gemachte Donuts, eine Hälfte mit Puderzucker, die andere mit Zimtzucker. Wenn ich von Anfang an gewusst hätte, was ich jetzt weiß, hätte ich das Versprechen nicht gegeben!«

»Warte!« Edna griff nach Winnies Hand, um sie aufzuhalten, denn die hagere Farmerin wandte sich bereits zum Gehen. »Bist du sauer auf mich?«

Winnie schüttelte den Kopf. »Nicht auf dich, Edna. Auf ihn! Er hat uns verkauft wie Judas, wenn auch nicht für ein paar Silberlinge. Er hat eine Rolle in dem Film, und deshalb legt er die Hände in den Schoß, anstatt zu verhindern, dass unsere Stadt ruiniert wird!«

»Wer legt die Hände in den Schoß?« Florence blickte Winnie beklommen an. Die wog zwar nicht mehr als fünfzig Kilo und lebte schon zehn Jahre länger als ein halbes Jahrhundert, aber sie hatte ihr Leben lang schwere körperliche Arbeit verrichtet und war stark wie ein Ochse. »Also … wenn du nichts dagegen hast, das zu sagen. Du musst nicht, wenn du nicht willst.«

»Ich hab gar nichts dagegen! Je mehr Leute es wissen, desto besser. Jeder sollte die Wahrheit über den Mann erfahren, den er seit Jahren wählt. Ein Wolf im Schafspelz ist er, jawohl.«

»Bürgermeister Bascomb?«, riet Hannah, da er in Lake

Eden der bedeutendste gewählte Amtsträger war und sie schon gehört hatte, dass er eine Rolle in dem Film spielen würde.

»Genau der! Ich bin froh, dass du es gesagt hast, Mädchen. Ich möchte seinen Namen nicht in den Mund nehmen. Und jetzt muss ich wieder los, denn wenn er mir unter die Augen kommt, trete ich ihm bis zum Jüngsten Tag in den Ihr-wisst-schon!«

Fruchtige Arme Ritter

120 g Butter
200 g brauner Zucker
125 ml Ahornsirup
125 g gehackte Pecannüsse (nach Belieben)

12 Scheiben Weißbrot
120 g weiche Butter
300 g Früchte, frisch oder aus der Dose (alles außer Melone und Weintrauben)

8 geschlagene Eier
150 g weißer Zucker
2 TL Zimt
500 ml Schlagsahne
2 TL Vanilleextrakt

120 g zerlassene Butter
Puderzucker zum Bestäuben

Die Butter frühzeitig aus dem Kühlschrank nehmen, damit sie streichfähig wird. 120 Gramm davon auf dem Herd zusammen mit dem braunen Zucker und dem Ahornsirup unter ständigem Rühren zerlassen. Eine rechteckige Kuchenform (23 x 32 cm) einfetten und die Butter-Sirup-Mischung hineingeben, sodass der Boden bedeckt ist. Mit den gehackten Pecannüssen bestreuen, falls Sie sich dafür entschieden haben.

12 Scheiben Weißbrot nebeneinander bereitlegen, mit 120 Gramm weicher Butter bestreichen. Das Dosenobst gut abtropfen lassen und in sehr dünne Scheiben schneiden (Beeren können zerdrückt, Ananas geraspelt werden). Eine Scheibe Brot damit belegen, mit einer anderen Brotscheibe bedecken. Das Sandwich in der Mitte durchschneiden und in die Kuchenform legen. So 5 weitere Sandwiches herstellen und in die Form legen. Sie können sie eng nebeneinanderlegen, aber nicht überlappend.

Die Sandwiches mit einem Spatel andrücken.

Die geschlagenen Eier mit dem Zucker, Zimt, Vanilleextrakt und der Sahne gründlich verrühren und die Mischung über die Sandwiches gießen.

Die Form mit Folie abdecken und mindestens 20 Minuten ruhen lassen. (Falls die Armen Ritter für ein Frühstück mit Gästen vorgesehen sind, können sie schon am Abend vorbereitet und im Kühlschrank gelagert werden, bis es Zeit ist, sie zu backen.)

Den Ofen auf 175 Grad vorheizen.

Die Folie von der Form entfernen. 120 Gramm Butter zerlassen und über die Sandwiches träufeln.

Die Form in die Mitte des Backofens setzen, 45 Minuten backen lassen, bis die Armen Ritter bräunen.

Anschließend 5 Minuten abkühlen lassen. Bevor Sie die Form auf den Tisch stellen, die Armen Ritter mit Puderzucker bestäuben, so sehen sie hübscher aus. Mit einem Pfannenwender aus der Form nehmen und servieren, dazu Ahornsirup und Butter bereitstellen. Ein halbes Sandwich ist eine Portion.

Ausbeute: 12 Portionen.

Wenn Sie das Rezept spontan zubereiten möchten und kein Obst im Haus haben, nehmen Sie stattdessen Marmelade oder Gelee. Ich habe das zwar noch nicht ausprobiert, wette aber ein paar Beutel meiner besten Plätzchen, dass das schmeckt!

5

Natürlich hatte man Hannah für die Aufgabe ausgeguckt, die Fruchtigen Armen Ritter zu servieren, und deshalb war sie froh, dass sie sich die helllila Seidenbluse angezogen hatte. Claire Rodgers hatte ihr versichert, dass sie jedes Outfit aufwertete, sogar eine schwarze Jeans oder schlichte schwarze Pullis. Die Bluse war teuer gewesen, aber Claire hatte Hannah wie immer den Nachbarinnenrabatt gewährt, da ihre Boutique neben dem *Cookie Jar* lag.

»Das ist ein herrliches Brunch-Gericht, Hannah.« Delores kam zu ihr, um ihr das Kompliment zu machen. »Hast du das vorher schon mal zubereitet? Es erinnert mich an etwas, aber ich komme nicht darauf, an was.«

»Das sind Grandma Ingrids Fruchtige Arme Ritter, nur dass sie sie mit Apfelscheiben belegt hat.«

»Ja, natürlich!« Delores tätschelte mit einer vorbildlich gepflegten Hand Hannahs Schulter. »Die habe ich geliebt, doch die machten so satt! Und setzten extrem an durch die vielen Kohlenhydrate.« Delores neigte sich näher heran. »Besser, du achtest darauf, Liebes. Ich meine, du hast an den Hüften ein wenig zugelegt. Die Bluse kaschiert das sehr gut, aber trotzdem … Wenn eine Frau ein gewisses Alter erreicht, muss sie achtsamer essen.«

Hannah schaffte es, ein höfliches Lächeln beizubehalten, hatte jedoch den starken Drang, ihrer Mutter die fast leere Auflaufform mit den klebrigen Resten über die makellose Frisur zu stülpen.

»Gut! Genug davon. Du hast das alles schon mal gehört.«

Hannah blickte sie überrascht an. Delores klang tatsächlich ein bisschen schuldbewusst wegen ihrer früheren Bemerkungen. Doch der nächste Satz zerstörte die Illusion gleich wieder.

»Du solltest unbedingt andere Schuhe anziehen, Hannah. Die Stiefel passen nicht zu deinem Outfit. Und ein bisschen Lippenstift und Make-up würden auch nicht schaden.«

»Ich möchte kein Make-up tragen.«

»Das weiß ich, aber Männer achten auf diese Dinge. Sie möchten eine gepflegte Frau, mit der sie sich überall sehen lassen können.«

»Du vergisst wohl, dass mir zwei Männer einen Heiratsantrag gemacht haben, obwohl ich weder Make-up noch Lippenstift trage.«

»Oh.« Delores runzelte die Stirn. »Nun … das ist wahr. Entschuldige, Liebes. Waffenstillstand?«

»Waffenstillstand«, antwortete Hannah lächelnd und würgte die hässliche Stimme ab, die in ihrem Kopf flüsterte: Auf deine Männerratschläge würde ich keinen Pfifferling geben, Mutter. Schließlich hast du dir Winthrop eingebrockt!

Hannah füllte sich einen Teller und setzte sich gegenüber von Mike und Norman an den Tisch. In dem Moment kam Michelle herbeigeeilt. Bei ihr war ein dunkelhaariger Mann über dreißig, den Hannah für ein Mitglied der Filmcrew hielt.

Er hatte nicht das Aussehen eines Stars, war jedoch durchaus attraktiv. Dass seine Augen ein bisschen zu nah beieinanderstanden, wurde von dem strahlenden Blau wettgemacht. Und sie waren eingerahmt von langen dunklen Wimpern, für die die meisten Frauen eine halbe Ewigkeit mit einer speziellen Mascara hantieren mussten. Sein Mund war breit, sein glatt rasiertes Kinn markant. Definitiv ein attraktiver Mann, dachte Hannah. Nicht nach konventionellen Maßstäben, aber auffallend.

Am Tisch angekommen, drehte Michelle sich zu ihrem Begleiter um. »Das ist meine Schwester Hannah. Ihr gehört das Bäckerei-Café, von dem Mitch die ganze Zeit geredet hat. Hannah, das ist Mr Barton, der Autor und Produzent von *Krise in Cherrywood*.«

Hannah riss die Augen auf, als der Mann sie anlächelte. Er sah ganz anders aus als vor vier Jahren, die Frisur war neu, der Dreitagebart verschwunden, aber das Grübchen in der linken Wange war unverkennbar. »Ross Bartonovich?«

»Jetzt Barton. Ist für mich einfacher zu buchstabieren.« Er zog sie hoch, nahm sie in die Arme und drehte sich mit ihr im Kreis. »Du siehst noch besser aus als damals.«

»Gar nicht wahr«, widersprach sie schnell, lachte jedoch, als er sie noch einmal herzlich umarmte und ihre Füße dabei den Bodenkontakt verloren. Und sie lachte noch lauter, als sie Michelles ungläubiges Gesicht sah.

»Ihr … Ihr kennt euch?«

»Von früher. 2247 Muskrat Lane, zweiter Stock nach hinten raus. Stimmt's, Hannah?«

»Genau. Und wir hätten ein Loch in die Wand schlagen sollen, weil wir sowieso ständig zusammengehockt haben. Ist Linda auch hier?«

»Ja, aber sie ist nicht mehr Linda. Jetzt heißt sie Lynne, Lynne Larchmont.«

»Larchmont? Aber ich dachte, ihr wolltet hei…« Hannah stockte und wurde rot. Sie war noch nie gut in Small Talk gewesen und jetzt besonders gehandicapt, weil sie ins Fettnäpfchen getreten war. »Entschuldige. Ich hätte nicht fragen sollen.«

»Ist schon gut. Es hat einfach nicht funktioniert, das ist alles. Wenn man das College hinter sich hat, verändert sich vieles. Wir waren eben nicht mehr Die drei Musketiere.«

»Wart ihr zusammen auf dem College?«, fragte Michelle und ersparte Hannah damit eine weitere Bemerkung.

Ross wandte sich ihr zu und nickte. »Ja. Ich hätte Ihnen das sagen sollen, aber ich wollte Hannah überraschen.«

»Also … das ist dir gelungen!«, erwiderte Hannah.

»Ich habe euch beim Brunch gestört.« Ross schaute auf ihren vollen Teller. Sie hatte ihr Essen kaum angerührt. »Wie wär's, wenn ich mir einen Kaffee hole und mich zu euch setze, während ihr es euch schmecken lasst? Wir können über alte Zeiten plaudern.«

»Ich hole ihn, Mr Barton«, bot Michelle rasch an. »Setzen Sie sich, ich bin sofort wieder da.«

Ross schob Hannah den Stuhl unter und zog sich einen vom Nachbartisch heran, um sich neben sie zu setzen. Hannah blickte kurz zu Mike und Norman. Die beiden hatten sich eben noch unterhalten, waren jetzt jedoch verstummt. Sie starrten Ross Barton argwöhnisch an, fast als stünden sie bei einem entspannten Waldspaziergang plötzlich einem Rotluchs gegenüber. Ross streckte Mike wohlwollend die Hand hin.

»Ross Barton. Ich bin Drehbuchautor und Produzent. Und Sie sind …?«

Mike hatte keine andere Wahl, er schüttelte Ross die Hand. »Mike Kingston. Stellvertretender Sheriff von Winnetka County.«

»Sehr erfreut.« Ross blickte ihn durchdringend an. Hannah wusste, er taxierte ihn. »Haben Sie schon mal als Schauspieler eine Rolle übernommen?«

»Ich?« Mike schaute überrascht. »Nee, noch nie.«

»Ich habe eine Komparsenrolle zu besetzen, für die Sie perfekt wären.«

»Ach ja?«

»Tatsächlich ist sie Ihnen wie auf den Leib geschrieben. Wir brauchen einen Kleinstadt-Sheriff. Er ist ein Profi, kennt jedoch jeden in der Stadt und hat ein Herz für die Leute. Sind Sie interessiert?«

»Schon möglich.« Mike blieb unverbindlich, doch Hannah kannte ihn gut genug, um zu sehen, dass er begeistert war.

»Sie könnten für uns auch Security-Aufgaben übernehmen. Natürlich nach Feierabend, sodass es Ihre Dienstpflichten nicht beeinträchtigt. Wir sind eine kleine Firma, und die Bezahlung ist nicht toll, aber Sie würden im Abspann namentlich erwähnt werden.«

»Tja … dann wage ich mal einen Versuch.«

Hannah sah Norman an und glaubte, ihm ein wenig Neid anzumerken. Lässt sich denn jeder in der Stadt außer Winnie Henderson und meiner Wenigkeit vom grellen Glanz des Ruhms verführen?, dachte sie.

»Sie hätte ich auch gern in der Crew.« Ross bot ihm die Hand.

»Mich?« Norman schluckte. »Aber ich bin kein Gesetzeshüter.«

»Das weiß ich. Michelle sagte, Sie sind hier der Zahnarzt. Wir brauchen Sie zu unserer Verfügung. Man weiß nie, wann sich jemand ein Stück vom Zahn abbricht und das schnell behandelt werden muss, damit der Dreh weitergehen kann. Ihr Name würde auch im Abspann erscheinen.«

»Ich bin dabei.« Norman schüttelte Ross erfreut die Hand.

Hannah betrachtete ihren alten Kommilitonen mit neuem Respekt. Er hatte die Anspannung geschmeidig aufgelöst und war plötzlich Normans und Mikes guter Kumpel. Aber war er das wirklich? Hannah schauderte leicht, als sein Arm ihren streifte. Hatten die Stühle von Anfang an so nah beieinandergestanden? Oder war Ross unauffällig näher gerückt?

Michelle kam mit dem Kaffee. »Bitte sehr, Mr Barton. Kann ich noch etwas für Sie tun?«

»Im Augenblick n… doch.« Ross war offensichtlich etwas eingefallen. »Gerade habe ich unseren Mike als Sheriff von Cherrywood engagiert, und Norman wird unserer Crew als Zahnarzt zur Verfügung stehen. Machen Sie die beiden doch mit unseren Leuten bekannt. Das spart uns später Zeit beim Vorsprechen.«

Gesagt, getan. Mike und Norman standen augenblicklich auf und folgten Michelle. Sowie sie gegangen waren, wandte Ross sich Hannah zu. »Und? Wie findest du den neuen durchsetzungsfähigen Ross?«

»Das ist eine große Veränderung«, erwiderte sie ehrlich. Der Ross aus ihrer Studienzeit hatte sich gern zurückgehalten und auf die Vorschläge anderer gewartet. Der neue, erwachsenere Ross war ein Mann, der führte, nicht folgte.

»Gefalle ich dir, wie ich jetzt bin? Oder war ich damals besser?«

»Was für eine Frage!« Hannah lächelte. »Dein altes Ich gefiel mir gut. Dein neues kenne ich noch nicht gut genug, um etwas dazu sagen zu können.«

»Tja … dagegen lässt sich etwas machen.« Er legte einen Arm um ihre Schultern und drückte sie kurz. »Es ist wunderbar, dich wiederzusehen, Hannah. Ich habe nie etwas gesagt, aber wusstest du, dass ich im College schwer in dich verknallt war?«

Hannah, die sich gerade einen Happen Rührei in den Mund gesteckt hatte, schluckte mühsam. Sie wäre lieber gestorben, als zuzugeben, dass sie seine Gefühle im Überfluss erwidert hatte. »Ich … Äh …« Sie stockte und ordnete ihre Gedanken. »Du warst mit Linda zusammen!«

»Klar, aber man darf doch träumen. Ich dachte immer, wir beide würden besser zusammenpassen. Sie hat nie über meine Witze gelacht oder meine Zitate ergänzt.«

»Na komm, Ross, das ist unfair. Ich musste die Stücke kennen, schließlich hatte ich Amerikanisches Theater belegt. Linda studierte im Hauptfach Kunstgeschichte.«

»Aber im Nebenfach Theaterwissenschaften. Und du

musst zugeben, dass ich nur allgemein bekannte Stellen zitiert habe. ›Paps, ich bin nichts Besonderes und du auch nicht.‹«

»Biff in *Tod eines Handlungsreisenden* von Arthur Miller«, sagte Hannah, und dann holte sie tief Luft. Ross hatte recht. Seine Zitate waren allgemein bekannt, jeder Student der Theaterwissenschaften hätte die Zeile zuordnen können. Aber sie würde sich keinesfalls abwertend über Linda äußern, vor allem da sie sich gerade nicht verteidigen konnte.

Hannah schaute sich nach ihrer alten Freundin um, sah sie aber nirgends. »Du sagst, Linda … äh … Lynne ist auch hier, aber ich sehe sie nicht. Wo ist sie?«

»Sie sitzt da drüben bei Burke Anson. Du kennst ihn aus den *Surf 'n' Turf*-Werbeclips, oder?«

Hannah nickte. Laut der Wirtschaftsseite im *Lake Eden Journal* hatte die Restaurantkette ihren Umsatz verdreifacht, nachdem sie Burke für den Werbespot engagiert hatte. »Aber … Lynne ist die Blonde?«

»Ja. Du erkennst sie wahrscheinlich nicht, weil sie einiges hat machen lassen.«

»Machen lassen? Du sprichst von plastischer Chirurgie?«

»Genau. Eine neue Nase, hier und da eine Korrektur, Brustvergrößerung, Fettabsaugung, kosmetische Zahnbehandlung. Sie hat eine gute Friseurin und den besten Personal Trainer von L. A.«

Hannah sagte nichts dazu. Konnte sie nicht. Sie war zu überrascht. Lynne hatte keine Ähnlichkeit mehr mit dem pummeligen, braunhaarigen Mädchen mit der Lücke zwischen den Schneidezähnen. Sie sah dünn und glamourös aus, ihre Nase war gerade, ihre Zähne weiß und ebenmäßig.

»Ich hätte sie nicht erkannt.« Sie schüttelte den Kopf. »Ist Larchmont ihr Künstlername?«

»Ja, aber auch ihr wirklicher Name. Nachdem wir uns getrennt hatten, nannte sie sich Lynne und zog nach Kalifornien, um es in der Filmbranche zu versuchen. Sie lebte dort über ein halbes Jahr und wollte schon aufgeben, aber plötzlich hatte sie Glück und bekam eine kleine Rolle in einem Fernsehstück. Daraufhin bekam sie eine zweite, etwas größere Rolle in einem Fernsehfilm, und dabei lernte sie Tom Larchmont kennen. Sie sagt immer, Toms Frau zu sein ist die beste Rolle, die sie je ergattert hat. Er ist reich, beträchtlich älter als sie, und er ist total verrückt nach ihr.«

Hannah hörte ihm an, dass er aufrichtig war. »Du scheinst keine Bitterkeit zu empfinden.«

»So ist es. Tom ist ein netter Kerl, und ich freue mich für Lynne. Auch für mich war das gut. Tom finanziert das aktuelle Projekt, weil Lynne mein Drehbuch gelesen hat und die Hauptrolle haben wollte.«

»Worum geht es in dem Film?«, fragte Hannah.

»Lynnes Figur, Amy, wird von Erinnerungen an ihren Vater verfolgt. Er ist tot, hat Selbstmord begangen, doch sie kommt nicht darüber hinweg, und das beeinträchtigt allmählich ihre Ehe. Dann stirbt ihre Tante, die sie großgezogen hat, und ihr Seelenklempner rät ihr, zur Beerdigung nach Hause zu fahren und das Gespenst ihres Vaters loszuwerden. Amy fährt nach Cherrywood, übernachtet im Elternhaus bei ihrem älteren Bruder Jody und bekommt Flashbacks, die nicht zu dem passen, was er ihr über den

Tod des Vaters erzählt hatte. Bist du so weit mitgekommen?«

»Durchaus.« Hannah fand die Geschichte spannend. »Also hat der Bruder sie belogen?«

»Genau. Amy erkennt, dass Jody und die Schwester ihres Vaters, die nach dessen Tod zu ihnen gezogen war, ihr ein Märchen aufgetischt hatten. Die Tante wusste, dass Jody den Vater getötet hatte, doch sie deckte ihren Neffen, um ihn vor dem Gefängnis zu bewahren.«

»Eine Familienlüge«, stellte Hannah fest.

»Ja. Bei der Cocktailparty, die Jody am Ende ihres Besuchs für sie gibt, durchlebt Amy noch einmal den letzten Abend ihres Vaters, denn er war unmittelbar vor einer großen Cocktailparty gestorben. Dabei erinnert sie sich mit erschreckender Klarheit und erkennt, dass Jody den Vater umgebracht hat und warum und wie er es getan hat.«

»Eine spannende Geschichte. Stellt sie Jody zur Rede?«

»Ja, und das ist die Schlüsselszene des Films. Als Amy ihm sagt, dass sie sich an alles erinnert, erschießt er sich mit demselben Revolver, mit dem er den Vater tötete.«

»Du meinst, während der Party im Beisein der Gäste?«

»Genau.«

Hannah runzelte die Stirn. »Ein düsteres Ende.«

Ross nickte. »Wohl wahr. Es gibt ein paar heitere Szenen mit Amy als Kind und als Teenager, die den Film aufhellen, trotzdem ist das die Geschichte einer verhängnisvoll belasteten Familie. Es wird aber keine Tragödie daraus, denn Amy kehrt am Ende zu ihrem Mann zurück.«

Hannah schaute wieder zu Lynne hinüber und fragte

sich, ob ihre alte Freundin einer so anspruchsvollen Rolle gerecht werden konnte.

»Oh, das kann sie«, sagte Ross auf die unausgesprochene Frage. »Sie war schon immer eine sehr gute Schauspielerin und ist mit den Jahren noch besser geworden. Nachdem sie Tom geheiratet hatte, schickte er sie zu einem erstklassigen Schauspiellehrer, und der hat sie zwei Jahre lang allein unterrichtet.«

»Ein Glück für sie. Was ist mit Burke Anson? Spielt er ihren Mann?«

Ross schüttelte den Kopf. »Er spielt Jody. Das ist seine erste Filmrolle. Burke ist besser, als man aufgrund seiner Werbeauftritte vermutet.«

»Wirklich?« Hannah gab ein kleines Lachen von sich. »Du meinst, er kann mehr, als eine Welle zu reiten?«

»Viel mehr. Du hältst ihn vielleicht für einen geistlosen Surfer, aber er ist zu großer emotionaler Tiefe fähig.«

Hannah nickte, doch ihre Miene verriet Zweifel. Burke war Ende zwanzig, seine Haut sonnengebräunt, seine Haare von der Sonne gebleicht, und ohne sein Surfboard wirkte er seltsam nackt. Sie konnte sich beim besten Willen nicht vorstellen, dass er im Film einen gepeinigten jungen Mann mit traumatischer Vergangenheit verkörperte.

»Ich habe vom Auto aus dein Geschäft gesehen. Es sieht ganz nach dir aus, Hannah.«

»Kein Wunder. Ich habe es gekauft, ich habe es eingerichtet und allein geführt, bis ich eine perfekte Partnerin gefunden habe. Wirst du es für den Film benutzen?«

»Es wird nur mal von außen zu sehen sein. Aber beliefere uns weiter mit Gebäck, wenn das für dich okay ist. Wir zahlen entsprechend mehr, wenn du die Crew auch mit

Kaffee versorgst. Für die übrigen Mahlzeiten ist gesorgt. Wir sind im *Lake Eden Inn* einquartiert, und Mrs Laughlin richtet uns ein Frühstücks- und ein Abendbuffet. Sie packt für jeden ein Lunchpaket, und die meisten von uns werden mittags hier sein. Ich dachte, es wäre doch schön, wenn das leitende Personal und die Schauspieler die Mittagspause im *Cookie Jar* verbringen, da es auf halben Weg zwischen den meisten Drehorten liegt.«

»Das ist mir recht«, antwortete Hannah schnell. Sie stellte es sich schön vor, mittendrin zu sein, und Lisa würde es aufregend finden, den neuesten Klatsch aus der Filmwelt zu erfahren.

Hannah schaute noch mal zu Lynne hinüber. Die schien an ihrem hübschen Filmpartner nicht interessiert zu sein, stattdessen war sie sichtlich fasziniert von dem markanten Mann, der ihr gegenübersaß. »Ist das Dean Lawrence?« Sie erinnerte sich an das Bild in der *Variety*, das Andrea ihr gezeigt hatte.

»Höchstpersönlich. Ich kann noch immer nicht glauben, welch ein Glück ich hatte, dass er als Regisseur bei uns unterschrieben hat. Dean hat alle möglichen Kontakte im Vertriebsbereich, und wir sind zuversichtlich, dass wir beim Sundance Film Festival einen Deal mitnehmen können. Er redet schon von Cannes und sogar von einer Oscarnominierung!«

Hannah war skeptisch. »Beeindruckend. Aber meinst du nicht, das sind Luftschlösser?«

»Keineswegs. Dean Lawrence hat einen großen Namen in der Branche, und jedes seiner Projekte bekommt vor der Veröffentlichung megaviel Publicity. Natürlich versucht jeder ein bisschen Wirbel zu machen, sogar Dean.«

»Und du nicht?«, neckte Hannah ihn.

»Doch, ich auch.«

Ihr fiel ein, was Andrea über Deans familiäre Verbindungen gesagt hatte. Vielleicht war es wahr, aber sie wollte es lieber von der Quelle hören. »Wie konntet ihr einen so bedeutenden Regisseur für den Film gewinnen?«

»Das hat Tom Larchmont eingefädelt. Deans Frau, Sharyn, ist Toms Nichte, und ich habe mit ihnen eine Vereinbarung getroffen.«

»Darfst du mir davon erzählen?«

Ross neigte sich näher zu ihr, obwohl niemand in Hörweite war. »Ich muss lediglich dafür sorgen, dass Dean produktiv, nüchtern, treu und zufrieden bleibt.«

»Das klingt nicht allzu schwierig«, meinte Hannah.

»Ist es aber. Ihn produktiv zu halten ist leicht. Dean hat noch keinen Tag bei der Arbeit gefehlt. Regie zu führen ist sein Leben. Er liebt es, Gott zu spielen und Leute einzuschüchtern. Doch das ist nur eine von vier Aufgaben.«

»Bleibt noch, ihn nüchtern, treu und zufrieden zu halten«, bemerkte Hannah überflüssigerweise.

»Genau. Dean trinkt gern. Und wenn er ein Glas zu viel hatte, tja, sagen wir, er ist bekannt für sein schlechtes Urteilsvermögen, was Frauen anbelangt.«

»Aber was kannst du daran ändern?«

»Ich behalte ihn im Auge. In den letzten sechs Wochen war ich sein bester Kumpel und hab ihn auf dem rechten Weg gehalten, doch einfach war das nicht. Wenigstens dieser Teil des Jobs ist fast vorbei. Sharyn und Tom kommen am Dienstagabend mit dem Flugzeug und nehmen am Samstag an der Abschlussparty teil. Sharyn sorgt bei Dean für die Treue.«

»Und sie wird auch für die vierte Sache sorgen? Für seine Zufriedenheit?«

»Nicht unbedingt, aber da könntest du vielleicht helfen. Kannst du Kirschkuchen backen, genauer gesagt Kirsch*käse*kuchen?«

Hannah verwirrte es, dass er den Fokus plötzlich auf sie lenkte. Sie überlegte, dass Ross wohl nicht über die Beziehung zwischen Dean Lawrence und seiner Frau reden wollte. Doch anstatt in einer Sache nachzuhaken, die sie nichts anging und über die sie wahrscheinlich von einem Crewmitglied mehr erfahren würde, ging sie rasch auf seine Bitte ein. »Wenn du das willst, kann ich welchen backen.«

»Gut. Wenn du ihn so machst, wie Dean ihn mag, wird das sehr zu Punkt vier beitragen. Er steht auf Kirschkäsekuchen, und jeden Morgen einen gebracht zu bekommen wird ihn glücklich machen und seine Laune für ein paar Stunden heben. Meinst du, du kriegst das hin?«

»Sicher.«

»Du bist ein Schatz, Hannah.« Er legte wieder den Arm um sie und drückte sie. »Am letzten Drehort haben wir pro Kuchen vierzig Dollar gezahlt, plus zehn Dollar fürs Liefern. Und Dean sagte, der Kirschkuchen sei ganz okay, aber nichts Besonderes gewesen. Wie wär's mit fünfzig Dollar, wenn du ihn jeden Morgen zu seinem Wohnwagen lieferst, den er als Büro nutzt? Das zahlen wir direkt aus dem Produktionsbudget.«

»Abgemacht«, antwortete Hannah sofort und verschwieg, dass sie ihm einen Preis hatte nennen wollen, der nicht mal halb so hoch war wie sein Angebot. Ross bezahlte viel zu viel für einen simplen Kirschkäsekuchen, doch das tat er nicht zum ersten Mal, und sie wollte ihr Gebäck nicht abwerten. Nun musste sie nur noch herausfinden, worauf Dean Lawrence bei einem Käsekuchen Wert legte, und ihn so backen, dass er alle Ansprüche erfüllte.

6

Für die Lake Edener war das Dessert immer das Beste an einem Brunch-Buffet. Hannah und Edna hatten gerade ihre Süßspeisen auf den Buffet-Tisch gestellt, der unter seiner Last ächzte, als Andrea auf sie zugeeilt kam.

»Ich hab tolle Neuigkeiten, Hannah! Hast du eine Minute?«

»Sicher. Ich will mir nur schnell einen Kaffee holen.«

»Ich brauche auch einen.«

»Okay, also zwei Kaffee. Du suchst schon mal einen Tisch, an dem noch zwei Plätze frei sind.«

In jeder Hand einen Kaffeebecher, hielt Hannah nach ihrer Schwester Ausschau und entdeckte sie an einem der zusätzlich aufgestellten runden Bistrotische. Er war gerade groß genug für zwei Teller und zwei Tassen. Vermutlich war Andreas große Neuigkeit nicht für fremde Ohren bestimmt, und sie hatte deshalb einen etwas abgelegenen Platz ausgesucht.

»Wo ist Tracey?« Hannah stellte ihr den Kaffeebecher hin.

»Bei Mutter und Carrie. Bethany habe ich zu Hause bei Grandma McCann gelassen. Als ich gegangen bin, hat die kleine Maus wie ein Engel geschlafen.« Mrs McCann war ihre Babysitterin und wohnte im Gästezimmer.

Andrea wartete, bis Hannah es sich bequem gemacht hatte, dann beugte sie sich zu einer vertraulichen Unterhaltung zu ihr vor. Das war übertrieben. Zwar standen rechts und links von ihnen zwei lange Tische, doch die waren verwaist. Wer vorher dort gesessen hatte, war wahrscheinlich zum Buffet gegangen und holte sich ein Dessert. Kein Mensch konnte sie belauschen. »Michelle hat mir gerade erzählt, dass du ihn kennst!«

»Ross?«, riet Hannah. Das war eine begründete, auf Deduktion beruhende Vermutung, denn Ross Barton war der einzige Filmschaffende, den sie kannte.

»Als er auf dem Parkplatz angekommen ist, bin ich mit Tracey zu ihm gegangen, um ihn kennenzulernen. Zufällig sind wir auch gerade aus dem Wagen gestiegen.«

Hannah glaubte ihr kein Wort. »Wie lange habt ihr zuvor frierend im Auto gewartet?«

»Nur eine gute halbe Stunde, und wir haben alle zehn Minuten die Heizung laufen lassen. Jedenfalls bin ich auf Mr Barton zugegangen, und er hat uns für heute Nachmittag zum Vorsprechen eingeladen. Ist das nicht fantastisch?«

»Ja, sicher.« Der Ehrgeiz ihrer Schwester beeindruckte Hannah. Nur eine wirklich entschlossene Mutter eines angehenden Kinderstars würde im Winter in ihrem geparkten Wagen warten, um einen Produzenten auf dem Parkplatz abzufangen. »Will Tracey es mit einer Statistenrolle versuchen?«

»Nur wenn sie nicht für die Rolle der kleinen Amy genommen wird. Ich finde, sie sieht ihr sehr ähnlich, meinst du nicht auch?«

»Wem?«

»Der Hauptdarstellerin. Das ist die schöne Blonde in dem aquamarinblauen Kleid. Die Teenager-Amy spielt eine andere Schauspielerin, aber für die Kinderrolle brauchen sie noch ein Mädchen.«

Hannah schaute zu dem Tisch hinüber, an dem Lynne Hof hielt, umringt von den ansehnlichsten Möchtegern-Romeos von Lake Eden. »Du hast recht. Mir ist das bisher nicht aufgefallen, aber Tracey sieht aus wie Lynne.«

»Lynne?« Andrea schaute überrascht. »Sag nicht, du kennst sie auch!«

»Doch, natürlich. Ich war mit ihr und Ross auf dem College. Wir waren im selben Wohnheim untergebracht, direkt nebeneinander.«

»Oh, Hannah!« Andrea nahm ihre Hand. »Ich bin ja so froh, dass du auf dem College warst!«

»Dass ich meine Kenntnis der englischsprachigen Literatur nach Lake Eden gebracht habe, ist wohl nicht der *alleinige* Grund dafür.«

Andrea kroch die Röte in die Wangen, und sie schaute ein bisschen verlegen. »Das ist unfair, Hannah. Natürlich bin ich stolz auf dich, weil du so viel über Bücher und solche Sachen weißt. Aber was ich eigentlich meinte …«

»Es reicht«, unterbrach Hannah sie und lächelte, um ihren Worten die Schärfe zu nehmen. »Ich weiß genau, was du gemeint hast. Ich soll meinen Einfluss bei Ross und Lynne nutzen, damit Tracey eine Rolle bekommt.«

»Das ist wahr. Ich wirke vielleicht ein wenig kaltblütig, aber jeder nutzt doch seine Kontakte und umgekehrt. Das war eins der ersten Dinge, die ich während der Maklerausbildung gelernt habe.«

»Klar. Ich werde tun, was ich kann, Andrea. In meinen Augen ist Tracey für die Rolle die Richtige. Was ist mit dem jungen Mädchen, das die heranwachsende Amy spielt? Sieht sie auch wie Tracey aus?«

Andrea blickte zu dem Tisch, an dem viele Schauspieler saßen. »Meiner Ansicht nach ja, aber urteile selbst. Sie heißt Erica James und sitzt rechts neben Dean Lawrence.«

Hannah entdeckte sie und keuchte auf.

»Was ist los?«

»Gerade hat sie ihm einen heißen Blick zugeworfen, und er hat ihn erwidert. Und außerdem sitzt sie praktisch auf seinem Schoß! Wie alt ist diese Lolita überhaupt?«

»Lolita?«

»Eine Romangestalt von Nabokov.«

»Oh, *die* Lolita. Ich glaube, das mussten wir in der Highschool lesen.«

Hannahs Brauen schossen in die Höhe. Das bezweifelte sie doch stark, verzichtete aber auf eine Bemerkung.

»Du wolltest wissen, wie alt sie ist?« Andrea nahm den Gesprächsfaden wieder auf. »Ich habe Michelle danach gefragt, und sie meint, sie ist fünfzehn. Siehst du die Frau neben ihr?«

»Ja.« Hannah musterte die attraktive Dame neben dem jungen Mädchen.

»Das ist ihre Mutter. Sie heißt Jeanette, und laut Michelle wacht sie über Erica und passt auf, dass sie nicht in Schwierigkeiten gerät.«

»Dürfte sie einiges an Nerven kosten«, bemerkte Hannah und beobachtete, wie Jeanette ihre Tochter beim Arm nahm und zu sich heranzog, um ihr etwas ins Ohr zu flüstern. Erica schmollte, schob aber den Stuhl zurück und wechselte gehorsam den Platz mit ihrer Mutter. »Mrs James sieht müde aus. Vielleicht ist es gut, dass sie nicht mehr lange den Aufpasser spielen muss.«

»Was meinst du?«

»Am Dienstagabend kommt Sharyn mit dem Flugzeug an«, erklärte Hannah.

»Wer ist Sharyn?«

»Dean Lawrence' Frau.«

Andrea sah sie verblüfft an. »Sag nicht, die kennst du auch!«

»Nein, ich bin ihr noch nie begegnet. Ich weiß nur von Ross, dass sie für die letzten paar Drehtage hierherkommt und auch zur Abschlussparty bleiben wird.«

Andrea schaute neidisch. »Das ist so aufregend! Ich nehme an, du gehst auch hin, da du schließlich Ross und Lynne kennst. Ich habe gesehen, wie er einen Arm um dich gelegt hat. Er wird dich wahrscheinlich bitten, ihn zu begleiten. Mich wird man wohl nicht einladen.«

»Ich werde dafür sorgen, dass du eine Einladung bekommst«, versprach Hannah. Sicher würde Ross ihr den kleinen Gefallen tun. »Und wenn Tracey die Rolle bekommt, gehört ihr sowieso zum Team.«

»Da hast du recht. Das habe ich nicht bedacht. Oh, oh!«

»Was ›oh, oh‹?«

»Ich werde vorgeladen.«

»Von wem?«

»Mutter und Carrie. Wahrscheinlich wollen sie, dass ich Tracey wieder nehme. Ich gehe besser.«

»Ich komme mit. Ich habe meine Nichte noch gar nicht begrüßt.«

Die Schwestern standen auf und gingen zu dem Tisch,

an dem Delores und Carrie saßen. Tracey war nirgends zu sehen.

»Wo ist Tracey?« Andrea zog sich einen Stuhl hervor und setzte sich neben ihre Mutter.

»Bei Mr Barton. Er hat gefragt, ob er sie an seinen Tisch mitnehmen und der Schauspielerin vorstellen darf, die die Hauptrolle spielt.«

»Ach du Schreck!«, hauchte Andrea. Dann drehte sie sich zu Hannah, die sich gerade neben Carrie gesetzt hatte. »Das muss etwas Gutes bedeuten, oder?«

»Bestimmt nichts Schlechtes. Er würde sie den Leuten nicht vorstellen, wenn er nicht interessiert wäre.«

»Interessiert woran?«, fragte Delores.

»Tracey in dem Film mitspielen zu lassen.« Andrea strahlte übers ganze Gesicht. »Wir sind Mr Barton auf dem Weg hierher begegnet, und er hat uns für heute Nachmittag zum Vorsprechen eingeladen.«

»Habt ihr ein Exemplar des Skripts?« Carrie neigte sich zu Andrea und sprach leise, obwohl niemand sonst sie beachtete.

»Nein. Habt ihr etwa eins?«

»Selbstverständlich.« Delores öffnete ihre große Handtasche und ließ sie das Skript sehen. »Mr Barton hat es uns geschickt, nachdem wir zugesagt hatten, die Requisiten zu beschaffen, die sein Requisiteur nicht auftreiben konnte. Wir sollen darauf achten, dass alles historisch korrekt ist. Nimm die Tasche. In der Bibliothek gibt es einen Kopierer. Du kannst dir den Schlüssel von Marge holen und schnell nach oben gehen.«

Andrea nahm lächelnd die Tasche an sich. »Eine großartige Idee! Dann kann Tracey proben, bevor wir zum Vorsprechen gehen. Danke, Mutter. Du und Carrie, ihr seid die Besten!«

Als Andrea gegangen war, um Marge zu suchen, stand auch Hannah auf. »Ich werde mal besser sehen, ob Edna …«

»Tante Hannah!«, rief eine junge Stimme.

Hannah drehte sich um und sah Tracey und Ross auf sich zukommen. »Hallo, mein Schatz«, rief sie.

»Hallo«, antworteten beide gleichzeitig. Tracey und Ross schauten sich an und lachten.

Hannah stimmte ein. »Ich habe nicht dich gemeint, Ross, sondern meine Nichte.«

»Und da dachte ich, du erwärmst dich für mich«, erwiderte er ironisch grinsend.

Tracey blickte zwischen ihm und ihrer Tante hin und her. »Wahrscheinlich sagst du, das geht mich nichts an, aber flirtet ihr miteinander?«

Hannah und Ross antworteten gleichzeitig, sie mit Nein, er mit Ja.

»Aha.« Tracey kicherte. »Gebt mir einfach Bescheid, wenn ich nicht mehr Mr Barton sagen soll, sondern Onkel Barton, okay? Ich gehe jetzt zum Buffet und hole mir ein Dessert.«

Ross wartete, bis Tracey fort war, dann wischte er sich mit dem Taschentuch über die Stirn. »Puh! Ein erstaunliches Mädchen. Bei ihr muss man wirklich mit allem rechnen. Ich wette, du warst in dem Alter genauso.«

»Überhaupt nicht. Ich war ein scheues, zurückhaltendes Kind.« Hannah grinste dabei, und Ross lachte.

»Klar. Ich staune immer wieder, wie aufgeweckt Tracey ist. Als ich sie der Maskenbildnerin vorgestellt habe, hat sie gefragt, was der Unterschied zwischen Bühnen-Make-up, Film-Make-up und Alltags-Make-up ist.«

»Das ist typisch Tracey.« Hannah war stolz, dass ihre Nichte intelligente Fragen stellte, auch wenn sie manchmal für ein Mädchen ihres Alters ungewöhnlich waren. Man merkte Tracey an, dass sie viel mit Erwachsenen zu tun hatte. »War Lynne von ihr angetan?«

»Lynne ist begeistert von ihr. Sie haben sich ein paar Minuten unterhalten, und hinterher sagte Lynne, wenn sie mal eine Tochter bekommt, soll sie so werden wie Tracey.«

»Worüber haben sie sich unterhalten?«

»Über Lynnes Karriere. Tracey hat sie wohl in einem der Fernsehfilme gesehen und wollte wissen, ob Lynne in einer Szene wirklich geweint hat. Lynne sagte, das sei nur gespielt gewesen, und Tracey konnte das kaum glauben. Sie meinte, das hätte so echt gewirkt, dass sie selbst dabei geweint hat.«

Sehr geschickt, dachte Hannah, behielt das aber für sich. Schauspieler hörten es gern, wenn ihr Können gelobt wurde.

»Dann hat sie Lynne gebeten, das nicht ihrer Mutter gegenüber zu erwähnen, denn der Film ist zur Schlafenszeit gesendet worden, und sie hatte sich ins Wohnzimmer geschlichen und hat ihn heimlich geguckt.«

»Und Lynne hat es versprochen?«

»Natürlich«, antwortete er.

Hannah schüttelte den Kopf. Dabei fiel ihr etwas ein, was mal eine Professorin in einer Psychologievorlesung gesagt hatte: »Bringen Sie jemanden dazu, Ihnen einen Gefallen zu tun, dann steigen Sie in seinem Ansehen.«

Zunächst hatte Hannah das nicht eingeleuchtet, doch dann hatte sie gründlich darüber nachgedacht. Sie schrieb sich eine gute Menschenkenntnis zu, und wenn sie sich die Zeit nähme und die Mühe machte, jemandem einen Gefallen zu tun, dann musste derjenige es wert sein. Um ein Versprechen und einen Gefallen zu bitten war dasselbe, und Lynne hatte die Bitte gewährt. Das hieß, sie hatte nun eine höhere Meinung von Tracey.

Tracey wusste sicher nichts von den psychischen Mechanismen der Manipulation, dennoch hatte sie sie mit bewundernswertem Scharfsinn angewandt. Natürlich hatte sie von einer Meisterin gelernt, ihrer Mutter Andrea. Und auch von der Großmeisterin der Manipulation, ihrer Großmutter Delores.

»Also hat Tracey alle bezaubert?«, fragte Hannah, sicher, dass Ross das bejahen würde.

»Selbst Erica und deren Mutter, und die haben nur stumm dagesessen und einander böse angeguckt, bevor Tracey die Szene betreten hat. Sie haben ihr praktisch aus der Hand gefressen, und nach zwei Minuten haben sie sich wieder angelächelt. Wenn Tracey ihren Text gut spricht, werde ich sie nehmen.«

»Du wirst nicht enttäuscht sein«, versprach Hannah. »Sie ist ein talentiertes Mädchen und ein fröhliches Kind. Sie kommt mit jedem gut aus.«

»Das habe ich gesehen.«

Hannah kehrte lächelnd an den Tisch zu Delores und Carrie zurück. Wie es der Zufall wollte, hatte sie am vergangenen Abend eine Doku über die Mütter von Kinderstars gesehen, und da waren mehrere erwähnt worden, die entschieden heimtückisch reagiert hatten, wenn ihnen nicht erfüllt worden war, was sie für ihr Kind gefordert hatten. Und als Ross Delores und Carrie begrüßte, dachte Hannah unwillkürlich: Ich hoffe nur, dass Andrea nicht auch so wird!

»Jetzt mal unter uns: Ich finde sie für die Rolle perfekt.« Ross deutete mit einem Blick auf Tracey, die zwei Tische entfernt mit ihrer Freundin Karen Dunwright zusammensaß. »Ich wünschte, ich hätte ein Skript bei mir. Ihre Mutter könnte es ihr vorlesen.«

»Du meinst, sie könnte es ihrer Mutter vorlesen«, sagte Hannah. »Tracey liest bereits wie eine Fünftklässlerin. Sie hat sich vor anderthalb Jahren das Lesen selbst beigebracht, und seitdem verschlingt sie Bücher aus der Bibliothek.«

»Vielleicht sollte ich zum Wohnwagen laufen und ihr ein Skript holen.«

»Das ist nicht nötig«, gestand Delores, und eine schuldbewusste Röte färbte ihre Wangen. »Carrie und ich haben Andrea unser Exemplar gegeben. Sie ist gerade oben in der Bibliothek und kopiert es.«

Ross wirkte angesichts der Neuigkeit nicht verärgert. Er fand es anscheinend nicht verwerflich, dass sich Traceys Familie zusammengeschlossen hatte, um ihr einen Vorteil beim Vorsprechen zu verschaffen. »Wie kommen die Damen bei den Requisiten voran?«

»Ganz gut«, antwortete Delores für beide. »In den letzten Wochen haben wir die Dachböden und Schuppen von Farmhäusern durchstöbert. Ich denke, wir haben alles gefunden, was auf der Liste aufgeführt ist. Aber wir müssen etwas besprechen. Es gibt nämlich ein paar Unstimmigkeiten bei einer Sache aus den Fünfzigern.«

»Nämlich?«

»Ihr Requisiteur möchte für den Fernseher einen Kabelkasten von damals. In Kleinstädten in Minnesota gab es in den Fünfzigern noch kein Kabel.«

»Gut, dass Sie das wissen!«

»Das ist nicht alles, aber wir können uns später damit befassen«, sagte Carrie. »Delores und ich kennen diese Zeit noch persönlich; wir wissen noch, wie alles ausgesehen hat.«

Delores schoss ihr einen bösen Blick zu. »Carrie meint damit, dass die Leute in Lake Eden erst etwas Neues anschaffen, wenn das Alte nicht mehr brauchbar ist. Deshalb war der Fünfzigerjahre-Look bis weit in die Siebziger allgegenwärtig.«

Gut gerettet, Mutter!, dachte Hannah und überspielte ihr undamenhaftes Prusten, indem sie in ihre Serviette hustete. Delores war äußerst wendig und reaktionsschnell und würde eher über eine Weide voller Kuhfladen kriechen, als ihr wahres Alter preiszugeben.

Ross wechselte einen Blick mit Hannah, und sie sah ein amüsiertes Funkeln in seinen Augen. Dann wandte er sich Delores wieder zu. »Michelle hat mir erzählt, dass Sie Ihr Geschäft für den Winterkarneval umgestaltet hatten, damit es wie früher aussah, als der erste Bürgermeister darin lebte.«

»Das stimmt. Natürlich hatten wir aus der Zeit keine Fotos, aber Briefe seiner Frau, die sie an ihre Schwester an der Ostküste geschrieben hatte. Darin hat sie das neue Haus ausführlich beschrieben. Carrie und ich haben darüber hinaus ein wenig recherchiert und konnten die Inneneinrichtung nachstellen. Es war kurz vor der Jahrhundertwende gebaut worden und zur damaligen Zeit sehenswert.« Sie lachte verlegen. »Ich meine die vorige Jahrhundertwende, achtzehnhundertdrei, um genau zu sein.«

»Sehr beeindruckend. Es ist sicher viel verlangt, aber Michelle meint, Sie können das noch einmal tun, es jedoch wie in den Fünfzigern aussehen lassen.«

»Das können wir, Delores!«, sagte Carrie begeistert.

»Nun … sicher können wir das, aber …« Sie zögerte und seufzte, doch Hannah sah die Geldgier in ihren Augen leuchten. »Das wäre sehr viel Arbeit. Und wir müssten die anderen Antiquitäten alle irgendwo lagern.«

»Ich habe eine Crew von Handwerkern. Meine Schreiner können Ihnen ein Behelfslager errichten. Wir können es sogar gemäß den Vorschriften bauen, sodass Sie auch für die Zukunft ein Lager hätten.«

»Das wäre nett. Mehr Lagerraum können wir gut gebrauchen.«

»Meine Leute stehen zur Verfügung, fürs Anstreichen, Tapezieren, zum Möbelrücken, was immer nötig ist. Sie brauchen nur das Erdgeschoss herzurichten. Michelle hat mir Fotos von den Räumen gezeigt. Sie müssen baulich nicht verändert werden. Vielleicht müssten wir für einen bestimmten Kamerawinkel ein oder zwei Fensterscheiben herausnehmen, aber natürlich würden wir die hinterher wieder einsetzen.«

»Wie viel Zeit hätten wir für die Arbeit?«

»Da liegt das Problem. Wir bräuchten die Räume am Mittwochnachmittag.«

Ross sah dabei Carrie an, doch die hatte klug erkannt, wer die Verhandlung führte.

»Das muss Delores entscheiden«, sagte sie.

»Delores?« Er lächelte sie an. »Habe ich schon erwähnt, dass Sie für Ihre Mühe sehr gut bezahlt werden? Und dass nach Abschluss der Dreharbeiten meine Leute alles wieder in den vorigen Zustand versetzen?«

»Nein, das höre ich zum ersten Mal.«

Kommt endlich auf den Punkt, dachte Hannah, doch Ross und ihre Mutter schwiegen. Vielleicht war es Zeit, dass sie selbst die Initiative ergriff und die Sache zum Abschluss brachte, bevor die Schlagsahne auf Ednas Fruchtgelee-Parfait zerlief.

Sie warf einen Vorschlag in den Raum. »Wie wär's mit einer Erwähnung im Abspann?«

»Gute Idee! Delores und Carrie, Ihre Namen in den Credits? Und vielleicht gibt es eine kleine Rolle für Sie beide. Nur ein kurzer Auftritt, bei dem Sie einen Satz sprechen. Das könnte Ihnen Spaß machen. Haben wir einen Deal?«

Delores schaute Carrie an. Die nickte wie eine der Wackelkopffiguren, die Doc Bennett auf dem Fensterbrett stehen hatten, damit seine jungen Patienten bei der Behandlung abgelenkt waren.

»Wir haben einen Deal«, antwortete Delores.

»Herzlichen Dank Ihnen allen, dass Sie uns heute Nachmittag hierher eingeladen haben.« Ross stand an dem Pult, an dem Bürgermeister Bascomb gewöhnlich die Stadtratssitzungen eröffnete. »Es zeugt von wahrer Gastfreundschaft, dass Sie für die gesamte Filmcrew einen Brunch ausrichten. Ich muss sagen, wenn der Film nur halb so gut wird wie das Essen, das wir hier genossen haben, dann wird er ein Kassenschlager.«

Darauf wurde gelacht, und Ross wartete, bis es wieder still war. Hannah war beeindruckt. Früher war er anderen Leuten gegenüber schüchtern gewesen, doch in den Jahren, nachdem ihre Verbindung abgerissen war, hatte er enorm an Selbstbewusstsein gewonnen.

»Michelle Swensen ist meine Produktionsassistentin, und sie sagt, dass man in einer Stadt von der Größe Lake Edens nur einem Menschen etwas zu erzählen braucht, und ehe der Tag um ist, weiß es die ganze Stadt. Weiß hier jeder, dass wir für die Massenszenen Statisten brauchen und dass wir auf Ihre Hilfe hoffen?«

Das brachte ihm neuen Applaus ein, und aus der Highschool-Ecke kamen ein paar anerkennende Pfiffe. »Und wissen Sie auch, dass Sie heute Nachmittag an der Schule für eine Komparsenrolle vorsprechen können?«

»Wissen wir!«, rief jemand, und Ross lachte.

»Das dachte ich mir, denn, wie Michelle sagte: Man braucht es nur einem zu erzählen, und ich habe es ihr erzählt.«

Diesmal lachte der ganze Saal, und Michelle stand auf und verbeugte sich.

»Das Vorsprechen findet von zwei bis vier in der Aula der Jordan High statt. Dort werden Anmeldeblätter für Statistenrollen ausliegen, und wir müssen auch etwa ein halbes Dutzend kleine Sprechrollen besetzen.« Er blickte zu Michelle, damit sie es bestätigte, doch die schüttelte den

Kopf. »Okay, ich habe mich geirrt. Wie viele Rollen sind es?«

»Mit dem Klempner sind es zwölf«, antwortete sie.

»Nun weiß ich Bescheid. Es sind zwölf kleine Sprechrollen. Ich hoffe, Sie kommen alle, um sich als Statist für eine Massenszene zu melden oder es mit einer Sprechrolle zu versuchen. Wir brauchen …« Er unterbrach sich und streckte die Hand zu Michelle aus. »Haben Sie die Liste?«

Sie ging zum Pult und gab sie ihm, worauf Ross davon ablas.

»Wir brauchen einen Klempner, zwei Kellnerinnen für eine Cocktailparty, eine Grundschullehrerin, einen Floristen, einen Caterer, einen Busfahrer, einen Partyplaner, einen Pianisten, einen Tankwart, einen Postboten und …« Ross hielt inne, um Spannung zu erzeugen, »… einen lausigen Autofahrer, der gerade einen Unfall erlitten hat. Aber gehen Sie jetzt nicht raus, um Ihr Auto zu demolieren. Wir werden es in keiner Filmszene sehen. Der Fahrer muss lediglich in die Maske, damit unser Team ihm Blutergüsse schminken und Verbände anlegen und ein Paar Krücken geben kann.«

Ross kam noch einmal auf die Formulare zu sprechen. »Es müssen noch ein paar größere Rollen besetzt werden. Wir brauchen zwei Polizisten, zwei Damen, die bei der Cocktailparty auftreten, jemanden, der die weibliche Hauptfigur als Kind spielt, und einen Bürgermeister. Ach ja, und wir brauchen eine Katze.«

»Eine lebendige Katze?«, fragte jemand.

»Eine lebendige Katze. Hat hier jemand einen großen orange-weißen Kater, der fünfundzwanzig Pfund wiegt, auf einem Auge blind ist und ein eingerissenes Ohr hat?«

Hannah sank das Kinn herab, als sich der ganze Saal nach ihr umdrehte. »Ich … Das ist *mein* Kater!«

»Ich weiß«, sagte Ross, und alle lachten. »Deine Schwester hat mir von ihm erzählt, und ich dachte, den möchten wir in dem Film haben. Du brauchst ihn nicht zum Vorsprechen in die Schule zu bringen. Ich weiß, dass Katzen nicht gern Auto fahren. Iss heute im *Lake Eden Inn* mit mir zu Abend, dann kannst du mir alles über ihn erzählen. Und anschließend, wenn alles geklärt ist, fahren wir zu dir, damit ich ihn mir ansehen kann. Bist du einverstanden?«

»Ja.« Hannah lächelte ihn an, und dann fiel ihr Blick auf Mikes finsteres Gesicht. Sie drehte ein wenig den Kopf und sah, dass Norman genauso böse guckte.

»Oh, oh«, hauchte sie und schluckte schwer. Wenn sie nicht alles täuschte, hatte Ross sie gerade vor der versammelten Stadt um ein Date gebeten, und sie hatte Ja gesagt.

7

Die Aula der Jordan High war voll besetzt, nur in der letzten Reihe waren noch etliche Plätze frei. Durch den Balkon darüber war die Akustik dort nicht gut, sodass sie gemieden wurde. Aber Hannah war die letzte Reihe gerade recht, da sie nur gekommen war, um Tracey beim Vorsprechen zu sehen. Sie würde, wenn ihre Nichte dran war, einfach aufstehen und im Seitengang nach vorn gehen.

»Hannah!«

Sie fuhr herum, als sie die vertraute Stimme hörte. »Hi, Linda … Ross sagte allerdings, ich soll dich nicht mehr so nennen. Du heißt jetzt Lynne Larchmont.«

»Für dich bin ich immer noch Linda. Es ist toll, dich wiederzusehen! Du hast dich kein bisschen verändert.«

»Aber du. Du bist jetzt so glamourös.«

»Das sollte ich auch!« Die neue glamouröse Lynne lachte leise. »Denn ich habe viel Geld hingeblättert, um so auszusehen. Meine Zahnarztrechnung war astronomisch, ganz zu schweigen davon, was ich dem plastischen Chirurgen zahlen musste und was mein Make-up und die Friseurin ständig kosten. Glamour kann man kaufen, weißt du?«

»Aber du hast auch abgenommen. Das kann man nicht mit Geld kaufen.«

»Stimmt. Gewichtsverlust ist der Vorteil, wenn man arm ist. Ich hatte so wenig Geld, als ich nach L. A. gezogen bin; ich konnte mir kein Essen leisten.«

»Was hast du dagegen unternommen?«

»Ich habe die Männer, mit denen ich mich verabredet habe, gebeten, mit mir in All-you-can-eat-Restaurants zu gehen. Ich habe meine größte Handtasche innen mit Plastikfolie ausgeschlagen. Wenn der Typ nicht hinsah, habe ich Essen hineinfallen lassen und bin häufig zum Buffet gegangen. Ich habe damals kaum mehr als einen Dollar für Essen ausgegeben, bis ich meine erste Rolle bekommen habe. Und bis dahin hatte ich zwanzig Pfund abgenommen.«

Hannah lachte, war aber ein bisschen neidisch, als Lynne sich neben sie setzte. In der College-Zeit hatten sie noch Kleidung untereinander tauschen können, aber inzwischen war Lynne so schlank wie Andrea. Anstatt an die zwanzig Pfund zu denken, die sie abnehmen sollte und wahrscheinlich so bald nicht loswerden würde, beschloss Hannah, das Thema zu wechseln. »Es tut mir leid, dass du dich von Ross getrennt hast. Ich dachte immer, ihr wart das perfekte Paar.«

»Dachte ich auch, eine Zeit lang jedenfalls. Aber man wird erwachsen, und man ändert sich. Ross und ich wollten jeder etwas anderes vom Leben und haben uns entfremdet.«

Hannah schwieg dazu. Ihr war es damals nicht so vorgekommen, als hätten sie sich in ihren Wünschen so sehr unterschieden. Lynne hatte Schauspielerin werden wollen,

Ross Drehbuchautor und Produzent. Und da sie genau das geworden waren: Wo blieben da die Unterschiede?

»Mir tut die Sache mit Bradford ungeheuer leid.« Lynne fasste ihr an den Arm. Der Genannte war zu ihrer College-Zeit Assistenzprofessor gewesen und hatte eine Beziehung mit Hannah angefangen, ohne zu erwähnen, dass er verlobt war. »Ich weiß, dass dein Vater gestorben ist und dass das der offizielle Grund war, warum du das College geschmissen hast, aber Ross und ich haben vermutet, dass Bradford damit zu tun hatte. Er ist inzwischen geschieden, nur falls du interessiert bist.«

»Nicht mal an einem sehr einsamen Abend«, erwiderte Hannah und beließ es dabei. »Was hältst du von meiner Nichte Tracey?«

»Sie ist absolut entzückend! Es ist, als redete man mit einer kleinen Erwachsenen, und genau so muss die Darstellerin sein, die die junge Amy spielt. Ich habe schon zu Ross gesagt, dass ich sie für die Richtige halte.«

Hannah strahlte unwillkürlich. Sie liebte es, wenn die Leute ein Loblied auf Tracey sangen.

»Sie sollten jeden Moment mit den Proben für die Sprechrollen anfangen. Ross ist gerade mit den letzten zwei Bewerbern für die kleinen Sprechrollen befasst, und dann nimmt er wahrscheinlich die Amy-Rolle dran.«

»Wie viele Kinder bewerben sich?«, erkundigte sich Hannah.

»Drei. Ross hat sie mir vorgestellt, und du kannst mir glauben, für Tracey sind sie keine Konkurrenz. Erstens legt sie genau das richtige Benehmen an den Tag. Die anderen zwei sind hübsch und bezaubernd, aber man nimmt ihnen das ernste Mädchen nicht ab. Du weißt, was ich meine?«

»Nicht so ganz.«

»Okay. Ich erkläre es mal anders. Man sollte den Eindruck haben, dass hinter den hübschen blauen Augen ein Verstand arbeitet. Das Gesicht mag lachen, aber der Verstand hinter der Stirn denkt ständig nach, plant voraus, ist immer auf Vorsicht bedacht.«

»Damit hast du Tracey haargenau beschrieben, nur das Letzte trifft nicht zu. Das klingt ein bisschen paranoid.«

»Und so ist Amy. Bedenke, dass sie einen manisch-depressiven Vater hat. Und in den manischen Phasen hat er ein Aggressionsproblem. Amy und ihr Bruder sind die Einzigen, die diese Aggressionen zu sehen bekommen. Amy ist noch ein Kind, doch sie schätzt sehr sorgfältig und treffsicher ein, in welcher Stimmung ihr Vater ist, und verhält sich dementsprechend. Er schlägt sie nie, aber nur, weil sie ihn in diesen Phasen niemals verärgert.«

Hannah runzelte die Stirn. »Warum erzählt sie niemandem davon?«

»Sie fürchtet, dass ihr keiner glaubt.«

»Eine schlimme Situation«, bemerkte Hannah.

»Genau. Das ist jedenfalls die Familiendynamik, und die Figuren sind spannend. Ich habe mich eine Weile mit Tracey unterhalten und bin sicher, sie kann die Rolle spielen. Ich bleibe hier und sehe sie mir mit dir zusammen an. Und danach werde ich noch ein gutes Wort bei Ross einlegen.« Lynne reckte den Kopf und seufzte übertrieben. »Oh, sieh nur, da ist der umwerfende Detective!«

»Mike Kingston.« Hannah beobachtete ihn, wie er über die Bühne schritt. Er war in Uniform und bewegte sich entsprechend den Anweisungen, die in der letzten Reihe nicht zu hören waren.

»Du kennst ihn?«, fragte Lynne, und dann gab sie ein kleines Lachen von sich. »Natürlich kennst du ihn. Wie könnte es anders sein? Lake Eden ist ziemlich klein, und du kennst wahrscheinlich jeden. Ich sag dir was, Hannah … Wenn ich meinen Mann nicht so lieben würde, würde ich mich an ihn ranschmeißen.«

Hannah lag eine witzige Bemerkung auf der Zunge, etwa: Du kannst ihm über die Enttäuschung mit mir hinweghelfen, ich habe gerade seinen Heiratsantrag abgelehnt. Aber sie verkniff sich das. Erstens hätte das angeberisch geklungen, und zweitens waren sie nicht mehr so gut befreundet wie früher, sodass ihr Liebesleben oder vielmehr ihr mangelndes Liebesleben Lynne nichts anging.

Als Mike die Bühne verließ, drehte Lynne sich zu ihr. »Sie werden jetzt eine Pause machen und dann die Bewerber für die Sprechrollen anhören. So läuft es immer.«

»Vielleicht ist nun ein guter Zeitpunkt, um Mr Lawrence kennenzulernen«, schlug Hannah vor. »Ross hat mich gebeten, für ihn zu backen, und ich muss wissen, wie er den Käsekuchen am liebsten hat.«

»Mit Kirschen.«

Hannah nickte. »Das weiß ich schon, aber es gibt verschiedene Arten von Kirschkäsekuchen. Mag er den leichten, lockeren, bei dem die Kirschen in den Teig gerührt werden, oder lieber den festen, schweren, bei dem die Kirschen obendrauf liegen?«

Lynne zuckte mit den Schultern. »Das weiß ich nicht. Er spricht meistens nur von ›Kirschkuchen‹. Gehen wir ihn fragen.«

Kurz darauf wurde Hannah dem Mann vorgestellt, der von allen Anwesenden das am meisten bühnenhafte Aussehen hatte. Dean Lawrence war nicht groß, machte das aber durch schroffe Gesichtszüge wett, die durchaus attraktiv wirkten. Wie er an der Bühnenseite stand, erinnerte er Hannah an einen Kampfhahn. Dass seine Haare zerzaust waren und auf dem Scheitel abstanden, trug zu diesem Eindruck bei, und der Krawattenschal hatte zudem ein Muster, bei dem man unweigerlich an Halsfedern dachte.

»Freut mich, Sie kennenzulernen, Mr Lawrence«, begann Hannah höflich, nachdem Lynne sie vorgestellt hatte.

»Sagen Sie Dean, Schatz. Nur meine Feinde nennen mich Mr Lawrence.«

Schatz? Hannah gab sich größte Mühe, nicht gereizt zu reagieren. Von jemandem, den sie gerade zum ersten Mal sah, wollte sie wirklich nicht mit Kosenamen angesprochen werden. »Ich backe Ihre Kirschkäsekuchen, Mr … äh … Dean. Ich wüsste gern Ihre Vorlieben.«

»Meine Vorlieben?«

»Ja. Möchten Sie ihn leicht oder dicht?«

»Leicht oder dicht?« Er wirkte ratlos.

»Ja. Ein leichter Käsekuchen ist locker, ein dichter Käsekuchen ist schwer.«

»Oh. Ich verstehe, was Sie meinen. Ich mag gern schweren Käsekuchen, sehr schweren. Und er sollte sehr geschmeidig sein. Er sollte auf der Zunge zergehen«, erklärte er.

»Okay. Möchten Sie ihn denn mit einem süßen Teig oder mit einem, der wie Toast schmeckt?«

»Mit einem süßen. Ich habe eine Schwäche für Süßes, Schatz.«

Da war er wieder, der unangebrachte, unwillkommene Kosename. Hannah ignorierte das nach Kräften und stellte die nächste Frage. »Und wie ist es mit den Kirschen? Sollen sie im gesamten Kuchen sein als Farbtupfer oder als Schicht obendrauf liegen?«

»Obendrauf mit einer Kirschsoße, die an den Seiten runterlaufen soll. Und ich möchte eine Schicht Schmand unter den Kirschen. Soweit ich weiß, macht das einen New Yorker Käsekuchen aus. Meinen Sie, dass Sie so einen Kirschkuchen hinkriegen?«

»Aber sicher.«

»Das ist die richtige Haltung, Schatz! Niemals sagen, dass man etwas nicht kann, bevor man es versucht hat, stimmt's?«

»Stimmt. Ich liefere den Kuchen jeden Morgen um neun zu Ihrem Wohnwagen.«

»Wunderbar, Schatz. Ich werde mit der Gabel in der Hand auf Sie warten.« Er wandte sich abrupt von Hannah ab und winkte Ross, der sich gerade in eine der ersten Reihen gesetzt hatte. »Können wir loslegen, Duckie?«

»Können wir«, sagte Ross ohne weitere Reaktion. Da Michelle erwähnt hatte, dass sie seit zwei Monaten drehten, war Ross wohl schon an Deans Kosenamen gewöhnt.

»Sag mal …«, begann Hannah und wartete mit dem Rest der Frage, bis sie und Lynne außer Hörweite waren. »Gibt Dean jedem irgendeinen Kosenamen?«

»Oh ja. Die Frauen nennt er ›Schatz‹, die Männer ›Duckie‹. Ich weiß nicht, warum er das tut. Er ist nicht mal Engländer!«

»Ich hätte da eine Vermutung.«

»Nämlich?«

»So braucht er sich die vielen Namen nicht zu merken.«

8

»Warte nur, bis du siehst, was auf dem Dessertwagen steht«, meinte Hannah, als die Schülerin Amber Coombs den üppig beladenen Servierwagen auf sie zuschob. Schon von Weitem sah Hannah Sallys Neapolitaner aufragen, cine aus sechs Schichten bestehende Kreation aus Schokoladen-, Vanille- und Erdbeerteig mit der jeweils passenden Creme dazwischen.

Ross wimmerte theatralisch, als er die Süßspeisen sah, und Hannah konnte es ihm nur zu gut nachfühlen. Es war nahezu unmöglich, nur ein Dessert zu wählen, wo doch alle so verlockend aussahen.

»Ich will von allem etwas«, meinte Ross.

»Ich auch. Aber wenn wir so viel essen, wird Amber uns nachher rausrollen müssen.«

»Wir hätten die Vorspeise weglassen oder besser gleich zum Dessert übergehen sollen.« Ross löste sich von dem herrlichen Anblick und lächelte Hannah an. »Ich erinnere mich noch an dein Motto in der Collegezeit. ›Immer das …‹«

»… Dessert zuerst«, schloss Hannah.

»Wie wär's, wenn wir uns zwei aussuchen und teilen?«

»Gute Idee. Das ist fast, als würden wir jeder zwei ganze essen.« Hannah blickte lächelnd zu Amber Coombs hoch, die sich das Lachen verkniff. »Ich nehme ein Stück von Sallys Schokoladenkuchen ohne Mehl. Mit zwei Gabeln bitte.«

Ross hatte ein Auge auf den Aprikosenbrotpudding geworfen und bestellte, ohne den Blick davon zu lösen. »Und ich nehme von dem Brotpudding. Ich träume schon von Hannahs Brotpudding, seit sie ihre Rezepte zusammengepackt und das College verlassen hat. Der sieht ganz so aus, als wäre er von dir, Hannah.«

»Weil es so ist«, erwiderte Amber. »Mrs Laughlin hat Miss Swensens Rezept benutzt.«

»Also, das ändert alles!« Ross grinste. »Wenn er von Hannah ist, nehme ich eine doppelte Portion.«

»Soll ich ihn erwärmen?«

»Oh ja.«

»Mit Schmand, mit Schlagsahne oder mit Vanilleeis?«

»Oh ja.«

Amber lachte auf, nahm sich aber schnell zusammen. »Heißt das, Sie möchte alle drei Sorten, Sir?«

»Nein, ich nehme ihn mit Schmand. So hat Hannah ihn immer serviert.« Ross schaute zu Amber hoch, die sehr hübsch und schlank aussah in ihrem schmeichelhaften Kellnerinnen-Dress. »Ich wünschte, Sie wären heute Nachmittag beim Vorsprechen gewesen, Amber. Ich hätte Sie für eine der beiden Kellnerinnen gecastet.«

Amber, die sich bis zu diesem Augenblick wie eine typische Kellnerin verhalten hatte, fiel plötzlich aus der Rolle. »Wirklich, Mr Barton?«, fragte sie mit kieksender Stimme.

»Absolut. Aber uns zu bedienen ist praktisch ein Vorsprechen, nicht wahr?«

»Wenn Sie meinen, Mr Barton.« Amber konnte ihre Freude kaum verbergen.

»Dann haben Sie die Rolle, wenn Sie sie möchten. Meinen Sie, Sie können das in Ihrem Terminplan unterbringen?«

»Oh ja!«, hauchte sie. »Mr Purvis, er ist unser Direktor, hat uns erlaubt, beim Unterricht zu fehlen, wenn wir in dem Film mitspielen. Wir müssen die Arbeit nur nachholen.«

Ross erklärte darauf, dass er von ihrer Mutter eine schriftliche Erlaubnis brauche, und sagte ihr, wann sie sich in der Garderobe einfinden müsse. Amber konnte offenbar nicht aufhören zu lächeln, als sie mit dem Dessertwagen den Tisch verließ. Sie tänzelte praktisch durch den Speiseraum.

»Vielleicht war das ein Fehler«, sagte Ross, der zusah, wie das aufgeregte junge Mädchen den Wagen in die Restaurantküche schob.

»Du meinst … du möchtest sie lieber doch nicht in dem Film auftreten lassen?«

»Oh doch, das will ich. Aber sie ist jetzt dermaßen aufgeregt, dass sie vielleicht vergisst, mir den Brotpudding zu bringen.«

Eine Stunde später schloss Hannah ihre Wohnungstür auf. Amber hatte das Dessert für Ross nicht vergessen, und Hannah hatte mit ihm zusammen geschwelgt.

»Du bleibst besser hinter mir«, riet Hannah mit der Hand am Türknauf.

»Okay, aber warum?«, wollte Ross wissen.

»Moishe hat eine ganz eigene Art, mich zu Hause zu begrüßen.«

»So?«

»Er springt mir in die Arme. Und da er über zwanzig Pfund wiegt, taumle ich ein, zwei Schritte nach hinten … besonders wenn ich vergesse, mich zu wappnen.«

»Gewarnt sein heißt gewappnet sein.« Ross stellte sich dicht hinter sie und legte die Hände an ihren Rücken. »Wenn er dich umreißt, fange ich dich auf.«

»Einverstanden.« Hannah spürte überrascht, wie ihr Körper darauf reagierte. Schon diese völlig harmlose Berührung mit Handschuhen an ihrem dicken Mantel ließ ihr Herz schneller schlagen.

Ross lachte verblüfft, als Hannah die Tür aufstieß und ein orange-weißes Fell durch die Luft auf sie zusauste. Hannah fing ihren Kater geübt auf, widerstand der Versuchung, sich absichtlich gegen Ross fallen zu lassen, und ging voran ins Wohnzimmer.

»Das ist Ross«, sagte sie zu Moishe, kraulte ihn kurz hinter den Ohren und setzte ihn auf die Rückenlehne der Couch. »Wenn du dich niedlich gibst, lässt er dich in einem Film auftreten.« Sie drehte sich zu dem schmunzelnden Ross um. »Das ist mein Mitbewohner Moishe.«

»Ein Glückspilz«, bemerkte Ross grinsend.

Der Kater starrte Hannah an, als verarbeitete er gerade, dass er Filmstar werden sollte, und machte dann einen Buckel mit hoch aufgerichtetem Schwanz. Für ein, zwei Augenblicke blieb er in der Haltung, entspannte sich schließlich und machte das »Katzentoupet«, wie Hannah es nannte. Das hieß, er streckte sich so flach auf der Rückenlehne aus, dass man ihn für ein Fell hätte halten können.

»Er posiert«, erklärte Hannah. »Meinst du, er spricht gerade vor?«

»Zweifellos. Er muss das mit dem Katzenfilmstar verstanden haben und möchte seine Pfotenabdrücke vor dem Grauman's Theatre verewigt sehen.«

»Und natürlich einen Stern auf dem Walk of Fame bekommen.« Hannahs Grinsen ging in Lachen über, als Moishe den Kopf hob und herzhaft gähnte, sodass sie seine scharfen weißen Zähne sahen. Dann drehte er die Ohren, zuerst beide gleichzeitig, wie zwei Parabolantennen, die sich auf dasselbe Signal ausrichten, und dann getrennt voneinander, ein Ohr nach vorn, das andere nach hinten.

»Ich kann es übrigens immer noch nicht«, sagte Ross zu Hannah. »Du etwa?«

Hannah schüttelte den Kopf. Sie wusste genau, worauf er anspielte. Während ihrer gemeinsamen College-Zeit hatte Lynne sich beigebracht, eine Hand vor der Brust zu drehen und sich mit der anderen rhythmisch auf den Oberkopf zu klopfen. Beide Hände mussten gleichzeitig beginnen. »Ich habe es monatelang probiert und nicht geschafft. Ich glaube, nur durch Üben lernt man es nicht.«

»Das denke ich auch. Ich habe geübt, Lynne nicht. Sie konnte es gleich beim ersten Versuch. Bestimmt könnten wir einen psychologischen Maßstab entwickeln über die Unterschiede zwischen Menschen, die das beherrschen, und denen, die es nicht können, aber vermutlich sollten wir uns jetzt nicht darin vertiefen.«

Hannah blickte ihn scharf an, doch er musterte Moishe. Ross hatte behauptet, es mache ihm nichts mehr aus, dass Lynne mit ihm Schluss gemacht hatte, doch Hannah hatte einen gewissen Unterton herausgehört, der ihr verriet, dass zwischen den beiden nicht alles eitel Sonnenschein war. Es ging sie eigentlich nichts an, und sie würde ihn jetzt keinesfalls darauf ansprechen, doch die Neugier juckte sie. »Möchtest du einen Kaffee?«

»Sehr gern, sofern du es nicht eilig hast, ins Bett zu kommen oder so.«

Was für eine Anmache!, dachte Hannah, aber das war es vermutlich nicht, und ihr war nicht ganz klar, ob sie deswegen enttäuscht war oder nicht. »Ein Kaffee ist schnell aufgebrüht. Gewöhnlich bleibe ich mindestens bis zehn Uhr auf, wenn ich am nächsten Tag arbeiten muss, und es ist erst kurz nach neun.«

»Okay. Du bist der Boss«, erwiderte er. »Um wie viel Uhr öffnest du das Café?«

»Im Augenblick um neun. Im Sommer, wenn die Touristen da sind, allerdings früher.«

»Na, für uns brauchst du nicht vor zehn aufzumachen, du gewinnst also eine Stunde.«

»Im Grunde nicht. Ich habe zugesagt, Mr Lawrence um neun Uhr einen Kuchen zu liefern, und den muss ich gleich noch backen. Dazu brauche ich zwei Stunden.«

»Soll ich dir dabei Gesellschaft leisten?«

»Sicher.« Hoffentlich war Ross damit zufrieden, die meiste Zeit am Küchentisch zu sitzen und Kaffee zu trinken. Da er nun ein großer Filmproduzent war, hatte er vielleicht eine andere Vorstellung davon, wie angemessenes Verhalten unter zwei Freunden aussah, die sich seit Jahren nicht gesehen hatten. Doch er war ihr Gast, und das hieß, sie bestimmte die Rahmenbedingungen.

Als sie mit zwei Tassen Kaffee ins Wohnzimmer zurückkehrte, saß Ross auf der Couch und Moishe auf seinem Schoß. »Er weiß anscheinend, dass das eine Casting-Couch ist«, scherzte sie und wünschte im nächsten Moment, sie hätte sich das verkniffen, denn Ross lächelte verschmitzt.

»Na ja, er hat die Rolle bereits in der Tasche; er muss sich also nicht mehr verausgaben. Seine Besitzerin allerdings könnte …«

Wie aufs Stichwort jaulte Moishe und unterbrach die Bemerkung ihres alten College-Freundes, die zweifellos der Auftakt eines spielerischen Geplänkels werden sollte. Ihr besitzergreifender Kater erhob sich und ließ sich zwischen ihnen nieder, um mögliche Intimitäten zu unterbinden.

»Macht er das bei jedem?«, fragte Ross, und in dem Moment klingelte das Telefon.

»Nur bei Männern.« Hannah griff nach dem Telefon und nahm den Hörer ab. »Hallo?«

»Hi, Hannah.« Sie runzelte die Stirn, als sie Mikes Stimme erkannte. »Ich wollte dir nur sagen, dass bei dir wieder jemand durch die geschlossene Schranke gefahren ist.«

»Ich weiß. Sie war abgebrochen, als wir herkamen. Das passiert immer wieder mal. Die Leute stecken ihre Torkarte zwischen die Kreditkarten in die Brieftasche, und der Magnetstreifen wird beschädigt. Dann führen sie die Karte in das Lesegerät ein, schauen nicht mehr richtig hin und fahren einfach los. Und wenn sich die Schranke nicht öffnet, weil die Karte kaputt ist, haben wir den Salat.«

»Wahrscheinlich hast du recht, aber sicher ist das nicht.«

Mike klang sehr ernst. »Jemand könnte eingebrochen sein, und ich dachte, ich sollte dich warnen.«

»Okay, nun bin ich gewarnt. Danke für den Anruf, Mike.«

»Leg nicht auf, Hannah! Ich dachte gerade, vielleicht sollte ich zu dir rüberkommen, damit du nicht allein bist. Ich meine, du solltest nicht allein sein, wenn da jemand herumstreunt und auf eine günstige Gelegenheit für einen Einbruch lauert.«

Und du bist ausschließlich auf meine Sicherheit bedacht, dachte sie, sagte jedoch etwas anderes. »Ist schon gut, Mike. Ich bin nicht allein.«

»Nicht? Aber es ist fast zehn, und in der Woche gehst du immer um zehn ins Bett. Du musst doch morgen früh raus, oder nicht?«

»Eigentlich nicht. Ross hat mir gerade gesagt, dass ich für die Filmleute erst um zehn zu öffnen brauche.« Sie ließ unerwähnt, dass sie gleich einen Kirschkäsekuchen zu backen hatte. »Ist das nicht wunderbar?«

»Wunderbar«, wiederholte Mike, was entschieden geheuchelt klang. »Also … vielleicht werde ich da draußen joggen gehen und auf dem Gelände patrouillieren. Du weißt schon, nur um sicherzugehen. Die zerbrochene Schranke lässt mir keine Ruhe, seit ich sie gesehen habe.«

Erwischt!, dachte Hannah grinsend. Sie hatte von Anfang an vermutet, dass Mike anrief, weil er auf Ross eifersüchtig war, der gerade mit ihr Zeit verbringen durfte, und das war nun bewiesen. »Seit du sie *gesehen* hast?«

Mike räusperte sich. »Ja. Äh … es ist so, Hannah. Ich bin vorhin daran vorbeigekommen. Jemand hat einen Kerl gemeldet, nach dem gefahndet wird. Und da ich gerade in der Nähe war, bin ich bei dir vorbeigefahren, um zu gucken, ob du zu Hause bist. Da habe ich die zerbrochene Schranke gesehen.«

»Verstehe.« Sie verstand viel mehr, als Mike wahrscheinlich hoffte. »Nun, du brauchst dich nicht zu bemühen. Hier ist alles bestens. Aber danke für deine Sorge. Das weiß ich zu schätzen. Bis morgen, Mike.«

»Mike ist eifersüchtig?«, fragte Ross, sowie sie aufgelegt hatte.

»Könnte man so sagen. Ich vielleicht nicht, weil das nicht nett wäre, du könntest es jedoch sagen.«

Ross lachte. »Er ist eifersüchtig, na schön. Wahrscheinlich, weil du seinen Antrag abgelehnt hast.«

»Woher weißt du denn davon?«

»Von Michelle«, antwortete er. »Ich habe sie gefragt, ob du mit jemandem zusammen bist, und sie hat mich aufgeklärt.«

»Anscheinend weiß jeder über meine Angelegenheiten Bescheid.« Sie versuchte, nicht mürrisch zu klingen.

»Das geht vielen so. Ich gebe ihm fünf Minuten. Und du?«

»Wem?«

»Norman. Mike dürfte sich gerade mit ihm in Verbindung setzen. Wahrscheinlich sind sie jetzt ganz dicke miteinander, seit du sie beide abgewiesen hast. Nichts kann zwei Rivalen derart zusammenschweißen wie ein dritter Kerl, der ins Spiel gekommen ist.«

»Und dieser dritte bist du?« Hannah sah sein gemeines Grinsen und lächelte widerwillig.

»Oh ja. Der bin ich. Also, willst du wetten oder …« Das Telefon klingelte, und er lachte. »Da ist er schon.«

»Das ist er nicht.«

»Woher willst du das wissen?«

»Sieh dir Moishe an.« Sie deutete auf ihren Kater.

»Was ist mit ihm los?«, fragte Ross. »Er sieht wie aufgeblasen aus und sträubt das Fell.«

»Das tun Katzen, wenn sie wütend sind oder Angst haben. Damit wirken sie größer, als sie sind, und das soll den Gegner in die Flucht schlagen. Das macht Moishe immer, wenn meine Mutter anruft. Sein Gespür ist nicht untrüglich, doch er liegt häufiger richtig als falsch.« Sie nahm den Hörer ab. »Hallo, Mutter.«

»Ich wünschte, du würdest dich nicht so melden, Hannah«, klagte Delores, aber nur halbherzig, wie Hannah heraushörte. »Carrie hat mich soeben angerufen. Sie sagte, Norman habe ihr erzählt, dass Ross noch immer bei dir ist. Meinst du nicht, es ist Zeit, ins Bett zu gehen?«

»Was für eine fabelhafte Idee!« Hannah drehte grinsend den Kopf zu Ross. »Ich sage ihm gleich, dass du das vorgeschlagen hast. Ich hatte ja keine Ahnung, dass du so liberal denkst.«

Aus dem Hörer kamen Stotterlaute, die sehr wie Bills alter Ford klangen, wenn die Zündkerzen verrußt waren. »Das habe ich nicht gemeint, und das weißt du!«, brachte Delores schließlich hervor. »Was tust du da, Hannah?«

»Wir trinken Kaffee, Mutter. Und gleich werde ich einen Kirschkäsekuchen backen. Aber was du vorgeschlagen hast, dürfte viel mehr Spaß machen als …«

»Hannah Louise!«, unterbrach Delores streng. »Hör sofort damit auf!«

»Ich veräpple dich nur, Mutter.«

»Nun, das ist nicht lustig! Ich möchte, dass du den Kuchen sofort backst. Und dann schickst du Ross nach

Hause. Bedenke, du musst dir morgens im Spiegel noch in die Augen sehen können.«

Hannah hörte es klicken und legte lachend auf. »Wie gemein ich doch sein kann. Ich habe meine Mutter so sehr geärgert, dass sie grußlos aufgelegt hat. Eine brave Tochter tut so etwas nicht.«

»Mag sein, aber ab und zu tut einem das gut, oder?«

»Und ob!« Hannah grinste ihn an. »Deine fünf Minuten sind fast um, und Norman hat nicht …« Das Telefonklingeln übertönte den Rest des Satzes.

»Das ist er«, verkündete Ross.

»Da hast du wahrscheinlich recht.« Hannah nahm ab. »Hallo, Norman.«

»Hi, Hannah. Ich dachte, du telefonierst lieber mit mir als mit meiner Mutter.«

»Das ist allerdings wahr!«

»Ich wollte dich nur fragen … Ich habe doch wegen Ross nichts zu befürchten, oder?«

Hannah spürte den Impuls, ihm in Sachen Privatsphäre, persönlicher Freiheit und Einmischung in fremde Angelegenheiten eine Standpauke zu halten, bezwang sich aber. Norman hatte sie geradeheraus gefragt, anstatt mit Tricks zu agieren, und daher schuldete sie ihm eine offene Antwort. »Sollte es je dazu kommen, erzähle ich es dir. Was hältst du davon?«

»In Ordnung. Gute Nacht, Hannah. Ich liebe dich, weißt du?«

»Ich weiß.« Sie hätte das gern erwidert, doch sie wollte ihm keine falschen Hoffnungen machen. Sanft legte sie den Hörer auf und drehte sich zu Ross um. »Wie es scheint, redet die ganze Stadt über uns.«

»Das dachte ich mir schon. Ich sage das wirklich nicht gern, doch vielleicht sollte ich jetzt gehen. Es wird ein anderes Mal geben … oder?«

»Das hängt von dir ab.« Hannah lächelte ihn schelmisch an und stand auf, um seinen Mantel vom Haken zu nehmen.

Sallys Schokoladenkuchen ohne Mehl

Den Ofen auf 190 Grad vorheizen, das Blech auf die mittlere Schiene setzen.

Der Kuchen wird in der Mitte einsinken. Das lässt sich nicht vermeiden, da er kein Mehl enthält. Er schmeckt trotzdem köstlich. Füllen Sie den Krater einfach mit reichlich Schlagsahne – Sally schlägt dazu einen halben Liter Sahne mit 30 Gramm Puderzucker steif, verteilt sie auf dem Kuchen und raspelt mit einem scharfen Messer Zartbitterschokolade darüber.

120 g Butter
225 g Zartbitterschokolade
4 Eigelbe (das Eiweiß für später beiseitestellen)
100 g weißer Zucker
½ TL Rumextrakt (falls nicht zur Hand, nehmen Sie Vanille)
4 Eiweiße
50 g weißer Zucker

gesüßte Schlagsahne und Schokoladenraspeln zum Garnieren (nach Belieben)
halbe oder ganze Beeren zum Garnieren (nach Belieben)

Eine Springform von 22 oder 24 Zentimetern (eine 26-er Form ist zu groß) einfetten und den Boden mit Backpapier auslegen und dieses ebenfalls einfetten.

Die Butter zusammen mit der Schokolade zerlassen, verrühren und beiseitestellen.

Die Hälfte des Zuckers mit den Eigelben in einer Schüssel schlagen, bis die Masse hellgelb ist, dann den Rumextrakt zugeben.

Die abgekühlte Butterschokoladenmischung hinzufügen und gründlich unterrühren.

In einem hohen Gefäß die Eiweiße schlagen, bis beim Herausziehen der Quirle Spitzen stehen bleiben. Weiter schlagen und dabei die verbliebenen 50 Gramm Zucker hineinrieseln lassen. Schlagen, bis der Eischnee fest ist.

Eine kleine Menge davon in die Schokoladenmasse rühren, dann den Rest zugeben und mit einem Gummispatel behutsam unterheben, bis die Masse einheitlich braun ist.

Den Teig in die Springform gießen und glatt streichen.

Bei 190 Grad 35 Minuten backen oder bis das Holzstäbchen bei der Garprobe trocken bleibt.

Den Kuchen in der Form 15 Minuten abkühlen lassen. Mit einem Messer vom Rand lösen, auf eine Platte stürzen und weitere 10 Minuten abkühlen lassen. Den Rand der Springform abnehmen. Das Backpapier erst abziehen, wenn der Kuchen ganz erkaltet ist.

Kurz vor dem Servieren den Kuchen mit gesüßter Schlagsahne überziehen. Wenn er hübscher aussehen soll, verzieren Sie ihn mit geraspelter Schokolade und/oder frischen Himbeeren oder Erdbeeren. Den Kuchen aufschneiden und mit viel gutem Kaffee servieren.

Eigentlich ist das ein Schokoladensoufflé und unwiderstehlich!

9

Am Montagmorgen um halb neun war Hannah mit ihrem Latein am Ende. Moishe, ihr angehender Filmstar, heulte wie eine Sirene. Seit sie ihn in der Backstube in die Transportkiste gesetzt hatte, die Eleanor Cox ihr für eine Woche geliehen hatte, bekundete er größten Unmut.

Die Kiste war geräumig. Eleanor rettete Huskies und Malamutes, und dieses zweite Zuhause war extra für große Hunde gemacht. Es war weich gepolstert, und Moishe hatte darin so viel Platz, dass er sogar herumspazieren konnte. Hannah hatte ihm den Wasser- und den Futternapf und seine Toilette hineingestellt, und sogar sein geliebtes Federkissen lag darin. Trotz dieses enormen Komforts war Moishe unglücklich, und er war nicht der Typ, der seine Gefühle verbarg.

Hannah hatte sich den Kopf zerbrochen und es mit jedem Trick versucht, damit er sich zu Hause fühlte. Sie hatte die Kiste mit der Gitteröffnung zum Raum hin gedreht, damit Moishe ihnen bei der Arbeit zusehen konnte, und hatte das Radio eingeschaltet, damit er sich nicht abgesondert fühlte. Sie war dazu übergegangen, alle paar Minuten durch das Gitter zu fassen und ihn zu streicheln, und hatte sogar versucht, ihn mit einem Topf Katzenminze zu bestechen, die Lisa in ihrem Gewächshaus zog.

Nichts wirkte. Es war klar, dass Moishe sich beschweren würde, bis er restlos heiser wäre, und wer weiß, was er danach täte!

»Sechs.« Hannah schüttelte den Kopf, als ihr sonst so verträglicher Kater seinen Wassernapf umkippte. »Aber wer zählt schon so genau mit?« Sie warf einen Blick zu ihrer Partnerin, die noch immer vor sich hin lächelte, obwohl Moishe aus Leibeskräften heulte. »Wie kannst du lächeln, wenn du dir das ununterbrochen anhören musst?«

»Wie bitte?« Lisa runzelte die Stirn. »Ich habe dich nicht gehört.«

Kein Wunder, dachte Hannah kopfschüttelnd. Wie die Teenager, die ständig zu laute Musik per Kopfhörer hörten, hatte Lisa wahrscheinlich einen vorübergehenden Hörschaden erlitten. Hannah hob die Stimme. »Wie kannst du lächeln, wenn du dir das ununterbrochen anhören musst?«

»Ach du je, entschuldige!« Lisa griff sich an die Ohren und zog zwei kleine orangerote Dinger heraus.

»Du hattest Ohrstöpsel drin?«

»Ja. Habe ich von Herb. Die nehmen wir immer beim Westernschießen.«

Hannah kicherte. Es amüsierte sie jedes Mal, wenn Lisa das erwähnte. Es klang immer, als ließe Lisa sich auf Schießereien mit Viehdieben ein. Doch das Einzige, was Herb und sie ins Visier nahmen, waren Stahlziele. Westernschießen war ein Sport, der in einer Wildwest-Kulisse veranstaltet wurde. Jeder Teilnehmer trug Kleidung aus der betreffenden Zeit und schoss mit historischen oder nachgebauten Waffen. Bewertet wurden Schnelligkeit und Treffgenauigkeit.

Lisa wusste, warum Hannah kicherte. »Nein, wir liefern uns keine Schießereien, auch wenn du dir das jedes Mal vorstellst. Als ich Herb erzählt habe, dass du Moishe hierher mitbringst und ihn in einem Käfig lässt, damit er den Filmleuten zur Verfügung steht, da dachte er sich gleich, dass ich Ohrstöpsel brauche.«

Moishe jaulte laut auf, und Hannah und Lisa hielten sich die Ohren zu. Als er still war, atmeten sie auf. »Du hast nicht zufällig noch so ein Paar bei dir?«

»Ich war mal Pfadfinderin. Ich bin vorbereitet.« Lisa griff in die Schürzentasche und gab Hannah ein frisches Paar Ohrstöpsel. »Roll sie ein paar Sekunden zwischen den Fingern, drück sie zusammen, und steck sie hinein. Sie dehnen sich wieder aus und passen sich dem Gehörgang an.«

Hannah folgte der Anweisung, und kurz darauf arbeiteten sie relativ gelassen vor sich hin. Moishes Geheul, obwohl noch genauso laut wie vorher, war dank der orangefarbenen Stopfen auf eine angenehme Lautstärke reduziert.

Um kurz vor neun ging Hannah in den Kühlraum, um den Kirschkäsekuchen zu holen, den sie am Abend gebacken hatte. »Ich bringe schnell den Kuchen zu Mr Lawrence«, sagte sie. »Trink solange einen Kaffee und ruh dich aus. Wir öffnen erst in einer Stunde.«

»Meinst du, Moishe hört bald auf zu jaulen?« Lisa neigte sich näher heran, damit Hannah sie verstehen konnte.

»Da kann ich auch nur raten. Schalte hier das Licht aus und trink den Kaffee vorn. Er ist daran gewöhnt, den ganzen Tag allein zu sein. Vielleicht nützt das was.«

»Meinst du wirklich?«

»Eigentlich nicht, aber einen Versuch ist es wert. Und denk dir eine Geschichte aus, dass er gerade für eine Gesangskarriere übt, für den Fall, dass der Tierschutzverein kommt.«

Hannah staunte, als sie auf den riesigen Wohnwagen zuging. Das war wahrhaftig ein Heim auf Rädern, und es musste eine schöne Stange Geld kosten, so ein Ding zu mieten. Bisher hatte sie nur einen Wohnwagen gesehen, der sich in der Größe mit diesem messen konnte, nämlich bei der Wohnwagenmesse im vergangenen Jahr, die sie mit Andrea und Bill besucht hatte. Der hätte dreimal so viel gekostet wie ein schönes Drei-Zimmer-Haus in Lake Eden.

Sie verstand den finanziellen Aufwand, wenn der große Wohnwagen nicht nur als Büro, sondern auch als Hotelzimmer diente, doch der Regisseur von *Krise in Cherrywood* hatte sich in einer luxuriösen Suite im *Lake Eden Inn* einquartiert. Auf keinen Fall brauchte er ein derart großes Büro.

Da sie nicht den ganzen Tag dastehen und dieses Beispiel offensichtlicher Verschwendung begaffen konnte, schaute sie nach dem Einstieg. Es gab zwei Treppen, eine am Heck, die andere weit vorn an der Seite. An dieser hing ein Schild, auf dem stand: *Eingang – bitte klingeln.*

Hannah klingelte also und stand frierend in der Kälte. Im März war es morgens noch knackig kalt, und sie hatte darauf verzichtet, an ihrem Parka den Reißverschluss zuzuziehen. Solange keiner den einhändig bedienbaren Reißverschluss erfand, stand sie lieber zitternd vor der Tür, als den Reißverschluss zu schließen, denn dazu müsste sie die Stufen wieder hinabsteigen und den kostbaren Kuchen in den Schnee stellen.

Im hinteren Teil des Wohnwagens bewegte sich eine Gardine, und Hannah meinte, leise Stimmen von drinnen zu hören. Ein Mann sagte etwas, und eine Frau lachte darauf. Einen Augenblick später hörte Hannah wieder die männliche Stimme, viel lauter diesmal. »Sekunde! Ich bin sofort da!«

Hannahs Neugier wuchs, vor allem da Ross seinen Regisseur als Aufreißer beschrieben hatte. Sie sagte sich zwar, es ginge sie nichts an, und vielleicht lief dadrinnen auch bloß der Fernseher, doch das glaubte sie keine Sekunde lang. Dean Lawrence hatte eine Frau bei sich. Davon war sie überzeugt. Sie wusste nur nicht, welche.

Kurz darauf öffnete Dean lächelnd die Tür und hielt eine Gabel hoch. »Sehen Sie, Schatz? Ich habe die Gabel schon in der Hand. Bringen Sie ihn rein und stellen Sie ihn auf den Schreibtisch.«

Dass er sie hereinbat, während er eine Frau bei sich hatte, überraschte Hannah. Sie stellte den Kuchen auf den Schreibtisch, der an dem großen Seitenfenster stand, und schaute den Flur hinunter. Wenn sie sich richtig erinnerte, hatte der riesige Wohnwagen auf der Messe hinten einen Schlafraum mit Doppelbett gehabt. Doch sie konnte nicht wissen, ob dieser genauso eingerichtet war, denn die Tür am Ende des Flurs war geschlossen.

»Ich hoffe sehr, er schmeckt Ihnen, Mr Lawrence.« Hannah stellte die Kuchenschachtel auf die Schreibtischplatte, auf der nichts herumlag.

»Dean«, korrigierte er sie und lüftete den Deckel der Schachtel, um hineinzuschauen. »Er sieht fantastisch aus, aber das Aussehen ist nicht alles. Ich bin ein Feinschmecker, wissen Sie? Versprechen Sie mir, dass Sie nicht gekränkt sind, wenn ich konstruktive Kritik äußere?«

»Okay, ich werde nicht gekränkt sein«, versicherte Hannah wider besseres Wissen. Natürlich wäre sie gekränkt, wenn er ihren Kuchen nicht mochte!

»Das ist gut, Schatz. Sie haben keine Ahnung, wie viele Leute keine Kritik vertragen können, nicht mal, wenn sie nett gemeint und zu ihrem Besten ist. Würden Sie mir ein Stück abschneiden?«

»Natürlich.« Hannah klappte die Seitenwände der Schachtel herab, damit sie den Kuchen herausheben konnte, ohne dass er Schaden nahm. »Ich bräuchte ein Messer.«

»Irgendwo sollte eines sein. Die Küche wurde ausgebaut, um das Büro zu vergrößern, aber in den Schubladen und Oberschränken liegen ein paar Küchenutensilien herum.«

Als er sie im Vorbeigehen streifte, zuckte Hannah zusammen. Wenn sie nicht alles täuschte, hatte Mr Lawrence sie unangemessen berührt! Sie drehte sich um und sah ihn an, doch er suchte eifrig in den Schubladen nach einem Messer. Vielleicht war er doch nur gegen sie gestoßen. Da sie einen dick wattierten Parka trug, war schwer zu sagen, ob er sie absichtlich berührt hatte.

Obwohl der Bad-Boy-Regisseur mit den Schubladen und Schranktüren einen ziemlichen Lärm veranstaltete, hörte sie im hinteren Teil des Wohnwagens eine Tür ins Schloss fallen und Schritte auf der Metalltreppe. Wer immer sich in dem Schlafzimmer aufgehalten hatte – falls es ein Schlafzimmer und kein zweiter Arbeitsraum war –, war durch die Hintertür verschwunden. Das war zweifellos verdächtig. Wenn Deans frühe Besucherin bei ihm gewesen war, um etwas Geschäftliches zu besprechen, hätte sie vorn hinausgehen und Hannah Guten Morgen sagen können. Sie hätte vielleicht auch ein Stück Käsekuchen bekommen.

Hannah näherte sich gerade unauffällig der Gardine, um einen Blick auf die Besucherin zu erhaschen, als Dean mit einem Messer und einem Teller zurückkam.

»Bitte sehr, Schatz. Ich habe auch einen Teller gefunden. Ich hätte einen zweiten mitgebracht, nehme jedoch an, dass Sie in Ihre Backstube zurückmüssen.«

»Da vermuten Sie richtig.« Hannah schnitt ein Stück von dem cremigen Kirschkäsekuchen ab und schob es auf den Teller. »Wir öffnen in einer Dreiviertelstunde.«

»Dann bis später.« Er umarmte sie kurz, und seine Hand war dabei übertrieben liebevoll. Hannah trat von ihm weg. War das Absicht? Sie konnte es nicht mit Sicherheit sagen.

»Ich komme in der Mittagspause. Und dann erfahren Sie, was ich von Ihrem Kirschkuchen halte. Jetzt muss ich auch wieder an die Arbeit.«

Damit bat er sie also hinaus, und Hannah wandte sich zum Gehen, obwohl sie zu gern schon gewusst hätte, wie ihm der Kuchen schmeckte. In ihren Augen benahm Dean Lawrence sich ziemlich überheblich, und sie fragte sich, ob die Filmcrew ihn auch so erlebte. Konstruktive Kritik, von wegen! Und was noch wichtiger war: Hatte er einen Annäherungsversuch gemacht? Sie war sich nicht sicher.

Als sie die Tür öffnete, beschloss sie, wegen der Zweifel für den Angeklagten zu plädieren. Der Wohnwagen war groß, aber nicht so geräumig wie ein normales Büro, und der Schreibtisch und die Büroausstattung nahmen viel Platz weg. Vielleicht war es schwierig gewesen, an einer nicht gerade schlanken Frau vorbeizukommen. Die Berührung mochte unabsichtlich passiert sein.

Hannah ermahnte sich, die positiven Aspekte im Blick zu behalten, als sie die Tür hinter sich schloss und die Stufen hinuntereilte. Höchstens zwei Minuten waren vergangen, seit die Besucherin den Wohnwagen über die Hintertreppe verlassen hatte. Mit etwas Glück würde Hannah sie noch irgendwo sehen.

Doch sie hatte Pech. Deans Besucherin war bereits fort. Bei ihrem kleinen Umweg um das Heck des Wohnwagens fand Hannah nur Fußspuren im Schnee. Die Schuhabdrücke waren viel kleiner als die von Männerschuhen und die schmalen Absätze ein verräterisches Indiz. Hannah sah sich in ihrer Vermutung bestätigt: Dean hatte eine Frau bei sich gehabt.

Als sie die Hintertür des *Cookie Jar* öffnete, saß Lisa zusammen mit Mike und Norman an der Backinsel. Die Männer hatten Kaffee und Plätzchen vor sich stehen, und in der Kiste war es herrlich still.

»Moishe hat aufgegeben?«, fragte sie Lisa. Dabei schlüpfte sie aus dem Mantel und hängte ihn neben die Tür.

»Er hat einen Waffenstillstand ausgehandelt«, antwortete Norman. Er lehnte sich ein wenig zurück, sodass Hannah sehen konnte, was er auf dem Schoß hatte: Moishe. »Er ist zufrieden, solange ihn jemand beachtet.«

»Wir haben versucht, ihn wieder hineinzusetzen, doch er fing an zu jaulen, sowie Norman sich dem Käfig näherte«, erklärte Mike.

»Das ist eigentlich kein Käfig, sondern eine Transportkiste«, stellte Hannah richtig. »Eine schöne große für riesige Hunde, mit allem Komfort.«

»Theoretisch ja, aber er denkt, das wäre ein Käfig. Warum legst du ihm nicht das Halsband um und lässt ihn draußen?«

Hannah zog ungläubig die Brauen hoch. Ausgerechnet Mike schlug etwas Illegales vor? »Glaub mir, das würde ich gern tun. Das Gejaule macht mich verrückt, doch es ist schon riskant genug, ihn überhaupt hier zu haben. Ich denke, das ist okay, solange ein gewisser Abstand zu unserem Gebäck gewahrt bleibt, aber die Gesundheitsbehörde sieht das vielleicht anders.«

»Mach dir deswegen keine Sorgen, Hannah. Vergiss die Gesundheitsbehörde.«

Hannah schaute ihn verblüfft an. »›Vergiss die Gesundheitsbehörde?‹ Ich kann nicht glauben, dass du das sagst, Mike. Die können mich vorladen und anklagen. Und wenn der Ermittler einen miesen Tag hat, kann er mir den Gewerbeschein entziehen und meinen Laden dichtmachen!«

»Nein, kann er nicht. Dein Laden ist bereits für eine Woche geschlossen. Wir haben hier eine geschlossene Gesellschaft für die Filmleute. Und da Moishe offiziell zu den Darstellern gehört, darf er auch hier sein.«

Hannah blickte Lisa an, die daraufhin mit den Schultern zuckte. »Vielleicht bin ich verrückt, aber für mich klingt das logisch.«

»Für mich auch.« Norman kraulte Moishe unterm Kinn.

»Unsere Trommelfelle danken dir«, sagte Hannah grinsend und wandte sich Mike wieder zu. »Aber … bist du sicher, dass ich nicht in Schwierigkeiten komme?«

»Ganz sicher. Vergiss nicht, dass ich stellvertretender Sheriff bin. Wenn ich sage, das ist eine geschlossene Gesellschaft und die Gesundheitsbestimmungen gelten hier nicht, dann ist das so.«

Hannah erwiderte nichts. Ihrer Vermutung nach stieg Mike seine neue Stellung zu Kopf, doch sie würde bis zur nächsten Woche warten, bevor sie ihm das vorhielt.

Kurz nach zehn kamen die ersten Filmleute ins Café. Hannah lernte die Garderobiere Sophie und die Chefvisagistin Honey kennen. Ross hatte das *Cut 'n Curl*, Bertie Straubs Friseursalon, für die Woche gemietet, und Honey hatte es mit Beschlag belegt. Bertie beriet sie bei den Fünfzigerjahre-Frisuren.

Nach und nach füllte sich das Café. Da war Clark, ein Kameramann, der Hannah erzählte, dass er am Nachmittag Probeaufnahmen von Moishe machen wolle, und der Tontechniker Coop, der auch dabei sein würde. Der Elektriker Lars erklärte Hannah, dass in der Filmwelt andere Ausdrücke verwendet wurden als im normalen Alltag. Zum Beispiel hießen die Leute, die die Elektrokabel handhabten, »Grips«. Der Regieassistent Dom mischte sich ein und erzählte, dass die Leute, die die Filmtiere handhabten, »Cowboys« hießen, auch wenn das Tier kein Pferd war, und dass Hannah in den Credits, dem sogenannten Rolltitel, als »Katzen-Cowboy« genannt würde.

Das reizte sie zum Lachen, und sie kicherte auf dem ganzen Weg zur Ladentheke, wo sie drei Zuckerplätzchen für Frances holte, die sich ihr als Skriptgirl vorgestellt hatte.

Sie war gerade wieder unterwegs zur Theke, um für den Bühnenbildner Jared einen zweiten Kaffee zu holen, als sie zufällig bemerkte, dass die Schwingtür zwischen Café und Backstube sich langsam einen Spalt breit öffnete. Sie schaute nach unten, wo ein orange-weißes Bein erschien, und einen Moment später lugte Moishes Kopf hervor. Hannah sprang hinzu, um ihren streunenden Kater zu fangen, bevor er die Filmleute stören konnte, doch er jaulte erschrocken auf und wurde von der Tür weggezogen.

»Oh, oh«, stöhnte sie. Norman und Mike hatten angeboten, auf Moishe aufzupassen, doch er war ihnen entwischt. Die beiden konnten nicht ununterbrochen als Katzensitter fungieren. Es war an der Zeit, sich etwas auszudenken, wie man ihn auf die Backstube beschränken könnte, ohne dass er jemanden nervte. Sie bedeutete Lisa, Jareds Tasse aufzufüllen, indem sie auf sich und dann auf die Schwingtür zeigte, und beeilte sich, die Sache in die Hand zu nehmen.

»Tut mir leid«, sagte Mike, sowie Hannah durch die Tür kam. »Er ist uns plötzlich durch die Finger geschlüpft. Wir haben beschlossen, mit ihm nach vorn zu gehen.«

Hannah schüttelte den Kopf. »Ich glaube nicht, dass …«

Der Rest das Satzes erstarb in lautem Jaulen. Moishe

hatte die Macht seiner Stimme erkannt und nutzte sie voll aus.

»Ich glaube nicht, dass er nachgeben wird«, meinte Norman. »Komm, mein Großer. Lass uns gehen.«

Ohne ein weiteres Wort hob er den Kater auf und trat mit ihm auf die Schwingtür zu, Mike folgte ihm. Hannah schaute ihnen verblüfft nach, als sich die Türflügel schlossen.

»Sie haben ihn einfach gecatnapped«, sagte sie leise und horchte, ob im Café die Hölle losbrach. Dreißig Sekunden vergingen, dann sechzig, während Hannah den Gang des Sekundenzeigers auf der Küchenuhr verfolgte. Würde sich Moishe tatsächlich wie eine gut trainierte Filmkatze benehmen und nicht kratzen oder jaulen oder andere üble Katzengewohnheiten an den Tag legen?

Sie horchte so gespannt und konzentriert, dass sie hochschreckte, als es laut an der Hintertür klopfte. »Ich komme«, rief sie und ging öffnen.

Draußen stand Andrea und hatte sich groß in Schale geworfen. Sie trug den taubenblauen Wildledermantel mit dem weißen Pelzrand am Kragen und am Saum und dazu die hellblauen Lederhandschuhe. Ihre Stiefel hatten dieselbe Farbe wie die Handschuhe, und das Einzige, was an dem Ensemble fehlte, das Hannah als Andreas »Winterprinzessin-Outfit« bezeichnete, war die weiße Fellmütze.

»Diesmal ohne die Mütze?« Hannah nahm ihrer Schwester den Mantel ab und hängte ihn an die Garderobe.

»Die hat der Hund gefressen.«

»Welcher Hund? Ihr habt doch gar keinen Hund.«

»Ich weiß. Es war Vespers, die Hündin von Reverend

Knudson«, sagte Andrea. »Sie ist ausgebüxt, und Bill hat sie vor dem Gemeindezentrum entdeckt. Er hat sie auf den Rücksitz verfrachtet und nach Hause gebracht. Das war vor zwei Wochen.«

»Und deine Mütze lag auf dem Rücksitz?«

»Genau.«

Hannah runzelte die Stirn. »Und Vespers hat sie gefressen?«

»Na ja … sie hat sie mehr zerrissen als gefressen. Wir konnten es ihr nicht übel nehmen, denn die Mütze war aus echtem Pelz. Ich bin bloß froh, dass ihr davon nicht schlecht geworden ist.«

Hannah drückte ihre Schwester tröstend, eine unübliche Geste unter den Swensens, die für offene Zuneigungsbekundungen nicht bekannt waren.

»Wofür war das?«, fragte Andrea.

»Weil du dir mehr Sorgen um Vespers als um deine Mütze gemacht hast. Ich bin stolz auf dich, Schwesterherz.«

»Oh. Na ja … die Mütze war sowieso schon ein Jahr alt.« Andrea tat das Kompliment ab, doch Hannah sah ihr an, dass sie sich freute. »Wie wär's mit einem Plätzchen für die erste Filmstarmutter von Lake Eden?«

»Tracey hat die Rolle bekommen?«, fragte Hannah.

»Ja, und ich bin schon ganz aufgeregt! Mr Barton hat uns heute Morgen deswegen angerufen. Es war nicht nur seine Entscheidung, weißt du? Mr Lawrence musste sie auch für gut befinden.«

»Wie könnte er sie nicht für gut befinden?« Hannah wartete, bis Andrea sich auf einen Hocker gesetzt hatte, dann brachte sie ihr einen heißen Kaffee und zwei von den neuen Probeplätzchen. »Ich habe keinen Moment daran gezweifelt, dass Tracey die Rolle bekommt. Ich habe sie beim Vorsprechen gesehen, sie war brillant.«

Andrea sah sehr stolz aus. »Das fand ich auch. Ich war mir zu neunundneunzig Prozent sicher, aber ich wollte meine Eier nicht zählen, bevor sie gekocht sind.«

»Gelegt. Man kann sie nicht zählen, bevor sie gelegt sind.«

Andrea winkte ab. »Genau das meinte ich. Ich freue mich dermaßen, dass ich wirres Zeug rede.«

»Wann legt Tracey los?«

»Ihre erste große Szene ist am Mittwoch, aber sie muss heute um drei schon in die Maske. Und danach geht sie zur Anprobe. Ich muss gegen Mittag zu Mr Lawrence ins Büro, um das offizielle Skript für sie zu holen. Ich werde ihr heute Abend beim Textlernen helfen.«

Hannah rang einen Moment lang mit sich und kam zu dem Schluss, dass es besser war, ihre Schwester zu warnen. »Du wirst zu Mr Lawrence in den Wohnwagen gehen?«

»Ja, gegen Mittag.«

»Nun, sei wachsam.«

Andrea, die gerade in ihr Plätzchen beißen wollte, hielt inne. »Warum?«

»Was Frauen angeht, hat er einen gewissen Ruf«, erklärte Hannah.

»Woher weißt du das? Hat er dich belästigt?«

»Ich bin mir nicht sicher.«

Andrea legte ihr Plätzchen auf die Serviette. »Wie kannst du dir nicht sicher sein? Es ist keine große Kunst, das zu erkennen, weißt du? Entweder hat er, oder er hat nicht.«

»Na ja, ich hatte meinen dicken Parka an, und er ist an einer engen Stelle im Wohnwagen an mir vorbeigegangen und … Ach, egal. Sagen wir einfach, eine verlässliche Quelle hat mir gesteckt, dass er so was gern macht, und du tätest gut daran, jemanden mitzunehmen, nur für alle Fälle.«

»Mach dir um mich keine Sorgen. Was Männer angeht, kann ich gut auf mich aufpassen. Ich war Bill nie untreu und werde das auch niemals sein.« Andrea hob das Kinn, und ihr Blick wurde hart. »Wenn ich nur das Gleiche von ihm sagen könnte!« Eben noch vor Freude aus dem Häuschen, machte sie jetzt ein Gesicht, als wollte sie jemanden in der Luft zerreißen.

Hannah schluckte. »Was ist passiert?«

»Gar nichts, und das ist das Problem.«

»Das verstehe ich nicht.«

Andrea seufzte. »Bill hat mich gestern Abend angerufen, und wir haben lange telefoniert. Als ich später ins Bett gehen wollte, fiel mir ein, dass ich ihm das mit dem Wagen noch nicht erzählt hatte.«

»Was ist mit dem Wagen?«

»Cyril Murphy sagt, dass hinten neue Reifen fällig sind, aber das ist unwichtig«, erwiderte Andrea. »Wichtig ist, dass ich Bill im Hotel angerufen habe und er nicht rangegangen ist.«

»Vielleicht hat er schon geschlafen?«

Andrea schüttelte den Kopf. »Bill ist schon zu lange Polizist. Wenn das Telefon klingelt, wird er wach und geht ran, selbst wenn er völlig erledigt ist.«

»Tja … vielleicht ist er kurz rausgegangen, um sich die Beine zu vertreten oder etwas in der Art.«

Andreas Augenbrauen zuckten in die Höhe. »Um zwei Uhr früh?«

»Ähm … das ist ziemlich spät.« Hannah suchte nach einer anderen Entschuldigung. »Vielleicht konnte er nicht schlafen und ist auf einen Schlummertrunk in die Hotelbar gegangen.«

»Die schließt um eins.«

»Oh. Nun … vielleicht hast du dich verwählt.«

»Das dachte ich zuerst auch«, sagte Andrea. »Deshalb habe ich an der Rezeption angerufen und mich auf sein Zimmer durchstellen lassen.«

»Und er ist wieder nicht rangegangen?«

Andrea nickte, und in ihren Augen sammelten sich Tränen.

»Zieh keine voreiligen Schlüsse. Ich bin sicher, es gibt eine Erklärung«, meinte Hannah beruhigend.

»Und vor der habe ich Angst!«

Oje!, dachte Hannah.

»Und?« Andrea hob den Kopf und sah ihrer Schwester in die Augen. »Was meinst du, was ich tun soll?«

»Tun kannst du nur eines«, sagte Hannah schnell. »Iss Schokolade. Bleib hier sitzen, versuch, dich zu entspannen, und ich hole dir einen ganzen Teller voll Schokoladenplätzchen.«

Kirschkäsekuchen (Dean Lawrence' »Kirschkuchen«)

Den Ofen auf 175 Grad vorheizen, das Blech auf die mittlere Schiene setzen.

Für den Teig:

175 g fein zerkrümelte Eierplätzchen
180 g zerlassene Butter
1 TL Mandelextrakt

Die zerkrümelten Eierplätzchen mit der zerlassenen Butter und dem Mandelextrakt begießen und mit einer Gabel durchmengen, bis die Masse gleichmäßig durchfeuchtet ist.

Für eine Springform (26 cm) einen Kreis aus Backpapier ausschneiden, den Boden einfetten, das Papier darauflegen und ebenfalls einfetten.

Die Krümelmasse hineingeben, gleichmäßig verteilen und fest andrücken, dabei einen 2 bis 3 Zentimeter hohen Rand bilden. Die Form in den Kühlschrank stellen und die Füllung vorbereiten.

Für den Guss:

450 g Saure Sahne
100 g weißer Zucker
1 TL Vanilleextrakt
1 Becher (540 ml) Kirschgrütze oder
Kirschkuchenfüllung*

* Die können Sie mit Sauerkirschen aus dem Glas oder TK-Sauerkirschen, Zucker und Maisstärke auch selbst herstellen.

In einer kleinen Schüssel Saure Sahne, Zucker und Vanilleextrakt verrühren, abdecken und kalt stellen.

Für die Füllung:

200 g weißer Zucker
670 g Frischkäse (Zimmertemperatur)
220 g Mayonnaise (nicht Miracel Whip)
4 Eier
350 g weiße Schokolade
2 TL Vanilleextrakt

Zucker, Frischkäse und Mayonnaise mit dem Mixer verrühren, bis die Masse glatt ist, dann nach und nach die Eier zugeben und gründlich unterschlagen.

Die weiße Schokolade verflüssigen, ein paar Minuten lang abkühlen lassen und mit dem Mixer auf niedriger Stufe langsam in die Frischkäsemasse einrühren. Zuletzt den Vanilleextrakt unterrühren.

Die Masse auf den gekühlten Kekskrümelboden geben und glatt streichen. Die Springform auf ein Backblech stellen, damit austretendes Fett nicht in den Backofen tropft, und 55 Minuten lang bei 175 Grad backen.

Anschließend herausnehmen, den Ofen aber nicht ausschalten.

Nun den vorbereiteten Guss von der Mitte aus mit einem Löffel auf dem Käsekuchen verteilen, am Rand einen Zentimeter frei lassen.

Die Form wieder in den Ofen stellen und weitere 5 Minuten backen.

Anschließend den Kuchen in der Form auf einem Kühlgitter abkühlen lassen. Wenn sie nur noch handwarm ist, in den Kühlschrank stellen und unbedeckt mindestens 8 Stunden durchkühlen lassen.

Den Kuchen mit einem Messer vom Rand der Springform lösen, den Springformrand abnehmen. Den Kuchen mit einem Kuchenretter auf eine flache Platte setzen.

Die Kirschgrütze auf dem Guss verteilen. Nach Belieben ein wenig Saft über den Rand laufen lassen.

Ich habe den Käsekuchen auch schon mit anderen Fruchtkuchenfüllungen belegt, sogar mit Zitronencreme. Jede Variante schmeckt wunderbar.

Delores meint, der Kuchen sei so üppig, dass man dazu einen starken Kaffee trinken muss.

10

»Jetzt geht es mir viel besser.« Andrea aß ihren letzten Keks auf und schenkte ihrer Schwester ein halbes Lächeln. »Das ist fast so gut, wie Bethany im Arm zu wiegen, bis sie eingeschlafen ist. Das sind meine neuen Lieblingskekse, Hannah. Wie heißen sie?«

»›Mock Turtles‹. Sie sind mit Pecannüssen, Karamell und Schokolade gemacht, genau wie die aus dem Supermarkt.«

»Ein toller Name. Sie sehen sogar aus wie Schildkröten.«

Hannah nickte, ohne zu erwidern, dass sie genau deshalb so hießen.

»Warum geht es einem immer besser, wenn man Schokolade gegessen hat?«

»Das liegt wohl an den Endorphinen, aber ich weiß das nicht so genau. Jedenfalls wirkt es.«

»Man sollte in jedem Amtsgericht einen Schokoladenstand aufstellen, direkt vor dem Saal für Scheidungsfälle.«

Oh, oh. Hannah überlegte fieberhaft, was sie sagen könnte, um ihre Schwester von Scheidungsgedanken abzubringen. »Vielleicht sollte Herb mit seinen Strafzetteln auch Schokolade verteilen.«

»Das könnte helfen.« Andrea straffte die Schultern. »Wahrscheinlich gibt es eine ganz harmlose Erklärung, über die ich lache, wenn ich sie höre. Ich kenne sie nur noch nicht.«

»Bestimmt hast du recht«, versicherte Hannah. Ihrer Schwester ging noch immer durch den Kopf, dass Bill mitten in der Nacht nicht ans Telefon gegangen war.

»Vielleicht hat er mir eine Sprachnachricht hinterlassen.« Andrea zog ihr Handy und das kleine ledergebundene Notizbuch mit dem teuren Kugelschreiber hervor, der in die Lederschlaufe passte. »Ich sehe besser mal nach.«

Sie rief ihre Nachrichten auf und notierte sie. Hannah hatte schon als Kind gelernt, Schrift auf dem Kopf zu lesen, und zwar mehr aus Faulheit als aus dem Wunsch heraus, sich eine nicht alltägliche Fähigkeit anzueignen. Es hatte zu ihren Pflichten als große Schwester gehört, Andrea und Michelle vor dem Schlafen laut vorlesen zu lassen. Dabei hatten sie im Schneidersitz am Fußende des Bettes gesessen, und Hannah hatte sich gegenüber am Kopfende an die Kissen gelehnt. Für sie war es einfacher gewesen, von ihrem bequemen Platz aus den Text auf dem Kopf zu lesen, damit sie ihnen bei schwierigen Wörtern helfen konnte, als aufzustehen, um das Bett herumzugehen und ihnen über die Schulter zu blicken.

Einkaufszentrum – Geschäftskarten, schrieb Andrea in ihrer schönen Handschrift oben auf die freie Seite, hielt einen Moment inne und unterstrich zweimal die bereits unterstrichene erste Nachricht.

Der Kuli bewegte sich weiter, und Hannah kniff die Augen zusammen. Es war viel einfacher, Druckschrift zu lesen als Handschrift, doch sie bemühte sich weiter. *Pulver*, entzifferte sie als Nächstes. Mrs McCann hatte ihr wohl auf die Mailbox gesprochen und sie daran erinnert, dass sie auf dem Heimweg Säuglingsnahrung mitbringen musste.

»Oh, oh!«, stöhnte Andrea, und Hannah verfolgte, wie die nächste Notiz Gestalt annahm: *Drei Dutzend Snacks – Müttertreffen heute!* Andrea unterstrich das letzte Wort dreimal, dann tippte sie auf das Display und hielt sich das Handy ans Ohr. »Hannah? Ich habe ein Riesenproblem. Könntest du vielleicht …«

»Sicher, wenn Plätzchen genügen. Wie wär's mit drei Dutzend?«

»Das wäre wunderbar! Aber woher weißt du, dass ich die brauche?«

Hannah zuckte mit den Schultern. »Anscheinend ist der Schwester-Schwester-Radar in Betrieb.«

Andrea runzelte leicht die Stirn, und Hannah hielt den Atem an. Erinnerte sie sich an die Leseübungen zur Schlafenszeit, bei denen ihre große Schwester weitergeholfen hatte, ohne dass sie ihr über die Schulter blicken musste? Doch Andrea zuckte mit einer Schulter und lächelte dann. »Du bist die Beste. Ich wollte eigentlich zum Supermarkt fahren, um Schmelzkäse und Kräcker zu kaufen, aber die haben ja geschlossen.«

»Das ist okay.« Hannah unterdrückte ein Schaudern. Ihre Geschmacksknospen sträubten sich gegen Schmelzkäse genauso sehr wie gegen Instantkaffee.

Andrea tippte auf eine andere Nummer im Handy und

nahm ihren Kuli wieder in die Hand. Während sie die Nachricht abhörte, fing sie an zu lächeln und malte ein Herz aufs Papier.

Einen Moment später steckten Handy, Notizbuch und Kuli wieder in Andreas ordentlicher Handtasche, und sie lächelte von einem Ohr zum anderen. »Rate mal, was passiert ist?«

»Du hast im Lotto gewonnen.«

»Nein, aber es ist fast genauso gut. Bills Handy war tot! Das hat er erst bemerkt, als er heute Morgen aufgestanden ist und erkannt hat, dass er zu seinem ersten Seminar eine Stunde zu spät kommen würde. Er hat die Rezeption zusammengestaucht, weil sie den Weckanruf vergessen hätten, doch sie sagten, sie hätten ihn angerufen, er sei aber nicht rangegangen. Sie haben eine Angestellte nach oben geschickt, um nachzusehen, und die hat festgestellt, dass in der Nacht ein Kopfkissen aus dem Bett gefallen war und das Ladekabel aus der Steckdose gerissen hat!«

»Also hast du dir umsonst Sorgen gemacht.« Hannah lächelte sie herzlich an.

»Anscheinend. Na ja, das ist die älteste Ausrede der Welt. Du weißt schon: Ich war die ganze Nacht zu Hause. Das Telefon muss gestört sein. Aber genau das ist passiert. Sagt Bill jedenfalls.«

Andreas Lächeln verblasste, und sie kaute auf der Unterlippe. Das hatte sie sich angewöhnt, seit Miss Bruder sie in der fünften Klasse mit Lidschatten in der Mädchentoilette erwischt hatte.

»Was meinst du, Hannah?« Sie schaute auf und sah ihre Schwester ängstlich an. »Ist es dumm von mir, ihm diese lahme Ausrede der Welt einfach so zu glauben?«

Hannah brauchte nicht einmal darüber nachzudenken. »Absolut nicht.«

»Aber … was, wenn Bill mich anlügt?«

»Würdest du dich dann von ihm scheiden lassen?«

»Nein! Ich liebe ihn!«, antwortete Andrea.

»Dann musst du dich entscheiden, ihm zu glauben. Vielleicht lügt er, und dein Vertrauen ist verfehlt, aber das ist viel besser, als ihm nicht zu glauben, obwohl er die Wahrheit sagt.«

Andrea dachte eine Weile darüber nach. »Das leuchtet mir ein. Du bist eine weise Frau, Hannah.«

»Eigentlich nicht«, widersprach sie lächelnd. »Denn andernfalls wäre ich wohlhabend, glücklich verheiratet, und der Kongress hätte mich am Mount Rushmore verewigen lassen. Und bisher ist nichts davon der Fall.«

Nachdem Andrea mit ihrer Schachtel Plätzchen gegangen war, setzte Hannah sich an die Backinsel und trödelte bei ihren letzten paar Schlucken Kaffee. Sie hörte aus dem Café Stimmen und gelegentlich ein Lachen, doch das klang ganz harmlos. Kein Jaulen von ihrem schauspielernden Kater, nicht mal das kleinste Miau. Soweit sie sagen konnte, benahm sich Moishe vorbildlich.

»Es ist still … zu still«, murmelte Hannah, ein Zitat aus einem Dutzend zweitklassiger Western. Der Satz fiel immer, kurz bevor die Indianer angriffen, und obwohl Hannah genau wusste, was passieren würde, rutschte sie bei diesen fünf Worten jedes Mal wieder bis an die Sesselkante. Genau so fühlte sie sich jetzt, während sie darauf wartete, dass Moishe einen Tumult auslöste. Schließlich hielt sie die Spannung nicht mehr aus und ging ins Café, um nachzusehen, was ihr flauschiger Freund dort trieb.

Als sie die Schwingtür aufstieß, hörte sie jemanden mit der künstlich hellen Stimme sprechen, mit der viele Leute auf Babys einredeten. Die Sprecherin war die Garderobiere Sophie, doch da war kein Baby zu sehen. Der »hübsche Prachtkerl«, wie Sophie ihn nannte, war kein anderer als Hannahs Kater.

Moishe ließ sich an dem großen runden Tisch am Fenster hofieren. Er thronte in der Mitte, ein schnurrender Tafelaufsatz umgeben von seinen Bewunderern. Kein Wunder, dass er zufrieden war. Hannah zählte nicht weniger als fünf Hände, die ihn gleichzeitig streichelten. Während sie das beobachtete, hörte sie noch mehr Kosenamen: »Herzchen«, »mein Schönster«, »Kuschelwuschel«. Jeder an dem Tisch huldigte Moishe, und der Kater nahm das als die ihm gebührende Verehrung hin. Er kniff vor lauter Behagen die Augen zusammen und trug das breiteste Katzenlächeln zur Schau, das Hannah je gesehen hatte.

»Schwächling«, murmelte sie, als sie an dem Tisch vorbeiging, doch sie war gar nicht böse. Moishe gierte nach Zuneigung und wurde gerade damit überschüttet. Solange die Katzenfans ins Café kamen und die Schmeicheleien unvermindert weitergingen, würde die Bring-dein-Haustier-zur-Arbeit-mit-Woche nicht so albtraumhaft werden, wie sie sich das am Morgen noch vorgestellt hatte.

Lisa gab gerade die Lunchpakete aus, die Sally für die Filmcrew geschickt hatte, als die Ladenglocke bimmelte. Herein kam Dean Lawrence und mit ihm Lynne, die in ihrem Fünfzigerjahre-Strickkleid fantastisch aussah. Ihre

Haare waren zu dem kurzen, welligen Bob jener Zeit frisiert, und Hannah hörte Elvis *Love Me Tender* singen, denn vor ihr stand der Typ Frau, den er bewundert hätte.

»Riech mal.« Lynne hielt ihr Handgelenk vor Hannahs Nase, wie früher, wenn sie in der Parfümabteilung sämtliche Probespender durchprobierten. »Ich wette zehn Mäuse, dass du dieses nicht kennst.«

Hannah schnupperte und lachte dann. »Die hast du verloren. Das ist *Evening in Paris.* Meine Großmutter hat das benutzt.«

»Sie hat eine wirklich feine Nase«, sagte Lynne zu Dean. »Ihr Geruchssinn ist genauso gut entwickelt wie ihre Geschmacksknospen. Deshalb macht sie so fantastisches Gebäck. Sie braucht nur zu schnuppern und zu kosten und kennt die Zutaten.«

»Tja, ich weiß nicht, was in dem Kirschkuchen ist, aber er schmeckt großartig!« Dean hauchte Hannah zwei Küsse neben die Wangen und drückte sie kurz an der Taille. »Ich wusste, er würde toll aussehen, hätte aber nicht gedacht, dass er so gut schmeckt.«

»Der beste, den er je gegessen hat«, ergänzte Lynne.

»Genau. Ich will jeden Tag zwei davon, einen morgens und einen nach dem Lunch. Dann kann ich auch was davon anbieten. Kriegen Sie das hin, Hannah?«

»Aber sicher.«

»Und noch etwas.« Er neigte sich zu ihr und sah ihr in die Augen. »Aber es ist eine kleine Herausforderung.«

Ihre Alarmglocken schrillten. Wenn etwas so genannt wurde, war es gewöhnlich nicht zu schaffen.

»Ich möchte bei der Premiere Kirschkuchen … äh, Kirsch*käse*kuchen anbieten. Das Problem ist nur, wir reichen Champagner und Fingerfood. Wissen Sie, was Fingerfood ist, Schatz?«

»Natürlich.« Hannah kämpfte gegen den Impuls, ihm einen ordentlichen Hieb zu versetzen. Den Ausdruck hatte sie mal aufgeschnappt, als sie beim Regency Romance Club Kaffee und Plätzchen ausgegeben hatte. Sie hatte gute Lust, das zu tun. Abgesehen von seinen scheinbar beiläufigen Berührungen, die sie keineswegs schätzte, sondern übergriffig fand, benahm er sich sehr herablassend. Sie lebte in einer Kleinstadt, aber nicht hinterm Mond.

»Meinen Sie, Sie können Minikirschkäsekuchen fabrizieren, die man als Häppchen auf einem Tablett herumreichen kann?«

»Vielleicht.« Hannah war sich nicht sicher, wollte es aber versuchen. »Allerdings kann ich meinen Kirschkäsekuchen nicht einfach ein paar Nummern kleiner machen.«

»Wieso nicht?«

»Das wird nicht funktionieren. Wegen des spezifischen Gewichts.« Als Dean sie verständnislos anstarrte, musste sie schmunzeln. Sie würde ihn mit Fachchinesisch volllabern, bis er glasige Augen bekam, weil er angedeutet hatte, sie sei eine Hinterwäldlerin, die von nichts eine Ahnung hatte.

»Der Kirschkäsekuchen, den ich für Sie backe, kommt in eine Springform mit eingefetteter Unterlage für die Trägerschicht. Er wird nicht wie gewohnt bei niedriger Temperatur gebacken, und das heißt, er muss fest werden, darf aber nicht körnig werden. Bei einer kleineren Backform würden sich die Parameter ändern, und ich bezweifle, dass Experimentieren mit verschiedenen Mitteln zu positiven Ergebnissen führt.«

»Oh.«

Deans Augen waren zufriedenstellend glasig, und Hannah beschloss, es gut sein zu lassen. »Sagen wir einfach, der Käsekuchen, den ich für Sie backe, ist speziell. Wenn ich die Größe ändere, muss ich das ganze Rezept ändern.«

»Das verstehe ich. Eigentlich möchte ich meinen Kirschkuchen auch nicht mit der Allgemeinheit teilen. Also backen Sie einfach einen anderen.«

»Ich werde in zwei Tagen etwas für Sie haben«, versprach sie. Hoffentlich hatte sie den Mund nicht zu voll genommen. »Wenn es klappt, können Sie die Minikuchen vielleicht in der Cocktailparty-Szene verwenden. Das wäre ein gutes Tie-in, nicht wahr?«

»Äh … ja! Das wäre es wirklich! Das Publikum würde die kleinen Prachtstücke sehen, die von den Kellnerinnen herumgereicht werden. Und wenn sie dann nach dem Film ins Foyer gehen, dürfen sie sie sogar kosten! Das ist eine wunderbare Idee. Ich bin froh, dass ich daran gedacht habe!«

»Oh Himmel!«, hauchte Hannah, als Dean sich abgewandt hatte und ging. Innerhalb von zwanzig Sekunden hatte er ihre Idee übernommen und für seine eigene ausgegeben. Das musste ein Rekord sein, selbst für einen Regisseur mit einem Ego so groß wie eine Scheune.

Mock Turtles

Den Ofen noch nicht vorheizen. Der Teig muss vor dem Backen durchkühlen.

180 g kalte Butter
240 g Mehl
50 g Puderzucker
½ TL Salz
90 g Zartbitterschokolade
1 geschlagenes Ei
etwa 3 Dutzend weiche Karamellbonbons (die würfelförmigen, die einzeln verpackt sind)

Die Butter in 12 Stücke zerschneiden und in eine Backschüssel geben. Mehl, Puderzucker und Salz zugeben und mit 2 Gabeln oder einem Handmixer zu einem krümeligen Teig verarbeiten.

Die Schokolade verflüssigen und zum Teig geben, verrühren, bis er eine einheitliche Farbe hat. Das geschlagene Ei zugeben und rühren, bis ein weicher Knetteig entstanden ist.

Den Teig vierteln. Von der Backpapierrolle 4 etwa 45

Zentimeter lange Stücke abreißen. Legen Sie ein Stück davon quer vor sich auf die Arbeitsfläche und ein Teigviertel darauf in die Mitte. Mit den Händen formen Sie Teig zu einer Rolle von 30 Zentimetern Länge und 2 Zentimetern Durchmesser.

Wickeln Sie die Teigrolle in das Backpapier. Verfahren Sie so auch mit den 3 anderen Teigstücken und legen Sie sie in einen Gefrierbeutel. Für ein bis zwei Stunden ins Tiefkühlfach legen. (Über Nacht geht auch.)

Wenn Sie bereit sind zu backen, legen Sie die Teigrollen in ihrem Papier auf die Arbeitsfläche und lassen Sie sie 15 Minuten lang antauen. Währenddessen den Ofen auf 165 Grad vorheizen.

Eine Teigrolle auswickeln und mit einem scharfen Messer in 2 Zentimeter dicke Scheiben schneiden, die Scheiben auf ein gefettetes oder mit Backpapier ausgelegtes Backblech legen, jeweils 12 Stück.

6 Karamellbonbons auswickeln und halbieren. Das geht am leichtesten, wenn Sie das Messer vor dem Schneiden in Wasser tauchen.

Die Hälften auf die Teigscheiben legen und leicht hineindrücken, aber nicht durchdrücken. (Sollte der Teig dazu noch zu hart sein, warten Sie ein wenig und versuchen es dann erneut.) Achten Sie darauf, dass die Karamellstücke von Teig umgeben sind, damit sie beim Backen nicht über den Rand fließen.

Das Blech jeweils auf die mittlere Schiene setzen und bei 165 Grad 15 Minuten lang backen, bis der Teig fest ist.

Anschließend für ein oder zwei Minuten abkühlen lassen und die Plätzchen vom Blech auf ein Kühlgitter legen.

Wenn alle Plätzchen erkaltet sind, Packpapier unter das

Kühlgitter schieben, um sie zu glasieren. (Ich verwende das extrabreite Backpapier und knicke senkrechte Ränder, damit der herabgetropfte Guss nicht wegfließen kann.)

Für die Schokoladenglasur:

75 ml Wasser
75 ml Maissirup
200 g weißer Zucker
230 g Milchschokoladentropfen
etwa 6 Dutzend Pecannusshälften

In einem Stieltopf Wasser, Maissirup und Zucker unter ständigem Rühren zum Kochen bringen. 15 Sekunden lang kochen lassen, dabei weiterrühren und dann vom Herd nehmen.

Die Schokoladentropfen hineingeben und unterrühren, bis alle von der heißen Mischung bedeckt sind. Den Topf 2 Minuten stehen lassen.

Mit einem Schneebesen oder einer Gabel sanft rühren, bis die Masse glatt ist, aber nicht schlagen, um keine Luftblasen zu erzeugen.

Den Topf neben das Kühlgitter stellen. Mit einem Löffel Glasur auf die Plätzchen träufeln und über die Ränder fließen lassen. Wenn alle Plätzchen bedeckt sind, belegen Sie sie mit je einer Nusshälfte. Achten Sie darauf, dass die Nuss in der Glasur haftet.

Die Plätzchen auf dem Gitter liegen lassen, bis die Glasur fest geworden ist. Das dauert etwa 30 Minuten. Anschließend kosten und genießen!

Ausbeute: etwa 6 Dutzend Plätzchen.

Notiz von Lisa: Wenn zum Glasieren keine Zeit ist, die Plätzchen mit Puderzucker bestäuben und mit Schokoladeneis servieren.

Notiz von Hannah: Norman sagt, man sollte Freunde mit provisorischen Füllungen warnen, dass das Karamell in der Mitte an den Zähnen klebt.

Die Plätzchen lassen sich zwischen Backpapier in einer Dose gut einfrieren. Aber mindestens 30 Minuten vor dem Servieren herausnehmen, sonst beißt man sich an dem Karamell einen Zahn aus!

11

Hannah schaute über die Namensliste, die Sally den Lunchpaketen beigelegt hatte. Es waren einunddreißig, und jeder hat seines bekommen außer Ross, Burke Anson und Connor, Deans Chauffeur. Sie wollte die verbliebenen gerade in die Kühlkammer tragen, als Ross und Burke hereinkamen.

»Entschuldige, dass wir so spät dran sind«, bat Ross. Er kam hinter den Ladentisch und umarmte sie, blieb bei ihr stehen und ließ einen Arm um ihre Schultern gelegt. »Burke und ich sind bei der Dialogüberarbeitung durchgedreht. Die war für die Szene nötig, die wir heute Nachmittag drehen wollen.«

»Dialogüberarbeitung?«, fragte Hannah. Sie konnte sich vorstellen, was das war, wollte es aber genau wissen.

»Kleine Änderungen, die den Verlauf der Szene oder die Motivation der Figuren nicht verändern«, erklärte Ross. »Burke dachte, Jody sollte ein bisschen stottern, sobald Amy ihren Vater erwähnt.«

»Als Hinweis, dass Jody ihn getötet hat?«

Er nickte. »Genau. Ich meine, wir werden das nicht mit dem Vorschlaghammer machen, das Stottern soll nur ganz schwach sein. Amy wird nicht in dem Moment reagieren, sich aber später erinnern, und es wird für sie ein weiterer unterschwelliger Hinweis sein.«

»Ich werde Lynne und Erica sagen, was wir entschieden haben.« Burke nahm sein Lunchpaket und ging zu dem Tisch, wo Lynne mit Erica James und ihrer Mutter saß. Jeanette James sah nicht glücklich aus. Kostete es sie zu viele Nerven, ihre Tochter an die Kandare zu nehmen?

Dann bemerkte Hannah jemanden, der noch unglücklicher wirkte als Jeanette, und sie war halb überrascht, halb erschrocken. Norman starrte definitiv wütend zu Ross hinüber. Etwa weil der einen Arm um sie gelegt hatte? Oder hatte das einen anderen Grund?

»Oh, oh.« Ross trat ein Stück von ihr weg. »Der Zahnarzt schaut nicht gerade freundlich. Ich wusste nicht, dass er der eifersüchtige Typ ist.«

Hannah schüttelte leicht den Kopf. »Ist er nicht. Normalerweise.«

»Vielleicht nehme ich besser meinen Lunch und gehe, bevor er die Frontzähne meines Hauptdarstellers verhunzt.«

Hannah schoss ihm einen scharfen Blick zu. »Norman würde so etwas niemals tun! Sein Berufsethos ist ihm wichtig.«

»War nur ein Scherz«, sagte Ross, doch bevor er sich abwandte, um sich zu Dean an den Tisch zu setzen, umarmte er sie nicht mehr.

Der Nächste in der Tür war Connor. Er war ihr zwar noch nicht vorgestellt worden, aber sie erkannte ihn an der schwarzen Chauffeur-Uniform. Der gut aussehende grauhaarige Mann kam an die Ladentheke und begrüßte sie mit einem freundlichen Blick.

»Hi, Connor«, sagte sie. »Ich bin Hannah, und hier haben Sie Ihren Lunch.«

»Freut mich, Sie kennenzulernen, Hannah. Ich habe schon viel von Ihnen gehört«, antwortete er.

Er scheint ein netter Mann zu sein, dachte sie, als er die Essensbox an sich nahm. Er wandte sich gerade ab, da kam Dean zu ihm.

»Connor!« Der Regisseur trat ihm direkt in den Weg. »Haben Sie von dieser Winnie Henderson eine Unterschrift bekommen, damit wir den Park nutzen können?«

»Nein, Mr Lawrence. Ich habe mein Bestes getan, um sie zu überzeugen, aber sie weigerte sich.«

Deans Augen wurden schmal, sein Blick hart. Anscheinend mochte er es nicht, wenn man ihm etwas abschlug. »Selbst nachdem Sie ihr meinen Bonus angeboten haben?«

Connor nickte. »Ja, Mr Lawrence.«

»Diese stinkige alte Schachtel!«, brummte Dean. »Na schön, dann muss ich wohl den Einsatz erhöhen. Gehen Sie in Hunderterschritten hoch, bis sie unterschreibt.«

Connor nickte, und Hannah vermutete, dass er so etwas nicht zum ersten Mal für Dean tat. »Ja, Mr Lawrence. Ich brauche eine Obergrenze.«

»Fünf Riesen. Bei sechs ist das Angebot geplatzt. Notfalls suchen wir uns einen neuen Drehort. Machen Sie ihr klar, dass wir auf ihre Kooperation nicht unbedingt angewiesen sind. Der Bürgermeister hat uns schon das Okay gegeben.«

»Ist das wahr, Sir?« Connor schaute verunsichert. »Meines Wissens darf sie bis zu ihrem Tod über die Nutzung entscheiden.«

»Das darf sie, doch ich erwarte nicht, dass eine Frau, die ihr Leben auf einer Farm verbracht hat, sich mit juristischen Feinheiten auskennt. Und wenn das bis zur letzten Minute offenbleibt, wer weiß? Vielleicht nehmen ein paar dieser Bauerntrampel, die eine Rolle in der Szene haben, die Sache in die Hand. Wir brauchen nur zu sagen, dass sie nicht mehr mitspielen können, weil die Henderson den Park nicht freigibt.«

Hannah musste schwer an sich halten, um nicht empört zu keuchen, als ihr die Bedeutung seiner Worte aufging. Sie glaubte zwar nicht, dass er ernsthaft erwog, Winnie Henderson zu beseitigen, aber er musste ziemlich abgebrüht sein, wenn er darüber einen Witz machte!

»Versuchen Sie, die Erlaubnis für drei zu bekommen«, sagte Dean dann. »Das ist wahrscheinlich mehr Geld, als Winnie Henderson in ihrem ganzen Leben gesehen hat. Wenn Sie das hinkriegen, wird Ihr Lohnscheck diese Woche ein bisschen höher ausfallen.«

»Danke, Mr Lawrence.« Connor wartete auf weitere Instruktionen.

»Erledigen Sie das sofort. Sie können später essen. Und kommen Sie nicht zu spät zum Dreh.«

»Nein, Mr Lawrence.«

Connor wandte sich zum Gehen, doch Dean hielt ihn am Arm fest. »Haben Sie den Taittinger?«

Hannah versuchte, sich nichts anmerken zu lassen, als sie den berühmten Namen hörte. Sie hatte den Champagner einmal bei einer vornehmen Party getrunken und im Einkaufszentrum das Preisschild gesehen. Da eine Flasche mehr kostete als die Monatsrate für ihr Auto, hatte sie keine gekauft.

»Ja, Mr Lawrence, zwei Flaschen. Sie stehen in Ihrem Büro.«

»Gekühlt?«

»Natürlich, Sir.«

»Gut gemacht, Connor«, erwiderte Dean. »Wie weit mussten Sie fahren, um die aufzutreiben?«

»Es gab sie im *Wine Cave*, einer kleinen Weinhandlung im Einkaufszentrum.«

»Wo ist das?«

»Ungefähr vierzig Minuten von hier, Sir.«

»Sehr gut. Sie waren richtig fleißig, Connor. Erinnern Sie mich, dass ich Ihnen freigebe, wenn wir hier fertig sind. Und wenn von dem Champagner etwas übrig bleibt, heb ich ihn für Sie auf.«

»Ja, Sir. Danke, Mr Lawrence.« Connor wartete, bis sein Arbeitgeber an seinen Tisch zurückgekehrt war, dann wollte er ebenfalls gehen.

»Einen Augenblick, Connor«, bat Hannah.

»Ja, Ma'am?«

»Lassen Sie das ›Ma'am‹, nennen Sie mich Hannah. Da Sie in Ihrer Mittagspause arbeiten müssen: Möchten Sie sich einen Becher Kaffee mitnehmen?«

»Ja, sehr gern. Vielen Dank.«

Sie füllte den größten ihrer Styroporbecher und setzte einen Deckel darauf. »Bitte sehr, der beste Kaffee weit und breit.«

»Danke«, erwiderte er leise lachend, wurde aber schnell wieder ernst. »Sie haben sicher gehört, was Mr Lawrence gesagt hat. Ich möchte Ihnen versichern, dass ich

Mrs Henderson gut leiden kann und sie auf keinen Fall übervorteilen werde, selbst wenn ich dadurch Mr Lawrence enttäusche.«

»Sie sind ein netter Mensch, Connor. Und es kann nicht leicht sein, nett zu bleiben, wenn man für Dean Lawrence arbeitet.«

Connor lächelte, schwieg jedoch und konnte damit bei Hannah punkten. Und dann, weil er tatsächlich ein netter Mensch war, der für einen Regisseur arbeitete, der das Gegenteil von nett war, riskierte sie einen Tritt ins Fettnäpfchen. »Falls Sie Winnie nicht zu einer Unterschrift bewegen können, kommen Sie mich holen. Ich kenne sie und kann vielleicht helfen.«

»Minikirschkäsekuchen?«, wiederholte Lisa.

»Du hast richtig gehört«, sagte Hannah. »Er braucht etwas, das bei der Premiere auf Tabletts verteilt werden kann. Sie reichen nur Fingerfood.«

»Also haben wir etwas Zeit, um uns ein Rezept auszudenken?«

Hannah schüttelte den Kopf. »Nur zwei Tage.«

»Aber die Premiere kann doch erst stattfinden, wenn der Film fertig gedreht und geschnitten ist, und was sonst noch damit zu tun ist.«

»Stimmt, doch ich habe es vollmundig versprochen, und deshalb sind wir zeitlich in Druck. Ich habe vorgeschlagen, die Minikuchen in der Cocktailparty-Szene zu verwenden und dann als Tie-in bei der Premiere zu servieren.«

»Das ist eine tolle Idee! Sie muss ihm sehr gefallen haben, sonst hätte er nicht zugestimmt«, überlegte Lisa laut.

»Oh, er war sogar begeistert.« Hannah grinste ironisch. »So sehr, dass er sie sofort als seine eigene ausgegeben hat.«

»Wirklich?«

»Am Ende des Gesprächs hat er sich selbst für die Idee gelobt.«

»Das sieht ihm ähnlich.« Lisa schüttelte den Kopf. »Er ist nicht der Typ, der anderen einen Erfolg gönnt. Ich wusste schon nach fünf Minuten, dass er kein netter Mensch ist.«

»Woran hast du das gemerkt?«

»Ich bin mit der Kaffeekanne herumgegangen und an seinem Tisch stehen geblieben. Ich habe gefragt, ob ich ihm nachschenken soll, und er hat mir nur wortlos seine Tasse hingehalten. Hat sie einfach hochgehalten! Dabei redete er weiter mit Mr Barton und ließ mich eingießen. Und danach stellte er seine Tasse wieder hin. Er sah mich nicht an und bedankte sich auch nicht! Jeder andere an dem Tisch tat es, er nicht. Der Kerl ist so aufgeblasen, dass er irgendwann aus der Hose platzt!«

Hannah konnte nicht an sich halten, sie lachte schallend. »Das wäre eine gute Trickfilmszene.«

»Genau. Mit einem Klugscheißer, der immer wieder ohne Hose rumrennt.«

»Lisa!« Hannah war leicht geschockt. Ihre sonst so unschuldige Partnerin war um einiges lockerer geworden, seit sie verheiratet war.

»Na ja, so ist es nun mal. Nicht, dass ich ihn tatsächlich so sehen möchte!« Eine leichte Röte kroch in Lisas Wangen, und Hannah wusste, sie würde gleich ein weniger peinliches Thema anschneiden. »Also müssen die Minikuchen am Mittwoch fertig sein?«

»Ja. Hast du irgendwelche Ideen?«

Lisa überlegte. »Ich werde mir ein paar Gedanken machen, Hannah. Ich habe so etwas schon einmal gesehen. Ich glaube, meine Mutter hat solche mal gebacken. Vielleicht finde ich etwas in ihrem Rezeptordner, und wenn nicht, frage ich meinen Vater, ob er sich erinnert.«

»Meinst du, das könnte er?« Hannah hoffte, dass sich der Nebel in seinem Gedächtnis für sie lichtete. Er hatte an einer Alzheimer-Studie teilgenommen, und die drei neuen Medikamente, die man an ihm getestet hatte, halfen beträchtlich.

»Vielleicht.« Lisa zuckte mit den Schultern. »Vielleicht auch nicht. Das müssen wir abwarten. Ich hoffe es, denn es macht ihn glücklich, wenn er sich an etwas erinnert.«

Während sie die Karaffe mit heißem Wasser auffüllte und sich mit Teebeuteln für die Teetrinker eindeckte, dachte Hannah über Lisas Bemerkung nach. Die war typisch für ihre gutherzige Partnerin, für die die Plätzchendose immer halb voll anstatt halb leer war. Natürlich wollte Lisa das Rezept aufspüren, doch das war ihr nicht so wichtig, wie ihren Vater glücklich zu sehen.

»Hannah?«

Hannah, die in der Backstube gerade frische Plätzchen in Gläser füllte, drehte sich um und sah Norman in der Schwingtür stehen.

»Hast du eine Minute?«, fragte er.

»Im Moment genau die eine. Lisa wartet auf den Nachschub. Lass mich rasch die Gläser nach vorn bringen, dann habe ich mehr als nur eine Minute Zeit.«

»Ich helfe dir.« Norman nahm zwei Gläser, eins mit Molasse Crackles und eins mit Boggles. Hannah nahm das Glas mit Lisas White Chocolate Supremes und das mit den Zimtplätzchen, und so gingen sie ins Café.

Zu zweit brauchten sie nur dreimal zu gehen. Als sie schließlich in die Backstube zurückkehrten, goss Hannah zwei Tassen Kaffee ein, und sie setzten sich an die Backinsel.

»Ich kann Dean Lawrence nicht leiden«, bemerkte Norman unvermittelt.

»Ich auch nicht. Er ist der Typ, bei dem ich gern den Schandpfahl wieder einführen würde«, stimmte sie zu.

Norman, eben noch todernst, fing an zu lachen. »Er muss dich wirklich genervt haben.«

»Und wie!«

»Wodurch?«

Hannah zählte es an den Fingern ab. »Er ist arrogant, herablassend und kaltherzig. Er hält Winnie Henderson für dumm, nur weil sie ihr Leben auf einer Farm verbracht hat, und er bezeichnet die Leute in Lake Eden als ›Bauerntrampel‹. Er klaut die Ideen anderer, hat vor niemandem Respekt, und um dem Ganzen die Krone aufzusetzen, hält er sich für unwiderstehlich.«

»Aber davon abgesehen findest du ihn ganz okay?« Norman grinste.

Hannah fiel das Kinn herab, dann kicherte sie wie seit der siebten Klasse nicht mehr. Sie war auf seinen Sarkasmus hereingefallen. »Jetzt hast du mich aber, Norman.«

»Wenn es doch nur so wäre!« Er klang sehr ernst, und Hannahs Kicheranfall endete abrupt. »Das ist einer der Gründe, warum ich mit dir in die Backstube gehen wollte. Ich muss dich unter vier Augen sprechen.«

Hannahs Frühwarnsystem sprang an. Wenn Ross richtiglag und Norman eifersüchtig war, könnte ihn die Eifersucht zu einem weiteren Heiratsantrag treiben. »Du willst aber nicht fragen, ob ich dich heirate, oder?«

»Heute nicht. Mein Ego muss sich erst mal erholen. Es geht um etwas anderes.«

Hannah merkte, dass sie unbewusst die Luft angehalten hatte, und atmete hastig aus. »Was denn, Norman?«

»Erinnerst du dich, dass ich einen Brief in Lucy Richards Schreibtisch gefunden habe? Und dass ich ihn dir zu lesen geben wollte, falls ich dir je einen Antrag mache?«

Hannah hielt erneut die Luft an und diesmal bewusst. Natürlich erinnerte sie sich daran. Er war von der Polizei in Seattle gekommen, und sie hatte ihre ganze Willenskraft gebraucht, um ihn nicht zu öffnen. Nachdem sie ihn Norman ungeöffnet übergeben hatte, hatte er ihr erzählt, dass der Brief Informationen über ihn enthielt, an denen seine Mutter zerbrechen könnte, sollten sie an die Öffentlichkeit gelangen. Er wäre dann vielleicht kein arbeitsloser Zahnarzt, aber seine Patienten würden zweifellos anders über ihn denken.

»Du weißt es noch, Hannah, oder?«

»Ja. Ja, das weiß ich noch.« Ein banges Kribbeln durchlief sie. Wollte Norman ihr etwa sein Geheimnis anvertrauen?

»Nun, ich habe dich den Brief vor meinem Antrag

nicht lesen lassen«, meinte er. »Und ich muss wissen, ob du mich deshalb zurückgewiesen hast.«

»Nein«, antwortete sie ehrlich. »Der Brief hatte nichts damit zu tun. Ich habe nur beschlossen, mich nicht jetzt zu entscheiden. Das habe ich bei Hal und Rose im Café erklärt.«

»Okay, ich wollte mich nur vergewissern. Das hat mich wirklich beunruhigt. Ich dachte, wenn nur dieser Brief zwischen einem Junggesellendasein und dem großen Glück mit dir entscheidet, dann würde ich in den sauren Apfel beißen und das verdammte Ding im *Lake Eden Journal* abdrucken lassen.«

Hannah machte große Augen. »Aber du sagst doch, deine Mutter würde daran zerbrechen!«

»Das habe ich nicht wörtlich gemeint. Sie würde sich fürchterlich schämen, aber sicher auch darüber hinwegkommen.«

»Du würdest solch ein Risiko eingehen?«

Er nickte. »Ja, wenn du mich heiratest.«

Hannah war ein paar Augenblicke lang still. Er liebte seine Mutter, doch sie, Hannah, liebte er offenbar mehr. Sie war sehr versucht, Ja zu sagen, tat es aber nicht.

»Hannah? Sollte ich den Brief zu Rod in die Reaktion bringen? Das werde ich wirklich tun, weißt du?«

»Ich weiß. Und das ist süß von dir, doch ich kann dich nicht heiraten.« Er machte ein langes Gesicht, und sie schwächte ihre Antwort ab. »Zumindest noch nicht.«

12

»Autsch!« Hannah blickte ihr Schoßtier überrascht an. Moishe hatte die Ohren angelegt und sträubte gerade das Fell. Vielleicht hätte sie normalerweise dem Autsch einen Kraftausdruck folgen lassen, doch es war Dienstag. Moishe würde seine zweite Szene in *Krise in Cherrywood* drehen, und sie saß in einer Bank in der Kirche. Moishes Krallen waren zwar nadelspitz, und die Einstiche an Hannahs Oberschenkeln brannten, doch Fluchen gehörte sich gerade nicht.

»Er ist nervös.« Norman nahm Moishe von ihrem Schoß. »Ich gehe mit ihm nach draußen und drehe eine Runde. Komm mich holen, wenn er dran ist.«

Zuerst glaubte Hannah, er hätte etwas ins Auge bekommen, weil er mehrmals zwinkerte. Sie wollte ihn gerade darauf ansprechen, als sie den Grund für sein Zwinkern bemerkte, der auch die Angst ihres Katers und die ausgefahrenen Krallen erklärte. Delores kam durch den Mittelgang der Kirche auf sie zugeeilt, und nicht mal die Aussicht auf Hollywood-Ruhm würde Moishe besänftigen, wenn er die Person sah, die ihn am meisten in Rage brachte.

»Hallo, Mutter«, sagte sie und gab Norman damit das

Okay zur Flucht. Sie klopfte neben sich auf die Bank. »Setz dich.«

»Danke, Liebes. Ich weiß, ich komme sehr früh, aber ich wollte Moishes Szene sehen. Die gestrige habe ich verpasst.«

Eine schöne Bredouille ist das, dachte sie. Das hatte ihr Vater immer gesagt, wenn er in einem Dilemma gesteckt hatte. Sie musste sich etwas überlegen, um Delores möglichst weit von Moishe fernzuhalten.

»Ich würde dich liebend gern zusehen lassen.« Hannah griff nach der ersten Ausrede, die ihr einfiel. »Aber Tracey wäre enttäuscht.«

»Was meinst du?«, fragte Delores. »Andrea erzählte mir, dass Traceys erste Szene erst morgen gedreht wird.«

»Das stimmt, doch sie arbeiten gerade an ihrer Frisur und dem Make-up im *Cut 'n Curl*. Und hinterher geht sie zur Kostümanprobe. Ich dachte natürlich, du wärst gern dabei, besonders da Bill in Miami ist und Andrea als die Mutter des Kinderstars alles allein managen muss.«

»Du hast vollkommen recht! Danke, Liebes.« Delores stand dankbar lächelnd auf. »Natürlich würde sie das nie zugeben, doch da Bill weg ist, dürfte sie jemanden an ihrer Seite haben wollen … ganz zu schweigen davon, dass Tracey sich besser fühlt, wenn ihre Großmutter dabei ist.«

Als ihre Mutter hinausrauschte, schaute Hannah ihr nach und atmete erleichtert auf. Sie war befreit, würde aber den Preis dafür zahlen müssen. Sobald Andrea dahinterkam, wer ihr diese Plage gesandt hatte, würde sie sich allenfalls mit einer Kiste Plätzchen besänftigen lassen.

»Unglaublich!«, rief Clark und drehte sich lächelnd zu Hannah um. »Er zeigt mir sein bestes Profil.«

Hannah nickte schmunzelnd. Sie war sich nicht sicher, was sie tun sollte. Es stimmte, Moishe war erstaunlich kooperativ, hielt die verlangten Posen ein und bewegte sich erst, wenn Dean das Okay gab.

»Nur noch eine«, erklärte Dean und gab Erica ein Zeichen, die in der ersten Reihe wartete. »Hannah wird ihn auf deinen Schoß setzen. Wenn sie die Szene verlassen hat, nimm ihn in die Arme und trete mit ihm an den Sarg. Du schaust eine Minute lang traurig auf deinen Vater, gehst zurück und setzt dich.«

Hannah setzte ihren Kater auf Ericas Schoß und wartete darauf, dass das Theater losging, denn Moishe mochte nicht von fremden Leuten in die Arme genommen werden. Hoffentlich war die Filmgesellschaft gut versichert. Doch als Erica ihn hochnahm, schlug er nicht mit Vorder- und Hinterpfoten zu, sondern tat etwas völlig Überraschendes.

Anstatt Erica seine Krallen spüren zu lassen, schenkte er ihr sein schönstes Katerlächeln, bei dem er die Augen zusammenkniff und die Bäckchen rund wurden. Und dann ließ er sich auch noch in einer Haltung tragen, die unmöglich angenehm für ihn sein konnte. Als sie ihn hochhob, sodass er in den Sarg sehen konnte, leckte Moishe ihr über die Wange, als wüsste er, dass er sie trösten sollte.

Hannah keuchte verblüfft. War Moishe ein Schauspieler? Ganz offensichtlich! Wenn er nicht davon träumte, ein großer Star zu werden, hätte er Ericas teures schwarzes Seidenkostüm in Fetzen gerissen.

»Ich bin einen Schritt weitergekommen, Hannah!«, rief Lisa, sowie Hannah das *Cookie Jar* betrat.

»Das ist schön.« Hannah setzte Moishe auf einen der Tische und band die Leine um ein Tischbein. »Wobei denn?«

»Bei den Minikirschkäsekuchen. Mein Vater konnte sich nicht erinnern, als ich ihn gestern Abend danach gefragt habe, aber heute Morgen fiel ihm ein, dass Mom das Rezept von einer Nachbarin bekommen hatte, Mary Hutchinson. Sie wohnte schräg gegenüber von uns an der Straßenecke. Aber Mary und Marv sind nach Iowa gezogen, und ich habe die neue Adresse nicht. Was meinst du, wer …« Lisa stockte und lächelte dann. »Andrea!«

»Ja, meine Schwester könnte sie haben. Sie hat viele Häuser in Lake Eden verkauft, und bestimmt muss der Verkäufer eine Nachsendeadresse angeben.«

»Und wir können sie fragen, weil sie gerade hier ist!«

Lisa deutete zur Tür, und in dem Moment kam Andrea auch schon herein. Sie sah ziemlich unglücklich aus, und Hannah wunderte sich. Dann fiel ihr jedoch ein, dass sie ihre Mutter zum *Cut 'n Curl* geschickt hatte, damit sie Andrea bei Traceys Make-up und Kostüm beratend zur Seite stand. Das hatte nicht einmal eine Stunde gedauert, doch jetzt würde sich das rächen.

Der Gesichtsausdruck ihrer Schwester war so schroff wie die Gipfel der Pyrenäen. Andrea war schwer geladen, und Hannah sah eine volle Breitseite auf sich zukommen.

»Nun … also gut«, begann Andrea und nahm sich einen von den Schokoladentrüffeln, die Hannah für solche gefährlichen Momente im Kühlraum lagerte. »Ich werde dir wohl verzeihen, aber es war ein schmutziger Trick von dir, Mutter auf diese Weise abzuwimmeln.«

»Ich weiß. Es ist nur so, dass ich nicht gern Schmerzen leide, und Moishe hat ihretwegen die Krallen in meine Oberschenkel geschlagen, als müsste er eine Steilwand hochklettern.«

»Das klingt schmerzhaft«, sagte Lisa und gab damit Hannah die nächste Zeile.

»War es auch. Und ich dachte, Mutter würde dich entlasten und du könntest in die Kirche kommen und Moishe schauspielern sehen.«

»Ich bin tatsächlich zur Kirche hinübergegangen, aber Reverend Knudson sagte, du seiest gerade weggegangen. Wie hat Moishe sich geschlagen?«

Hannah lächelte. »Er ist ein Naturtalent, zumindest hat Dean ihn so genannt.«

»Damit hatte ich gerechnet«, erwiderte ihre Schwester. »Er posiert ständig, auch wenn keiner eine Kamera dabeihat.«

Lisa sah Hannah an und wackelte mit den Brauen. Hannah tat das Gleiche und signalisierte ihr damit, dass Andrea sich so weit beruhigt hatte und für die Bitte empfänglich sein dürfte.

»Wir brauchen eine Information, Andrea«, begann Hannah, »und du bist die Einzige, die sie uns geben kann.«

»Tatsächlich?«

»Ja. Erinnerst du dich, wer das Hutchinson-Haus verkauft hat, das schräg gegenüber von Lisas Elternhaus stand?«

»Ich habe es verkauft. Das war mein erster Erfolg als frischgebackene Immobilienmaklerin.«

»Wunderbar!« Lisa lächelte erleichtert. »Weißt du zufällig auch, wo die Hutchinsons hingezogen sind?«

»Nach Iowa. Braucht ihr die genaue Adresse?«

»Ja. Mary hat ein Rezept für Minikirschkäsekuchen, und das brauchen wir für die Cocktailparty-Szene in dem Film«, erklärte Hannah.

»Okay. Sekunde. Ich kann sie euch gleich nennen.«

Zu Hannahs Verblüffung nahm Andrea ihr Handy aus der Tasche und tippte eine Nummer ein. Während sie wartete, holte sie Notizbuch und Kuli hervor und schlug eine freie Seite auf.

»Ich bin drin. Moment noch«, sagte Andrea zu Lisa und Hannah, dann gab sie Informationen auf der Handytastatur ein. Nach ein paar Augenblicken schrieb sie in ihr Notizbuch. Als sie fertig war, gab sie noch ein paar Nummern ein und schaltete das Handy aus, ließ es in die Handtasche fallen und reichte Lisa die Seite. »Bitte sehr. Ich habe auch die Telefonnummer.«

»Wie das?« Hannah staunte nicht schlecht. »Du hast kein Wort gesprochen.«

»Weil ich mit niemandem telefoniert habe. Ich hatte keine Lust, zum Auto zu gehen und meinen Laptop zu holen, also habe ich mich übers Handy in die Datenbank der Maklerkammer eingeloggt. Da wird alles gespeichert.«

»Das kannst du?«

»Natürlich. Man muss mit der Entwicklung mithalten, Hannah. Die moderne Technik ist großartig, und du bist im Mittelalter stecken geblieben!«

»Klar.« Hannah schaute sich um und erkannte, dass ihre

Schwester nicht unrecht hatte. Bis auf einen waren alle Tische besetzt, und drei von fünf Gästen waren mit einem Handy beschäftigt. Vier hatten außerdem einen Laptop, und nur einer notierte sich etwas auf Papier.

»Schaff dir wenigstens einen Computer an. Heutzutage hat jeder einen. Die machen das Leben viel einfacher.«

»Möglich«, meinte Hannah. »Ich verstehe, dass du einen brauchst, wüsste nur nicht, was mir einer nützen soll. Aber ich verspreche dir etwas.«

»Okay. Was?«, wollte Andrea wissen.

»Wenn Mutter sich einen zulegt, kaufe ich mir auch einen.«

»Oh, sicher. Als würde das passieren!« Andrea lachte kurz auf und wandte sich Lisa zu. »Geh und ruf Mary an.«

»Aber ich muss jetzt mit der Kaffeekanne herumgehen und nachschenken.«

»Dann übernehme ich das«, bot Andrea an. »Ruf du Mary an. Und grüß sie von mir.«

Hannah war verblüfft, weil sich ihre Schwester eine Schürze umband, ließ sich das aber nicht anmerken. Andrea hatte bisher nie Lust gehabt, an den Tischen zu bedienen. »Du musst das nicht tun, weißt du? Ich kann …«

»Nein, ich möchte es.« Andrea nahm die Kaffeekanne und neigte sich an Hannahs Ohr, damit kein anderer sie hörte. »Ich will herausfinden, ob der Trick auch bei mir funktioniert.«

Im ersten Moment rätselte Hannah, was sie meinte, dann kam sie darauf. »Du sprichst von der ›Unsichtbarkeit der Kellnerin‹? Wenn die Gäste sich weiterunterhalten, als wären sie allein? Als würdest du nicht gerade ihre Tassen füllen?«

Andrea nickte. »Ja. Dann habe ich interessanten Filmklatsch zu erzählen, wenn Bill heute Abend anruft.«

Hannah amüsierte sich darüber, als ihre Schwester mit der Kanne durchs Café ging, um Klatsch aufzuschnappen, goss sich selbst auch welchen ein und setzte sich hinter den Ladentisch, um ein wenig zu entspannen. Sie war den ganzen Tag über nervös gewesen, obwohl Moishe sich von seiner besten Seite gezeigt hatte und seine Szene perfekt geworden war. Nicht ihr Kater beunruhigte sie, sondern Mike und Norman. Und Ross.

Sie dachte über Letzteren nach, fragte sich, welche Wirkung eine Affäre mit ihm auf ihr Dreiecksverhältnis mit Mike und Norman hätte. Wäre es dann ein Vierecksverhältnis? Auf jeden Fall fühlte sie sich eingekeilt, seit sie mit drei Männern ausging!

Das brachte ihr ein Bild in den Kopf, bei dem sie leicht die Stirn runzelte. Sie hatte den berühmten französischen Pantomimen Marcel Marceau gesehen, wie er einen Mann in einem Glaskasten spielte. Würde sie genauso gefangen sein, bis sie sich für einen der drei Männer entschied?

13

Keine zehn Minuten später kam Lisa aus der Backstube und schwenkte strahlend ein Stück Papier.

»Du hast das Rezept?«, riet Hannah und kannte die Antwort schon.

»Und ob!« Lisa glitt auf ihren Stuhl. »Die sind genau das Richtige für den Zweck und machen kaum Arbeit. Sie werden in Muffin-Förmchen mit fertig gekauften Eierplätzchen und Kirschgrütze gemacht!«

Hannah nahm den Zettel und las den Rezeptnamen: *Janes Minikirschkäsekuchen.* »Wer ist Jane? Ich dachte, du hast das Rezept von Mary Hutchinson bekommen.«

»Hab ich auch, aber sie hat es von ihrer Cousine Jane. Wie findest du es?«

Hannah las das leichteste und raffinierteste Rezept, das ihr je untergekommen war. Zwei Muffin-Formen wurden mit Papierförmchen ausgekleidet, ein Eierplätzchen hineingelegt, der Käsekuchenteig daraufgelöffelt und glatt gestrichen, dann gebacken. Anschließend mit Kirschkuchenfüllung belegt und vier Stunden durchgekühlt. »Die sind sicher leicht zu machen. Aber sind sie auch gut?«

»Mary sagt, sie schmecken wunderbar, und immer bittet jemand sie, sie zu einer Party mitzubringen. Wirklich toll ist die Kirschkuchenfüllung.«

»Warum?« Hannah kam sich vor wie der Vernünftige in der Nummer eines Komikerduos.

»Man braucht drei Kirschen pro Kuchen, und es sind zweiundsiebzig Kirschen in einer Dose Kirschkuchenfüllung. Das heißt, es kommt immer genau aus.«

»Wirklich?«

»Das hat Mary gesagt, und sie backt sie schon sehr lange. Ich möchte sie jetzt ausprobieren, Hannah. Ist das okay?«

»Meinetwegen. Aber was ist mit der Kirschkuchenfüllung? Wir haben keine.«

»Ich habe schon Florence angerufen. Sie lässt mich durch die Hintertür in den Supermarkt. Sie prüft gerade den Warenbestand.«

Hannah nickte, und Lisa sauste in die Backstube. Wenn sie sich einmal für ein Vorhaben begeisterte, ließ sie sich durch nichts mehr aufhalten. Wie Hannah wusste, hatte Herb das schon zu Anfang ihrer Beziehung erfahren. Als Lisa sich entschlossen hatte, ihn zu daten, hatte Herb sie plötzlich gefragt, ob sie mit ihm ausgehen wolle. Und als Lisa beschlossen hatte, ihn zu heiraten, hatte Herb ihr plötzlich einen Antrag gemacht.

Hannah ahnte, dass es zwischen den beiden immer so sein würde. Und sie war sich ziemlich sicher, dass Herb gar nichts dagegen hatte.

Die Ladentür des *Cookie Jar* wurde geöffnet, und ein gut aussehender junger Mann kam herein. Er trug legere Kleidung, aber sie saß perfekt und wirkte teuer. Hannah hielt ihn für ein Mitglied der Filmcrew, das sie noch nicht kennengelernt hatte, und empfing ihn mit einem einladenden Lächeln.

»Hi, Hannah!«, grüßte er, bemerkte ihr verständnisloses Gesicht und lachte. »Sie erkennen mich nicht?«

Hannah überlegte angestrengt, wo sie ihn schon gesehen haben könnte, jedoch vergeblich. Ihr fiel nicht ein, wer er sein könnte. Sie wollte gerade den Kopf schütteln, als er auf den dezenten goldenen Ohrstecker an seinem Ohrläppchen deutete.

»P. K.?« Plötzlich erinnerte sie sich an den Tontechniker von KCOW Television, der sie die Mitschnitte des Hartland-Backwettbewerbs hatte anschauen lassen.

»Genau der. Seit sie mich als Feature-Journalisten beschäftigen, trage ich keinen Pferdeschwanz und Bart mehr.«

»Nur noch einen Ohrring«, bemerkte Hannah.

»Ja, aber einen dezenten. Der Diamant war vor der Kamera zu auffällig. Dieser ist aus mattem Gold.«

Hannah versorgte ihn mit ein paar Plätzchen und einem Becher Kaffee und setzte sich ihm gegenüber an den Tisch. »Also, was bringt Sie hierher?«

»Burke Anson. Ich soll ihn für die Spätnachrichten interviewen. Darin berichte ich über die Unterhaltungsbranche.«

»Freut mich für Sie. Aber ich dachte, Sie wollten Regie führen«, fiel Hannah ein.

»Das will ich noch. Und irgendwann werde ich mein Ziel erreichen, nachdem ich auf der Leiter aufgestiegen bin. Burke sagte, ich erwische ihn hier zwischen den

Drehs. Er möchte das Interview im *Cookie Jar* geben, sofern Sie damit einverstanden sind.«

»Hier?« Hannah war überrascht. »Warum nicht am Set?«

»Das weiß ich nicht. Vielleicht dachte er, er wäre dann abgelenkt. Ich soll mich hier mit ihm treffen, und da ich etwas von ihm will und nicht er von mir, hat er das Heft in der Hand.«

»Richtig.« Hannah fragte sich, warum sie nicht das Heft in der Hand hatte, wenn Burke das *Cookie Jar* als Kulisse benutzen wollte. Er hatte sie gar nicht um Erlaubnis gefragt.

»Wir werden nur eine kleine Ecke brauchen, und ich werde bei dem Interview erwähnen, wo wir sind«, sagte er, als hätte er ihre Gedanken gelesen. »Das wäre gute Werbung für Ihr Geschäft. Und Dee-Dee wird das auch tun. Sie kennen ihre Teaser, die vor den Werbespots laufen?«

»Wenn sie ankündigt, was danach kommt, meinen Sie?«, hakte Hannah nach.

»Genau.« P. K. räusperte sich und imitierte Dee-Dee Hughes, die Co-Moderatorin bei den Spätnachrichten. »Bleiben Sie eingeschaltet für ein exklusives Interview mit Burke Anson im *Cookie Jar* in Lake Eden gleich nach ein paar Worten unserer Sponsoren.«

Hannah lachte. Er hatte Dee-Dees Stimme perfekt getroffen. »Müssen hier Tische verrückt werden?«

»Nein, das kann ich mit meinem Kameramann tun, wenn Burke da ist. Wie schätzen Sie ihn übrigens ein?«

»Burke?«, fragte Hannah, um Zeit zu schinden. Sie hatte nicht vor, ihm freimütige Kommentare zu liefern, die er dann in seinem Film verwendete.

»Ja, genau. Was halten Sie von ihm?«

»Ich kenne ihn kaum«, sagte sie diplomatisch und auch ehrlich. »Er ist sicher ein attraktiver Mann.«

Er lächelte. »Das meint meine Freundin auch.«

»Und soweit ich weiß, ist er ein guter Schauspieler«, fügte Hannah hinzu.

»Das habe ich auch gehört. Und dass er sich nicht gerade blendend mit Dean Lawrence versteht.«

»Darüber weiß ich nichts«, erwiderte sie. Auch das war wahr.

»Nichts?«

»Gar nichts«, bekräftigte Hannah kopfschüttelnd.

»Aber wenn Sie etwas darüber gehört hätten, würden Sie es mir erzählen?« Hannah schüttelte wieder den Kopf, und er lachte. »Das dachte ich mir. Für Journalisten sind Sie ein Albtraum, Hannah. Sie geben keinen Klatsch preis.«

»Ich versuche jedenfalls, das zu vermeiden. Ich wäre nicht mehr lange im Geschäft, wenn ich alles weitererzählen würde.«

Wie aufs Stichwort kam Andrea mit der Kaffeekanne angehastet. »Rate mal, was ich gerade gehört habe! Sophie, die Garderobiere, hat mir erzählt, dass …«

»Traceys Kostüm wunderschön ist. Ich weiß.« Hannah fiel ihr ins Wort, weil sie fürchtete, es ginge um pikante Details. »Das hat sie mir heute Morgen auch erzählt. Wer hier bei mir sitzt, ist übrigens ein alter Bekannter, den du vielleicht nicht wiedererkennst, Andrea. Es ist …«

»P. K.! Wie schön, Sie mal wiederzusehen!«, rief ihre Schwester.

»Wieso hast du ihn gleich erkannt und ich nicht?«, wollte Hannah wissen.

»Hast du das KCOW-Logo auf seiner Anstecknadel nicht gesehen? Als wir damals die Outtakes des Backwettbewerbs schauten, ist mir aufgefallen, dass das O auf seinem Anstecker violett ist, während es bei allen anderen blau ist.«

»Das stimmt.« P. K. klang erfreut. »Die Anstecknadeln wurden zu Weihnachten vor zwei Jahren ausgegeben, und dieses ist eine Fehlproduktion. Sie wollten es reklamieren, aber ich habe es behalten, weil es anders ist.«

Hannah schaute angestrengt auf die winzige Anstecknadel und schüttelte den Kopf. Der Schriftzug war so klein, dass ihr das nicht aufgefallen war. Andrea hatte nicht nur den Anstecker bemerkt, sondern auch den Farbunterschied. Ihre Schwester hatte eine erstaunliche Beobachtungsgabe, wenn es um Mode und die Outfits anderer Leute ging.

»Was tun Sie zurzeit, P. K.?« Andrea setzte sich auf den Stuhl neben Hannah.

»Ich bin bei den Spätnachrichten für den Unterhaltungsteil zuständig.«

»Verstehe.« Andrea schoss Hannah einen dankbaren Blick zu. »Ich habe eine Zeit lang keine Nachrichten mehr geschaut. Ich muss sie mal wieder einschalten.«

»Wie gefällt es Ihnen, dass vor Ihrer Haustür ein Film gedreht wird?«, wollte er wissen.

Andrea lachte. »Nicht mal in der Nähe meiner Haustür, aber im Geschäft unserer Mutter. Ihr Antiquitätengeschäft wird als Set dienen.«

»Tatsächlich?« P. K. zog ein Notizbuch hervor und notierte sich das. »Wie ich höre, wurden auch Einheimische gecastet. Hat jemand, den Sie kennen, eine Rolle bekommen?«

»Wir kennen jeden, der eine Rolle bekommen hat!« Hannah konnte nicht widerstehen, das zu sagen. »Wir sind in Lake Eden. So groß ist der Ort nicht.«

Er schaute ein wenig betroffen. »Stimmt. Und die großen Rollen? Kennen Sie das kleine Mädchen, das gecastet wurde?«

Andrea und Hannah wechselten einen Blick und hielten den Atem an, solange Hannah darauf wartete, dass ihre Schwester antwortete, und die wartete, dass Hannah etwas sagte. Das Schweigen hielt ein paar Augenblicke lang an, dann lachten sie beide.

Er runzelte irritiert die Brauen. »Was ist so lustig?«

»Sie ist meine Tochter!«

»Und meine Nichte«, fügte Hannah hinzu.

Und dann fingen sie gleichzeitig an zu erzählen und empfahlen ihm, Tracey zu interviewen, weil sie berühmt werden würde, sobald *Krise in Cherrywood* in die Kinos kommen würde.

»Aber gar nicht«, antwortete Burke und schaute direkt in die Kamera. P.K. hatte ihn auf den engen Drehplan angesprochen und gefragt, ob der die Qualität der Produktion beeinträchtigte. »Unser Regisseur, Mr Dean Lawrence, verlangt immer die beste Performance. Mit weniger gibt er sich nicht zufrieden.«

Hannah verkniff sich ein Grinsen. Burke schmeichelte dem Bad-Boy-Regisseur schamlos. So viel zu dem Gerücht, dass Burke und Dean nicht miteinander auskamen. Sie hörte P.K. die nächste Frage stellen, etwas zu den Drehproben, doch ehe sie Burkes Antwort lauschen konnte, rief Andrea sie von der Schwingtür zu sich.

»Was ist los?«, fragte Hannah.

Ihre Schwester wirkte panisch. »P. K. will als Nächsten mich interviewen. Ich habe zugestimmt, aber jetzt wünschte ich, ich hätte es nicht getan. Was soll ich denn sagen?«

»Er fragt dich etwas, und du brauchst nur zu antworten.«

»Aber was, wenn ich die Antwort nicht weiß?«

»Es gibt keinen Grund zur Panik, und es ist Zeit, sich zusammenzureißen. Du kannst das, Andrea. Vergiss nicht, du bist Immobilienmaklerin.«

»Du hast recht.« Ihre Schwester straffte die Schultern. »Ich bin eine erfolgreiche Immobilienmaklerin, und wenn ich etwas nicht weiß, kann ich mir was ausdenken. Das haben wir in der Ausbildung gelernt.«

»Wie wenn du von einer ›Gourmetküche‹ sprichst, nur weil ein Gewürzregal an der Wand hängt? Und ein Haus als ›behaglich‹ bezeichnest, wenn es eng und verwinkelt ist?«

Andrea schaute verblüfft, dann lachte sie. Sie lachte, bis ihr die Tränen über die Wangen liefen. »Du solltest das wirklich nicht sagen, Hannah. Du machst dich über meinen Beruf lustig.«

»Tja … vielleicht. Ein bisschen. Doch ich wette, du bist jetzt nicht mehr nervös.«

»Natürlich bin ich nervös. Ich bin so nervös, ich könnte …« Andrea stockte und riss die Augen auf. »Du hast recht. Ich bin gar nicht mehr nervös! Wie hast du das gemacht?«

»Man kann nicht gleichzeitig nervös und belustigt sein.

Das sind beides starke Emotionen, und eine verdrängt die andere. Wenn dein Sinn für Humor angesprochen wird, beendet das die Nervenkrise. Zumindest nach dem Psychologieprofessor an meinem College.«

»Faszinierend.« Andrea sah Hannah forschend an. »Was hat er noch gesagt? Gibt es noch andere Emotionen, die einander verdrängen?«

»An ein paar erinnere ich mich noch. Er sagte, man kann nicht wütend und zugleich in amouröser Stimmung sein.«

»In amouröser Stimmung?«

»Du weißt schon.« Hannah machte Kussgeräusche.

»Ach, das.« Andrea grinste. »Danke, aber ich denke, das wusste ich schon. Wahrscheinlich instinktiv.«

»Das glaube ich gern«, meinte Hannah lachend. Ihr Psychologieprofessor hatte immer wieder betont, das Phänomen sei das Geheimnis jeder glücklichen Ehe.

»Wie auch immer, vielleicht werde ich das einer praktischen Prüfung unterziehen.« Andrea lächelte schelmisch. »Bill kann es an mir ausprobieren, gleich wenn er mit Ronnie Ward von Miami nach Hause kommt.«

»Also, was meinst du?«, fragte Lisa, als sie Hannah das Tablett mit den Minikirschkäsekuchen präsentierte. »Werden sie Mr Lawrence gefallen?«

»Sie sehen fantastisch aus, und ich denke, das ist wichtiger, als wie sie schmecken.«

»Hannah!« Lisa war sichtlich geschockt. »Wie kannst du so etwas sagen?«

»Ich dachte dabei an Dean Lawrence, nicht an uns. Wir beide finden den Geschmack wichtiger als das Aussehen.«

»Oh, jetzt verstehe ich. Und du hast recht, was ihn angeht. Er ist ein sehr oberflächlicher Mensch. Ihm ist nur er selbst wichtig.«

»Wie kommst du zu der Ansicht?«, fragte Hannah. Sie stimmte ihr zwar zu, wollte jedoch Lisas Gründe hören.

»Zuallererst glaubt er, dass ihm keine Frau widerstehen kann«, antwortete Lisa.

»Das ist dir aufgefallen?«

»Das konnte ich gar nicht übersehen. Ich habe dir doch erzählt, dass ich ihm Kaffee nachgeschenkt habe und er sich weiter unterhalten und sich nicht mal bedankt hat.«

Hannah nickte. »Ich erinnere mich.«

»Na, und vor ein paar Minuten, als ich wieder mit der Kanne herumging, hat er noch etwas Schlimmeres getan.«

»Was ist passiert?«

»Er hat einen Annäherungsversuch gemacht«, erwiderte Lisa. »Ich will nicht ins Detail gehen. Sagen wir einfach, er kann seine Hände nicht bei sich behalten. Damit hatte ich nicht gerechnet und war so erschrocken, dass ich ihn fast mit heißem Kaffee begossen hätte.«

»Vielleicht hättest du das tun sollen.«

Lisa kicherte. »Ja, vielleicht. Wenn er das noch mal macht, werde ich ihn wissen lassen, dass ich das nicht schätze. Doch mir ist noch etwas anderes an ihm aufgefallen.«

»Nämlich?«

»Er hält den äußeren Anschein für wichtiger als das Wesen einer Sache«, erklärte sie. »Das ist das Merkmal eines Scharlatans … oder eines Zauberkünstlers, der Illusionen erzeugt. Und dazu gehört auch, die Aufmerksamkeit vom

Wesentlichen wegzulenken. Lug und Trug. Du weißt, was ich meine, oder?«

Hannah sah ihre Partnerin bewundernd an. »Das leuchtet mir ein. Aber woher weißt du das alles?«

»Herb ist Amateurzauberer«, erklärte Lisa. »Er meint, er ist noch nicht gut genug, um vor Publikum aufzutreten, doch er hat mir ein paar Tricks vorgeführt, und ich finde ihn fantastisch. Er hat auf der Highschool angefangen zu üben, aber nie jemandem davon erzählt. Erst nachdem wir verheiratet waren, hat er es mir anvertraut.«

Sie hatte das über Herb auch nicht gewusst und fügte es den erstaunlichen Details hinzu, die ihren ehemaligen Klassenkameraden ausmachten. »Ich hatte keine Ahnung. Er sollte mal an Halloween im Gemeindezentrum auftreten.«

»Das finde ich auch. Letztes Jahr hätte er es fast getan, doch dann meinte er, er sei noch nicht so weit. Vielleicht nächstes Jahr.«

»Vielleicht.« Hannah nahm sich zu Herzen, was sie gerade gelernt hatte. Das Kleinstadtleben konnte täuschen. Gerade wenn man glaubte, man wüsste alles über jemanden, erfuhr man etwas, was die Annahme über den Haufen warf.

Janes Minikirschkäsekuchen

Den Ofen auf 175 Grad vorheizen, das Blech auf die mittlere Schiene setzen.

450 g Frischkäse, zimmerwarm, keine Doppelrahmstufe
150 g weißer Zucker
2 Eier
1 Element Zitronensaft
1 TL Vanilleextrakt
24 Eierplätzchen
24 Muffin-Papierförmchen (oder 48, wenn Sie wie ich lieber 2 ineinanderstülpen)
580 g Kirschgrütze oder Kirschkuchenfüllung

Zwei 12er-Muffinformen mit den Papierförmchen auskleiden, jeweils ein Eierplätzchen mit der flachen Seite nach unten hineinlegen. Die Kirschgrütze kalt stellen.

Den Zucker in den Frischkäse rühren, nach und nach die Eier zugeben und mit dem Handmixer schlagen. Dann Zitronensaft und Vanilleextrakt zugeben und schlagen, bis die Masse locker und schaumig ist.

Frischkäsemasse in die Papierförmchen löffeln, sodass sie mindestens zur Hälfte und maximal zu zwei Dritteln gefüllt sind. (Sie werden dürftig aussehen, aber das ändert sich, sobald Sie die Kirschgrütze darauf verteilt haben.)

Bei 175 Grad 15 bis 20 Minuten backen, oder bis sich die Masse gesetzt und ein mattes Aussehen angenommen hat. Die Mitte wird einsinken, doch das wird später nicht mehr zu sehen sein.

Die Minikäsekuchen in der Muffinform auf einem Kühlgitter erkalten lassen. Anschließend mit je 3 Kirschen der Kirschgrütze belegen, den Kirschgrütze-Saft gleichmäßig auf die 24 Minikuchen verteilen.

Mindestens 4 Stunden kalt stellen (am besten aber über Nacht). Dann erst die Minikuchen aus den Muffin-Formen heben und auf eine Servierplatte stellen.

Man kann ebenso gut frische entsteinte Kirschen verwenden und sie mit Tortenguss überziehen. Die Küchlein schmecken auch mit jeder anderen Fruchtgrütze.

14

Hannah saß auf einem Hocker in der Backstube und machte ihre wohlverdiente Pause. Gerade hatte sie die beiden Käsekuchen für Dean Lawrence fertiggestellt. Sie standen im Kühlraum zusammen mit den Minikirschkäsekuchen, die Lisa gebacken hatte. Die mussten alle gut durchkühlen und am nächsten Morgen zu Deans Büro gebracht werden. Das würde Hannah übernehmen. Auf keinen Fall würde sie Lisa mit dem durchtriebenen Don Juan allein in seinem Wohnwagen lassen.

Der Gedanke, was passieren würde, wenn Lisa die Kuchen lieferte und der Bad-Boy-Regisseur wieder die Hände nicht bei sich behielt, brachte sie zum Kichern. Mancher in Lake Eden mochte Lisa noch für die errötende Unschuld vom Lande halten, doch davon war sie weit entfernt, wenn sie mit amourösen Männern fertigwerden musste. Laut Michelle, die in der Jordon High mit Lisa in dieselbe Klasse gegangen war, hatte ein Basketballer eine Woche lang mit einem blauen Auge auf der Ersatzbank gesessen, nachdem er bei einem Date mit Lisa frech geworden war.

Nein, Hannahs Sorge galt nicht ihrer Partnerin, die

konnte gut auf sich selbst aufpassen. Und sie galt auch nicht Dean Lawrence. Wenn Lisa gezwungen wäre, ihren »gemeinen linken Haken« einzusetzen, wie Michelle es nannte, dann hätte er den verdient und noch mehr. Hannahs Sorge galt Ross und den Auswirkungen auf seine Filmproduktion, wenn der Regisseur auf die Ersatzbank musste.

In nur einer Stunde würde sie das Geschäft schließen, und Hannah freute sich auf einen Abend zu Hause mit Moishe, ein schlichtes Abendessen aus dem, was Küchenschrank und Kühlschrank zu bieten hatten, und auf einen Probelauf des neuen Rezepts, das sie angerührt hatte, während die Käsekuchen im Ofen gewesen waren.

Das war ein Plätzchen-Typ, den Lynne mögen würde, denn er war ihrem Lieblingssandwich nachempfunden: Erdnussbutter und Banane auf Toast. Das war das Einzige, was Lynne früher zubereitet hatte. Denn wenn der Toaster seinen Teil getan hatte, hatte sie das Brot nur mit Erdnussbutter bestreichen und eine Banane in Scheiben schneiden müssen. Während sie zusammen für die Abschlussprüfungen gelernt hatten, hatten sie so viele solcher Sandwiches gegessen, dass Hannah nach ihrer Heimkehr von der Uni ein Jahr lang keins mehr hatte sehen wollen.

Sie hatte gerade den letzten Kaffee ausgetrunken und wollte die Tasse im Spülbecken auswaschen, als die Hintertür geöffnet wurde und ihre Mutter hereinschneite.

»Hallo, Hannah«, grüßte Delores. »Ich habe wundervolle Neuigkeiten!«

»Tatsächlich?« Hannah nahm ihren erfreuten Gesichtsausdruck in sich auf und lächelte. Es war das erste Mal, dass sie Delores glücklich sah, seit Winthrop aus ihrem Leben verschwunden war.

»Wir sind früh fertig geworden, und Jared fand es perfekt. Das Fünfzigerjahre-Haus steht, und du sollst die Erste sein, die es sieht. Ich schätze deine Meinung sehr, Liebes.«

»Danke, Mutter. Ich schaue es mir gern an.« Hannah freute sich darüber. »Ich will nur rasch Lisa bitten, die Stellung zu halten, solange ich weg bin.«

Kurz darauf nahm Hannah ihren Mantel vom Haken neben der Tür und ging mit Delores über den Parkplatz zum Hintereingang des Antiquitätengeschäfts. Sie empfand nicht den leisesten Argwohn, bis Delores die Tür aufschloss und Hannah bemerkte, dass Ross Barton drinnen wartete. Wollte ihre Mutter sie mal wieder verkuppeln? Oder hatte sie Ross eingeladen, weil er der Produzent und Drehbuchautor war?

»Hey, Hannah!« Er freute sich offenbar, als sie in das Hinterzimmer kam, das als Lager benutzt wurde. »Die Damen haben mich gebeten, hier zu warten. Uns beiden wollen sie das Ergebnis als Erste zeigen.«

»Damit Sie uns davor bewahren, dumm dazustehen, wenn etwas misslungen ist«, gestand Carrie. Sie wirkte genauso glücklich wie Delores. »Sie brauchen es uns nur zu sagen, und wir ändern es, bevor es jemand anderes sieht.«

Ross lächelte die Damen freundlich an. »Ich bin sicher, es ist bestens gelungen. Wollen wir?«

»Ja, aber wir gehen außenrum und von vorn ins Haus«, erklärte Delores. »Damit der Eingangsbereich und das Wohnzimmer ihre volle Wirkung entfalten können.« Sie lächelte beide liebenswürdig an. »Tun Sie uns den Gefallen?«

»Selbstverständlich«, antwortete Ross und ging voran nach draußen. Die anderen folgten ihm zur Vorderseite. »Ich kann wirklich kaum glauben, dass sie das so schnell geschafft haben. Deine Mutter und Carrie sind schon erstaunlich.«

»Erstaunlich« war nicht das Wort, das Hannah gewählt hätte. »Irreführend« vielleicht. Oder sogar »hinterhältig« oder »durchtrieben«. Und wenn sie es ein wenig milder ausdrücken wollte, dann war »manipulativ« auf jeden Fall treffend. Delores führte definitiv etwas im Schilde, doch Hannah konnte der Sache jetzt nicht auf den Grund gehen. Je weniger Ross über die Machenschaften ihrer Mutter wusste, desto besser. Sie würde mit Delores später unter vier Augen sprechen und es herausfinden.

»Solch eine Veranda hatten wir früher in Duluth«, erzählte Ross, als sie die Haustür öffneten.

»Die hatte jeder.« Hannah betrachtete, was die Schreiner des Filmstudios gebaut hatten. »Da liegt sogar der typische Läufer für die Schuhe an der Tür.«

»Mitsamt Schuhen. Ebenfalls aus der damaligen Zeit. Meine Mutter hatte auch so ein Paar«, bemerkte er.

Hannah schaute auf die braunen Wildlederstiefel mit Pelzrand am Schaft. Wenn sie sich richtig erinnerte, stammten die aus dem Schrank ihrer Mutter. »Im Flur müsste gleich ein Garderobenständer oder ein Garderobenschrank stehen.«

»Garderobenständer«, verkündete er, als er in den Hausflur trat, einen Raum, der in größeren Häusern als »Foyer« bezeichnet wurde. »Es ist perfekt, Hannah. Der Ständer steht auf einem selbst gewebten Teppich, der die Nässe von den Sohlen auffängt.«

»Natürlich. Das war so üblich. Jede Farmerin sparte das Geld aus dem Eierverkauf zusammen, um sich einen Webstuhl zu kaufen und Teppiche zu fertigen. Die wurden aus allem gemacht, was man sich vorstellen kann, einschließlich Sackleinen und Plastiktüten aus dem Lebensmittelladen. Die Teppiche haben sie an die Bewohner von Lake Eden und die Touristen verkauft, die im Sommer herkamen.«

»Bäuerliches Gewerbe?«

»Flickenteppiche, Knüpfteppiche mit Muster und handgenähte Stuhlkissen für die Küchenstühle. In den Fünfzigern beherrschte jeder ein Handwerk.« Hannah blieb an der Mahagonitür stehen, die ins Wohnzimmer führte. »Glasscheiben mit Facettenschliff und Farnmuster und … ist das ein Buchstabe oder ein Ornament?«

»Das ist der Buchstabe T, sehr hübsch. Amy und Jody hießen mit Nachnamen Thompson.«

Im Flur gab es eine Holztreppe, die nirgendwohin führte, und zwei einander gegenüberliegende Türen. Hannah öffnete die linke und trat in den kleinen Raum, und das erste Detail, das ihr ins Auge fiel, brachte sie zum Lächeln.

»Was freut dich?«, fragte Ross.

»Die schwarze Pantherlampe auf dem Fernseher. Meine Großmutter Ingrid hatte auch so eine.«

»Vielleicht ist es die deiner Großmutter.«

»Das ist durchaus möglich. Meine Mutter hat viele von ihren Sachen eingelagert.«

»Da steht auch eine grüne Lavalampe.« Ross zeigte auf

den Beistelltisch mit der Lampe, in der sich ständig die Blasen neu formten.

»Hier fehlt eigentlich nur eine … Häkeldecke!« Hannah brach in entzücktes Lachen aus, als sie das herrliche Stück auf der Rückenlehne des grünen Tweed-Sofas liegen sah. Die Decke war außergewöhnlich schön, in Blau- und Grüntönen gehalten und mit einem schwarzen Rand versehen.

»Perfekt.« Ross zeigte auf die Couch, die zum Fernseher ausgerichtet war. »Hier können drei Leute fernsehen.«

»Zwei«, widersprach Hannah. »Niemand sitzt gern in der Mitte. Da kann man die Ellbogen nicht aufstützen.«

»Ein gelbgrüner Zottelteppich!«, rief Ross aus und grinste. »Deine Mutter und Carrie haben die Fünfziger zurückgeholt. Sie müssen viel Recherchearbeit geleistet haben.«

Nicht unbedingt, dachte Hannah, sagte das aber nicht. Wenn ihre Mutter jeden glauben machen wollte, sie habe die Epoche gar nicht mehr selbst erlebt, dann würde Hannah sie nicht bloßstellen.

»Das ist hübsch und behaglich.« Ross betrachtete die elfenbeinfarbene Tapete mit den kleinen Efeuranken, die ein Streifenmuster ergaben. »Da stehen sogar ein Ohrensessel und eine Stehlampe daneben, damit man Licht zum Lesen hat. Wenn wir die Glasscheibe aus dem Fenster entfernen, können wir die Szene, in der Tracey dem Kater vorliest, hier drehen.«

»Für mein Empfinden sieht alles gut aus. Schauen wir mal, wie das Wohnzimmer eingerichtet ist, in dem ihr die Cocktailparty drehen wollt.« Hannah ging auf die französischen Türen zu, die das familiäre Fernsehzimmer von dem Raum trennten, in dem Gäste empfangen wurden. Als sie ihn betrat, wusste sie, Delores und Carrie hatten sich selbst übertroffen.

»Umwerfend«, sagte Ross und nahm ihr das Wort aus dem Mund.

»Ja.« Hannah schlenderte staunend umher. Den eleganten Look, der damals unter den Wohlhabenden beliebt gewesen war, hatten sie genau getroffen. Der weinrote Teppich ließ ringsherum einen breiten Streifen Parkett frei, die Vorhänge waren aus schwerer weinroter Seide, und die Wände zierte eine elfenbeinfarbene Velourstapete. Spiegel mit vergoldetem Rahmen hingen geschickt verteilt und dazwischen verschiedene große Landschaftsgemälde in Ornamentrahmen.

»Das Klavier gibt dem Ganzen eine hübsche Note«, meinte Ross. Er ging zu dem schimmernden weißen Stutzflügel, der vor den deckenhohen Bücherregalen stand. »Wir werden bei der Cocktailparty einen Pianisten brauchen.«

»Nein, braucht ihr nicht.« Hannah klappte den Deckel hoch und blickte in Leere. »Das ist nur der Korpus.«

»Das ist okay. Wir blenden die Musik hinterher ein. Hauptsache, die Tasten sind vorhanden und jemand kann so tun, als spielte er.«

Nachdem sie das Wohnzimmer begutachtet hatten, auch den Schreibtisch, der für die Selbstmordszene gebraucht wurde, kehrten sie in den Flur zurück, um die andere Tür zu öffnen.

»Das sieht aus wie in dem Film *Alt Heidelberg*«, stellte Hannah fest, als sie das Schlafzimmer sah. Es hatte weiße

Möbel, weiße Vorhänge und Tapeten in Delfter Blau. »Ist das Amys Zimmer?«

»Ja. Siehst du das Kissen auf der Fensterbank?«

Hannah nickte. Das war der einzige Misston in dem Raum, denn es war leuchtend orange.

»Das ist für Moishe. Amy hat es für ihn besorgt, damit er dort sitzen und die Vögel beobachten kann. Ihr Vater hatte es in den Abfall geworfen, weil es nicht zur übrigen Einrichtung passte, aber Jody hat es herausgeholt und ihr zurückgegeben an dem Tag seiner Beerdigung.«

»Das klingt nach einem unangenehmen Mann.«

Ross nickte. »Das war er.«

Hannah hielt inne und runzelte die Stirn. »Wer spielt eigentlich den Vater? Ich habe den Schauspieler noch nicht gesehen.«

»Wirst du auch nicht. Der Vater kommt nur als Stimme aus dem Off vor. Das ist umso wirkungsvoller. Wir bekommen ihn nicht zu sehen, sodass wir auch nichts Sympathisches an ihm entdecken.«

»Interessant.«

»Hoffentlich hat das die gewünschte Wirkung. Es ist immer mit Spekulation verbunden, wenn man die Schurkenrollen besetzt. Wenn der Schauspieler übertreibt, kann das ins Komische kippen. Und wenn er ein bisschen zu nett wirkt, entwickeln die Zuschauer für den Schurken Verständnis. Deshalb habe ich entschieden, etwas grundlegend anderes auszuprobieren. Der Vater erscheint nur in Amys Erinnerung. Dadurch wirkt er übermächtig, bedrohlicher und vollkommen unsympathisch. Das verschafft mir auch eine Hintertür, denn wir erleben den Vater ihrer Erinnerung, nicht den wirklichen Vater.«

Darüber dachte Hannah einen Moment lang nach, und dann lächelte sie. »Für mich klingt das einleuchtend. Aber ich bin kein Filmemacher. Der bist du.«

»Ich hoffe nur, das ist nicht zu rührselig. Wenn doch, schneidet man einfach alle außer den entscheidenden Szenen raus und castet schnell jemanden.«

»Wann wirst du das wissen?«

»Anhand des Filmmaterials vom Vortag am Freitagabend. Willst du kommen und es mit mir zusammen ansehen? Sally hat uns eine Ecke in der Bar eingerichtet.«

»Das lasse ich mir nicht entgehen«, antwortete Hannah, völlig fasziniert von der Idee.

»Okay. Sagen wir deiner Mutter und Carrie, wie es uns gefällt.«

»Gut«, stimmte Hannah zu. »Ich finde es äußerst gelungen, aber du bist der Produzent. Was denkst du?«

»Ich bin ganz deiner Meinung.«

»Sie finden es wirklich so gut?« Delores' Augen glänzten vor Freude.

»Und ob«, antwortete Ross. »Wenn ich es nicht besser wüsste, würde ich Sie für eine erfahrene Bühnenbildnerin halten.«

»Vielen Dank!« Carrie schaute genauso erfreut wie Delores. »Wir haben hart gearbeitet.«

»Und Sie sind sogar früher fertig als verlangt. Wissen Sie, wie selten das in unserer Branche vorkommt?«

Die beiden Damen schüttelten den Kopf, und Delores

räusperte sich. »Da Sie mit den Sets sehr zufrieden sind, möchte ich Sie um einen Gefallen bitten.«

»Welchen?«, fragte Ross.

»Laden Sie Hannah heute Abend im *Lake Eden Inn* zum Essen ein. Ich weiß, dass sie zurzeit nicht richtig isst.«

Wirklich, Mutter! Das war so dezent wie eine Ballerina in Anglerstiefeln!, dachte Hannah, schwieg aber. Anscheinend hatte ihre Mutter Norman und Mike als Kandidaten aufgegeben und richtete ihre Anstrengungen jetzt auf Ross.

»Mit Vergnügen.« Er legte einen Arm um Hannahs Schultern und drückte sie kurz. »Und hinterher werde ich ihr das Filmmaterial von gestern zeigen, in dem Moishe vorkommt. Wie steht's mit Ihnen beiden? Möchten Sie sich anschließen?«

Delores schüttelte den Kopf. »Sehr nett, aber nein danke. Heute Abend findet im Einkaufszentrum ein Ausverkauf statt, und ich habe Carrie versprochen, mit ihr shoppen zu gehen.«

»Wir können ein andermal shoppen«, meinte Carrie.

»Aber nur heute bekommen wir auf alles zwanzig Prozent«, widersprach Delores.

»Ich würde sowieso nur Dinge kaufen, die ich nicht brauche. Und ich werde eine so nette Einladung gewiss nicht ausschlagen. Komm, Delores. Sehen wir uns die Szenen mit deinem Enkelkater an.«

»Meinem Enkelkater?« Delores warf ihr einen bösen Blick zu. »Was ist mit Norman? Musst du ihm nicht das Abendessen kochen?«

»Er kann sich heute Abend mal selbst versorgen«, entschied Carrie. Ich werde mir das nicht entgehen lassen. Und du?«

»Oh. Nun … also gut.« Delores knickte ein. Sie wirkte nicht gerade froh darüber. »Danke, Mr Barton. Ich schließe mich gern an.«

»Sagen Sie Ross zu mir. Und ich freue mich, dass Sie mitkommen.« Er klang, als meinte er das ernst, und Hannah sah ihn überrascht an. »Soll ich Sie alle gegen sieben abholen?«

»Das ist nicht nötig.« Carrie wechselte einen Blick mit Delores. »Ich werde fahren, und wir bringen Hannah mit.«

Hannah hätte beinahe gelacht und überspielte das mit Husten. Das war der Kampf der Mütter, und es sah so aus, als hätte Delores ihre Meisterin gefunden. Eben hatte Delores ihre Tochter noch in Ross' Arme gedrängt, und jetzt hatte Carrie sich als Anstandsdame positioniert.

»Das ist für Sie ein Umweg«, erwiderte Ross. »Ich hole Hannah zu Hause ab. Sie muss Moishe schließlich vorher heimbringen.«

Hannah kam sich vor, als wäre sie der Ball bei einem Dummer-Hans-Spiel. Das mochte aufregend sein, aber nicht angenehm.

»Norman kann Moishe nach Hause bringen«, versprach Carrie unbekümmert.

»Aber ich kann von Norman doch unmöglich verlangen …«

»Unsinn!« Carrie schnitt Hannah das Wort ab. »Norman liebt den Kater und Moishe ihn. Und er wird sich um ihn kümmern, bis du nach Hause kommst … damit sich unser kleiner Star nicht einsam fühlt.«

A-ha!, dachte Hannah. So läuft der Hase! Carrie fürchtet, dass ich Ross hinterher mit zu mir bitte, und Norman soll ein Techtelmechtel verhindern. Carrie wusste natürlich nicht, dass es sowieso kein Techtelmechtel geben würde. Hannah hatte einen anstrengenden Tag hinter sich und war entschlossen, früh in die Federn zu kriechen.

15

Hannah strahlte wie eine stolze Mutter, als das Licht wieder anging und Sallys riesiger Bildschirm schwarz wurde. Moishe war in seinen Szenen bezaubernd. Selbst Delores hatte »Ohs« und »Ahs« von sich gegeben, vor allem an der Stelle, als Moishe bei der Trauerfeier Erica über die Wange leckte.

»Ein geborener Schauspieler«, sagte Hannah einmal beiläufig zu Ross, doch sie konnte nicht aufhören zu lächeln. Manche Katzen hatten eben Talent und andere nicht. Und sie hatte das Glück, einen regelrechten Star zu besitzen.

»Er ist sogar besser als eine ausgebildete Film-Katze«, erwiderte Ross.

»Man kann Katzen ausbilden?«, fragte Hannah, doch ihr Grinsen verriet sie. Sie wusste, dass sich manche Katzen dressieren ließen, aber bei Moishe würde das nicht klappen. Wenn er verstand, was man wollte, tat er es. Sofern er gerade dazu Lust hatte. Und auch nur vielleicht.

Sie schaute auf die Uhr. »Ich fahre besser früh nach Hause.« Es war Viertel nach neun, und wenn sie jetzt nicht aufbrach, würde aus dem frühen Zubettgehen nichts werden.

»Bleib doch noch, bis Burkes Interview gelaufen ist, dann bringe ich dich nach Hause. Ich möchte hören, wie er mit dem Journalisten zurechtgekommen ist. Die anderen kommen auch gleich, um es sich anzusehen.«

»Welche anderen?«, fragte Hannah.

»Die Schauspieler und außerdem Deans Frau und Tom Larchmont«, antwortete Ross. »Connor hat sie um sieben am Flughafen abgeholt. Sie dürften inzwischen hier sein.«

»Okay.« Hannah stimmte recht schnell zu. Sie wollte unbedingt Lynnes Mann kennenlernen und war auch sehr neugierig zu sehen, was für ein Typ Frau einen jemanden wie Dean Lawrence heiratete. Sharyn Lawrence musste die Geduld einer Heiligen haben. Und das Interview mit Burke interessierte Hannah auch, zumal es in ihrem Geschäft stattgefunden hatte. Sie wollte wissen, wie das Café dabei wirkte. »Wird das Interview mit Andrea auch gezeigt?«

Ross schüttelte den Kopf. »Nicht vor nächster Woche. Ich habe beim Sender angerufen und mit dem Nachrichtenchef gesprochen. Er sagte, er will Andreas Interview mit den anderen zusammen ausstrahlen, die nächste Woche erst stattfinden, also mit Traceys, Lynnes und Ericas. Der Beitrag soll *Die drei Gesichter der Amy* heißen und am Freitagabend laufen.«

Zehn Minuten später füllte sich die Bar des *Lake Eden Inn* mit Filmleuten. Ross machte Hannah mit Tom Larchmont bekannt, und sie verstand sofort, warum Lynne ihn geheiratet hatte. Er trug seine Frau auf Händen, ging sofort auf jeden ihrer Wünsche ein und legte bei jeder Gelegenheit liebevoll den Arm um sie. Und obwohl er beträchtlich älter war als Lynne, hatte er einen athletischen Körper und das gepflegte Aussehen eines Mannes, der genügend Geld besaß, um sich zu verwöhnen.

Dann kam Sharyn Lawrence herein. Hannah musterte sie. Es war nicht zu übersehen, dass Dean die Herzen seiner Schauspielerinnen höherschlagen ließ, doch seine Frau hatte dieselbe Wirkung auf die Männer der Filmcrew. Sie war klein und zierlich und hatte den Unschuldsblick eines Kindes. Ihre glänzenden Haare hatten einen jungenhaften Schnitt, der das unschuldige Aussehen verstärkte, doch dieses stand in einem krassen Gegensatz zu ihrem Körper.

Sharyn hatte eine Figur, mit der sie Ronnie Ward beim Bikiniwettbewerb leicht ausstechen würde. Hannah war nur ein paar Augenblicke lang mit ihr in Kontakt gekommen, aber ihrem Eindruck nach war Sharyn zu intelligent und gewieft, um sich von ihrem Mann irgendwelchen Unsinn bieten zu lassen. Wenn Dean zu weit vom Weg der Tugend abkam, würden bestimmt die Fetzen fliegen.

Sally dimmte das Licht herunter, und Dick schaltete den Bildschirm ein. Chuck Wilsons attraktives Gesicht füllte ihn für einen Moment aus, und als die Kamera zurückgezogen wurde, sah Hannah Dee-Dee Hughes neben ihm, seine viel zu dünne Co-Moderatorin. Die beiden saßen an dem langen, geschwungenen Nachrichtenpult bei KCOWs Spätnachrichtensendung und hielten ein paar Blätter Papier in der Hand, die sie nicht brauchten, weil sie beide den Teleprompter benutzten.

Die Nachrichten verliefen reibungslos. In einem stillen Wohnviertel in Grey Eagle hatte es einen Raubüberfall gegeben, in Browerville ein Feuer in einer Reifenhandlung, in Little Falls ein Bandkonzert zugunsten eines lokalen Wohltätigkeitsvereins. Im Mississippi wäre fast ein Radfahrer ertrunken, der mit dem Fahrrad vom Weg abgekommen und in das dünne Eis eingebrochen war, und bei einem Garagenflohmarkt in Royalton waren mehrere als gestohlen gemeldete Gegenstände aufgetaucht. Und so ging es noch ein wenig weiter.

Dann fuhr die Kamera heran an Dee-Dees makelloses Gesicht. »Bleiben Sie eingeschaltet für unseren P. K. und seinen Movie-Moment«, sagte sie. »P. K. hat im *Cookie Jar* in Lake Eden eine TV-Persönlichkeit interviewt, die wir alle kennen und lieben.«

»Nette Schleichwerbung«, bemerkte Ross und tätschelte Hannahs Rücken.

»Das war allein seine Idee«, versicherte sie. »Ich hätte niemals darum gebeten.«

Während der anschließenden Werbespots für Autos, die sich kaum jemand leisten konnte, für Teppichhandlungen, die alle Böden über Nacht verlegten, und Firmen, die jeden Kredit gewährten, merkte Hannah immer wieder, dass sie unbewusst den Atem anhielt. Die Werbung kam ihr endlos vor, doch schließlich erschienen Chuck und Dee-Dee wieder im Bild.

»Also erzählen Sie uns doch, wer ins *Cookie Jar* gekommen ist«, sagte Chuck, und die Kamera schwenkte zur Seite, wo P. K. ein Stück von den Moderatoren entfernt an dem Pult saß.

»Burke Anson.« P. K. neigte sich nach vorn, als verriete er ein großes Geheimnis. »Er ist der Hauptdarsteller eines Films, der gerade in Lake Eden gedreht wird. Er heißt *›Krise in Cherrywood‹*.«

Schwenk zu Dee-Dee Hughes. »Für die Zuschauer,

die Burke Anson nicht kennen, würde ich Sie bitten, dies noch einmal zu erklären.«

»Er ist der sonnengebräunte Adonis aus der *Surf 'n' Turf*-Werbung«, sagte P. K. »Und alle, die Burke und sein Surfboard noch vor Augen haben, muss ich gleich enttäuschen – er war bei dem Interview voll bekleidet.«

Die Kamera fing einen gereizten Blick von Dee-Dee ein, der P. K. galt, und dann begann das Interview.

Hannah lächelte, denn als Erstes sah man Lisa und die gefüllten Glasdosen hinter dem Ladentisch. Das Café sah gut aus, bis hin zu den Bildern an der Wand, Großaufnahmen von ihren Plätzchen, die Norman für sie gemacht hatte. Sie sollte ihn noch ein paar mehr Fotos schießen lassen. Die Cherry Bomb Cookies würden fantastisch aussehen und genauso die Mock Turtles. Sie überlegte schon, welche Kekse noch für eine Aufnahme infrage kämen, als ihr bewusst wurde, dass sie gar nicht auf das Interview achtete.

»Aber überhaupt nicht«, antwortete Burke gerade und sah direkt in die Kamera. Wie sie wusste, ging es um die Frage, ob die Qualität des Films unter dem engen Drehplan leiden würde, denn zu dem Zeitpunkt war sie noch dabei gewesen. »Unser Regisseur, Mr Dean Lawrence, verlangt immer die beste Performance. Mit weniger gibt er sich nicht zufrieden.«

»Ich hörte von den Proben, die jeden Abend vor dem folgenden Dreh stattfinden. Jemand sagte, es sei nicht ungewöhnlich für Mr Lawrence, eine Szene Dutzende Male zu proben. Ist das für die Schauspieler nicht hart, besonders wenn die Szene erst am nächsten Tag gedreht wird?«

»Ich weiß nicht. Ich habe noch nicht gehört, dass sich jemand beklagt hätte«, lautete Burkes Antwort.

»Erzählen Sie mir vom nächsten Tag. Proben Sie erneut, bevor Sie drehen?«

»Oh, immer. Wir proben so oft wie nötig, bis es perfekt ist, dann drehen wir«, erklärte Burke.

»Aber die wenigsten Regisseure lassen eine Szene so häufig wiederholen, nicht wahr?«

»Dazu kann ich nichts sagen. Das ist der erste Kinofilm, in dem ich mitspiele. Doch in meinen Augen ist Mr Lawrence ein Genie. Sie sollten ihn sehen, wenn er mein Kostüm anzieht und meine Rolle spricht. Das ist eine großartige Lernerfahrung.«

P. K. lächelte. »Er zieht Ihr Kostüm an und zeigt, wie Sie Ihre Rolle spielen sollen?«

Burke nickte. »Ja, wenn ich nicht so richtig überzeugend wirke. Er kann meine Stimme verdammt gut imitieren.«

»Glauben Sie, er tut das, weil Sie ein Anfänger sind? Also, weil Sie kein altgedienter Schauspieler sind?«

Burke schüttelte den Kopf. »Oh, das glaube ich nicht. Das tut er für andere Schauspieler auch.«

»Auch für die Schauspielerinnen?«, hakte P. K. nach.

»Nun, Lynne braucht solche Hilfe nicht. Sie macht gleich beim ersten Mal alles richtig.«

»Lassen Sie mich das erklären, Burke.« P. K. drehte das Gesicht zur Kamera. »Burke spricht von Lynne Larchmont, die in *Krise in Cherrywood* die weibliche Hauptrolle spielt.« P. K. setzte das Interview fort. »Sie sagen also, Ihr Regisseur, Mr Lawrence, zieht sich ab und zu die Kostüme an und zeigt den Schauspielern, wie sie ihre Rolle spielen sollen. Ist das richtig?«

»Das ist richtig. Es ist sehr hilfreich.«

P. K. gab ein kleines Lachen von sich und zwinkerte in die Kamera. »Aber Mr Lawrence wird doch sicher keine Frauenrolle vorspielen.«

»Oh doch. Und er wirkt in jedem Fummel verdammt überzeugend.« Darauf herrschte bestürztes Schweigen. Es war offensichtlich, dass P. K. nach diesem Paukenschlag keine Bemerkung riskieren wollte. Doch Burke sprach sofort weiter und trat noch tiefer ins Fettnäpfchen. »Das war nur ein Scherz, wissen Sie? Aber Mr Lawrence kann ausgezeichnet Stimmen imitieren. Besonders die von Erica. Wenn er ihr Kostüm anzieht und sich in eine dunkle Bar setzt, wette ich, dass sofort eine Menge Kerle versuchen würden, sich an ihn ranzumachen.«

Hannah hörte etliche Leute nach Luft schnappen und drehte den Kopf zu Ross. Burke hatte gerade einen Bauchplatscher in einen Fettnapf gemacht, der so groß wie sein Pool war.

»Idiot«, brummte Ross leise, ohne den Blick vom Bildschirm abzuwenden. »Ich hoffe, der Journalist weiß das zu handeln.«

»Sehr witzig, Burke.« P. K. drehte sich in die Kamera. »Die Filmleute nehmen sich ständig gegenseitig gnadenlos auf den Arm. Aber Mr Lawrence ist unbestreitbar nicht nur ein großartiger Regisseur, er ist auch ein großartiger Schauspieler. Burke hat es nicht erwähnt, doch da war ein Kater im Bild zu sehen. Er heißt Moishe und spielt in dem Film eine tragende Rolle … oder sollte ich sagen, eine ›schnurrende Rolle‹? Ich wäre nicht überrascht, wenn Mr Lawrence den Kater besser spielte als Moishe selbst.«

»Geschmeidig«, raunte Ross. »Jetzt werden sich die Zuschauer vor allem an den Kater erinnern.«

Hannah wagte einen Blick zu Dean Lawrence. Der lächelte, doch auf keine freundliche Art, und sie war froh, nicht in Burke Ansons Haut zu stecken.

»Danke, Burke«, sagte P. K. von seinem Stuhl aus und drehte sich erneut zur Kamera hin. »Wir haben für nächsten Freitagabend gleich nach den Nachrichten ein besonderes Vergnügen für Sie in petto. Es ist eine detaillierte Story über die drei Schauspielerinnen, die in *Krise in Cherrywood* die Amy Thompson spielen. Wir sagten bereits, dass Lynne Larchmont sie als Erwachsene und Erica James sie als Teenager verkörpert. Aber wir haben noch nicht erwähnt, dass die dritte Schauspielerin unsere Tracey Todd aus Lake Eden ist, und sie spielt die ganz junge Amy.«

Es blieben nur noch fünf Minuten Sendezeit, und alle waren still, als Rayne Phillips informierte, dass sich das Wetter am nächsten Tag kaum ändern werde. Dann gab Wingo Jones die Sportergebnisse bekannt und zeigte einen Filmausschnitt, bei dem die Little Falls Flyers in den letzten zwei Sekunden vom Spielfeldrand aus einen Ball im Korb versenkten und damit das Spiel gewannen. Der Abspann lief viel zu schnell, als dass ihn jemand lesen konnte außer einer stolzen Mutter, und dann wurde der Bildschirm schwarz. Als das Licht anging, herrschte Schweigen.

Hannah schaute zu Burke hinüber. Der war verständlicherweise nervös. Was er gesagt hatte, enthielt einigen Zündstoff und könnte als Grund für eine Zivilklage angesehen werden.

»Äh … Mr Lawrence?«, sagte er. Er wagte es wohl gerade nicht, ihn mit dem Vornamen anzusprechen.

»Ja«, antwortete Dean.

»Ich … äh … es tut mir leid. Ich bin es nicht gewohnt, Interviews zu geben, und … äh … ich dachte, das wäre witzig … Wissen Sie?«

»Es *war* witzig, Burke. Das wird noch wochenlang Gesprächsthema sein«, erwiderte Dean.

»Aber … Sie sind … äh … nicht sauer über das, was ich gesagt habe?«

»Warum sollte ich? Ich fand das witzig.«

»Aber … ich denke, Sie standen vielleicht nicht so gut da«, wandte Burke ein. »Bei meinem Witz mit den Frauenkleidern und der dunklen Bar und so. Ich weiß natürlich, dass Sie sich nicht in einen Frauenfummel werfen, doch ich fand das wirklich lustig … in dem Moment.«

»Und ich sagte, es *war* lustig«, antwortete Dean.

Hannah starrte Burke Anson an und beschwor ihn stumm, den Mund zu halten, doch der schien nicht zu wissen, wann man aufhören sollte.

»Dann also … Schwamm drüber?«, fragte er.

»Schwamm drüber.« Dean stand auf und gähnte. »Komm, Sharyn. Ich möchte ins Bett. Wir müssen morgen früh anfangen. Um sieben in meinem Büro. Ich will Erica und ihre beiden Schulfreunde. Die wurden schon verständigt.«

»Nicht mich?«, vergewisserte sich Burke sichtlich betroffen.

»Das ist nicht Ihre Szene, Burke. Wir sehen uns um zehn am Set.«

Hannah hielt den Atem an, bis Dean hinausgegangen war, und dann stieß sie einen langen Seufzer aus.

»Alles okay?«, fragte Ross.

»Mir geht's gut. Ich bin nur erleichtert, das ist alles. Deans Reaktion war nicht so schlimm, wie ich befürchtet hatte. Ich dachte, er würde Burke in Sallys Goldfischteich prügeln.«

Ross schüttelte den Kopf. »So etwas würde Dean nicht tun. Er ist ein Profi und weiß, dass wir Burke brauchen.«

»Aber er hat nur gute Miene zum bösen Spiel gemacht, oder? Er ist wirklich sauer auf Burke, hab ich recht?«, hakte sie nach.

»Ich weiß nicht. Dean lebt seit Langem in Hollywood und weiß, dass fast jede Publicity gute Publicity ist. Und Burke hat Deans Namen und den Film mehrmals genannt. Natürlich gefiel Dean die Anspielung mit den Frauenkleidern nicht, aber Burke hat ihn auch als ›Genie‹ bezeichnet, und das sollte ihm gefallen haben. Die Bemerkungen waren durchwachsen, doch meiner Einschätzung nach steckt Dean das locker weg.«

»Nur eine Tasse Kaffee«, sagte Hannah zu Ross, als sie zwei Stunden später die Treppe zu ihrer Wohnung hochstiegen. Nach der Vorführung hatten sie noch bei Sallys Häppchen zugegriffen und sich mit einigen aus der Filmcrew unterhalten. Und plötzlich waren zwei Stunden vergangen, und Hannah hatte Ross sagen müssen, dass sie nach Hause wollte. »Und gleich nach dem Kaffee muss ich ins Bett. Ich brauche heute Nacht meinen Schlaf.«

Ross grinste sie an. »Du würdest in meiner Branche nicht weit kommen. Ich muss oft mit nur sechs Stunden Schlaf auskommen.«

»Sechs Stunden sind gut. Meistens bekomme ich nicht mal fünf.«

»Es waren auch schon mal nur vier«, antwortete er.

»Und bei mir drei. Und gestern Nacht nur zwei!«

Ross unterbrach den Übertrumpfungswettbewerb. »Wirklich? Aber warum denn?«

Hannah seufzte. »Moishe. Er muss nervös gewesen sein, denn er ist jede Stunde einmal aufgestanden, um zu fressen. Und dann hat er seine Toilette benutzt.«

»Wie kann dich das vom Schlafen abhalten?«, wollte Ross wissen.

»Seine Krallen kratzen über das Plastik, wenn er im Katzenstreu scharrt. Und frag mich jetzt nicht, warum er das macht.«

»Das weiß ich. Meine Mutter hatte eine Katze. Soll ich dich stützen, wenn er dich anspringt?«

»Ja, bitte.« Hannah zog ihren Schlüssel hervor und schob ihn ins Schloss. Doch als sie die Tür aufdrückte, sauste ihr kein orange-weißes Fellbündel entgegen. »Wo ist Moishe?«, fragte sie, als sie Norman auf der Couch sitzen sah.

»Er ist früh schlafen gegangen, gleich nachdem ich ihn gefüttert hatte. Wahrscheinlich war er von dem Drehtag erschöpft. Ich hoffe, du hast nichts dagegen, aber er schläft wohl auf deinem Kopfkissen, und ich hatte nicht das Herz, ihn zu wecken. Und … ich habe dein Schokoladeneis aufgegessen.«

Hannah war weder wegen des Kissens noch wegen der Eiscreme sauer und sagte ihm das. Sie ging in die Küche, um Kaffee aufzusetzen. Danach sah sie im Schlafzimmer nach dem vierbeinigen Filmstar. Moishe schlief tief und fest wie ein vollgefressener Tiger, und da er schmatzte, träumte er wohl von Mäusen. Es stimmte. Anstatt auf *seinem* teuren Daunenkissen schlief er auf *ihrem* teuren Daunenkissen.

»Die Kissen auf der anderen Seite des Bettes sind immer weicher«, flüsterte Hannah und ließ ihren Stubentiger schlafen.

Auf dem Rückweg kam sie am Gästezimmer vorbei und bemerkte, dass die Tür offen stand. Das war seltsam. Sie hielt sie immer geschlossen. Nicht um Energie zu sparen oder aus einem anderen noblen ökologischen Grund, sondern weil Moishe gern die seidenen Schmetterlinge auf der neuen Tagesdecke »jagte«, die sie für das Gästebett gekauft hatte.

Sie wollte gerade die Tür zuziehen, als ihr auffiel, dass besagter Überwurf eine beträchtliche Wulst bedeckte. Ihre Brauen schnellten fast bis an die Zimmerdecke, wie Hannah selbst merkte. Da schlief jemand in ihrem Bett. Sie trat einen Schritt näher, und ihre Brauen blieben in Ventilatornähe, als sie den ungeladenen Gast erkannte. Mike!

Hannah schluckte schwer. Sie kam sich vor wie der kleinste der drei Bären im Märchen, die bei der Heimkehr feststellten, dass jemand von ihrem Brei gegessen und auf ihrem Stuhl gesessen hatte, und dann Goldlöckchen in einem Bett fanden. In ihrem Fall war das Schokoladeneis aufgegessen, Norman saß auf ihrer Couch, und Mike schlief in ihrem Bett. Das bewies mal wieder, dass Märchen nicht völlig aus der Luft gegriffen waren.

»Was tust du in meinem Gästebett?«, fragte Hannah. Das löste ein bärenhaftes Brummen aus, und eben noch in die neue Decke gekuschelt, sprang der ungebetene Schläfer plötzlich aus dem Bett.

»Hannah! Tut mir leid, das. Auf der Couch bin ich immer wieder eingenickt, und Norman sagte, ich soll mich hier hinlegen. Er meinte, du hättest nichts dagegen.«

»Nun … hab ich wohl auch nicht«, räumte sie ein. »Aber was tust du hier überhaupt?«

»Ich habe Pizza gebracht.«

Sie runzelte die Stirn. »Was für Pizza?«

»Die Norman bei *Bertanelli* bestellt hatte. Ich habe da gesessen und auf meine Pizza gewartet, als er anrief. Ellie sagte, sie hätten gerade einen Lieferboten zu wenig. Da dachte ich, ich bring sie ihm einfach und wir können zusammen essen.«

»Okay.« Hannah fragte sich, wie viele Zufälle da inzwischen zusammenkamen. »Möchtest du auch Kaffee? Ich habe gerade eine Kanne voll gekocht.«

»Sicher. Ist Ross da?«, wollte Mike wissen.

»Er ist im Wohnzimmer und unterhält sich mit Norman.«

»Super. Ich muss ihm sagen, dass die Kinder auf der Eisfläche im Park Schlittschuh laufen.«

Hannah zog die Brauen zusammen. »Was ist daran verkehrt?«

»Es ist Kunsteis, und das wird bis Freitag, wenn sie da drehen wollen, völlig zerkratzt sein.«

»Kunsteis?« Hannah war überrascht. Das hörte sie zum ersten Mal, aber es leuchtete ihr ein. Möglicherweise würde es vor Freitag Tauwetter geben, sodass die Eisbahn unbrauchbar wäre. »Wie lösen sie das Schneeproblem, wenn es zu warm wird?«

»Mit Kunstschnee. Den verwenden sie sowieso, weil der schöner aussieht.«

»Okay.« Hannah war zu müde, um auch die anderen Fragen zu stellen, die ihr in den Sinn kamen. »Wenn es dir nichts ausmacht: Ich bin erledigt und gehe jetzt schlafen. Richtest du das Norman und Ross aus?«

Mike war sichtlich geschockt. »Klar, aber schmeißt du uns wirklich ohne einen Kaffee raus?«

»Ich schmeiße euch gar nicht raus. Bedient euch beim Kaffee und an den Plätzchen in der Dose. Bleibt so lange, wie ihr wollt, aber weckt mich nicht, wenn ihr geht. Und da du hier der Gesetzeshüter bist, würdest du bitte als Letzter die Wohnung verlassen und darauf achten, dass die Tür wirklich zu ist?«

»Darauf kannst du dich verlassen!« Mike legte beide Hände an ihre Taille und gab ihr einen sanften Schubs in Richtung Schlafzimmer.

16

Es war Mittwochmorgen zehn Uhr. Lisa hatte gerade die Ladentür aufgeschlossen. Dean Lawrence hatte die Minikirschkäsekuchen enthusiastisch gelobt, und Hannah war ins *Cookie Jar* zurückgekehrt, um noch mal die vierfache Rezeptmenge davon für die Cocktailparty-Szene zu backen, die am Nachmittag gedreht werden sollte. Moishe ließ sich an dem runden Tisch am Fenster umschwärmen, Lisa bediente die Kunden, und Hannah war mit Andrea in der Backstube und backte die Plätzchen, was sie sich eigentlich schon am Vorabend vorgenommen hatte.

»Alle drei?« Andrea starrte Hannah zutiefst verblüfft an und fing dann an zu lachen. »Und du hast sie einfach da sitzen lassen und bist ins Bett gegangen?«

Hannah zuckte mit den Schultern, füllte das Blech mit rohen Plätzchen und schob es in das Kühlgestell. Die Uhr klingelte. Sie zog die Backbleche aus dem Ofen und schob die nächsten hinein. »Das sind neue Plätzchen, die wir heute testen wollen. Sie heißen ›Nachtschichtkekse‹.«

»Warum?«

»Weil sie mit Banane und Erdnussbutter gemacht sind.

Wenn Lynne und ich damals im College vor den Prüfungen eine Nachtschicht eingelegt haben, haben wir immer Lynnes Lieblingssandwich gegessen.«

»Nicht dieses Warum. Das andere.«

»Welches andere?«, fragte Hannah.

»Das wichtige. Warum hast du die drei in deinem Wohnzimmer sitzen lassen?«

»Das war einfacher, als sie zum Gehen zu bewegen. Und ich brauchte meinen Schlaf.«

Andrea sah sie mit großen Augen an. »Du meinst, du hast tatsächlich geschlafen?«

»Wie ein Baby. Und apropos, wie geht es Bethany?«

»Sie ist großartig. Sie hat mich heute Morgen angelächelt. Grandma McCann meinte, sie hätte nur das Gesicht verzogen, weil sie Luft im Bauch hat, aber ich weiß, was ein Lächeln ist. Soll ich einen deiner Nachtschichtkekse probieren und sagen, wie ich ihn finde?«, wollte Andrea wissen.

»Ja, unbedingt.«

Andrea nahm sich einen und biss hinein, kaute und schluckte, und dann lächelte sie. »Sie sind köstlich, Hannah. Ich mochte schon immer Banane und Erdnussbutter zusammen. Das ist eine tolle Kombination. Und dabei fällt mir ein: Hast du einen roten Schal, den du mir borgen kannst? Einen, den man beim Schlittschuhlaufen um den Hals tragen kann?«

Hannah verbarg ihr amüsiertes Lächeln. Das war eine weitere geistreiche Bemerkung von der Meisterin des Trugschlusses. Andrea hatte wahrscheinlich einen Grund, so plötzlich das Thema zu wechseln, doch Hannah wollte nicht fragen. Manchmal verschlang eine Erklärung mehr

Zeit, als sie wert war. »Ich habe keinen. Warum brauchst du den?«

»Mr Lawrence meint, es würde sich in Traceys Schlittschuhszene gut machen, wenn sie einen roten Schal um den Hals gebunden hätte. Der wäre ein schöner Kontrast zu ihrem königsblauen Mantel, sagt er. Sie spielt mit anderen Kindern Wilde Schlange und bildet die Schwanzspitze. Und durch den roten Schal sieht es angeblich so aus, als liefe sie schneller.«

»Rot und Königsblau ist auch eine tolle Kombination«, stimmte Hannah zu. »Hat Bill nicht einen roten Schal? Ich glaube, ich habe ihm vor ein paar Jahren einen zu Weihnachten geschenkt.«

Andrea klatschte erfreut in die Hände. »Ja, das stimmt! Er trägt ihn zu seinem Wollmantel, und ich glaube, er liegt in der obersten Kommodenschublade. Danke, Hannah. Der wird für die Szene genau richtig sein.«

»Wird die heute gedreht?«

»Nein, erst am Freitag. Heute drehen sie die Szene in der Schule, in der sie den Buchstabierwettbewerb gewinnt. Um zwölf Uhr, bevor sie in die Mittagspause gehen. Du kommst doch hin, oder?«

»Das will ich auf jeden Fall sehen«, sagte Hannah.

»Und ich werde jetzt den Schal heraussuchen. Ich muss sowieso nach Hause.«

»Warum?«, fragte Hannah.

»Ich muss sehen, ob Bethany mich wieder anlächelt.«

Hannah schenkte gerade Kaffee nach, als sie bemerkte, dass Connor ihr von der Theke aus ein Zeichen gab. Sie bediente noch die Gäste an dem Tisch, an dem sie stand, und huschte hinter die Ladentheke. »Hi, Connor. Kann ich etwas für Sie tun?«

Er wirkte bedrückt. »Ja. Sie sagten, ich soll Sie wissen lassen, wenn ich Mrs Henderson nicht zur Unterschrift überreden kann. Tja, ich habe mir den Mund fusselig geredet, aber sie wollte ihre Erlaubnis nicht geben. Sie hat mich mit Stachelbeerkuchen und Kaffee bewirtet und mir Fotos von ihren Enkeln gezeigt.«

»Aber nicht unterschrieben?«, hakte Hannah nach.

»Nein. Nichts, was ich gesagt habe, konnte sie umstimmen, auch nicht das Geld, das Mr Lawrence ihr geben würde.«

»Dann werde ich es versuchen«, versprach sie. »Ich kann sie abfangen, wenn die Cocktailparty-Szene gedreht wird.«

»Sie spielt dabei mit?«

»Nein, aber ihre jüngste Tochter, und Winnie kommt hin, um Alice zuzusehen. Ich denke, ich kann sie überreden.«

»Oh, hoffentlich! Danke, Hannah! Ich sage es Mr Lawrence. Hoffentlich feuert er mich nicht, weil ich versagt habe.«

Hannah seufzte. »Das wird er bestimmt nicht … oder doch?«

»Er hat es schon zweimal getan, mich aber wieder eingestellt, sobald er nicht mehr sauer war. Ich fürchte nur, dass es einmal dabei bleibt. Ich bin fast sechzig, und es wäre schwierig, ohne Empfehlung meines vorigen Arbeitgebers noch mal einen Job zu bekommen.«

»Sie machen sich umsonst Sorgen.« Hannah griff mit einer Serviette in eine Glasdose und holte zwei Schokoladenplätzchen heraus. »Essen Sie die. Nach der Schokolade fühlen Sie sich besser.«

Connor sah sie ängstlich an. »Aber ich sollte wirklich gehen und Mr Lawrence Bescheid geben.«

»Tun Sie das später, nachdem ich mit Winnie gesprochen habe.«

»Aber ich wurde angewiesen, sofort zurückzukommen«, beharrte er.

»Schlechte Neuigkeiten können warten, vor allem wenn sie sich noch in gute verwandeln können.«

Connor überlegte kurz und nickte dann. »Vielleicht haben Sie recht. Wenn er mich nicht direkt darauf anspricht, warte ich ab.«

Zehn Minuten später plauderte Connor gut gelaunt mit einem der Grips. Die verordnete Schokolade hatte gewirkt. Hannah gratulierte sich gerade dazu, als ihre Schwester hereinkam.

»Hi, Andrea«, grüßte Hannah. »Hast du den Schal gefunden?«

»Hab ich. Und noch etwas anderes.«

»Was denn?«

»Den Beweis, dass Bill mich betrügt!«

Bei Hannah schrillten die Alarmglocken. Andreas Augen loderten vor Wut. »Komm mit in die Backstube, da kannst du mir alles erzählen. Ich muss Moishe mitnehmen, damit er mal Ruhe hat.«

Sie nahm ihren Kater auf den Arm, fasste Andrea bei der Hand und schob sie eilends aus dem voll besetzten Café durch die Schwingtür, bevor jemand fragen konnte, was los war. In der Backstube setzte sie Moishe in die Transportkiste und schloss die Gittertür, aber ohne Andreas Hand loszulassen. Das tat sie erst, als ihre Schwester auf einem Hocker an der Backinsel saß.

»Iss die!«, befahl Hannah und gab ihr zwei Schokoladenkekse auf einer Serviette.

»Aber ich will keine …«

Hannah ließ sie nicht ausreden. »Iss die, und ich gieße uns Kaffee ein. War es jemals verkehrt, wenn ich dir Schokolade aufgedrängt habe?«

»Nein, aber …« Andrea stockte, und seufzend biss sie von einem Plätzchen ab. Erst nachdem sie beide vertilgt hatte, sah sie mit tränenverschleiertem Blick Hannah an. »Bill … Er …«

Hannah unterbrach sie erneut. »Trink zuerst einen Schluck Kaffee. Dann erzählst du es mir alles der Reihe nach und lässt nichts aus.«

Andrea gehorchte. Sie trank einen Schluck von ihrem Kaffee, stieß noch einen zittrigen Seufzer aus und straffte die Schultern. »Bill hat sein neues Hemd nicht mitgenommen. Er hat es in der Schublade versteckt, unter dem Schal und den Taschentüchern.«

»Okay.« Hannah holte Nachschub aus dem Kühlraum und stellte ihr die Box mit den restlichen Schokoladentrüffeln hin. »Iss welche und erklär mir, warum das vergessene Hemd beweist, dass Bill dich betrügt.«

»Er hat es nicht nur nicht vergessen, sondern nicht absichtlich mitgenommen.«

Im Stillen stöhnte Hannah über die wirre Formulierung, aber sie schwieg dazu. Das war nicht der passende Moment, um ihre Schwester zu korrigieren. »Du meinst, er hat es absichtlich zu Hause gelassen?«

»Das sage ich doch! Ich hatte es ihm zusammengefaltet aufs Bett gelegt. Und dann hat er es hinter meinem Rücken in die Schublade gestopft, anstatt es in den Koffer zu packen. Und er hat den Schal und die Taschentücher obendrauf gelegt, damit ich es nicht finde.«

»Okay.« Hannah dachte darüber nach. »Und deswegen meinst du, dass er dich betrügt.«

»Ich *weiß* es.«

Hannah wartete, bis Andrea eine weitere Dosis Schokolade eingenommen hatte. »Aus welcher Tatsache schließt du das?«

»Es ist das Hemd, das ich ihm zum Valentinstag geschenkt habe. Ich habe ihn gebeten, immer an mich zu denken, wenn er es trägt, und das hat er versprochen.«

»Aber nun hat er es zu Hause gelassen.«

Andrea nickte. »Genau. Und du weißt, dass Bill seine Versprechen immer ernst meint. Das beweist, dass er mich vergessen und seine eigenen Pläne in Miami verfolgen wollte. Wahrscheinlich liegt er jetzt mit Ronnie Ward am Strand und …« Andrea hielt inne, weil Moishe laut miaute. »Da hast du absolut recht, Moishe. Bill ist rollig.«

Doch kaum hatte sie das gesagt, miaute Moishe umso lauter. Und dann noch einmal so laut, dass es in den Ohren wehtat.

»Was hat er denn, Hannah?«

Hannah ging und holte ihren Kater aus dem Käfig. Er wollte zurück ins Café zu seinen Bewunderern, doch Andrea fühlte sich schon übel verlassen, da sollte sie nicht auch noch die Zurückweisung eines Katers verkraften müssen. »Er ist aufgebracht«, antwortete Hannah relativ wahrheitsgemäß.

»Weswegen?«

»Er weiß, dass du wütend bist, und du gehörst zu seinen Lieblingsmenschen.« Damit hatte Hannah auch die relative Wahrheit hinter sich gelassen. »Wahrscheinlich möchte er auf deinem Schoß sitzen, damit es dir besser geht.«

»Wie süß!« Andrea streckte die Arme nach ihm aus. »Gib ihn mir, Hannah.«

»Wenn du nett bist, bekommst du von mir eine ganze Dose Thunfisch, sobald wir zu Hause sind«, flüsterte Hannah ihm ins Ohr, und er bedachte sie mit einem verächtlichen Blick, als wäre der Bestechungsfisch eine Beleidigung und als fiele ihm nicht mal im Traum ein, sich bei jemandem danebenzubenehmen, der so aufgewühlt war wie Andrea.

»Es ist wirklich sehr nett von dir, mich zu trösten, und es geht mir schon viel besser«, säuselte Andrea, während sie Moishe am Kopf streichelte. Sie blickte auf. »Das ist erstaunlich. Ich hatte keine Ahnung, dass er mich so sehr mag. Guck mal, Hannah. Er leckt mir die Hand.«

Hannah lächelte und versprach ihm in Gedanken eine ganze Packung Lachspellets zusätzlich. Dann kam sie zum Wesentlichen zurück. »Also … das Hemd lag in der Schalschublade.«

»Schal- und Taschentuchschublade. Er hat keine Schublade nur für Schals.«

»Aha.« Hannah suchte nach einem Grund, warum Bill

das Hemd nicht hatte mitnehmen wollen. »Erzähl mir, was für ein Hemd das ist.«

»Es ist ein Designer-Hemd. Ich habe es im Ausverkauf im Einkaufszentrum entdeckt. Der Verkäufer sagte, es sei im Moment total in, und Bill meinte, er findet es toll.«

»Total in« aus dem Mund eines Verkäufers war für Hannah eine Warnung. Da steckte ganz sicher mehr dahinter. »Wie sieht es denn aus?«

»Normal. Zwei Ärmel, Knöpfe, Kragen … Du weißt doch, wie ein Hemd aussieht.«

»Lange Ärmel oder kurze?«

»Lange.«

»Normaler Kragen?«

»Genau«, antwortete Andrea. »Und eine Brusttasche, und die Farbe ist hinreißend.«

»Oh, oh«, seufzte Hannah leise. »Welche ist es?« Sie ahnte schon, warum sich ihr Schwager so seltsam verhalten hatte.

»Himbeer.«

»Und Himbeer ist … rot?«

»Ein bisschen heller als rot.«

A-ha! Hannah empfand den süßen Kick des Erfolgs. »Also pink?«

»Nicht direkt pink. Das Rot ist ein bisschen bläulich, verstehst du?«

»Nicht ganz. Beschreib es mir genauer.«

»Na ja … ein bisschen röter als Purpur, aber blauer als Kirsch. Und ein oder zwei Stufen heller als Weinrot.«

»Verstehe.« Hannah tat ihr Bestes, um nicht zu kichern. Das Hemd war pink, und das erklärte alles. Auf keinen Fall würde Bill zu einer Polizeitagung ein pinkes Hemd anziehen. Da lag so viel Testosteron in der Luft, dass den Stühlen und Tische Bärte wuchsen, und einen Sheriff in Pink würde man auslachen … erst recht, wenn er sagte, seine Frau habe es ihm gekauft und er habe versprochen, an sie zu denken, wenn er es trug.

»Was?«, fragte Andrea. »Kriegst du schlecht Luft?«

»Ich muss etwas in den falschen Hals bekommen haben. Lass mich kurz einen Schluck Wasser trinken.« Hannah hustete in die Hand und verbarg damit ihre Erheiterung auf dem Weg zum Spülbecken.

»Und?«, fragte Andrea, als sie zurückkam. »Siehst du jetzt, warum ich so aufgebracht bin?«

»Natürlich. Aber … es könnte eine ganz harmlose Erklärung geben. Hat Bill das Hemd zu Hause mal getragen?«

Andrea schüttelte den Kopf. »Nein, noch gar nicht.«

»Da hast du's.« Hannah gratulierte sich, weil sie Andreas Ehe gerettet und ihrem Schwager aus der Klemme geholfen hatte.

»Was denn? Ich verstehe nicht.«

»Bill wollte das Hemd nicht zum ersten Mal anziehen, wenn du gar nicht dabei bist. Besonders wenn er dabei an dich denkt und sich einsam fühlt. Das sagt mir meine Nase.« Die gerade immer länger wird, dachte Hannah. Aber es half nichts.

»Ich verstehe immer noch nicht.«

Hannah lächelte. »Bill hat es noch nicht getragen, weil er es für einen besonderen Anlass aufheben wollte.«

»Also … das finde ich irgendwie einleuchtend«, räumte Andrea ein.

»Ganz sicher. Und wenn Bill wieder da ist, wird er

dich bestimmt zu einem schicken Essen einladen und das Hemd dazu anziehen.«

»Meinst du?«

»Ich weiß es.« Hannah nahm sich vor, Bill im Hotel anzurufen und dafür zu sorgen, dass er genau das tun würde.

Nachtschichtplätzchen

Den Ofen auf 175 Grad vorheizen, das Blech auf die mittlere Schiene setzen.

Florence hatte keine Bananen (der Supermarkt sollte erst nach Abschluss der Dreharbeiten wieder öffnen), und deshalb musste ich bei dem Rezept zu einer einfachen Lösung greifen. Wenn Sie solche Notlösungen nicht mögen und gern das Originalrezept umsetzen wollen, ersetzen Sie das Bananenpüree aus dem Glas und das Puddingpulver durch 200 Gramm sehr reife Bananen, deren Schale schon fast schwarz ist, und pürieren Sie sie. Dann müssen Sie auch 480 Gramm Mehl statt 420 Gramm nehmen. Der Teig ist klebriger, sodass Sie ihn mindestens 4 Stunden kalt stellen müssen, damit sich daraus Kugeln formen lassen. Ich habe beide Rezeptvarianten ausprobiert, und nur Delores konnte den Unterschied schmecken. (Ich glaube noch immer, dass sie bloß gut geraten hat.)

360 g zerlassene Butter
200 g weißer Zucker
200 g brauner Zucker

2 geschlagene Eier
1 TL Backnatron
½ TL Salz
100 g Baby-Bananenpüree aus dem Glas (ohne Zwieback oder andere Zusätze)
140 g Instantbananenpuddingpulver
420 g Mehl
152 g gehackte Nüsse (ich nehme gesalzene Erdnüsse)
280 g Erdnussbutter-Backchips
100 g weißer Zucker für später

In die zerlassene Butter den Zucker, die geschlagenen Eier, das Backnatron und Salz zugeben und verrühren.

Den Baby-Bananenbrei zusammen mit dem Puddingpulver unterrühren. Dann portionsweise das Mehl einrühren, zuletzt die Nüsse und die Erdnussbutterchips zugeben und rühren, bis sie gleichmäßig im Teig verteilt sind.

Aus dem Teig walnussgroße Kugeln formen. (Sollte er kleben, stellen Sie ihn eine halbe Stunde kalt und versuchen es erneut.)

100 Gramm weißen Zucker in ein Schälchen schütten und die Teigkugeln darin wälzen. Jeweils 12 auf ein gefettetes Blech setzen und ein wenig flach drücken.

Bei 175 Grad 10 bis 12 Minuten backen, bis sie eine hellgoldene Farbe angenommen haben. 2 Minuten auf dem Blech abkühlen lassen, dann auf ein Kühlgitter legen.

Die Plätzchen lassen sich gut einfrieren. Einfach stapelweise in Folie wickeln und in Gefrierbeutel legen.

Ausbeute: 8 bis 10 Dutzend

Michelle hat mich um das Rezept gebeten, nachdem Lonnie Murphy die Plätzchen im *Cookie Jar* gegessen hatte. Sie sagt, sie wird einige einfrieren, damit sie immer welche für ihn dahat, wenn er sie besuchen kommt, aber sie wird *Stockfischpatties* auf den Gefrierbeutel schreiben, damit sich ihre Mitbewohner in der Studenten-WG nicht daran bedienen.

Schokoladentrüffel

90 g kalte Butter
340 g Zartbitterschokolade
60 g Puderzucker
6 Eigelbe
1 EL Rum oder Weinbrand oder Vanilleextrakt

Wasser in die untere Hälfte eines Wasserbadtopfs geben und zum Sieden bringen. Die kalte Butter in Stücke schneiden, die Schokolade zerbrechen und zusammen mit dem Puderzucker in die obere Hälfte des Topfes geben und schmelzen lassen, ab und zu umrühren.

Währenddessen die Eigelbe in einer kleinen Schüssel mit dem Schneebesen schlagen, bis sie eine einheitliche Farbe haben, aber nicht schaumig werden lassen.

Wenn die Schokolade ganz geschmolzen ist, die obere Topfhälfte auf eine kalte Herdplatte setzen, die Masse glatt rühren und abkühlen lassen. Die geschlagenen Eigelbe löffelweise zugeben und konstant rühren, bis die Menge eingearbeitet und die Schokoladenmischung glatt und glänzend aussieht.

Dann den Rum, Weinbrand oder Vanilleextrakt unterrühren. Den Topf abdecken und für drei Stunden in den Kühlschrank stellen.

Zur Verzierung der Trüffel in Schälchen bereitstellen:

Fein gehackte Nüsse
Puderzucker
Schokoladenstreusel
Schokoladenraspeln
Kakaopulver
Kokosraspeln

Achtung: Beim nächsten Arbeitsschritt werden Sie vielleicht lebensmittelechte Handschuhe tragen wollen. Oder Sie fetten sich vorher die Hände mit Backspray ein, damit die Schokoladenmasse nicht an den Fingern klebt.

Aus der kalten Schokoladenmasse Kugeln formen, in den Dekorzutaten wälzen und in Pralinenkapseln legen. Die Trüffel in luftdichten Behältern im Kühlschrank aufbewahren.

Ausbeute: 4 bis 5 Dutzend

Die Trüffel sind köstlich und sehr einfach herzustellen. Aber lassen Sie die Genießer ruhig glauben, Sie hätten ihnen zuliebe viel Mühe auf sich genommen.

17

Hannah und Andrea klatschten begeistert, als Tracey »Onomatopöie« richtig buchstabierte, ein schwieriges Wort für die Drittklässlerin, die sie spielte. Sie standen ganz hinten im Klassenraum und taten, als wären sie zwei Mütter, die beim Buchstabierwettbewerb dabei sein wollten. Denn Dean Lawrence hatte in letzter Sekunde entschieden, dass er Eltern in der Szene haben wollte.

Andrea musste kurz als Amys Mutter auftreten, die später bei dem tragischen Unfall ums Leben kommen würde. Auf Deans Zeichen eilte sie nach vorn und umarmte Tracey. Sie blieben einen Moment lang in dieser Pose, dann winkte er einige echte Drittklässler heran, die gemäß seiner Anweisung wütend und neidisch schauten und miteinander flüsterten.

»Danke«, rief Dean. »Die haben wir im Kasten. Und das gleich beim ersten Versuch.«

Die Drittklässler bekamen ein Zeichen von ihrer Lehrerin, worauf die ganze Klasse applaudierte. Sie waren sichtlich aufgeregt, weil sie in einem Film mitspielten.

Dean griff nach Andreas Arm, als sie an ihm vorbeigehen wollte, und er beugte sich zu Tracey hinunter. »Das war perfekt, Schatz. Du bist eine ausgezeichnete kleine Schauspielerin. Und deine Mami?« Er richtete sich auf und nahm Andreas Hand. »Sie waren genauso wunderbar, wie ich vermutet hatte. Also, vergessen Sie nicht, was ich gesagt habe, okay?«

»Werde ich nicht.« Andrea entzog ihm die Hand und führte Tracey aus dem Klassenzimmer.

»Was hat er damit gemeint?«, fragte Hannah, sobald sie aus der Tür waren. Sie war ihr gefolgt. »Was hat er dir gesagt?«

Andrea zuckte elegant mit den Schultern und wich Hannahs Blick aus. »Nichts eigentlich. Er meinte nur, für die Szene wäre ich als Traceys Mutter perfekt.«

»Weil du Traceys Mutter *bist?*«

»Vielleicht.« Andrea beugte sich zu ihrer Tochter hinunter, um ihre Haarschleife neu zu binden. »Okay, mein Schatz. Verabschiede dich von Tante Hannah. Wir müssen jetzt nach Hause und dich abschminken.«

Nachdem die beiden weg waren, kehrte Hannah zu Fuß zum *Cookie Jar* zurück. Ihre Schwester war so hastig aufgebrochen, dass sie dabei vergessen hatte, ihr Versprechen einzulösen und Hannah im Auto mitzunehmen. Das war seltsam, und genauso seltsam war, was Dean Lawrence zu ihr gesagt hatte. Hatten Andreas Zweifel an Bills Treue sie etwa in die Arme eines anderen getrieben?

Hannah wollte das nicht glauben. Andrea liebte ihren Mann. Aber Eifersucht und Zweifel konnten eine Frau verunsichern, und ein eingefleischter Don Juan würde versuchen, das auszunutzen. Die Stimme, die sie am Morgen gehört hatte, als sie den Käsekuchen abgeliefert hatte, hatte sehr nach ihrer Schwester geklungen. Doch nein, sie musste sich geirrt haben.

Hannah verbannte den Verdacht aus ihrem Kopf, als sie am Park und dem verlassenen Spielplatz vorbeikam. Die Schaukeln hingen reglos da, und unten auf der glänzenden Rutsche lag Schneematsch. Traceys Liebling, die Drehscheibe mit den Haltegriffen, war ebenfalls verlassen und von Schneematsch umgeben. Der Boden ringsherum, wo die Kinderfüße kein Gras wachsen ließen, glänzte morastig in der Mittagssonne.

Am anderen Ende des Parks schimmerte die Eisfläche in der Sonne. Hannah staunte, wie fest das Eis aussah, bis ihr einfiel, dass es sich um Kunsteis handelte. Wenn sich die Luft im Laufe des Tages weiter erwärmte, würde der Schnee schmelzen, und dann blieben nur noch Kunstschnee und Kunsteis für den Film. Das war eigentlich nicht schlimm, aber Tracey und die anderen Mädchen würden bei der Schlittschuhszene in ihren dicken Kostümen schwitzen.

Als sie am Park vorbei war, überquerte sie die Straße und ging die Fourth in Richtung Main Street. Am ehemaligen *Café Magnolia* bog sie um die Ecke und sah im Vorbeigehen durch das Schaufenster hinein. Ihr stand noch vor Augen, wie schön das Café mal eingerichtet gewesen war. Einiges von dem Raumschmuck und dem Mobiliar stand jetzt im *Cookie Jar*.

Lake Eden Realty, das schicke Immobilienbüro, in dem Andrea arbeitete, war verlassen, die Computer jedoch eingeschaltet, ebenso die Schreibtischlampen, und das Faxgerät spuckte sogar gerade Papier aus. Der Inhaber, Al Percy, war nicht da und auch Andrea nicht. Die anderen Geschäfte waren ebenfalls geschlossen. Da Ross die Main Street für eine Woche gemietet hatte, lief da gar nichts außer den Dreharbeiten.

Nur im *Cookie Jar* war etwas los, und Lisa musste schon auf sie gewartet haben, denn sie riss die Tür auf und winkte sie heran. Hannah sauste über die Straße und ins Café. Welches Desaster bahnte sich diesmal an?

»Er … will *was?*« Hannah kam glatt ins Stottern und sah ihre Partnerin erschrocken an. *»Wann?«*

»Horsd'œuvres. Und er hatte die Frechheit, mich zu fragen, ob ich wüsste, was das ist!«

»Es geht noch schlimmer«, erwiderte Hannah. »Von mir hat er wissen wollen, ob ich wüsste, was Fingerfood ist!«

Lisa entfuhr ein Kichern, und Hannah wusste, ihre gute Laune war wiederhergestellt. Das war eine der Eigenschaften, die sie an ihrer Geschäftspartnerin liebte. Lisa war eine heitere Person, und Dean hatte zwar ein paar Sturmwolken an ihrem Horizont aufziehen lassen, aber ihr sonniges Gemüt kam sehr schnell wieder zum Vorschein.

»Welche appetitanregenden Vorspeisen will er denn?« Hannah wählte bewusst die lexikalische Definition und erntete ein Grinsen.

»Das überlässt er uns, hat er gesagt. Es muss nur essbar sein, denn bei der Cocktailparty soll sich jeder unter die Leute mischen und mampfen. So hat er sich ausgedrückt.«

»Mischen und mampfen?« Hannah verzog das Gesicht. »Klingt definitiv geistlos. Ich frage mich, was für Häppchen in den Fünfzigern gereicht wurden.«

»Ich werde Marge anrufen«, überlegte Lisa laut. »Die Bücherei hat ein Regal mit alten Kochbüchern. Sie kann das für uns nachschlagen.«

»Gute Idee.« Hannah ging in die Vorratskammer, um zu sehen, was sie fürs Mischen und Mampfen bei der Fünfzigerjahre-Party einkaufen müssten.

Das dauerte nicht lange, und genauso wenig die Inventur im Kühlraum.

Als sie wieder nach vorn kam, telefonierte Lisa gerade. »Ich habe drei«, sagte sie und hielt einen von Hannahs Notizblöcken hoch. »Was hältst du von Staudensellerie mit Erdnussbutter? Das gab es früher auf jeder Party.«

»Okay.« Hannah nickte. »Wir haben jede Menge Erdnussbutter, aber keinen Staudensellerie. Setz den auf die Einkaufsliste. Einer von uns wird einen Abstecher zum Supermarkt machen müssen.«

»Das übernehme ich«, bot Lisa an. »Ich sage Florence vorher Bescheid, damit sie mich reinlässt.«

Während Lisa wieder zum Telefon ging, nahm Hannah den Notizblock und schaute, welche Appetithäppchen Lisa noch notiert hatte. Eine Sorte mit Crackern, Oliven und gewürztem Frischkäse klang interessant. Die könnten sie zubereiten. Und sie sah keinen Grund, warum sie nicht auch gefüllte Selleriestangen anbieten sollten. Sie könnten eine Variante mit gewürztem Frischkäse zubereiten und eine dritte mit Mikes Busy Day Pâté. Alle drei zusammengemischt auf einer Platte würden hübsch aussehen.

Der dritte Vorschlag war ein wenig aufwendiger und musste gut getimt werden. Die Zutaten waren simpel, nur Frischkäse mit gehackten Zwiebeln und etwas Mayonnaise auf Crackern, aber die belegten Cracker mussten vor dem Servieren in den Backofen, damit die Käsemasse aufging. Hannah war sich sicher, dass sie das hinbekämen. Delores und Carrie hatten im ersten Stock in ihrem Pausenraum einen Tischbackofen. Also konnten sie am Set heiße Häppchen anbieten.

»Also, was muss ich einkaufen?«, fragte Lisa.

Hannah erklärte die drei Varianten gefüllter Selleriestangen und las ihre Einkaufsliste vor. »Staudensellerie, Mayonnaise, Meerrettich, Cracker, Zwiebelgranulat, Schweinsleberwurst, gewürzten Frischkäse und eine Dose Thunfisch.«

»Okay.« Lisa nahm die Liste und ging zur Hintertür, kehrte aber noch mal um. »Wofür brauchen wir den Thunfisch?«

»Für Moishe.«

»Weil ...?«

»Weil er Andrea nicht gekratzt hat«, antwortete Hannah.

»Verstehe«, sagte Lisa. »Dann kaufe ich wohl besser außerdem eine Dose Lachs.«

»Wieso das?«

»Weil er mich auch nicht gekratzt hat!«

Heiße Frischkäsehäppchen

Die Frischkäsemasse erst kurz vor dem Backen auf die Cracker streichen. Man kann sie aber frühzeitig vorbereiten und kalt stellen.

225 g Frischkäse (Zimmertemperatur)
28 g Mayonnaise
3 EL fein gehackte Lauchzwiebeln
oder 3 EL Zwiebelgranulat
oder 3 EL gehackte Schalotten
1 geschlagenes Ei
1 Packung Salz-Cracker

Den Frischkäse mit der Mayonnaise glatt rühren. Die Zwiebeln und das Ei unterrühren

Die Cracker mit der salzigen Seite nach oben auf ein Grillblech legen. Jeweils zwei teelöffelgroße Mengen Frischkäsemasse auf die Cracker schichten, sodass sie bis zum Rand bedeckt sind.

Das Grillblech im Backofen auf eine der oberen Schienen setzen, etwa 8 Zentimeter vom Grill entfernt, und den Grill einschalten. Grillen, bis der Frischkäse aufgeht und Farbe annimmt. Das sollte etwa 90 Sekunden dauern, wenn der Abstand zum Grill stimmt.

Anschließend 1 bis 2 Minuten lang abkühlen lassen, damit sich die Gäste nicht die Zunge verbrennen. Die Häppchen auf eine Platte setzen und servieren.

Ausbeute: 2 Dutzend heiße, leckere Vorspeisenhäppchen

Notiz von Hannah: Ich könnte mir gut vorstellen, dass die Frischkäsemasse mit einer Zugabe von 50 bis 60 Gramm gehacktem Räucherlachs auch ausgezeichnet schmeckt.

18

Luanne Hanks hatte sich angeboten, die Frischkäsehäppchen zu backen, und Hannah hatte ihr soeben die letzten Anweisungen erteilt. »Michelle gibt meiner Mutter ein Zeichen, und sie sagt dir über die Sprechanlage Bescheid, wann die Häppchen gebraucht werden. Bist du wirklich sicher, dass du hier oben bleiben willst, während unten die elegante Cocktailparty gefilmt wird?«

»Ganz sicher. Ich will mit diesen Filmleuten nichts zu tun haben.« Ihr hübsches Gesicht drückte sture Entschlossenheit aus. Anscheinend hatte einer *dieser Filmleute* ihr irgendein Problem bereitet.

»Meinst du damit jemand Bestimmtes?«, fragte Hannah.

»Dean Lawrence. Er ist ein geiler alter Bock, Hannah!«

Dass sie den Regisseur ›alt‹ nannte, überraschte Hannah, aber dann fiel ihr ein, dass Luanne erst zwanzig war, und für eine Zwanzigjährige war ein Mann von über vierzig schon alt. »Er hat dich begrapscht?«

»Woher weißt du das?« Luanne schaute erschrocken. »Ich habe das keinem erzählt.«

»Das habe ich nur vermutet, aber aus gutem Grund.

Nach allem, was ich höre, hat er sich schon an jede Frau in Lake Eden herangemacht.«

»Sogar an dich?«

Hannah zuckte ein wenig zusammen. Luanne hätte nicht so ungläubig zu klingen brauchen. »Ja, sogar an mich. Er ist wie ein frustrierter Teenager, Luanne.«

»Du meinst, er ist wie die Jungen an der Highschool, die nichts anderes im Kopf haben als Mädchen?«

Hannah nickte. »Genau. Wahrscheinlich denkt er sich nichts dabei. Für ihn ist das nur ein Spiel. Und in Hollywood vielleicht Alltag.«

»Lake Eden ist nicht Hollywood«, erwiderte Luanne mit vor Zorn blitzenden Augen. »Und ich kann es nicht leiden, wenn sich erwachsene Männer wie Schuljungen benehmen.«

»So empfinden das auch einige Frauen, mit denen ich gesprochen habe.« Hannah dachte an Lisa, die den Regisseur fast mit heißem Kaffee bekleckert hätte.

»Tja … es hilft zu wissen, dass ich nicht allein damit stehe. Ich habe mir schon den Kopf zerbrochen, wodurch ich ihn verleitet habe zu glauben, er könnte mich in seinen Wohnwagen einladen. Ich dachte, vielleicht lag es daran, dass ich alleinerziehende Mutter bin. Aber so benimmt er sich bei allen, ja?«

»Nur bei den Frauen. Ich glaube, unsere Männer sind vor ihm sicher.«

Luanne kicherte. »Danke, Hannah. Jetzt fühle ich mich schon viel besser. Trotzdem werde ich um Mr Lawrence einen großen Bogen machen. Sein Verhalten ist beleidigend, weißt du? Ich würde ihm wahrscheinlich schon an den Hals fahren, wenn er mich nur komisch anguckt.«

»Tu das nicht«, erwiderte Hannah. »Komm einfach zu mir und sprich darüber. Dann trommeln wir die anderen Frauen zusammen und werfen ihn achtkantig aus der Stadt.«

»Wie machen wir das mit den acht Kanten?«

»Bin mir nicht sicher, aber da fällt uns bestimmt was ein.« Hannah zwinkerte ihr zu. »Allerdings wird er von jetzt an brav sein, da seine Frau inzwischen hier ist.«

»Ich wusste gar nicht, dass er verheiratet ist!« Luanne schaute bestürzt. »So hat er sich jedenfalls nicht benommen. Die arme Frau! Sie weiß anscheinend nicht, was er hinter ihrem Rücken treibt.«

»Wie kommst du darauf?«, fragte Hannah.

»Wenn sie das wüsste, hätte sie ihn entweder schon verlassen oder umgebracht, je nachdem, was gerade praktischer gewesen wäre.«

Hannah bestückte die Silbertabletts, die die Filmkellnerinnen bei der Cocktailparty herumtragen würden. Noch war niemand da, aber sie sollten jeden Augenblick kommen. Sie legte die gefüllten Selleriestangen strahlenförmig um die Radieschenrosen, die Lisa geschnitten hatte, und dachte über die Dinge nach, die sie in den vergangenen Tagen über das Filmgeschäft gelernt hatte.

Als Erstes hatte sie darüber gestaunt, dass Filmszenen nicht in der Reihenfolge des Drehbuchs gedreht wurden. Ross war wegen der Heimatstadt-Szenen nach Lake Eden gekommen. In dreien davon spielte Tracey die kleine Amy, in vieren trat Erica als die jugendliche Amy auf und in drei weiteren Lynne als die erwachsene Amy. Die heutige Szene, im Film die vorletzte, war die mit der Cocktailparty. Und Burkes Figur würde zwar dabei sterben, aber morgen würde er wieder als Jody Arm in Arm mit Amy die Straße entlangschlendern.

Morgen würde noch mal den ganzen Tag gefilmt werden. Eine Szene mit Erica in ihrem weiß-blauen Schlafzimmer, eine mit Burke und Lynne am Grab ihres Filmvaters und eine dritte Szene bei dem Begräbnis ihrer »Tante«. Am Freitag würden sie eine Sequenz mit Jody als Teenager an der Highschool drehen, dann das Schlittschuhlaufen mit Tracey im Park und zuletzt, wie die erwachsene Amy sich für immer von Cherrywood verabschiedet und davonfährt, um zu ihrem Mann und seiner Familie zurückzukehren.

Hannah war mit der Sellerieplatte fertig und wandte sich den gekühlten Minikäsekuchen zu. Sie hatte auch festgestellt, dass es keine passende Zeit gab, um einen Kuchen zu Deans Wohnwagen zu liefern.

Nach jenem ersten Morgen, als jemand, der verdächtig wie Erica geklungen hatte, durch die Hintertür verschwunden war, hatte sie beim nächsten Mal vorsorglich in Deans Büro angerufen, bevor sie mit dem Kuchen losgefahren war. Doch das hatte nichts genützt. Wenn sie anrief, meldete sich immer nur der Anrufbeantworter, und es war klar, dass Dean keine ihrer Nachrichten abgehört hatte. Wenn sie kurz darauf an die Wohnwagentür klopfte, hörte sie drinnen eine Frauenstimme und einen leisen Fluch aus dem Mund des Bad-Boy-Regisseurs. Ein paar Minuten später öffnete er die Tür, mürrisch und in derangierter Kleidung, und dann hörte sie beim Betreten des Wohnwagens die hintere Tür auf- und zugehen.

Fünf Mal hatte sie einen Kuchen abgeliefert und fünf Mal mitbekommen, wie eine Frau aus Deans Wohnwagen verschwand. Sie könnte nicht beschwören, wen sie gehört hatte, war jedoch zu einem vorläufigen Schluss gelangt. Die erste hatte wie Erica geklungen. Eine andere hätte nicht so gekichert. Und am zweiten Morgen glaubte sie, Lynnes Stimme erkannt zu haben. Gegen Mittag, als sie den zweiten Kuchen abgeliefert hatte, hatte sie Jeanette gehört, Ericas Mutter. Hannah war sich fast sicher. Und die Stimme am heutigen Morgen hätte sie lieber nicht erkannt.

Anfangs hatte sie das vor sich selbst geleugnet, jetzt jedoch musste sie sich eingestehen, dass es wohl Andrea gewesen war. Das passte auch zu Deans Bemerkung in dem Klassenzimmer nach Traceys Buchstabierszene. Hannah flehte im Stillen, ihre Schwester möge sich nicht auf den Bad-Boy-Regisseur eingelassen haben.

Und als sie an diesem Nachmittag den zweiten Kuchen brachte, war wieder eine andere Frauenstimme zu hören gewesen, diesmal die Kosmetikerin Honey. Hannah war sich sicher, sie erkannt zu haben. Obwohl Sharyn in Lake Eden war, änderte Dean sein Verhalten also nicht.

Trotz allem war Dean ein begabter Regisseur. Das sagten alle Schauspieler, die mit ihm arbeiteten. Was Burke beim Interview geäußert hatte, war teilweise wahr. Wenn Dean nicht zu sehen bekam, was er wollte, trat er sofort an deren Stelle und spielte es ihnen vor. Allerdings tat er das nicht im vollen Kostüm, sondern benutzte nur die Kopfbedeckung oder einen Schal oder ein anderes Requisit, um seine Rolle zu illustrieren.

Nur wenige Leute durften beim Dreh zusehen, und Hannah seufzte erleichtert, als sie Winnie Henderson hereinkommen sah. »Hallo, Winnie. Ich muss nachher mal mit Ihnen sprechen. Würden Sie kurz ins *Cookie Jar* kommen?«

»Sicher, aber nur wenn Sie versprechen, den Park nicht zu erwähnen. Ich bin es leid, mir Überredungsversuche anzuhören.«

»Das kann ich nicht versprechen«, antwortete Hannah ehrlich. »Aber wenn Sie sich anhören, was ich zu sagen habe, und dann immer noch ablehnen, werde ich kein Wort mehr darüber verlieren.«

Winnie lachte gutmütig. »Also gut. Dagegen ist nichts einzuwenden. Ich komme vorbei, wenn Sie einen dieser kleinen Kirschkäsekuchen für mich reservieren. Die sehen unglaublich lecker aus.«

»Ist geritzt«, versprach Hannah und registrierte, dass sie sich einen Ausspruch von Andrea geborgt hatte. Dann entschuldigte sie sich und beeilte sich, die zusätzlichen Kühlboxen zu kontrollieren, in denen weitere Minikuchen lagerten, für den Fall, dass die auf den Platten im heißen Scheinwerferlicht die Form verloren.

»Wir sind da!«, rief jemand.

Hannah drehte sich um und sah Michelle mit Filmleuten hereinkommen. Jeder, der in der Szene mitspielte, war kostümiert und geschminkt, auch die Komparsen, und Hannah beobachtete ihre jüngste Schwester und mehrere andere, als sie den Statisten halfen, ihren Platz zu finden, und ihnen erklärten, was sie zu tun hatten.

Alle waren bereit und warteten darauf, dass es losging, als Dean hereingeschlendert kam. Er stellte ein paar Leute um, trat zurück, um sich das Ergebnis anzusehen, und nickte. Während er Burke und Lynne letzte Anweisungen gab, kam Michelle zu Hannah.

»Bin ich zu spät?«, fragte Andrea, die sich zu ihnen gesellte.

»Nein, es dauert noch zehn, fünfzehn Minuten, bis es losgeht«, antwortete Michelle. »Wo ist Tracey?«

»Zu Hause. Sie macht mit Grandma McCann ihre Hausaufgaben. Danach werden sie sich zusammen einen Film ansehen.«

Die drei Schwestern verfolgten die Szene ein paar Augenblicke lang. Es war sonderbar, so viele Bewohner Lake Edens mitten am Nachmittag in schicker Abendgarderobe zu sehen. Hannah wandte sich als Erste ab, und dabei fiel ihr auf, dass ihre Schwestern den Regisseur mit demselben bewundernden Ausdruck in den Augen anstarrten.

Sie zuckte mit den Schultern. Ihre Faszination war verständlich. Er war nun mal ein attraktiver Mann, und solange ihre Schwestern nur guckten, sollte es ihr recht sein. Er war immer leicht zerzaust und wahnsinnig charmant. Die Rolle eines Piraten, der täglich Frauen eroberte, wäre ihm auf den Leib geschnitten.

Ihre Aufmerksamkeit verlagerte sich auf einen Neuankömmling. Es war Ross, und ihn fand Hannah anziehend, ganz im Gegensatz zu seinem Regisseur. Sicher, er sah nicht ganz so gut aus wie der, doch wie Grandma Ingrid zu sagen pflegte: »Attraktiv ist, wer Attraktives tut.« Hannah gab ihr recht. Ross war der nettere Mensch und interessierte sich für andere, nicht nur für sich selbst.

»Hey, Shelly. Mike und ich sind da«, sagte jemand.

Hannah drehte sich um und erblickte Lonnie Murphy, Michelles Freund, der in Polizeiuniform hinter ihnen stand. Sie war dunkelblau, nicht braun wie die im Sheriff's

Department des Winnetka Countys, und an der Schulter hatte sie einen Aufnäher, auf dem *Cherrywood Police Department* stand.

Lonnie lächelte, Hannah ebenfalls. Er war der Einzige, den Michelle ungestraft davonkommen ließ, wenn er sie Shelly nannte. Sie konnte den Namen nicht ausstehen, und die Tatsache, dass sie bei ihm nichts dagegen hatte, verriet viel über ihre Beziehung.

Sie drehte sich um, und auf ihrem Gesicht malte sich helle Freude ab. Hannah war froh, das zu sehen. Michelles Blick war um hundert Watt heller als vor zwei Minuten, als sie Dean angestarrt hatte. Michelle wusste, wo ihre Priorität lag, aber galt das auch für Andrea? Deren Blick ruhte noch immer auf dem Regisseur.

Dann passierte etwas, was Hannah beruhigte. Sharyn Lawrence kam herein und ging zwischen den Leuten hindurch, um ihren Mann zu begrüßen.

Andrea musterte sie einen Moment lang, dann drehte sie sich zu Hannah um. »Das ist Sharyn«, erklärte sie. »Sie ist Deans Frau.«

»Ich wusste nicht, dass du sie kennst.«

»Ich kenne sie nicht«, erwiderte Andrea. »Aber wer könnte sie sonst sein? Dean sagte, dass sie schwarze Haare hat.«

Hannah runzelte die Stirn. »Du hast mit ihm über seine Frau gesprochen?«

»Eigentlich nicht. Er hat sie nur kurz erwähnt, das ist alles. Wir haben über Traceys Rolle geredet.«

Hannah entschied, den Stier bei den Hörnern zu packen. »War das heute Morgen, als ich an seine Wohnwagentür geklopft habe?«

»Äh … ja. Hör zu, Hannah, da ist nichts passiert«, versicherte Andrea.

»Warum bist du dann hinten rausgegangen?«

»Weil er mich darum gebeten hat. Er wollte keinen Klatsch entstehen lassen, weißt du? Schließlich bin ich verheiratet.«

Das hat ihn bisher auch nicht abgehalten, dachte Hannah, behielt das jedoch für sich. Sie blieb vielmehr vollkommen still und wartete darauf, dass ihrer Schwester unbehaglich wurde und sie weitere Erklärungen vorbrachte.

»Es ist, wie ich sage, Hannah. Da ist nichts passiert! Dean hat mit mir über Traceys Rolle gesprochen. Er hat uns supernett beraten.«

Hannah schwieg weiter. Das fiel ihr schwer, aber der Ball lag in Andreas Spielfeld.

»Er hat mich so früh hinbestellt, weil er ungestört mit mir sprechen wollte. Und da sagte er dann auch, dass er schon sein nächstes Drehbuch ausgewählt hat und ich für eine der Rollen genau die Richtige bin.«

»Du?« Hannah war zu erschrocken, um noch länger den Mund zu halten.

»Ja, ich. Und er hat mir sogar einen Flug nach Hollywood angeboten, um mit mir Probeaufnahmen zu machen.«

Hannah starrte ihre Schwester entsetzt an. »Du bist doch wohl nicht auf dieses alte Lockmittel reingefallen?! Meine *verheiratete* Schwester, die ihren Mann liebt, obwohl sie sich gerade über ihn ärgert, weil er ohne sie nach Miami geflogen ist, kann doch nicht derart naiv sein … oder?«

»Natürlich nicht! Ich habe so gut wie sicher nicht das

Zeug zum Filmstar, und ich weiß selbst, dass das ein Lockmittel war. Aber ich fühlte mich geschmeichelt und war ganz, ganz kurz in Versuchung, Ja zu sagen.«

»Aber du hast Nein gesagt.«

»Selbstverständlich. Allerdings sind seine Überredungsküste beachtlich. Ich verstehe inzwischen, warum so viele Frauen fast alles tun, was er verlangt.«

»Ich bin froh, dass du keine von denen bist«, erwiderte Hannah, und im nächsten Moment verlangte der Regisseur Ruhe am Set.

Ein paar Requisiteure eilten mit Sektgläsern herbei und verteilten sie an die Gäste der Cocktailparty. Manche gingen leer aus, und Hannah nahm an, dass sie später in der Szene ein Glas Sekt vom Tablett einer Kellnerin nehmen würden.

»Trinkst du wirklich Champagner?«, fragte Hannah ihre jüngste Schwester.

Michelle schüttelte den Kopf. »Das ist Vanille-Limonade. Wir machen später noch ein paar Einzelaufnahmen, bei denen die Gläser mit Champagner gefüllt sind.«

»Du meinst solche Aufnahmen, wie Clark sie mit Moishe gemacht hat?«

»Genau. Entschuldige mich kurz, Hannah«, bat Michelle. »Ross braucht mich.« Sie eilte zu ihm und kurz darauf zur Tür, um anschließend mit Mike zurückzukehren.

»Oh, Himmel!«, hauchte Hannah. Mike bot in seiner Cherrywood-P.-D.-Uniform einen göttlichen Anblick. Eigentlich bot er das immer, egal, was er anhatte, aber dem Gedanken wollte sie jetzt nicht weiter nachgehen.

Die Messingknöpfe funkelten im Licht der Scheinwerfer, als Mike mit Ross und dem Chefrequisiteur Lloyd zu einem weiß-golden verschnörkelten Schreibtisch ging, der in der Ecke des Raumes stand. Es handelte sich um einen Doppelschreibtisch, an dem zwei Leute nebeneinander arbeiten konnten. Mike zog eine der mittleren Schubladen auf und untersuchte, was darin lag, schloss sie wieder, wechselte ein paar Worte mit Lloyd und Ross und ging durch die Wohnzimmertür wieder hinaus.

Hannah sah Michelle an, die sich gerade zu Andrea gestellt hatte. »Was hat er gemacht?«

»Er hat den Revolver geprüft, um sicherzustellen, dass er ungeladen ist und Lloyd den Schlagbolzen entfernt hat.«

»Ist das die Waffe, die bei der Selbstmordszene benutzt wird?«, wollte Andrea wissen.

»Genau.«

Hannah runzelte die Stirn. »Aber ohne Schlagbolzen gibt es keinen Knall.«

»Das stimmt. Das Schussgeräusch wird später hinzugefügt.«

»Warum benutzt man keine Platzpatrone?«, fragte Andrea.

»Die sind nur ungefährlich, wenn das Ziel ein paar Meter entfernt ist«, erklärte Hannah. »Doch Burke soll sich die Mündung an die Schläfe halten.«

»Und?«

»Platzpatronen haben eine Zündvorrichtung und Schießpulver und sind mit einer Plastikkappe verschlossen. Wenn die Patrone abgefeuert wird, kann die Kappe zum Geschoss werden und Burke töten.«

»Das wusste ich nicht!« Andrea schauderte.

»Viele Leute wissen das nicht. Ich weiß das auch nur, weil Lisa es mir erklärt hat.«

»Woher weiß sie es?«, wunderte sich Michelle.

»Herb gibt einen Kurs zur sicheren Bedienung von Schusswaffen.« Hannah wollte gerade von dem Fernsehschauspieler erzählen, der durch eine Platzpatrone am Set umgekommen war, als sie Delores bemerkte, die ihr das vereinbarte Zeichen gab. »Die Frischkäsehäppchen sind wohl fertig. Oder Mutter bewirbt sich um die Rolle einer Windmühle.«

19

»Du solltest das nie erfahren, aber das spielt keine Rolle mehr. Er hat mich angesehen, bevor ich ihn erschossen habe, und diesen Blick sehe ich immerzu vor mir, er verfolgt mich bis in den Schlaf. Ich kann das nicht mehr ertragen.«

Burke öffnete eine Schublade und griff nach der Pistole, doch bevor er sie herausnahm, wurde er von einem wütenden »Danke!« unterbrochen.

»Danke!«, rief Dean noch einmal. »Was ist mit Ihnen los, Burke? Sie sollen die Zuschauer zum Weinen bringen! Stehen Sie auf. Ich zeige Ihnen, was ich hier haben will.«

Peinlich berührt erhob Burke sich hinter dem Schreibtisch. »Es tut mir leid, Dean. Ich weiß auch nicht, was los ist. Mir fehlt irgendwie die Motivation. Ich weiß, Jody ist am Ende seiner Kräfte, aber für mich funktioniert das nicht.«

»Wieso nicht? Er hat seit Jahren mit seiner Schuld zu kämpfen, das hat an ihm gezehrt. Er ist außerdem sternhagelvoll. Sie brauchen nur betrunken und schuldbewusst zu wirken.«

»Ich weiß. Wir haben darüber gesprochen, und ich

dachte, ich kann das, aber …« Burke seufzte. »Ich habe Rückenschmerzen und komme anscheinend nicht richtig in die Rolle rein.«

Dean drehte sich augenrollend zu den anderen Schauspielern um. »Na schön. Ich zeige Ihnen, wie es aussehen soll.«

»Danke, Dean.« Burke zog sich an den Rand des Sets zurück, um ihm von dort aus zuzusehen.

Dean ging zum Schreibtisch, drehte sich auf dem Weg dorthin aber zu den Kameraleuten um. »Nehmt das aus drei Kamerawinkeln auf. Ich habe das Gefühl, das werden wir brauchen. So wie Burke heute drauf ist, muss ich ihm das Ganze vielleicht die liebe lange Nacht immer wieder vorspielen.«

»Das war gemein«, flüsterte Hannah Michelle zu.

»Und wie! Dean wird bestimmt nicht zum nettesten Kerl der Filmbranche gekürt«, gab Michelle leise zurück. »Wenn die Szene vorbei ist, erzähle ich dir, was er heute Morgen zu mir gesagt hat!«

Hannah schaute zu Delores, die wieder mit den Armen ruderte. Hannah wollte die Treppe hochlaufen, um mehr Käsehäppchen zu holen, doch Andrea hielt sie am Arm auf.

»Ich übernehme das«, bot sie an. »Ich muss sowieso einen Anruf erledigen. Ich bringe den Nachschub mit, wenn die Aufnahme vorbei ist.«

»Soll mir recht sein.« Als ihre Schwester gegangen war, konzentrierte sich Hannah wieder auf das Geschehen am Set.

Dean bekam von einer Kellnerin ein Glas Vanille-Limonade, und als er sich der Kamera zuwandte, hätte Hannah vor Verblüffung fast gekeucht. Sein Blick wirkte verschleiert, als hätte er stundenlang dem Alkohol gefrönt. Der Eindruck völliger Trunkenheit wurde weiter ausgeschmückt, als er zwischen den Partygästen hindurch auf den Schreibtisch zutorkelte, an dem Lynne saß.

Die erwachsene Amy starrte gedankenverloren auf die Platte mit den Minikirschkäsekuchen, die eine Kellnerin dort hingestellt hatte. Wie Hannah wusste, wollte Lynne damit zeigen, dass sie sich erinnerte, was an dem Abend, als ihr Vater starb, wirklich geschehen war.

»Nun, wie wär's damit … Schwesterlein«, lallte Dean, stolperte leicht und fing sich an der Ecke des Schreibtischs ab. »Was dagegen, wenn ich mich setze?«

»Ach, Jody, du bist betrunken! Genauso betrunken wie Dad früher bei seinen Cocktailpartys …« Lynne fasste sich mit beiden Händen an den Kopf, als wollte sie damit die Flut der Erinnerungen aufhalten. Eine Geste, die man sofort verstand. Hannah war beeindruckt.

»Du denkst an den Abend, als er es getan hat?«, lallte Dean.

»Ja.«

»Da war er auch betrunken. Und du weißt, was dann immer passiert ist«, sagte Dean verwaschen.

Lynne schauderte, sie wurde sogar blass, und dann quollen Tränen hervor. »Ich weiß, Jody. Ich erinnere mich.«

»Ich durfte ihn das nicht noch einmal tun lassen, Schwesterlein. Auf keinen Fall. Das verstehst du doch, nicht wahr?«

»Ja.« Lynne sah tieftraurig aus. »Ist gut, Jody. Niemand braucht zu wissen, was an dem Abend …«

»Aber ich weiß es!«, rief Dean, und Hannah zuckte zusammen, als er sich über den Schreibtisch nah an Lynnes Gesicht beugte.

»Ich werde darüber schweigen«, versprach Lynne, und eine Träne lief ihr über die Wange. »Ich verspreche es dir, Jody. Ich verrate es keiner Menschenseele.«

»Natürlich nicht. Das nehme ich auch nicht an. Doch das hilft nicht viel, Schwesterlein. Du solltest es nie herausfinden, aber das spielt keine Rolle mehr. Er hat mich angesehen, bevor ich ihn erschossen habe, und diesen Blick sehe ich immerzu vor mir; er verfolgt mich bis in den Schlaf. Ich kann das nicht mehr ertragen.«

Dean zog die mittlere Schublade auf, nahm die Pistole heraus, stand auf und hob die Waffe an die Schläfe, als Lynne zu kreischen anfing. Das wurde von der Musik und dem Stimmenlärm der Party übertönt. Kein Gast reagierte.

»Nein!«, kreischte Lynne panisch. »Ich liebe dich, Jody! Tu mir das nicht an!«

»Ich will dir nichts antun, Schwesterlein. Ich tue das für mich.«

Nach diesem Satz hielt er sich die Mündung an die Schläfe und drückte ab. Es gab einen lauten Knall. Statisten schrien auf, und Hannah stand da und starrte ungläubig zum Schreibtisch. Dean Lawrence, Hollywoods Bad-Boy-Regisseur, war mit dem Gesicht in die Minikäsekuchen gefallen und rührte sich nicht mehr. Für Hannah bestand kein Zweifel, dass ihn Jodys Schicksal ereilt hatte. Aus dem Filmtod war ein wirklicher geworden. Der ungeladene Revolver ohne Schlagbolzen hatte einen Schuss abgegeben!

20

Selbst wenn sie gewollt hätte, Hannah sah keine Möglichkeit, durch den Tumult zum Tatort zu gelangen. Leute brüllten, kreischten, schoben und schubsten, um von der brutalen Szene wegzukommen. Hannah blieb stehen, wo sie war. Sie wollte sich erst wegbewegen, wenn irgendeine Anweisung erteilt wurde, und schaute ringsherum über die panischen Schauspieler und Statisten.

War da eine blaue Uniform mitten im Gedränge? Sie versuchte, an einem blickdichten lila Seidending vorbeizusehen, das sich im nächsten Moment als Helen Barthels Rückseite entpuppte.

Ja, es war Mike, der jetzt über der zierlichen Amber Coombs und ihrem schicken schwarzen Cocktailkleid aufragte. Er schob sich zwischen den Leuten durch zu Lynne, sprach kurz mit ihr und trug sie dann mitsamt dem Stuhl, auf dem sie saß, ein paar Schritte vom Schreibtisch weg. Einen Augenblick später ließ er einen Seidenparavent bringen und stellte ihn so auf, dass Deans Leichnam für die meisten nicht mehr zu sehen war.

Hannah war so geschockt von dem grausamen Vorfall, dass ihre Gedanken eine sonderbare Wendung nahmen.

Sie hatte vorgehabt, die Minikirschkäsekuchen im *Cookie Jar* auf die Karte zu setzen, doch das kam jetzt nicht mehr infrage. Wer den Vorfall mitangesehen hatte, würde nie wieder auf die Minikuchen blicken können, ohne sich an die letzten Minuten in Deans Leben zu erinnern. Es war wirklich schade, denn sie waren sehr gut und hätten auf einem silbernen Tablett mit weißem Spitzenpapier hübsch …

Ein schriller Pfiff riss sie aus ihrer Fantasie. Es ertönte ein zweiter Pfiff und danach ein dritter, und dann hörte sie Mikes Stimme.

»Stopp! Jeder bleibt, wo er ist!«, rief er und hielt dabei die Hände trichterförmig an den Mund. »Keiner rührt sich vom Fleck!«

Hannah beobachtete staunend, dass tatsächlich jeder auf ihn hörte. Seine Stimme klang nach Autorität, und genau die brauchten die Leute jetzt.

»Lassen Sie bitte Deputy Murphy durch«, befahl Mike nicht mehr ganz so laut. »Ich möchte hier Ruhe haben, während wir Mrs Larchmont hinausbringen. Sie hat einen Schock erlitten und muss sich davon erholen.«

Es wurde still am Set. Wer wusste, was passiert war, war nur froh, nicht an Lynnes Stelle gewesen zu sein, so nah bei dem gewaltsamen Tod des Regisseurs. Und wer es nicht wusste, wollte die Anweisung eines stellvertretenden Sheriffs nicht missachten.

»Sobald Deputy Murphy mit Mrs Larchmont hinausgegangen ist, werde ich Sie alle in Gruppen einteilen. Die Deputys werden Sie zu drei verschiedenen Orten begleiten, wo Sie befragt werden sollen. Jeder muss warten, bis ein Deputy seine Aussage aufgenommen hat. Egal, ob Sie den Vorfall selbst gesehen haben oder nicht, wir müssen Sie befragen. Haben Sie das verstanden?«

Es folgte zustimmendes Gemurmel, und Mike wollte gerade fortfahren, als Lynne ihn mit einer Frage unterbrach.

»Entschuldigen Sie, aber … ich muss das wissen … Dean … Ist er … Ist er tot?«

»Ja, Ma'am«, antwortete Mike. »Gehen Sie mit Deputy Murphy, er wird sich um alles kümmern.«

Tom Larchmont trat auf Lonnie zu und fragte ihn etwas. Lonnie nickte, und Tom verließ mit ihm und Lynne den Raum.

»Mir ist klar, dass das manchem hier unangenehm sein wird«, fuhr Mike fort, »aber wir müssen Sie durchsuchen, bevor Sie das Haus verlassen. Nicht, dass wir Sie verdächtigen. Bei einem Vorfall mit so vielen Zeugen ist das eine Standardprozedur.«

Das löste das vorhersehbare Murren aus, und Mike erhob noch mal die Stimme. »Wenn Sie alle dies befolgen, sorgen wir an den Befragungsorten für Kaffee und Snacks, damit Sie das besser überstehen. Wie wäre das?«

Das Murren erstarb, und ein paar Leute lächelten ihren stellvertretenden Sheriff an.

Mike schaute zufrieden. »Danke, Leute. Wenn wir alle kooperieren, kann ich Sie frühzeitig nach Hause lassen. Und ich kann Ihnen noch versichern, dass Sie die bestgekleideten Zeugen sind, die das Sheriff's Department je befragt hat!«

Darauf sah man ein paar grinsende Gesichter und hörte das eine oder andere Glucksen. Hannah staunte. Mike hatte schnell und effizient den Tatort gesichert, die Umstehenden vor den grausigen Details abgeschirmt und dabei sehr geschickt kommuniziert. Bürgermeister Bascomb, in Hannahs Augen ein Vollblutpolitiker, konnte Mike nicht das Wasser reichen. Wenn er nicht aufpasste, würde Mike ihn eines Tages aus dem Sattel heben!

Hannah hielt sich ein wenig abseits, während Mike und die Deputys die Filmleute und Statisten in drei Gruppen aufteilten. Eine sollte sich ins Gemeindezentrum begeben, wo Edna Ferguson sie mit Kaffee und Sandwiches versorgen würde, die zweite Gruppe in Hals und Roses Café. Rose war schon informiert. Die dritte Gruppe, die aus den Schauspielern, Kameraleuten und den übrigen Set-Arbeitern bestand, würde ins *Cookie Jar* gebracht werden, wo Lisa schon mit frischem Kaffee und Gebäck wartete.

Es dauerte eine Weile, aber schließlich bot sich Hannah eine Gelegenheit, mit Mike allein zu sprechen. Sie verbannte alle Gedanken daran, wie gut er in der dunkelblauen Uniform aussah, aus dem Kopf und konzentrierte sich darauf, die richtigen Fragen zu stellen.

»Glaubst du, Dean hat Selbstmord begangen?« Sie redete leise, damit die Kameraleute, die ihr Equipment einpackten, sie nicht hörten.

»Die Möglichkeit darf ich nicht außer Acht lassen, aber ich bezweifle das. Wer sich erschießen will, tut das nicht vor laufenden Kameras und Dutzenden Filmleuten und Statisten.«

»Wohl wahr.« Hannah war froh, dass er zu demselben Schluss gekommen war. »Dann wurde er also ermordet?«

Mike nickte. »Das vermute ich.«

»Kann ich etwas tun, um dir zu helfen?«

»Ja.« Er schob einen Arm um ihre Taille und zog sie

kurz an sich. »Du kannst dir den Gedanken aus dem Kopf schlagen, hier selbst zu ermitteln, und die Aufklärung mir überlassen.«

Hannah zog die Umarmung in die Länge, teils weil sie ihn gern umarmte und teils weil sie nichts versprechen wollte, was sie nicht halten würde. »Zu welcher Zeugengruppe gehöre ich?«

»Zu der *Cookie Jar*-Gruppe. Du musst mir bei Mrs Larchmont helfen. Sie ist eine Freundin von dir, ja?«

»Das stimmt. Wir kennen uns vom College.«

»Sie ist völlig am Boden wegen der ganzen Sache, und ich glaube nicht, dass wir bei der Befragung viel aus ihr herausbekommen«, sagte er.

»Da hast du bestimmt recht. Sie dürfte unter Schock stehen, da es direkt vor ihren Augen passiert ist.«

»Ich habe sie von Lonnie ins *Cookie Jar* bringen lassen. Ihr Mann ist bei ihr, das sollte schon helfen. Wenn du sie auch beruhigen könntest, wäre das gut.«

»Mach ich. Was ist mit Sharyn Lawrence?«, fragte Hannah. »Zu welcher Gruppe gehört sie?«

»Sie ist bei den Larchmonts. Soweit ich weiß, ist er ihr Onkel?«

»Ja.« Hannah holte tief Luft. Ihr war bewusst, dass sie mit der nächsten Frage schon zu neugierig war. »Hat sie den Vorfall mit angesehen?«

»Nein. Zu Lonnie hat sie gesagt, dass sie kurz vorher gegangen ist, um für Dean Kaffee zu holen. Er hat immer einen Kaffee getrunken, wenn er eine Rolle vorgespielt hat, und den wollte sie für ihn bereithalten. Sie war oben im Pausenraum bei Luanne und Andrea, als es passiert ist.«

»Gott sei Dank!«, murmelte Hannah, aber ihre Gedanken waren schon bei den nächsten Fragen. War Sharyn nur wegen des Kaffees hinausgegangen, oder hatte sie möglichst weit weg sein wollen, weil sie wusste, dass der Revolver geladen war?

Mike zog sein Notizbuch hervor, und Hannah holte tief Luft. Er wollte sie jetzt befragen. »Hast du beobachtet, wie ich den Revolver überprüft habe?«

»Ja.«

»Hast du danach jemanden in der Nähe des Schreibtischs gesehen?«

Sie schüttelte den Kopf. »Nein, aber ich habe die Tabletts mit Häppchen aufgefüllt. Danach habe ich wie die anderen Leute dem allgemeinen Treiben zugeschaut. Da sind viele am Set herumgelaufen, und ich habe erst zum Schreibtisch geschaut, als Lynne dort ihren Platz eingenommen hat.«

»Weißt du von jemandem, der einen Grund hatte, sich Deans Tod zu wünschen?«

Sie überlegte kurz. »Niemand Bestimmtes. Mit Dean Lawrence war nicht besonders gut auszukommen, aber ich weiß von keinem, der ihn tatsächlich umbringen wollte. Und jeder hat ihn für einen brillanten Regisseur gehalten.«

»Aber du kennst Leute, die ihn nicht leiden konnten?«, hakte Mike nach.

»Viele. Einschließlich mir. Dean konnte charmant sein, aber er war kein netter Mensch. Da wird dir jeder das Gleiche sagen. Wenn etwas nicht so lief, wie er wollte, konnte er unangenehm werden.«

»Doch du meinst, das ist kein Motiv für einen Mord?«

Sie wiegte den Kopf. »Ich weiß nicht. Vielleicht doch.

Wie du sagtest, du bist der Ermittler.« Hannah ordnete ihre Gedanken. »Es ist ziemlich offensichtlich, dass jemand den Revolver ausgewechselt hat. Siehst du das auch so?«

»Natürlich. Es ist dasselbe Modell desselben Herstellers, aber der, den ich überprüft habe, hatte keinen Schlagbolzen und war ungeladen im Gegensatz zur Tatwaffe.«

»Hast du deswegen alle Anwesenden durchsuchen lassen?«

»Genau«, antwortete er. »In der Schublade lag nur ein Revolver, und mit dem wurde Mr Lawrence getötet. Jemand hat den Bühnenrevolver gegen einen funktionsfähigen, geladenen ausgetauscht. Wenn keiner versucht, mit der Mordwaffe das Gebäude zu verlassen, dann muss sie noch im Haus sein.«

»Und es könnten Fingerabdrücke daran sein?«

Mike nickte. »Möglich.«

»Und noch etwas ist möglich. Glaubst du, die Kugel war für Dean bestimmt? Oder etwa für Burke, der die Szene eigentlich spielen sollte?«

Mike lachte und drückte sie kurz. »Mir gefällt, wie du denkst. Die Antwort lautet: Es kann so oder so sein. Wer Deans Arbeitsmethoden kannte und wusste, dass er seinen Schauspielern oft vormacht, wie er es haben will, der kann die Tat entsprechend geplant haben, um ihn zu töten.«

»Und wer das nicht wusste, könnte es so geplant haben, um Burke umzubringen?«, insistierte Hannah.

»So ist es.«

»Also müssen wir Dean und Burke als Opfer betrachten und schauen, wer ein Motiv hatte, sie umzubringen?«

»Genau. Aber was soll das ›wir‹?« Mike zog die Brauen zusammen. »Ich bin hier der Ermittler, nicht du.«

»Das weiß ich.«

Er lächelte. »Ich weiß, dass du das weißt. Aber du muss mir versprechen, dass du nicht selbstständig ermittelst.«

Hannah nickte, doch das schien Mike nicht zu genügen. Seine Brauen waren noch immer zusammengezogen.

»Ich will, dass du es laut sagst«, verlangte er.

Hannah zögerte, aber dann ging ihr auf, dass seine Formulierung ihr ein Schlupfloch ließ. Sie lächelte ihn äußerst nett und unschuldig an. »Ich verspreche, dass ich nicht selbstständig ermittle.«

»Okay, genug geredet.« Er drückte sie noch einmal und schob sie zur Tür. »Geh zurück ins *Cookie Jar*. Ich warte hier auf Doc Knight. Dann komme ich nach.«

Hannah machte an der Tür halt, wo Rick Murphy gerade den letzten Zeugen abtastete. Er sah Hannah, wartete, bis der Zeuge außer Hörweite war, und schüttelte den Kopf. »Sie muss ich nicht durchsuchen, Hannah.«

»Oh doch. Mike sagte: Jeder wird durchsucht.« Sie streckte die Arme zu den Seiten und ließ Rick ihre Taschen abklopfen. »Mike soll sicher sein können, dass ich nicht mit der Bühnenwaffe gegangen bin.«

Sobald sie draußen auf dem Gehweg stand, grinste sie. Sie hatte Mike versprochen, nicht selbstständig zu ermitteln, und das würde sie auch nicht tun. Sie würde herumschnüffeln und ihre Schlüsse ziehen, aber nicht selbstständig … schließlich machten ihre beiden Schwestern, Norman, Delores, Carrie und wer sonst noch zur erweiterten Familie gehörte, dabei mit!

21

Als Hannah ihr Café betrat, hatte sich besagte Familie schon versammelt. Andrea und Lisa machten die Runde mit der Kaffeekanne und legten Plätzchen nach, während Carrie und Delores mit heißem Wasser und Teebeuteln herumgingen. Dabei lauschten sie so konzentriert, dass Hannah glaubte, ihre Ohren würden sich jeden Moment drehen wie die ihres Katers, wenn er Mäusefüße hinter der Wand trippeln hörte.

Sharyn saß bei Lynne und Tom Larchmont und hatte Moishe auf dem Schoß. Hannah sah, wie blass sie war und dass sie geweint hatte, und fragte sich, ob sie wirklich trauerte oder ob sie nur gut schauspielerte. Wenn Sharyn Deans Untreue entdeckt hatte, mochte das für sie ein Grund gewesen sein, ihn zu beseitigen. Und dass sie nicht dabei gewesen war, als ihr Mann sich erschossen hatte, könnte ein glücklicher Zufall gewesen sein, oder aber sie hatte das grausige Geschehen nicht mitansehen wollen.

Hannah richtete den Blick auf Lynne, die recht ruhig wirkte, obwohl es für sie ein Schock gewesen sein musste, den Tod ihres Regisseurs mitzuerleben. Andererseits war sie in ihrer College-Zeit nicht zimperlich gewesen und war es jetzt vermutlich auch nicht.

Hannah erinnerte sich, dass Lynne damals immer die Fallen aufgestellt hatte, um diverse Nager im Haus loszuwerden, und die toten Tiere jeden Morgen entfernt hatte. Sie hatte sogar Buch über ihre »Jagdbeute« geführt, eine Strichliste in der Küche, die ständig länger geworden war. Als Ross und Hannah ihr gesagt hatten, sie fänden die Zählerei grausam, hatte Lynne sie ausgelacht. Die Tiere seien nun mal eine Plage, und sie würde sie liebend gern ausrotten.

Eingedenk des damaligen Verhaltens konnte man vielleicht annehmen, dass es Lynne gar nicht so viel ausmachte, das Resultat ihres Waffentauschs zu sehen, und der Schock und die Trauer nur überzeugend vorgetäuscht waren.

Dann musste man noch Tom Larchmont als Täter in Erwägung ziehen. Hannah musterte den distinguierten, grauhaarigen Mann mit leisem Misstrauen. Sie war sich fast sicher, dass Lynne an einem Morgen in Deans Wohnwagen gewesen war und ihn durch die hintere Tür verlassen hatte. Was, wenn Tom davon erfahren hatte? War er ein eifersüchtiger Ehemann, der seinen Nebenbuhler umbrachte?

Hannah sah sich nach Connor um, den sie ebenfalls als Verdächtigen betrachtete, doch in dem Moment kamen ihre Schwestern zu ihr.

Andrea fasste sie am Arm. »Wir brauchen ein Meeting. Mutter und Carrie haben versprochen, mit Lisa zusammen die Stellung zu halten.«

»Gehen wir in die Backstube«, schlug Hannah vor, doch Michelle schüttelte den Kopf.

»Geht nicht. Ich habe gerade mit Lonnie gesprochen, Mike wird dort Befragungen abhalten. Die anderen Detectives sortieren Zeugen vor und schicken die vielversprechenden zu ihm.«

»Was heißt ›vielversprechend‹?«, wollte Andrea wissen.

Hannah war auch neugierig. »Hat Lonnie das erklärt?«

»Ich habe ihn danach gefragt. Er sagte, die vielversprechenden haben an einer Stelle gestanden, wo sie etwas sehen oder hören konnten, was möglicherweise für die Ermittlung wichtig wird, zum Beispiel jemand, der in Deans Nähe war und beobachten konnte, wie die Kellnerin das Kuchentablett auf den Schreibtisch stellte.«

»Also Amber Coombs«, sagte Hannah. »Dean hatte sie angewiesen, das Tablett dort hinzustellen, aber ich weiß nicht, wieso.«

Andrea zeigte auf wie früher im Schulunterricht. »Ich weiß es. Ich habe das Drehbuch gelesen. Das Tablett sollte da stehen, damit Burke mit dem Gesicht in die Käsekuchen fällt, nachdem er sich erschossen hat. Nur, dass nicht Burke, sondern Dean sich erschossen hat. Und das ist … wirklich furchtbar. Ich frage mich, ob er eine … Wie sagt man gleich, Hannah?«

»Dunkle Ahnung?«

»Genau.« Andrea nickte. »Ich frage mich, ob er eine dunkle Ahnung hatte, dass er derjenige sein würde, der mit dem Gesicht in die Kuchen fällt.«

Die drei Schwestern schauderten. Das hatte ihnen vor Augen geführt, wie plötzlich einen der Tod ereilen konnte. Sie teilten einen Moment nervösen Schweigens, bis Hannah es beendete.

»Seid ihr bereit, der Sache auf den Grund zu gehen?«,

fragte sie, und als ihre Schwestern nickten, fuhr sie fort. »Da Mike sich die Backstube reserviert hat, müssen wir uns in meinen Lieferwagen setzen.«

»Da würden wir nur mit den Zähnen klappern«, wandte Andrea ein. »Wie wär's, wenn wir nach drüben gehen ins Immobilienbüro? Ich habe den Schlüssel bei mir.«

Ein paar Minuten später saßen die Schwestern auf Drehstühlen um den ovalen Konferenztisch. Hannah hatte eine Thermoskanne mit Kaffee und eine Tüte Plätzchen mitgenommen.

»Was für welche sind das?« Michelle nahm sich eins und biss ab.

»Flockenplätzchen.«

»Flockenplätzchen?« Andrea runzelte die Stirn. »Ich schmecke Kokos. Warum nennst du sie nicht ›Kokosplätzchen‹?«

»Weil noch andere Flocken drin sind.«

»Was für welche?«, fragte Andrea.

Hannah schüttelte den Kopf. »Das verrate ich nicht. Ich sage nur so viel: Du würdest nicht von selbst drauf kommen.« Sie klappte ihren Notizblock auf, den sie ebenfalls mitgenommen hatte, und schob ihn über den Tisch zu Andrea. »Machst du Notizen?«

»Du verlangst immer von mir, dass ich mitschreibe!«

»Das stimmt. Weil du das eben gut kannst. Wenn ich alles notiere, sind meine Gedanken stets schneller als mein Stift, und ich vergesse die Hälfte.«

»Okay, ich mach's. Aber das kostet etwas.«

»Nämlich?« Hannah rechnete damit, dass ihre Schwester einen Karton mit ihrem Lieblingsgebäck verlangte.

»Ich will wissen, welche Flocken noch drin sind.«

»Nein, willst du nicht. Es ist wie bei den Mystery Cookies. Sobald man es weiß, isst man immer weiter und versucht, es herauszuschmecken.«

Andrea legte demonstrativ ihren Stift hin und klappte den Block zu. »Wenn du nicht kooperierst, kooperiere ich auch nicht. Deine unbezahlte Sekretärin hat soeben gekündigt.«

»Ach komm.« Hannah seufzte. »Es würde dich nur verrückt machen.«

»Wird es nicht«, erwiderte Andrea. »Glaub mir. Wenn du es mir gesagt hast, ist alles gut. Und dann wirst du leserliche Notizen bekommen.«

Hannah sah Michelle an, die daraufhin mit den Schultern zuckte. »Ich denke, sie hat dich in der Hand.«

»Na gut.« Hannah lenkte seufzend ein. »Ich sag's dir. Es sind Kartoffelpüree-Flocken.«

»Ist nicht dein Ernst! Darauf wäre ich nie gekommen!« Andrea biss noch einmal ab und kaute stirnrunzelnd. »Bist du sicher? Ich schmecke keine Kartoffelflocken.«

»Bin ich. Ich habe den Teig selbst gemacht.«

»Tja, ich schmecke sie trotzdem nicht. Gib mir noch ein paar. Vielleicht waren in dem Plätzchen, das ich gerade gegessen habe, keine drin.«

Hannah und Michelle lehnten sich zurück und sahen zu, wie ein Keks nach dem anderen verschwand. Beim letzten nickte Andrea schließlich. »Ich denke, ich schmecke sie, bin aber noch nicht völlig sicher. Du hast doch noch welche, oder?«

»Nicht hier. Ich backe dir morgen ein ganzes Rezept.«

»Dann bin ich zufrieden.« Andrea nahm den Stift in die Hand und gab einen leisen, sehr damenhaften Rülpser von sich. »Verzeihung. Wenn ihr mir noch schnell einen Kaffee eingießt, können wir loslegen.«

»Meint ihr wirklich, Sharyn kann das getan haben?«, fragte Michelle, als Andrea den Namen auf die Liste der Verdächtigen setzte.

»Ich kenne sie nicht gut genug, um das einzuschätzen«, sagte Hannah. »Das hängt davon ab, wie eifersüchtig sie ist. Und was sie gewusst hat.«

»Was meinst du?«, fragte Michelle.

»Wenn sie sehr eifersüchtig ist, aber nicht wusste, dass ihr Mann in seinem Wohnwagen andere Frauen empfing, dann hatte sie kein Motiv.«

»Verstehe.« Andrea schrieb das hin. »Und wenn sie nicht eifersüchtig war und es sie nicht interessierte, ob ihr Mann in seinem Wohnwagen andere Frauen empfing, dann hatte sie auch kein Motiv.«

»Richtig. Aber nehmen wir erst mal an, sie wusste es und war eifersüchtig. Das ist ein gutes Mordmotiv. Und jetzt müssen wir die Frauen durchgehen, die bei Dean im Wohnwagen waren. Sie haben vielleicht einen Ehemann oder Freund, der eifersüchtig genug war, um einen Mord zu begehen.«

»Also, ich bin aus dem Schneider«, sagte Andrea. »Bill ist in Miami, und jeder weiß das.«

Michelle blieb der Mund offen stehen. »Du hast …«

»Nein!«, unterbrach Andrea. »Aber ich war bei ihm, um mit ihm über Traceys Rolle zu sprechen. Gut, dass Bill nicht hier ist. Er hätte vielleicht einen falschen Eindruck bekommen, und dann wären wir beide verdächtig. Doch Bill ist nach Miami gejettet, und wir sind gerettet.«

»Bill ist nach Miami gejettet, und wir sind gerettet«, wiederholte Hannah und fing an zu grinsen. »Wenn die Beweise nicht passen, müssen Sie ihn entlassen.«

»Was?« Beide Schwestern blickten sie groß an.

»Entschuldigt. Ich musste gerade an den O.-J.-Simpson-Prozess denken. Das hat die Verteidigung gesagt.«

»Was hat das mit unserem …«

»Gar nichts«, antwortete Hannah schnell. »Das ist mir nur eingefallen wegen des Reims. Zurück zum Wesentlichen. Welche Frauen können wir mit Dean in Verbindung bringen?«

»Mich«, gestand Michelle und bekam rote Flecken im Gesicht. »Er hat mich gestern gebeten, gleich nach dem Lunch in seinen Wohnwagen zu kommen. Ich dachte, er hätte Arbeit für mich, stattdessen hat er mich jedoch angebaggert.«

»Wie?«, fragte Andrea.

»Es war wirklich albern … Darauf wäre nur eine dumme Gans reingefallen. Er hat einen Arm um mich gelegt und gesagt, ich wäre genau die Richtige für eine Rolle in seinem nächsten Film. Und er wollte mir den Flug nach Hollywood bezahlen und mit mir Probeaufnahmen machen. Wahrscheinlich hat er gedacht, ich würde mich vor lauter Dankbarkeit von ihm küssen lassen. Das hat er jedenfalls versucht.«

Andrea schluckte mühsam und hustete, um es zu überspielen. »Entschuldigung, mir hat plötzlich was im Hals gesteckt.«

Das kann ich mir vorstellen, dachte Hannah und kam sich sofort gemein vor. Sie schenkte Andrea Kaffee nach, um es wiedergutzumachen, und wandte sich Michelle zu. »Wie hast du reagiert?«

»Ich bin zwei Schritte von ihm weggetreten und habe gesagt, es sei sicher schmeichelhaft, dass er mich für begabt hält, doch für mich sei es das Klügste, am College zu bleiben und meinen Abschluss zu machen.«

»Sehr schlau von dir.« Andrea hatte sich wieder gefasst. »Doch Lonnie könnte trotzdem davon erfahren haben. Er ist aufbrausend, und er war am Set und …«

»Vergiss es«, meinte Hannah. »Lonnie hätte Dean k. o. geschlagen, ihn aber bestimmt nicht umgebracht. Wir können sicher annehmen, dass er nichts von Michelles Wohnwagenbesuch wusste.«

Michelle schaute nachdenklich. »Du hast recht. Wenn Lonnie Dean hätte umbringen wollen, hätte er es mit den Händen getan. Er hätte niemals einen schussbereiten Revolver in die Schublade gelegt und riskiert, dass ein anderer zu Schaden kommt. Aber ich habe gerade an jemand anders gedacht, den wir auf die Liste setzen sollten.«

»Wen meinst du?«, fragte Andrea schreibbereit.

»Lynne. Sie war ein paar Mal in Deans Wohnwagen. Er hat das neulich am Set erwähnt. Und sie war deswegen sauer.«

»Okay. Ist notiert. Und wenn Lynne da steht, müssen wir auch ihren Mann dazuschreiben. Er heißt Tom, nicht wahr?«

Hannah bestätigte das. »Schreib auch Erica hin. Ich bin

mir sicher, dass ich sie kichern gehört habe, als ich mit dem ersten Käsekuchen vor seiner Tür stand. Und Jeanette kannst du auch notieren.«

»Weil sie jeden umbringen würde, der ihre Tochter anfasst?« Andreas Stift flog über das Papier und verharrte dann über der Spalte mit den Mordmotiven.

»Das auch«, sagte Hannah.

»Jeanette könnte noch ein anderes Motiv haben?«

Hannah nickte. »Oh ja. Ich denke, ich habe sie am nächsten Nachmittag in seinem Wohnwagen gehört. Die Stimme klang wie ihre. Ich frage mich, wieso Dean den Wohnwagen nicht mit Drehtür bestellt hat.«

Andrea lachte. »Das ist lustig. Gibt es noch eine Frau in Lake Eden, die er nicht abzuschleppen versucht hat?«

»Mutter und Carrie?« Hannah rechnete mit einem Lacher.

»Vielleicht Carrie«, antwortete Michelle.

Hannah riss die Augen auf. »Nicht Mutter?«

»Nein, die nicht.« Michelle grinste. »Dean ist ihr ein bisschen zu nahe gekommen, als sie die Liste mit den Requisiten ausgedruckt hat, die sie für ihn besorgt haben.«

»Oh, oh! Was hat sie getan?«, wollte Hannah wissen.

»Ihm den Ellbogen in den Magen gerammt.«

»Moment mal!« Andrea hob die Hand, damit die beiden anderen innehielten. »Sagtest du gerade, Mutter hat eine Liste ausgedruckt?«

»So war es.«

»Also hat sie einen Computer?«, hakte Andrea nach.

»Den hat sie mir gestern Abend gezeigt«, sagte Michelle. »Er ist ein wirklich schöner Laptop, ein Pentium 4, Drei-Gig-Prozessor mit einer 80-Gig-Festplatte und 17-Zoll-

Bildschirm. Er hat FireWire und USB-Ports und viel Peripherie … Scanner, Farbdrucker, Digitalkamera, externe Festplatte für Back-up, alles, was du willst.«

Andrea stieß einen leisen Pfiff aus. »Hast du das gehört, Hannah? Mutter hat einen *Computer!*«

»Hab ich.« Sie stöhnte wie der Geist eines Gehenkten.

Michelle sah von einer zu anderen. »Warum stöhnt Hannah so?«

»Weil sie mir versprochen hat, sich einen Computer anzuschaffen, wenn Mutter einen hat. Und nun hat sie einen.«

»Okay, okay.« Hannah gab nach, wenn auch nicht würdevoll. »Ich rede mit Norman, sobald die Filmleute weg sind, und informiere mich, welcher geeignet ist.«

Andreas Handy klingelte, und sie legte den Stift hin, um ranzugehen. Sie hörte kurz zu und seufzte dann. »Okay, Lisa. Wir sind sofort da. Danke, dass du es uns gesagt hast.«

»Was gesagt?« Hannah sammelte bereits ihre Sachen ein.

»Mike ist gerade gekommen, um den vielversprechendsten Zeugen zu befragen. Als ihm auffiel, dass wir nicht da sind, wollte er wissen, wieso.«

Hannah runzelte die Stirn. »Was hat Lisa geantwortet?«

»Dass wir hier drüben sind.«

Hannah stöhnte. Das machte Mike bestimmt argwöhnisch, besonders da sie alle drei zusammen waren. »Hat er Lisa noch etwas gefragt?«

»Ja. Er wollte wissen, was wir in dem Immobilienbüro wollen, wenn es doch geschlossen hat.«

»Und was hat Lisa geantwortet?«

»Sie wisse es nicht. Wir hätten sie nur gebeten, die Stellung zu halten, solange wir drüben sind.«

»Braves Mädchen!« Hannah atmete auf. Sie hatte Lisa nicht aufgefordert, für sie zu lügen, aber Lisa hatte bewusst nur die halbe Wahrheit gesagt. Auf keinen Fall wollte sie ihre Partnerin in solch eine Lage bringen. Lisa war bereit, die Wahrheit ein bisschen zu beugen, wenn unbedingt nötig, doch sie hasste es zu lügen.

Und noch wichtiger war für Hannahs Belange, dass Lisa eine äußerst schlechte Lügnerin war. Niemand konnte ihr vorwerfen, ein Pokergesicht zu haben. Ihr Gesicht verriet immer alles. War sie wütend, loderten ihre Augen, und ihre Wangen waren gerötet. War sie nervös, zitterten ihre Hände, und sie leckte sich ständig über die Lippen. War sie traurig, kamen ihr Tränen, und sie schniefte unbewusst.

Wenn Hannah sie gebeten hätte zu lügen, hätte Lisa das vielleicht getan, doch ihre Stimme hätte geschwankt, und sie hätte Mike nicht in die Augen sehen können. Diese beiden Anzeichen fürs Lügen wären vielleicht jemand anderem entgangen, aber nicht Mike. Er war in Verhörtechnik geschult und hätte die Lüge sofort durchschaut.

»Was sagen wir, wenn wir ihn sehen?«, fragte Michelle.

»Hm …« Hannah überlegte fieberhaft. Dann grinste sie. »Wir sagen die Wahrheit. Das wird ihn umhauen.«

»Was?«, keuchte Andrea.

Michelle schwieg und starrte ihre älteste Schwester geschockt an.

»Das ist das Beste.« Hannah begeisterte sich sichtlich für ihre Idee. »Wir sagen Mike die Wahrheit. Dass wir hier drüben waren, um uns über den Mord zu unterhalten und Vermutungen anzustellen, wer es getan haben kann. Und dann, wenn er wissen will, ob wir etwa seine Zeugen befragt haben, können wir das wahrheitsgemäß verneinen.

Wir fügen noch hinzu, dass wir genau deshalb nach drüben gegangen sind.«

»Weshalb?«, fragte Andrea verwirrt.

»Weil wir wussten, er würde nicht wollen, dass wir vor seinen Zeugen über den Mordfall reden. Und da waren so viele Leute im *Cookie Jar*, dass wir uns nirgendwo unbelauscht unterhalten konnten.«

»Brillant!«, lobte Michelle.

»Finde ich auch.« Andrea schmunzelte. »Und dabei lügen wir nicht mal. Wir haben wirklich nur geredet, und das ist kein Verbrechen … oder?«

»Bestimmt nicht.« Michelle sah Hannah an, damit sie das letzte Wort hatte.

»Ich hoffe nicht.« Hannah drückte ihr die Thermoskanne in die Hand, nahm das Notizbuch, das Andrea ihr reichte, und stopfte es in ihre Handtasche. »Wir haben bloß getratscht, und wenn das ein Verbrechen ist, muss Mike halb Lake Eden einsperren!«

Flockenplätzchen

Den Ofen nicht vorheizen, der Teig muss vor dem Backen durchkühlen.*

Das Rezept stammt von Lisas Cousine Betty Harnar. Bettys Variante ist ein wenig anders als unsere aus dem *Cookie Jar.* Wenn Sie sie nicht mögen, geben Sie uns die Schuld. Wenn sie Ihnen schmecken, loben Sie Betty.

240 g Butter
3 Eier
300 g weißer Zucker
2 TL Weinstein
1 TL Backnatron
½ TL Salz
1 TL Kokosextrakt (ersatzweise Vanilleextrakt)
180 g Mehl
500 ml Kartoffelpüreeflocken (im Messbecher abmessen)
80 g Kokosflocken
100 g fein gehackte Pecannüsse oder Walnüsse
100 g weißer Zucker in einem Schälchen für später

* Falls Sie mit dem Backen absolut nicht warten können, formen Sie die Teigkugeln mit nassen Händen.

Die Butter zerlassen und ein wenig abkühlen lassen. Die Eier in eine Schüssel schlagen und mit dem Handmixer eine Minute lang verquirlen. Sie brauchen nicht schaumig zu werden. Den Zucker unterrühren, dann Weinstein, Backnatron, Salz und Kokosextrakt zugeben, gründlich verrühren. Dann die zerlassene Butter einrühren und anschließend das Mehl sorgfältig einarbeiten.

Nacheinander die Kartoffelpüreeflocken, die Kokosflocken und die gehackten Nüsse zugeben und gründlich unterrühren. (Wenn Sie wie ich nicht gern auf zähe Kokosflocken beißen, zerkleinern Sie sie vorher im Standmixer.)

Den Teig luftdicht abdecken und für mindestens 4 Stunden in den Kühlschrank stellen, besser noch über Nacht.

Wenn Sie bereit sind zu backen, den Ofen auf 175 Grad vorheizen.

Aus dem Teig 2 bis 3 Zentimeter große Kugeln formen, in dem bereitgestellten Zucker wälzen und auf ein gefettetes Blech setzen, jeweils 12 Stück, und mit dem Handballen oder einem Spatel flach drücken.

Das Blech auf die mittlere Schiene setzen und 10 bis 12 Minuten lang backen, bis die Plätzchen am Rand goldgelb sind. Anschließend 2 Minuten lang abkühlen lassen und auf ein Kühlgitter legen.

Ausbeute: etwa 8 Dutzend Plätzchen.

Delores mag sie am liebsten als Doppeldecker. Dazu bestreiche ich die Unterseite eines Plätzchens mit Schokoladenguss und setze das zweite ebenfalls mit der Unterseite auf den Guss. Berties Kundinnen im *Cut 'n Curl* mögen sie lieber mit Himbeermarmelade. Vermutlich weil die Schokolade schmilzt, wenn sie die Doppeldecker unter der Trockenhaube essen.

22

Hannah war völlig erledigt, und der Nachmittag schien sich ewig hinzuziehen. Die Zeugen verließen nach und nach das Café, aber bis alle fort waren und Hannah ihre Partnerin zur Ladentür winkte, war es sieben Uhr.

Moishe wartete angeleint an dem runden Fenstertisch. Hannah zog sich einen Stuhl hervor und setzte sich. Den Blick nach draußen gerichtet, streichelte sie gedankenverloren ihren Kater und wartete, bis Mike in der Backstube mit der letzten Befragung fertig wurde.

Es war dunkel draußen, und auf der Main Street war niemand mehr unterwegs. Alle waren nach Hause gegangen, und da das Sechs-Uhr-Abendessen nur noch eine Erinnerung war, saßen die meisten Leute wohl in ihrem Wohnzimmer und guckten die neueste Sitcom-Folge. Ein paar andere, die allein lebten, hockten wahrscheinlich zusammen im Schnapsladen, wo der Fernseher über dem Tresen stand, und schauten das Spiel der Timberwolves gegen Miami Heat.

Hannah senkte den Kopf auf die Tischplatte und legte schützend die Arme darum. Sie dachte gerade, wie schön es wäre, wenn sie sich auf ihre Couch teleportieren könnte, als Mike aus der Backstube kam, hinter ihm sein letzter Zeuge, Ross.

»Hannah?«

»Hm?«

»Hannah … aufwachen!«

»Ich bin wach.« Blinzelnd schaute sie zu Mike hoch. »Kann ich jetzt nach Hause gehen?«

Ross klopfte ihr auf die Schulter. »Komm zuerst noch mit zum Abendessen. Ich habe Sally angerufen. Sie serviert noch bis neun Uhr *Coq au Vin*.«

Hannah schaute zu Moishe, der genauso müde zu sein schien wie sie, und entschied für sie beide. »Nein danke, Ross. Moishe und ich wollen nur noch nach Hause. Ich bin todmüde.«

»Das ist meine Schuld.« Mike klopfte ihr auf die andere Schulter. »Ich hätte die letzten paar Zeugen aufs Revier mitnehmen sollen, damit du Feierabend machen kannst.«

»Schon gut«, nuschelte Hannah. Die harte Arbeit und die schlaflose Nacht forderten ihren Tribut. Sie überlegte ernsthaft, das Licht auszumachen und im Café zu schlafen, anstatt die Heimfahrt auf sich zu nehmen.

Sie war schon halb eingenickt und nahm es nicht mehr wahr, dass Ross und Mike vom Tisch weggingen. Sie hörte die beiden reden, aber sie mussten weit hinten stehen, denn sie verstand nicht, was sie sagten. Wahrscheinlich sprachen sie über sie, doch sie war so müde, dass ihr das egal war. Sie schloss die Augen, kuschelte sich an ihren schnurrenden Kater und schlief ein.

Als sie die Augen öffnete, glaubte sie, alles dreifach zu sehen. Drei Augenpaare blickten sie an. Dann begriff sie, dass Norman sich zu Mike und Ross gesellt hatte, und sie richtete sich blinzelnd auf. »Entschuldigt, Leute. War wohl eingenickt.«

»Scheint so.« Leise lachend übergab Mike den Kater an Norman. »Komm, Hannah. Ross bringt dir deinen Mantel, und Norman fährt dich nach Hause.«

»Aber mich muss keiner …«

Mike unterband ihren Widerspruch sofort. »Oh doch. Du bist todmüde und könntest beim Fahren einschlafen. Ich würde dich selbst nach Hause bringen, aber ich muss zum Revier und meinen Bericht schreiben. Und ich habe eine Besprechung mit Lonnie und Rick angesetzt.«

Mike hatte die magischen Worte gesprochen, die Hannah hellwach machten. Er musste etwas Wesentliches erfahren haben, wenn er Lonnie und Rick informieren musste. Jetzt war der perfekte Moment, um ihn auszuhorchen. Norman war mit Moishe in die Backstube gegangen, um ihn noch mal in die Katzentoilette zu setzen, und Ross holte dort ihren Mantel und die Handtasche. Sie fühlte sich von dem Nickerchen erfrischt und wusste, sie würde keine bessere Gelegenheit bekommen, um Mike zu entlocken, was er wusste. »Also hast du bei den Befragungen etwas herausgefunden?«

»Zwei Dinge. Erstens: Miss Larchmont will die Regie übernehmen.«

Hannah hätte beinahe laut gelacht. »Selbstverständlich. Es dürfte keinen Schauspieler und keine Schauspielerin geben, die nicht Regie führen wollen.«

»Aber sie bekommt die Chance nur, weil Dean Lawrence tot ist. Ich habe Ross befragt. Er lässt sich auf den Versuch ein.«

»Oh«, sagte Hannah und verstummte. Das warf ein neues Licht auf alles. Hatte Lynne vorher gewusst, dass Ross sie als Regisseurin nehmen würde, wenn Dean ausfiel? Das war die entscheidende Frage. »Was noch?«

»Die Garderobiere … Wie heißt sie noch gleich?«

»Sophie.«

»Genau. Sophie sagt, dass Miss Larchmont und deren Mann gestern Abend in ihrem Zimmer gestritten haben.«

»Worüber?«

»Das weiß sie nicht. Sie ist an der Tür vorbeigegangen und hat wütende Stimmen gehört, ist aber nicht stehen geblieben, um zu lauschen. Sie fand, das ginge sie nichts an, und ist weitergegangen.«

Wer's glaubt, dachte Hannah, schwieg jedoch. Sie würde morgen von Sophie erfahren, was da los gewesen war.

»Ich weiß nicht, ob das etwas zu bedeuten hat, aber wir behalten das im Hinterkopf«, meinte Mike. »Und dann ist da noch der Bühnenbildner.«

»Was ist mit ihm?« Hannah bezweifelte stark, dass Jared etwas mit dem Mord zu tun hatte.

»Ein Zeuge sah ihn neben dem Schreibtisch unmittelbar vor der ersten Aufnahme.«

»Das könnte wichtig sein oder auch nicht.« Hannah nahm sich vor, das im Notizbuch festzuhalten, sobald sie Gelegenheit dazu hatte. »Vielleicht hat er auf dem Schreibtisch nur etwas zurechtgerückt.«

»Schon möglich, aber ich muss das überprüfen. Und das ist es auch schon. Niemand erinnert sich genau, wer zum Schreibtisch gegangen ist. Es ist, wie du gesagt hast: Keiner achtet auf den Schreibtisch, solange die Schauspieler nicht dort sind.«

»Hast du dir alle Aufnahmen angesehen? Vielleicht hat einer der Kameraleute jemanden gefilmt, der sich an der Schublade zu schaffen gemacht hat.«

»Welche Aufnahmen?«

Hannah sah ihn überrascht an. »Ich dachte, du wüsstest das. Dean hat die Probeszenen immer mitschneiden lassen.«

»Das hat mir niemand gesagt!« Mike schaute verblüfft.

»Wahrscheinlich, weil jeder dachte, du wüsstest es. Jedenfalls scheint das üblich zu sein. Sie haben alles gefilmt, auch wenn Dean eine Szene vorgespielt hat.«

»Danke, dass du mir das erzählt hast, Hannah.« Mike schlug sein Notizbuch auf und schrieb. »Ich frage gleich morgen früh den verantwortlichen Kameramann. Gibt es noch etwas, was ich wissen sollte?«

Hannah schüttelte den Kopf. Mike sah sie dankbar an, und das war der Moment, um ihre wichtigste Frage zu stellen. »Was hat die Durchsuchung ergeben? Habt ihr den Bühnenrevolver gefunden?«

»Nein.«

»Aber der Mörder kann ihn nicht mitgenommen haben. Ihr habt jeden abgetastet, nicht wahr?«

»Sogar den Bürgermeister, und der war nicht gerade erfreut darüber.«

»Kann ich mir denken!« Sie grinste, als sie sich den befehlsgewohnten Bascomb vorstellte, der sich in eine Warteschlange stellen musste, um sich von einem Deputy durchsuchen zu lassen.

»Also … ist der Revolver noch dort, und ihr habt ihn

nur nicht gefunden, oder der Mörder hat das Haus verlassen und ihn mitgenommen, bevor sich Dean erschossen hat.«

»Richtig. Und wenn der Mörder vorher gegangen ist, muss er die Hintertür genommen haben. Denn ich habe an der Vordertür gestanden und auf mein Stichwort gewartet.« Er stutzte und kniff die Augen zusammen. »Das hört sich an, als hättest du vor zu ermitteln.«

»Aber gar nicht.«

Er zog leicht die Brauen zusammen. »Kannst du das versprechen?«

»Natürlich. Ich verspreche, dass ich nicht ermitteln werde.«

Mike sah sie prüfend an, und Hannah fragte sich, ob er Unrat witterte. Aus ihrer Warte sagte sie die Wahrheit, eng gefasst. Sie setzte gerade zur nächsten Frage an, die ihn hoffentlich nicht misstrauisch machen würde, als ihr das Schicksal in Gestalt von Norman zu Hilfe kam, der ihr Mantel und Tasche brachte.

»Bitte sehr, Hannah. Ross musste schon zurück zum *Lake Eden* Inn. Jemand hat ihn wegen etwas Wichtigem angerufen. Ich soll dir ausrichten, dass er sich später oder gleich morgen früh mit dir in Verbindung setzen wird.«

»Okay.« Hannah verspürte einen Stich der Enttäuschung, weil Ross ihr das nicht persönlich gesagt hatte.

»Wenn du so weit bist, schaffe ich Moishe ins Auto«, sagte Norman.

»Ich bin fertig.« Hannah stand auf und ließ sich von Mike in den Mantel helfen. Das kurze Schläfchen hatte ihr enorm gutgetan. Ihre Müdigkeit war wie weggeblasen, aber sie hatte einen mächtigen Hunger und konnte es kaum erwarten, sich zu Hause etwas zu kochen.

Fünfundzwanzig Minuten später stieg Hannah die Treppe zu ihrer Wohnung hoch und schnupperte. Sofern sie sich das nicht einbildete, stand bei jemandem chinesisches Essen auf dem Tisch. Sie drehte den Kopf zu Norman, der hinter ihr ging. »Was riechst du?«

»Chinesisch. Da hat jemand Pekingsuppe, Kung-Pao-Huhn, Gebratene Nudeln mit Rind, Gebratenen Reis mit Schwein, Muscheln mit frischen Pilzen, Garnelen und Zuckererbsen und Entenfüße ohne die spezielle Sojasoße.« Der Kater auf seinem Arm miaute, und Norman lachte. »Ich glaube, der Tiger weiß von dem letzten Menü-Bestandteil.«

»Und ob. Wenn ich chinesisches Essen bestelle, dann immer eine Portion Entenfüße ohne Soße für ihn. Er kaut die genüsslich und jagt sie durch die Küche.«

»Das hat man mir erzählt. Deshalb habe ich das ganze Zeug bestellt und deine Schwestern gebeten, es unterwegs abzuholen. Ich hoffe, du hast nichts dagegen.«

»Dagegen?« Hannahs Magen knurrte laut. »Überhaupt nicht. Du bist meine Rettung.«

»Wenn du müde bist, gehen wir«, bot Michelle an. Sie klappte die Deckel der weißen Schachteln zu, die auf Hannahs Sofatisch standen, und stapelte sie, um sie in die Küche zu bringen.

»Eigentlich …«, Hannah hielt inne, um ihren Zustand wahrzunehmen, »bin ich gar nicht mehr müde. Als ich darauf gewartet habe, dass Mike mit der Befragung von Ross fertig wurde, habe ich zwanzig Minuten lang geschlafen, und das hat's gebracht.«

»Manchmal genügt so ein Nickerchen«, meinte Andrea. »Das habe ich in einer Elternzeitschrift gelesen.« Sie runzelte die Stirn. »Du musst mir versprechen, das nicht vor Tracey zu erwähnen. Es kostet mich schon genug Mühe, sie zu einer vernünftigen Zeit ins Bett zu kriegen.«

Du meinst, es kostet Mrs McCann genug Mühe, dachte Hannah, aber so eine gemeine Spitze gegen ihre Schwester kam nicht infrage.

»Seit Mrs McCann bei uns wohnt und Bethany ins Bett bringt, habe ich das Problem natürlich nicht mehr«, sagte Andrea, als hätte sie hinter Hannahs Stirn geschaut. »Meint ihr, ich bin eine schlechte Mutter, weil ich nicht zu Hause bleibe und mich nicht selbst um meine Töchter kümmere?«

»Nein!«

»Natürlich nicht!«

»Auf keinen Fall.«

Alle antworteten gleichzeitig und wiesen den Gedanken weit von sich. Sie wussten alle, dass Andrea nicht dafür geschaffen war, als Hausfrau und Mutter zu leben. Sie war ein geselliger Mensch und brauchte die Stimulation durch andere, um sich glücklich und ausgefüllt zu fühlen.

»Gut.« Andrea lächelte wieder, als sie die kleine weiße Tüte auf dem Tisch öffnete und die Glückskekse verteilte.

»Lasst uns die Voraussagen laut vorlesen. Du zuerst, Michelle.«

Die brach ihren Keks entzwei und zog den Papierstreifen heraus. *»Strebe nach den Sternen, um den Mond zu erreichen.«*

»Das ist beinahe tiefsinnig.« Norman zerbrach seinen Glückskeks. »Bei mir steht: *Anderen zu helfen ist schon ein Lohn an sich.* Und bei dir, Andrea?«

»Wahre Schönheit ist wie die Nacht.« Andrea schaute verwirrt. »Was soll das heißen?« Alle zuckten mit den Schultern, und sie gab ein kleines Lachen von sich. »Das finde ich auch. Die haben wohl eine Zeile weggelassen. Was für einen Spruch hast du, Hannah?«

»Ich mag Glückskekse gar nicht.« Sie schob ihren zu Norman rüber. »Ich tausche meinen gegen dein Mandelplätzchen.«

»Einverstanden.« Er gab es ihr. »Wenn du Lust hast, Hannah: Wir wollen über den Mordfall reden. Ich habe ein paar Ideen.«

»Meinetwegen gern.« Hannah griff nach ihrer Handtasche, holte den Notizblock heraus, den sie im Immobilienbüro benutzt hatten, und schob ihn zu Andrea hinüber.

»Und du bist auch ganz sicher nicht zu müde?«, fragte Michelle besorgt.

»Nein, gar nicht mehr. Ich könnte bei der Aufregung sowieso nicht schlafen.«

Alle vier drehten sich zur Küche hin, wo Moishe die Entenhaut mit den Krallen zu fassen versuchte, um sie hinter dem Abfalleimer hervorzuzerren. Bei jedem Misserfolg jaulte er laut, gab aber nicht auf.

»Was hast du aus Mike herausbekommen?«, fragte Norman. Sein Glückskeks krachte zwischen seinen Zähnen. »Ross sagt, du hast mit ihm gesprochen, während wir in der Backstube waren.«

»Lynne möchte die Regie übernehmen, da Dean tot ist, und Ross gibt ihr die Chance. Das ist auch ein Motiv für sie«, antwortete Hannah.

»Verstehe.« Andrea blätterte in dem Block und schlug die Seite mit der Verdächtigenliste auf, um bei Lynne ein zweites Motiv hinzuschreiben. »Noch etwas?«

»Mike hat erst durch mich erfahren, dass Dean alle Probeszenen hat filmen lassen«, fuhr Hannah fort. »Nun wird er sich die Aufnahmen morgen früh ansehen.«

»Dann sollte ich Clark mal anrufen.« Michelle zog ihr Handy hervor und tippte eine Nummer ein. »Er archiviert sie. Ich kann jederzeit zum *Lake Eden Inn* rausfahren und die Aufnahmen überfliegen, wenn du meinst, dass sie wichtig sind.«

Hannah nickte. »Gute Idee. Du solltest auch Mutter anrufen und ihr sagen, wohin du fährst. Sie wird sich Sorgen machen, wenn du so lange wegbleibst.«

»Nein, wird sie nicht. Sie hat gesagt, ich soll kommen und gehen, wie es mir gefällt.«

Andrea wechselte einen Blick mit Hannah. »Das klingt nicht nach der Mutter, die wir kennen und lieben.«

»Ich weiß. Sie sagte auch, sie würde mit mir zu Abend essen, hätte aber diese Woche schon abends immer etwas anderes vor.«

Hannah zog die Brauen zusammen. »Was kann sie vorhaben? Es finden keine Clubtreffen statt. Die haben alles abgesagt, bis die Filmleute abgezogen sind.« Sie wandte sich an Norman. »Sind die Mütter heute Abend miteinander verabredet?«

»Nein. Außer an dem Abend, als sie mit euch und Ross essen gegangen sind, war meine Mutter zu Hause und hat ferngesehen.«

»Was tut unsere Mutter also abends?« Andrea schaute beunruhigt. »Da wird doch nicht wieder ein Mann im Spiel sein, oder?«

»Das ist durchaus möglich«, meinte Hannah.

»Aber gleich nach Winthrop? Also ... sollte man nicht meinen, dass sie wartet?«

»Worauf? Aufs Greisenalter?«, erwiderte Hannah.

Andrea sank das Kinn herab, aber Michelle und Norman lachten. Sie lachten so fröhlich, dass Andrea sich davon anstecken ließ und Hannah schließlich auch.

»Wollt ihr wissen, was Mike mir noch verraten hat?«, fragte sie, als das Gelächter sich gelegt hatte. Alle nickten, und sie berichtete. »Seine Deputys haben jeden durchsucht, der den Antiquitätenladen verlassen hat, aber den Bühnenrevolver bei keinem gefunden. Sie haben auch das Haus durchsucht, ebenfalls vergeblich.«

»Er muss irgendwo sein!«, sagte Andrea. »Er kann sich nicht in Luft aufgelöst haben.«

»Das stimmt, und deshalb werden sie morgen noch mal danach suchen. Aber es ist auch möglich, dass der Täter vorher gegangen ist und den Revolver mitgenommen hat«, erklärte Hannah.

»Winnie Henderson«, sagte Norman.

»Was?«

»Ich habe sie gesehen, wie sie die Main Street entlanggefahren ist, nachdem die Filmarbeiten begonnen hatten.

Ihre Tochter hat in der Szene mitgespielt, und ich fand es seltsam, dass Winnie vorher gegangen ist.«

Andrea notierte das. »Hab's vermerkt. Noch was?«

»Da wäre noch die Frage, die wir heute Nachmittag nicht mehr besprechen konnten.« Hannah biss in ihr Plätzchen. Sie fand ihre Mandelplätzchen viel besser als die Fabrikware.

»Welche Frage?«, wollte Andrea wissen.

»Ob der Mörder es auf Dean abgesehen hatte oder eigentlich auf Burke.«

»Gut, Hannah!« Michelle klang beeindruckt. »Du hast absolut recht, und ich wette, daran hat noch keiner gedacht. Wir sind der offiziellen Ermittlung wahrscheinlich um Lichtjahre voraus.«

»Nein, sind wir nicht. Ich habe den Gedanken Mike gegenüber erwähnt.«

Es war einen Moment lang still, denn alle starrten sie ungläubig an. Dabei fühlte sich Hannah so unbehaglich, dass sie anfing, sich zu rechtfertigen. »Ich weiß, ich hätte nichts sagen sollen, doch er ist schließlich der Ermittler. Und ich war wirklich erschüttert. Das war gleich nach dem Mord und …«

»Ist schon gut«, meinte Norman beruhigend. »Das ist schließlich kein Wettbewerb.«

»Stimmt«, sagte Andrea. »Obwohl es die meiste Zeit so zu sein scheint.« Sie sah Michelle an. »Findest du nicht, es wirkt wie ein Wettbewerb?«

»Doch. Aber wir müssen immer bedenken, dass es eigentlich keine Rolle spielt, wer den Mörder entlarvt. Hauptsache, jemand tut es.«

Norman drückte Hannahs Hand. »Michelle hat recht.

Und außerdem dürfen wir dein Schicksal nicht durchkreuzen.«

Hannah sah ihn irritiert an. »Mein Schicksal?«

»Ich habe mir gemerkt, was in deinem Glückskeks stand: *Der vorlaute Rotschopf ermittelt besser als der große Mann in Uniform.*«

23

»Ich hätte mit Norman tauschen sollen. Ich hätte Michelle zum *Lake Eden Inn* fahren und ihr helfen sollen, die Aufnahmen durchzugehen.«

»Du fandest das doch zuerst langweilig«, erinnerte Hannah ihre Schwester.

»Inzwischen sehe ich das ganz anders«, erwiderte Andrea. »Es wäre gar nicht so übel und zumindest ungefährlich.«

Hannah sagte kein Wort, als ihre Schwester an den Rand der Schotterstraße fuhr, die an der Henderson-Farm vorbeiführte. Ihre Schwester hatte recht. Was sie vorhatten, war nicht ungefährlich. Winnie hatte eine Schrotflinte und keine Angst, sie zu benutzen. Und Winnie stand Eindringlingen nicht freundlich gegenüber.

»Was war noch gleich der Zweck der Sache?«, fragte Andrea, nachdem sie aus dem Volvo gestiegen war und den Schlüssel eingesteckt hatte. Sie war zur Farm gefahren, nachdem sie entschieden hatten, dass Hannahs Lieferwagen zu auffällig wäre.

»Wir tun das, weil Norman gesehen hat, dass Winnie kurz vor dem Mord die Main Street entlanggefahren ist.

Und ich habe davor beobachtet, dass Winnie ihrer Tochter zugeschaut hat, wie sie am Set der Cocktailparty herumgeschlendert ist.«

»Sie war also da und ist gegangen, bevor Dean …« Andrea ließ den Satz unbeendet und schauderte.

»Genau.«

»Und weil sie vorher gegangen ist, wurde sie nicht durchsucht. Und das heißt, sie kann die Revolver ausgetauscht und das Requisit mitgenommen haben, ohne dass das jemand geahnt hat.«

Hannah nickte. »Du hast es erfasst.«

Schwer seufzend stapfte Andrea die schmale Straße entlang auf die Farm zu. Das Farmhaus war schon von Weitem zu sehen, es leuchtete weiß im grellen, kalten Licht der Halogenlampen auf dem Hof.

»Ich wünschte, ich hätte Stiefel an«, jammerte Andrea mit Blick auf ihre Sneakers. »Der Boden ist noch gefroren, meine Fußsohlen sind eiskalt.«

»Das ändert sich, sobald wir im Stall sind.«

»Das stimmt«, antwortete Andrea. »Ich habe vergessen, dass Ställe geheizt werden.«

Hannah machte sich nicht die Mühe, ihr zu widersprechen. Streng genommen hatte ihre Schwester recht. Ställe wurden durch das Vieh warm, das auf engem Raum darin gehalten wurde.

»Bist du sicher, dass das eine gute Idee ist?« Skeptisch stieg Andrea über eine Furche im gefrorenen Morast der Straße.

»Wahrscheinlich ist sie schlecht, aber jemand muss es tun.« Hannah schaute zum Farmhaus hinüber. »Im Haus brennt kein Licht. Oder siehst du welches?«

»Nein, es ist dunkel. Winnie ist bestimmt seit Stunden im Bett. Sie hat mir mal erzählt, dass sie morgens um fünf Uhr aufsteht. Kannst du dir das vorstellen?«

»Oh ja.«

»Natürlich. Ich habe ganz vergessen, dass du auch so früh aufstehst.«

Hannah sagte nichts. Das war kein passender Moment, um sich bei Andrea über ihren Schlafmangel zu beklagen. Als sie sich dem Haus näherten, bemerkte Hannah Winnies Auto und ihren Pick-up in der Einfahrt. Das Haus lag still da, und das Einzige, was sich bewegte, waren die Wolken, die vor den Mond zogen und den Hof verdunkelten.

»Warum erzählen wir Mike nicht, was wir wissen, und lassen ihn nach dem Requisit suchen?«, schlug Andrea nicht zum ersten Mal vor.

»Das haben wir doch schon besprochen. Mike bekommt nur aufgrund einer Vermutung keinen Durchsuchungsbeschluss. Und ohne den darf er nichts durchsuchen. Wenn wir es nicht tun, tut es keiner.«

In dem bleichen Licht des Mondes konnte Hannah in ihrem Gesicht lesen. Andrea erwog das ernsthaft.

»Denk nicht mal dran, jetzt zu kneifen«, sagte Hannah streng. »Du warst es, die uns erzählt hat, dass Winnie ihre Wertsachen im Stall aufbewahrt.«

»Ja, aber ich wusste doch nicht, dass ich deswegen herfahren und sie durchsuchen muss!«, erwiderte Andrea. »Was, wenn Alice das nur erfunden hat? Viele Kinder flunkern, wenn sie etwas von zu Hause erzählen.«

Hannah war klar, dass ihre Schwester versuchte, sich zu drücken, doch sie waren schon zu weit gekommen, um die Aktion jetzt abzubrechen. Andrea war mit Alice zusammen zur Schule gegangen und hatte erzählt, was Winnies jüngste Tochter zum Sachkundeunterricht mitgebracht hatte. Hannah war sich ziemlich sicher, dass Alice' Geschichte wahr war. Sie klang ganz nach Winnie. »Aber Alice hat dir die goldenen Plaketten gezeigt, die Winnie für ihre preisgekrönten Kühe bekommen hat, nicht wahr?«

»Ja, doch vielleicht hat Winnie sie gar nicht im Stall aufbewahrt. Alice könnte geflunkert haben.«

»Warum sollte sie?«

Andrea zuckte mit den Schultern. »Ich weiß nicht. Und vielleicht hat sie auch gar nicht gelogen. Die Plastiktüte mit den Plaketten roch wie … Du weißt schon … So, wie es in Ställen eben riecht.«

»Hoffen wir einfach, dass Winnie ihren Stall noch immer als Tresor benutzt. Und dass sie den Revolver da versteckt und nicht schon ganz woanders entsorgt hat. Unsere Vermutung ist weit hergeholt, doch wir müssen nachsehen.«

»Ich wünschte, nicht *wir* müssten«, maulte Andrea und holte tief Luft, als sie auf die Stalltür zugingen. »Wie sollen wir da reingelangen?«

Hannah erklärte es ihr zum dritten Mal. »Es ist ein Schiebetor mit Gegengewicht. Ich ziehe es gerade so weit auf, dass du hineinschlüpfen kannst. Wenn ich es ganz öffne, quietscht es wahrscheinlich. Die meisten Farmer ölen ihre Stalltore extra nicht. Das Quietschen ist der Einbrecheralarm.«

»Clever«, stellte Andrea fest.

»Und viel billiger, als ein Alarmsystem installieren zu lassen. Wenn du drin bist, lasse ich das Tor zurückgleiten, und du gehst mit der Taschenlampe zu der kleinen Tür und entriegelst sie.«

»Okay. Nur eins noch.«

»Was?«, fragte Hannah.

»Werden mich die Kühe nicht sehen, wenn ich reinkomme?«

»Keine Ahnung. Wieso?«

»Na ja, wenn sie mich nicht mögen und dann das Gleiche tun wie in dem Weihnachtslied?«

Hannah hatte keine Ahnung, wovon ihre Schwester sprach. »Hä?«

»Du weißt schon, das Lied, in dem das Vieh blökt. Was ist Blöken überhaupt?«

»Im Grunde das Gleiche wie Muhen …« Hannah überlegte hastig. Wenn ihre Schwester vermutete, dass die Kühe wach waren, würde sie sich vielleicht weigern, den Stall zu betreten. »Du brauchst keine Angst zu haben, dass sie blöken oder muhen. Die Kühe schlafen wahrscheinlich. Sie stehen sehr früh auf, weißt du?«

»Du hast recht. Das habe ich in der Werbung gesehen, wo der Hahn sie weckt.« Andrea blieb stehen und atmete einmal tief durch. »Okay, Hannah. Jetzt oder nie.«

»Achte auf die Rinne am Tor. Die dient als Ablauf, wenn der Stall gereinigt wird.«

Andrea riss die Augen auf. »Ablauf?«

»Mach dir keine Gedanken. Tritt nur nicht hinein. Sobald du drinnen bist, gehe ich zu der Tür.«

Hannah strengte sämtliche Muskeln an, um das schwere Tor zur Seite zu bewegen. Sobald ihre Schwester sicher über die Rinne getreten war und die Taschenlampe eingeschaltet hatte, ließ Hannah das Tor zurückgleiten und stapfte um den Stall herum zu besagter Tür. Dort wartete sie. Und wartete. Und wartete. Sie war schon drauf und dran zurückzulaufen und das Tor aufzustemmen, als sie den Riegel hörte. Im nächsten Moment öffnete sich die Tür.

»Was ist dir passiert?« Hannah musterte ihre Schwester im Mondschein. Andrea hatte mehrere dunkle, von Heu durchsetzte Klumpen in den Haaren und noch mehr davon an Hose und Jacke.

»Eine Kuh hat mich angeblökt, und ich bin vor Schreck hingefallen. Ich bin doch nicht in … äh … etwas Unschönes gefallen, oder?«

Hannah schaltete ihre starke Taschenlampe ein und besah sich das Malheur. »Unschön« traf es nicht einmal annähernd. Am Hosenboden klebte etwas, das Hannah nicht näher bestimmen wollte, und noch mehr davon an Andreas Hinterkopf.

»Hannah?« Andrea schaute, als wäre ihr übel. »Es ist nicht furchtbar schlimm, oder?«

»Nein, nicht furchtbar schlimm.« Hannah log das Blaue vom Himmel herunter und atmete durch den Mund, damit sie das Braune an ihrer Schwester nicht roch. Andrea war in etwas ausgerutscht, was einen kräftigen Gestank absonderte. »Lass uns aus dem Bullenpferch schnellstmöglich verschwinden und dann abhauen, damit du dich umziehen kannst.«

»Bullenpferch? Woher weißt du, dass Winnies Versteck im Bullenpferch ist?«

»Das schließe ich aus deiner Geschichte. Du sagtest, Alice hat der Klasse erzählt, dass sie über ein Gatter steigen musste, um es zu holen, und es befand sich in einem Kasten an der Wand eines großen Pferchs. Alle Farmer halten ihre Bullen im Pferch, wenn sie im Stall stehen.«

»Woher weißt du so viel über Farmen?«, fragte Andrea überrascht.

»Ich war oft auf der Swensen-Farm. Ich bin gern mit Grandpa in den Stall gegangen und habe die Kühe mit Silage gefüttert.«

»Daran kann ich mich gar nicht erinnern.«

Hannah nickte. »Natürlich. Du warst da noch sehr klein und bist bei Grandma im Haus geblieben.« Sie betrat den Stall und zog die Tür hinter sich zu. »Geh durch den Mittelgang, Andrea. Da treten wir nicht in Jauche.«

»Was ist … Schon gut.« Andrea fand ihre Frage wohl nicht mehr so wichtig. »Ich sehe zwei Pferche ganz am Ende. Einer ist leer, und in dem anderen steht eine Kuh.«

»Das ist ein Bulle.« Hannah zeigte darauf.

»Woran siehst du … Schon gut«, sagte Andrea wieder. »Ich suche in dem leeren Pferch und du in dem anderen.«

Hannah schmunzelte. Damit hatte sie schon gerechnet. »Nur zu. Ich warte ab, ob du was findest, bevor ich den Bullenpferch in Angriff nehme.«

Unterwegs durch den Mittelgang ließ Andrea den Lichtkegel über die Kühe gleiten. »Über jeder hängt ein Schild. Guck mal, Hannah. Die schwarz-weiße heißt Tausendschönchen. Und die braune heißt Butterblume. Und hier steht Petunie und … verflixt!«

»Die Kuh heißt Verflixt?«

»Nein. Beim Lesen habe ich nicht aufgepasst, wohin ich trete. Fast hätte ich mich schmutzig gemacht.«

Andrea konnte nicht noch schmutziger werden, aber Hannah wollte sie nicht daran erinnern. Sie grinste nur und folgte ihrer Schwester ans andere Ende des Stalles.

Der leere Pferch war schnell abgesucht. Andrea hob

den Deckel einer Holzkiste an, schaute hinein und verließ den Pferch wieder. »Da ist nichts. Du bist dran.«

»*Wir* sind dran«, widersprach Hannah. »Ich werde reingehen, doch du musst den Bullen ablenken.«

»Wie soll ich das tun?«

»Sprich mit ihm, streichle ihn am Kopf, gib ihm ein Plätzchen, was auch immer«, antwortete Hannah. »Sorge nur dafür, dass er auf dich konzentriert bleibt, solange ich hineinsteige und die Kiste durchsuche.«

»Ich habe keine Plätzchen.«

»Doch.« Hannah holte einen Beutel Plätzchen vom Vortag aus der Tasche. Die hatte sie zusammen mit der Taschenlampe aus ihrem Lieferwagen geholt, bevor sie aufgebrochen waren.

»Welche Sorte?«

»Verschiedene. Lisa hat die Reste aus den Glasdosen in Tüten gefüllt. Biete sie ihm an, bis er eins mag, und dann füttere ihn langsam, damit ich genug Zeit habe.«

»Okay, aber …« Andrea blieb ein Stück vor dem Pferch stehen und drehte den Kopf zu Hannah. »Über dem Pferch hängt kein Schild. Ich kann nicht mit ihm sprechen, wenn ich seinen Namen nicht kenne.«

Hannah überlegte schnell. »Nenn ihn Larry.«

»Er heißt Larry?«

»Na klar.« Hannah legte den linken Zeige- und Ringfinger über Kreuz, um die Lüge ungültig zu machen.

»Hat Winnie dir das erzählt?«, hakte Andrea nach.

»Na sicher.« Hannah legte die rechten Zeige- und Ringfinger über Kreuz.

»Und das ist dir gerade wieder eingefallen?«

Hannah nickte. »Natürlich.« Mehr Zeige- und Ringfinger hatte Hannah nicht, und so gab sie Andrea einen kleinen Schubs in Richtung Pferch. »Beeil dich. Wir haben nicht die ganze Nacht Zeit.«

»Hallo, Larry«, sagte Andrea in dem gleichen Ton, den sie bei Bethany benutzte. »Hast du Hunger? Ich wette, du hast Hunger. Sieh nur, was ich für dich habe! Probier mal ein leckeres Vanilleplätzchen. Es ist mit buntem Zucker bestreut. Das wird dir schmecken.«

Hannah bekam Zweifel. Andrea klang nicht gerade zuversichtlich. Sie selbst war auch nicht sehr zuversichtlich, wenn sie ehrlich sein sollte. Sie wusste nichts über Winnies Stier. Manche Stiere waren sanftmütig und gefügig, andere aggressiv und böse. Welchen Charakter dieser hatte, würde sie erst sagen können, wenn sie zu ihm in den Pferch gestiegen war. Und dann wäre es zu spät, um etwas zu unternehmen.

»Magst du keine Vanilleplätzchen, Larry? Okay, ich bin auch kein Freund davon. Probieren wir mal einen Schokoknusperkeks. Da sind Cornflakes drin, und ich wette, du magst Cornflakes zum Frühstück. Oder vielleicht gibt dir Winnie keine Cornflakes. Wie wär's mit Hafer? Ich glaube, ich sehe einen von Hannahs Hafer-Rosinen-Plätzchen.«

Hannah prüfte das Gatter. Es war verriegelt, aber nicht mit einem Vorhängeschloss gesichert. Sie könnte es jederzeit öffnen. Sie tat ihr Bestes, um nicht daran zu denken, was ihr vielleicht drohte, doch ihr Verstand überschwemmte sie mit beängstigenden Szenen.

Der Bulle würde sie angreifen, sie mit den Hörnern an das Gatter stoßen und ihr den Bauch aufschlitzen. Das war Szene Nummer eins. In Szene Nummer zwei ging der Bulle auf Andrea los anstatt auf sie. Doch selbst dann wäre Hannah noch in Gefahr, denn Bill würde sie umbringen, sobald er aus Florida zurückkehrte. Die dritte Szene war nicht ganz so hässlich, aber genauso furchterregend. Der Bulle würde nicht angreifen, sondern brüllen, und Winnie würde mit ihrer Schrotflinte hereinkommen und sie beide erschießen. Hannah sah auch eine vierte Szene, und die gefiel ihr am besten. Der Bulle würde sich in ihre Plätzchen verlieben, das Maskottchen ihres Cafés werden und mit Moishe auf einem Tisch am Fenster sitzen, wo er an Plätzchen schnupperte wie Disneys Ferdinand an den Blumen.

»Hannah!« Andreas Stimme holte sie aus der albernen Fantasie. »Worauf wartest du noch? Larry mag die Erdnussbutterkekse, und ich habe nur noch zwei davon!«

»Okay.« Hannah öffnete das Gatter, huschte in den Pferch und direkt zu der Kiste an der Wand. Sie hob den Deckel hoch. »Treffer«, murmelte sie und zog einen Plastikbeutel heraus. Doch er war zu leicht, als dass er einen Revolver enthalten konnte, ob mit oder ohne Schlagbolzen. Sie hatten sich völlig umsonst in Gefahr gebracht!

»Schnell, Hannah. Ich bin beim letzten Plätzchen, und Larry mag die anderen nicht.«

»Okay. Ich bin fast draußen.« Ohne Zwischenfall schloss sie das Gatter hinter sich und prüfte, ob es fest verriegelt war. Sie war im Begriff, Andrea den Misserfolg zu melden, als im Stall das Licht anging.

»Keine Bewegung, ihr Halunken! Ich habe hier genau das Richtige für euch!«

Hannah schaute zur Tür und sah Winnie mit der Schrotflinte auf sich zukommen. Sie wollte schon die Hände heben und Andrea raten, dasselbe zu tun, doch da fiel ihr auf, dass Winnie keine Brille trug.

»Runter«, zischte sie und drückte ihre Schwester ins Heu. »Komm mit. Wir schleichen an der Stallwand entlang und dann nach draußen.«

»Aber … wird Winnie uns nicht sehen?«

»Ohne ihre Brille ist sie praktisch blind, und sie hat sie nicht auf«, flüsterte Hannah. »Folge mir einfach. Es wird unschön, aber wir schaffen es.«

Wahrere Worte wurden nie gesprochen. Nachdem sie durch den Futtertrog gekrochen waren, der an den Haltepfosten entlanglief, waren Hannah und Andrea mit so viel Flüssigem und Festem bedeckt, dass ein Mikrobiologe seine Freude gehabt hätte.

Die Stalltür stand offen, und Hannah hob den Kopf, um zu sehen, wo Winnie stand. »Lauf!«, zischte sie, packte ihre Schwester bei der Hand und zog sie mit sich nach draußen.

Schnaufend kamen sie beim Volvo an. Andrea entriegelte den Wagen, riss ihre Tür auf, doch kurz bevor sie sich auf den Fahrersitz schwang, blickte sie an sich hinab. »Igitt!«

»Du sagst es!« Hannah sah, dass sie genauso verdreckt war wie Andrea. »Hast du Decken im Auto?«

»Selbstverständlich! Zwei Rettungsdecken. Sie gehören zu meiner Minnesota-Winter-Überlebensausrüstung. Bill hat sie für mich zusammengestellt, und ich darf sie erst im Juni in die Garage legen.«

»Kluger Mann.« Hannah erinnerte sich, dass sie mal im Mai einen Schneesturm gehabt hatten. »Du nimmst eine Decke, ich die andere. Wir legen sie unter uns, damit wir die Polster nicht versauen.«

»Was für Zeug ist das eigentlich?«, fragte Andrea, öffnete den Kofferraum und nahm die Decken heraus.

»Jauche. Fahr zu mir, da können wir duschen«, schlug Hannah vor.

»Duschen wäre gut, aber ich habe keine sauberen Sachen bei mir.«

Hannah überlegte. »Michelle hat eine Jeans und ein Sweatshirt dagelassen, als sie zuletzt bei mir übernachtet hat. Das kannst du anziehen.«

»Aber … vielleicht sollte ich lieber zu mir nach Hause fahren.«

»Und das Zeug antrocknen lassen? Sei nicht dumm, Andrea. Kuhfladen sind wie Mörtel. Sind die erst mal trocken, hilft nur noch ein Flammenwerfer.«

»Kuhfladen?« Andrea sah ihre Schwester entsetzt an. »Sind die das Gleiche wie Jauche?«

»So ziemlich. Jedenfalls wenn es um Kleidung geht.«

»Also, warum hast du das nicht gleich gesagt?!«, fragte Andrea. »Halt dich fest. Wir sind in acht Minuten bei dir!«

24

»Du siehst aus, als wärst du durch die Hölle gegangen«, sagte Lisa, als Hannah am nächsten Morgen in die Backstube kam.

»Das trifft es ungefähr.« Hannah ging an die Spüle, um sich die Hände zu waschen.

»Wo ist Moishe?«

»Zu Hause«, antwortete Hannah. »Er schläft noch. Er muss heute nicht auftreten.«

»Ich wette, er wird die viele Aufmerksamkeit vermissen, wenn er wieder hier ist.«

»Das glaube ich nicht.« Hannah griff nach der Seife. »Als ich ihm gesagt habe, dass er heute nicht zur Arbeit mitkommen muss, hat er mir die Hand geleckt und ist am Fußende unter die Bettdecke gekrochen.«

»Anscheinend braucht er einen freien Tag. Apropos, ich finde, du solltest dir auch freinehmen. Warst du gestern lange unterwegs und hast ermittelt?«

Hannah schüttelte den Kopf und seifte sich die Hände ein. »Ich ermittle nicht.«

»Ach nein?«

»Absolut nicht. Nur ein Ermittler kann ermitteln. Ich bin nur ein Kleinstadtschnüffler.«

Lisa lachte. »Betreibst du mit Mike wieder Wortklauberei?«

»Nein.« Hannah spülte sich die Hände ab, überlegte kurz und nickte dann. »Ja.«

»Mal sehen, ob ich das richtig verstehe. Du hast Mike versprochen, nicht zu ermitteln, aber nicht versprochen, nicht zu schnüffeln?«

Hannah nickte. »So ungefähr.«

»So kenne ich dich!«, frohlockte Lisa, sehr mit sich zufrieden, weil sie die Sache durchschaut hatte. »Und wo hast du gestern Abend geschnüffelt?«

Hannah trocknete sich die Hände ab und ging zur Backinsel. Lisa rührte gerade den Teig für Boggles an, und das Rezept für Zimtplätzchen kam als Nächstes an die Reihe. »Andrea und ich haben einen kleinen EmD gemacht.«

»Einbruch mit Durchsuchung?« Lisa schaute bestürzt, als Hannah bejahte. »Wo?«

»In Winnie Hendersons Stall.« Hannah ging in den Kühlraum, um Butter und Eier zu holen. Sobald sie sie an ihrem Arbeitsplatz bereitgestellt hatte, holte sie die trockenen Zutaten aus der Vorratskammer und stellte sie dazu. Sie war bereit, mit dem Teig zu beginnen, als ihr auffiel, dass Lisa sie anstarrte. »Was?«

»Warum bist du mit Andrea in Winnie Hendersons Stall eingebrochen?«

»Winnie hat die Kostümprobe gestern früh verlassen und ist daher nicht durchsucht worden. Sie ist vertraut mit Schusswaffen, und zwei ihrer Ehemänner haben ihr eine schöne Waffensammlung hinterlassen, zu der auch Revolver gehören könnten, die dem Requisit gleichen. Sie wollte nicht, dass Dean den Park für die Eislaufszene nutzt, und Dean war ein Mensch, der kein Nein akzeptiert.«

»Und das ist ein Motiv?«, fragte Lisa.

»Ein ziemlich gutes. Winnie kann sich gedacht haben, dass ein versehentlicher Selbstmord am Set die Filmaufnahmen beendet und die Filmleute die Stadt verlassen.«

»Das leuchtet ein.« Lisa holte eine der großen Edelstahlschüsseln hervor und nahm das nächste Rezept aus dem Ständer. »Du kannst ihr gegen Mittag auf den Zahn fühlen.«

»Winnie kommt hierher?«, wollte Hannah wissen.

»Das hat sie gesagt, als sie heute Morgen angerufen hat. Sie hat sich entschuldigt, weil sie gestern nicht da war, aber sie musste früh nach Hause, weil der Tierarzt kommen sollte.«

Hannah dachte für einen Moment darüber nach. Winnie hatte Rinder, Pferde, mehrere Hunde, Katzen und eine Schar Hühner. Es war gut möglich, dass eines der Tiere behandelt werden musste. Die Begründung war realistisch, aber deshalb noch lange nicht wahr. »Was war los?«

»Der Bulle hatte eine Darmverstimmung, und die hat ihn störrisch gemacht. Winnie sagt, er sei gewöhnlich sehr gutmütig, aber gestern nicht. Winnie, ein Stallarbeiter und vier Nachbarn waren nötig, um ihn festzuhalten, damit der Tierarzt ihm ein Antibiotikum spritzen konnte.«

Hannah sackte der Magen bis in die Kniekehlen, und er kam nur langsam wieder hoch. Sie war in den Pferch gestiegen zu einem kranken, störrischen Stier. Er hätte sie aufschlitzen und zertrampeln können. Ihre Schwester hatte ihn mit Plätzchen besänftigt, und wie die sich auf seine Darmverstimmung ausgewirkt hatten, wusste der Himmel.

»Die gute Nachricht ist: Dem Bullen geht es heute schon wieder gut. Winnie meinte, dass sie am Morgen in den Stall gegangen ist und er friedlich wie ein Lamm war. Die Spritze vom Tierarzt muss gewirkt haben.«

Vergiss die Spritze, dachte Hannah. Jede Wette, dass es die fünf Erdnussbutterplätzchen waren.

Winnie setzte sich an die Backinsel und nahm den Becher Kaffee entgegen, den Hannah ihr eingegossen hatte. »Den Wachmacher kann ich gut gebrauchen. Gestern Nacht habe ich aus dem Stall immer wieder Geräusche gehört.«

»Tatsächlich?« Hannah gab ihr zwei Minikirschkäsekuchen auf einer Serviette und hoffte, unschuldiger auszusehen, als sie war.

»Ja. Ich hätte schwören können, dass jemand da drin war, aber als ich nachgeguckt habe, schien alles in Ordnung zu sein. Natürlich konnte ich ohne meine Brille nicht viel sehen.«

Hannah beschloss, das unkommentiert zu lassen.

»Ich habe sie vom Nachttisch gefegt, als ich aus dem Bett gesprungen bin, und habe sie erst heute Morgen wiedergefunden.« Winnie trank einen Schluck von ihrem Kaffee. »Ich muss mich entschuldigen, weil ich gestern nicht mehr gekommen bin, aber ich hatte einen Notfall. Hat Lisa Ihnen von Larry erzählt?«

»Larry?«

»Meinem Stier. Meine Enkel haben ihn so genannt.«

Hannah musste an sich halten, um nicht laut zu lachen. Der Bulle hieß tatsächlich Larry. Sie hatte also nicht gelogen. Aber das konnte kein Zufall sein. Sie musste den Namen mal von Winnie gehört haben, sodass er in ihrem Gedächtnis hängen geblieben war. »Ja, Lisa hat es erwähnt. Schön, dass es Larry schon besser geht.«

»Schätze, Sie werden mich nicht mehr überreden wollen, den Filmleuten den Park zu überlassen.«

»Warum nicht?«

»Überlegen Sie doch mal! Jetzt, da der große Zampano tot ist, werden die doch ihre Sachen packen und gehen.« Hannah musste sich durch etwas verraten haben, denn Winnie legte den Kopf schief und sah sie neugierig an. »Oder doch nicht?«

»Vermutlich nicht. Zumindest nach dem, was ich gehört habe. Die meisten wichtigen Szenen sind schon gedreht. Es bleiben nur noch vier. Lynne Larchmont wird die Regie übernehmen.«

»Sie meinen, die wollen den Park doch noch benutzen?«, fragte Winnie.

»So ist es. Ich hoffe, Sie stimmen zu, Winnie.«

Die Bauersfrau seufzte schwer. »Ich habe gesagt, sie dürfen ihn nutzen, solange sie die Bürgermeister-Statue nicht anrühren, aber dieser aufgeblasene Regisseur wollte sie wegschaffen lassen. Meinte, sie würde die Aufnahme ruinieren. Er wollte sie zum Musikpavillon versetzen. Ich bin überzeugt, dass sie sie beschädigen, und immerhin hat mein Bruder Arnie viel Arbeit reingesteckt. Sie ist alles, was mir von ihm geblieben ist.«

»Vielleicht braucht man sie nicht so weit wegzubewegen. Wie wär's, wenn man sie nur hochhebt, sodass sie von der Kamera nicht mehr erfasst wird?«

»Sie meinen … man hievt sie hoch und lässt sie in der

Luft baumeln, während die unten tun, was immer sie da tun wollen?«

»Genau.«

Winnie überlegte hin und her und zuckte dann mit den Schultern. »Ich weiß nicht so recht. Bekäme ich trotzdem das Geld?«

»Vermutlich, aber ich kann mich erkundigen«, antwortete Hannah.

»Nur unter uns: Das käme mir im Moment sehr gelegen. Elmer Petersen drüben in Eagle Bend bietet gerade zwanzig Rinder zum Verkauf an, und darunter sind zwei schöne Jerseys, die ich gern hätte. Laut Betty Jackson von der Molkerei geben die viel Milch.«

»Also sagen Sie Ja, wenn Sie das Geld bekommen?« Hannah schwieg wohlweislich, solange Winnie darüber nachdachte. Es kam ihr vor, als wäre die Zeit stehen geblieben, doch schließlich nickte Winnie.

»Ich werde unterschreiben, wenn die mir versprechen, dass sie die Statue nur hochheben und wieder hinstellen, wenn sie fertig sind. Kein Transport irgendwohin. Nur hochheben und wieder runterlassen. Und ich werde dabei sein und aufpassen, damit sie es richtig machen.«

»Ich werde Ross anrufen und fragen, ob er sich darauf einlässt.« Sie schenkte Winnie Kaffee nach und ging zum Telefon.

Ross nahm beim ersten Klingeln ab. »Hi, Hannah. Ich wollte dich auch gerade anrufen.«

»Na, dann bin ich dir zuvorgekommen. Ich sitze hier mit Winnie Henderson zusammen. Sie wird den Vertrag für die Parknutzung unterschreiben, wenn ihr euch auf eine Bedingung einlasst.«

»Auf welche?«

»Dean wollte die Statue woandershin bringen lassen und anschließend wieder aufstellen. Winnie möchte, dass sie von einem Kran hochgehoben und in der Luft gehalten wird, solange ihr dreht, und dann wieder abgesenkt wird.«

»Das können wir so machen«, sagte Ross. »Den Kran hätten wir sowieso gebraucht.«

»Sie möchte außerdem dabei sein und aufpassen, dass ihr es richtig macht, und sie möchte … warte mal kurz.« Hannah hielt die Sprechmuschel zu und drehte sich zu Winnie um. »Wie viel wollte Dean für die Parknutzung bezahlen?«

»Fünftausend. Und es war Connor, der die Summe geboten hat.«

»Okay, ich sage ihm das.« Hannah sprach weiter mit Ross. Sie kam sich vor wie eine Agentin und war sich nicht sicher, ob ihr die Rolle gefiel. »Winnie sagt, Connor hätte ihr fünftausend Dollar zugesagt. Ist das okay?«

»Das ist in Ordnung. Wir hatten sechstausend dafür im Budget angesetzt.«

Hannah runzelte die Stirn. »Ich hörte, dass Dean zu Connor sagte, er dürfe maximal fünftausend Dollar anbieten.«

»Dann muss er mit den übrigen tausend etwas anderes vorgehabt haben. Er war ein Geizkragen, Hannah. So sind viele, die das große Geld machen.«

»Was genau meinst du?«

»Sie ziehen den Produktionsfirmen das Geld aus der Tasche«, erklärte Ross. »Das ist, wie wenn einer hunderttausend Dollar bei einem großen Unternehmen verdient und von denen Bleistifte und Papier stiehlt, um sie zu Hause zu benutzen. Er könnte sich selbst welche kaufen, aber es gibt ihm ein gutes Gefühl, wenn er seine Firma übers Ohr haut.«

»Und das hat Dean getan?«

Ross lachte. »Ständig. Er hat unsere Buchhalterin in den Wahnsinn getrieben. Zum Beispiel bei den Käsekuchen, die du ihm zum Wohnwagen geliefert hast: Da hat er das Budget mit hundert Dollar für Pappteller und Plastikgabeln belastet. Michelle dagegen sagt, dass die im Supermarkt keine zehn Dollar kosten.«

»Du meine Güte!« Hannah schüttelte den Kopf. »Das ist wirklich krass, vor allem da ich sie kostenlos zur Verfügung gestellt hätte. Er hätte nur darum bitten müssen.«

»Das hätte nichts geändert. Dean liebte es, seine Belege für Spesen aufzublähen. Das war sein übliches Geschäftsgebaren.«

Auch deswegen könnte ihn unter Umständen jemand umgebracht haben, dachte Hannah, sagte aber nichts. Da Tom Larchmont der Geldgeber war, würde sie das als Motiv bei ihm nachtragen. »Soll ich Winnie sagen, dass die Sache läuft?«

»Nur wenn du heute Abend mit mir essen gehst«, antwortete Ross.

Hannah lachte. »Das ist Erpressung.«

»Nein, das ist Verzweiflung. Ich muss mal mit jemandem zusammen sein, der keine persönlichen Absichten damit verbindet und der nichts mit dem Film zu tun hat.«

Hannah las zwischen den Zeilen. »Mit anderen Worten, du brauchst einen Freund?«

»Genau das. Frag Winnie, ob ich in einer Stunde mit

dem Geld und dem Vertrag zu ihr kommen kann. Ich warte solange.«

»Ross möchte wissen, ob er in einer Stunde mit dem Geld und dem Vertrag zu Ihnen kommen kann«, sagte Hannah zu Winnie.

»Meinetwegen. Aber er soll Connor mitbringen. Ich kenne den Burschen, von dem Sie so hingerissen sind, nicht besonders gut, doch mit Connor habe ich viel Zeit verbracht, als er mich rumkriegen wollte, das Papier zu unterschreiben. Er war ungeheuer höflich und hat drei Stücke von meinem Stachelbeerkuchen gegessen. Seit dem Tod meines vorletzten Mannes hat das noch keiner getan.«

Um halb zwölf, kurz vor dem Mittagsandrang, kam Michelle ins *Cookie Jar* geeilt und übergab Hannah ein Päckchen. »Bitte sehr«, sagte sie ein wenig atemlos. »Clark hat uns gezeigt, wie man Aufnahmen kopiert, und wir haben dabei den Timecode dringelassen.«

»Danke, Michelle. Ich fahre zu Andrea und sehe sie mir dort an.«

»Besser nicht«, meinte Michelle. »Deans Tod wurde auch gefilmt, und das sollte Tracey nicht sehen.«

»Okay. Dann muss ich nach der Mittagszeit nach Hause fahren.«

Michelle schüttelte den Kopf. »Ich habe eine bessere Idee. Wie wär's mit Deans Wohnwagen? Ich habe einen Schlüssel, und du kannst seinen Vorführraum benutzen … es sei denn, du würdest dich da gruseln?«

»Garantiert nicht.« Das war eine Gelegenheit, noch

schnell in Deans Wohnwagen zu gelangen, und die packte Hannah beim Schopf. Vielleicht würde sie in seinen Sachen stöbern können und auf andere Mordmotive stoßen.

»Also mir wäre das unheimlich, besonders wenn ich allein da reinmüsste. Aber ich wäre nicht allein. Du wärst bei mir.«

»Du willst dir die Aufnahmen noch mal ansehen?«, fragte Hannah.

Michelle grinste. »Nein, das ist nur ein Vorwand. Ich will dir bei dem helfen, was du wirklich in Deans Wohnwagen tust.«

»Du meinst …«

Michelle unterbrach sie. »Genau. Ich will dabei sein, wenn du in den Sachen des großen Regisseurs herumschnüffelst.«

25

Hannah schaute sich nervös um, während sie auf dem unbebauten Grundstück geduckt zwischen den Bäumen zu Deans Wohnwagen liefen. Sie versuchte, das Unbehagen beiseitezuwischen, doch es wollte nicht weichen.

Michelle sah ihr das an. »Was ist los? Du wirkst nervös.«

»Bin ich auch. Und ich weiß nicht, warum.«

»Weil wir gleich herumschnüffeln werden?«

»Das kann nicht der Grund sein«, antwortete Hannah. »Ich habe weiß Gott schon oft herumgeschnüffelt. Vielleicht liegt es daran, dass wir nicht einbrechen müssen und dass wir es nicht mitten in der Nacht tun.«

Michelle lachte und stieg die Stufen hoch, um die Tür aufzuschließen. »Keine Sorge, Hannah. Ich darf in den Wohnwagen. Ross hat mich gebeten, Deans Drehbuch zu holen und nachzusehen, ob er bei der Schlittschuhszene etwas geändert hat. Die drehen wir nämlich morgen Nachmittag. Frances sollte es eigentlich holen, aber Lynne braucht sie für etwas anderes.«

Hannah wartete am Fuß des Treppchens, bis Michelle die Tür aufzog, dann gingen sie beide hinein. Drinnen roch es muffig, als wäre längere Zeit weder gelüftet noch geputzt worden, aber Hannah wusste, dass das nicht stimmte, und tat es als Einbildung ab.

»Hier drinnen riecht es komisch«, sagte Michelle. »Ich frage mich, woher das kommt.«

»Vielleicht daher.« Hannah nahm eine zusammengeknüllte Socke von einem Regal und hielt sie Michelle zur Begutachtung hin.

»Eine von Deans. Ich erkenne das Muster. Es sieht wie Argyle aus, besteht aber tatsächlich aus seinen Initialen. Seine Frau hat mir erzählt, dass sie die in einem Laden in Beverly Hills kauft, die Socken auf Bestellung fertigen.«

Hannah schüttelte den Kopf. »Dean mag ja in seinem Beruf genial gewesen sein, aber seine privaten Gewohnheiten hätten noch allerhand Schliff gebraucht.« Mitten im Gang lag die zweite Socke. Hannah hob sie auf, packte sie zusammen mit der anderen in eine Plastiktüte, die sie auf dem Schreibtisch fand, und drehte sich zu ihrer Schwester um. »Meinst du, die sollten wir für Sharyn verwahren?«

»Das kommt mir ein wenig albern vor. Na ja, was soll sie denn damit anfangen? Er ist tot. Und es ist nicht so, als hätte sie zu Hause keine Schublade voll davon. Werfen wir sie weg. Das ist einfacher und kostet keine Zeit.« Mit spitzen Fingern nahm sie ein benutztes Taschentuch vom Schreibtischstuhl. »Und das kommt auch in die Tüte.«

Sobald Hannah die Tüte in den Papierkorb geworfen hatte, folgte sie Michelle den Gang entlang in den hinteren Teil des Wohnwagens. Der seltsame Geruch wurde intensiver, und Hannah musste husten.

»Ekelhaft«, sagte Michelle, als sie an einer geschlossenen Tür vorbeiging. »Der Gestank scheint aus dem Bad zu kommen.«

»Das sollte ich vielleicht mal untersuchen«, bot Hannah an. Ihre Mutter hatte ihr vorgeworfen, ständig auf Leichen zu stoßen, als würde sie davon angezogen, und Hannah wollte nicht, dass Michelle auch in diesen Ruf geriet. Es roch zwar nicht so, als wäre hinter der Tür jemand gestorben, aber es stank definitiv widerlich.

»Nur zu, Hannah.« Michelle stimmte hastig zu. Anscheinend hatte sie gehofft, den engen stinkenden Raum nicht betreten zu müssen. »Sag Bescheid, wenn du mich brauchst. Ich bin direkt nebenan.«

Hannah fasste an den Türknauf und zögerte. Sie kannte den Gestank irgendwoher, kam aber nicht darauf. Sie drehte den Knauf und überlegte, die Tür ganz langsam zentimeterweise zu öffnen, da spuckten die schnurrenden Rädchen ihres Gedächtnisses die Lösung aus. »Stinktier!«, rief sie aus.

»Stinktier?«

»Ganz eindeutig. Hat das Bad ein Fenster?«

»Ziemlich sicher«, antwortete Michelle.

»Dann muss es da hereingekrochen sein.«

»Glaubst du, es ist noch da drin?«

»Keine Ahnung.« Hannah zuckte mit den Schultern.

»Meinst du, wir sollten es befreien?«

»Absolut nicht, wenn wir heute noch mit anderen Leuten Kontakt haben wollen. Der Tomatensaft ist mir gerade ausgegangen.«

Michelle schaute sie verwirrt an. »Was hat Tomatensaft damit zu tun?«

»Wenn man den über sich gießt, wird man den Gestank los.«

Michelle machte große Augen. »Funktioniert das wirklich?«

»Ich weiß es nicht, und ich will es nicht erst ausprobieren müssen … zumindest nicht heute. Lassen wir die Tür zu und schätzen uns glücklich.«

»Aber … was wird aus dem Stinktier? Was, wenn es feststeckt? Und Angst hat?«

Hannah drehte sich lächelnd zu ihr um. Michelle war eine wahre Tierfreundin. »Wenn wir hier fertig sind, gehst du hinten raus und lässt die Tür offen. Ich werde mir die Nase zuhalten, die Badezimmertür öffnen und rausrennen.«

»Und wir lassen die hintere Tür offen, damit es auch rauskann?«

Hannah nickte. »Genau. Später können wir jemanden schicken, damit er nachsieht. Nachdem der Gestank abgezogen ist.«

»Guter Plan. Weißt du, seit klar ist, dass das Stinktiergestank ist, stört er mich gar nicht mehr so sehr.« Michelle hielt inne und runzelte die Stirn. »Ich wundere mich, dass Frances das nicht erwähnt hat.«

»Was erwähnt?«

»Den Stinktiergestank. Vielleicht ist sie heute Morgen nicht zum Putzen gekommen, weil Dean tot ist.«

»Sprichst du von der Frances, die ich auch kenne?«

»Ja, Frances Newman. Sie hat hier jeden Morgen sauber gemacht, bevor Dean kam.«

»Aber … mir hat sie sagt, dass sie das Skriptgirl ist. Und als ich sie gefragt habe, was sie zu tun hat, erklärte sie, dass sie Anschlussfehler beim Dreh verhindern und auf kleine Unterschiede zwischen den Aufnahmen achten muss, damit der Cutter weiß, welche der Regisseur bevorzugt, und …«

»Das stimmt alles«, sagte Michelle, »aber man nennt sie nicht mehr ›Skriptgirl‹. Im Abspann steht nur noch *Script/Continuity*.«

»Warum hat Frances sich dann als ›Skriptgirl‹ bezeichnet?«

»Weil der Beruf so hieß, als sie im Filmgeschäft angefangen hat, und weil sie sich eben noch so sieht.«

»Aber Deans Wohnwagen zu putzen gehört nicht zu ihrer Jobbeschreibung, oder?«, wollte Hannah wissen.

»Nein. Den Job hat sie zusätzlich angenommen, als Dean gefragt hat, ob jemand ein bisschen Geld dazuverdienen will. Er hat ihr fünfundzwanzig Dollar pro Tag gezahlt, damit es in seinem Wohnwagen morgens gut ausgesehen hat, wenn er hereingekommen ist. Sie sagt, sie hat nie länger als eine Stunde gebraucht, und Dean hat sie bar bezahlt.«

Hannah dachte darüber nach. »Vielleicht sollte ich mit ihr sprechen. Sie könnte mehr über Deans Alltag wissen als jeder andere der Kollegen.«

»Ganz bestimmt. Soweit ich weiß, hat sie für ihn schon seit zwei Monaten geputzt, seit Drehbeginn.«

Hannah kam ein unliebsamer Gedanke. »Da ist doch nichts Persönliches zwischen ihr und Dean gelaufen, oder?«

»Das glaube ich nicht. Und selbst wenn, Frances kann ihn nicht getötet haben. Ich habe gesehen, wie sie ihre Position an der Tür eingenommen hat, und die hat sie nur ein Mal verlassen, als Dean sie zu sich gerufen hat, um ihr einen Zettel zu geben. Sie war gar nicht in der Nähe des Schreibtischs, Hannah. Das weiß ich genau.«

»Okay, also ist sie aus dem Schneider.« Hannah strich sie in Gedanken von der Liste der Verdächtigen, nachdem sie ihren Namen gerade erst hinzugefügt hatte.

»Hier entlang.« Michelle führte Hannah den Flur hinunter und öffnete die Tür zu einem Raum, der hinter dem Büro lag. »Das ist der Vorführraum. Setz dich. Ich lege das Band ein.«

Während Michelle die elektronischen Geräte startklar machte, nahm Hannah die Umgebung in sich auf. Es war unordentlich, und das bestätigte ihren Eindruck, dass Dean schlampig gewesen war. Da lagen Pappteller auf dem Sofatisch mit Spuren von dem Käsekuchen, den er den Leuten kredenzt hatte, mit denen er Filmszenen angeschaut hatte. Keiner hatte sich die Mühe gemacht, sie hinterher in den Abfall zu werfen.

Das war nicht besonders schlimm, aber Hannah entdeckte eine ihrer Gebäckschachteln und war sich sicher, dass noch Käsekuchen darin war. Der war inzwischen vierundzwanzig Stunden alt und hatte die ganze Zeit im Warmen gestanden. Sie überlegte, ihn in den Kühlschrank zu stellen, aber das wäre albern, da Dean ihn nicht mehr würde essen können.

»Okay, fertig.« Michelle nahm die Fernbedienung und setzte sich neben sie. »Los geht's.«

Hannah schaute auf den großen Bildschirm, sobald das Band lief. Sie sah Mike den Revolver prüfen – sogar das hatte man gefilmt – und Burke zum Schreibtisch hinübergehen. Burke zog die Schublade auf, vergewisserte sich, dass die Waffe darin lag, und ging weg. Mehrere Leute hielten sich in dem Bereich auf, aber soweit Hannah erkennen konnte, fasste die Schublade keiner an außer Lloyd, dem Requisiteur, der nach Burke in die Schublade schaute.

Hannah nahm sich vor, ihn darauf anzusprechen, ob er an dem Revolver etwas Ungewöhnliches bemerkt hatte. Er hatte ihn nicht herausgenommen, um nach dem Schlagbolzen zu sehen, trotzdem konnte ihm etwas aufgefallen sein, dessen Bedeutung ihm erst im Nachhinein klar geworden war.

Noch jemand war eine Möglichkeit, und zwar Jared, der Bühnenbildner. Er hatte die Blumen auf dem Schreibtisch zurechtgerückt und sich so davorgestellt, dass die Schublade von der Kamera nicht erfasst wurde. Möglich, dass er die nicht angerührt hatte. Das ließ sich in der Aufnahme nicht erkennen, aber er hatte die Gelegenheit gehabt, und das genügte, um ihn zu verdächtigen.

Hannah sah, wie Lynne sich auf den Schreibtischstuhl setzte und Burke die Szene betrat. Die erste Aufnahme war schlecht, ebenso die zweite und die dritte. Es war genau so, wie Dean gesagt hatte: Burke spielte wie ein talentloser Anfänger. Er sollte den betrunkenen Jody darstellen, doch er verhaspelte sich mehrmals und vergaß, undeutlich zu sprechen. Er wirkte außerdem nicht schuldbewusst, sondern gequält, und Hannah fiel ein, dass er etwas von Rückenschmerzen gesagt hatte.

»Mach dich gefasst«, meinte Michelle, als Dean an Burkes Stelle trat und anfing, die Rolle vorzuspielen. »Kamera zwei macht eine Nahaufnahme. Es ist nicht schön anzusehen.«

Eine klare Warnung von ihrer kleinen Schwester, die

sich seinerzeit freiwillig eine Autopsie im Schulfernsehen angesehen hatte. Hannah nahm sie ernst und tat, was sie immer tat, wenn eine besonders erschreckende oder blutige Filmszene kam. Sie spähte durch die Finger.

Dies mochte auf andere albern wirken, aber für Hannah funktionierte es. Ihre eigenen Finger im Vordergrund zu sehen erinnerte sie permanent daran, dass die schreckliche Szene nicht wirklich passierte und sie nur im Kino oder Wohnzimmer einen Film verfolgte. Natürlich war der Mord in diesem Fall tatsächlich verübt worden. Und der Trick mit den Fingern wirkte nicht so gut wie sonst.

Als die Szene vorbei war, atmete Hannah tief durch und sah ihre Schwester an. Michelle senkte gerade die Hand und lächelte sie kleinlaut an. »Entschuldige. Du hast mir dazu geraten, als ich noch klein war, ich tue das immer noch.«

»Ich auch«, gestand Hannah, und dann kam sie zum Wesentlichen. »Okay, wen hast du gesehen?«

Michelle zählte die betreffenden Personen an den Fingern ab. »Lynne, doch sie hat die Schublade nicht angefasst, jedenfalls nicht, solange die Kamera lief. Burke, der an der Schublade war und sie sogar herausgezogen hat, aber er hat sich nur vergewissert, dass das Requisit drin lag.«

»Falls es der Bühnenrevolver war und nicht der echte«, betonte Hannah.

»Ja. Ich hätte herumfragen und herausfinden sollen, ob Burke sich mit Revolvern auskennt.«

»Gute Idee«, meinte Hannah. »Wen hast du noch gesehen?«

»Lloyd. Er hat in die Schublade geschaut, kurz bevor sie zu drehen angefangen haben.«

»Gehörte das zu seinen Aufgaben?«

»Ja. Er prüft immer nach, ob sich alle wichtigen Requisiten an ihrem Platz befinden, bevor die Kameras laufen.«

»Noch jemand?«, fragte Hannah.

»Nur einer, und das ist nicht sicher. Jared ist zum Schreibtisch gegangen und hat den Blumenstrauß neu arrangiert. Er stand vor der Schublade und hätte sie unbemerkt öffnen können.«

»Sehr gut!« Hannah lächelte ihre kleine Schwester an. »Und das war's?«

»Mehr habe ich nicht gesehen.«

»Ich auch nicht. Nur mich noch.«

»Dich?« Michelle blickte sie irritiert an.

»Dean hatte mich gebeten, unmittelbar vor Drehbeginn das Tablett mit den Minikirschkäsekuchen auszutauschen. Ich habe auch die Schublade verdeckt und hätte den Revolver unbemerkt austauschen können.«

»Hast du aber nicht!«

»Natürlich nicht«, erwiderte Hannah. »Doch ich hätte es tun können, das ist wichtig. Du hast mich nicht bemerkt, weil du mich nicht verdächtigst. Du musst aber bedenken, wenn du an solch einem Fall arbeitest, darfst du niemanden von vornherein als Verdächtigen ausschließen.«

Michelle seufzte. »Du hast recht. Ich hätte dich nennen sollen, obwohl ich wusste, dass du den Mord nicht begangen hast. Deshalb bin ich wohl nur die Gehilfin und du die Ermittlerin.«

»Ich bin keine Ermittlerin. Ich schnüffle nur.« Hannah klopfte ihrer Schwester auf die Schulter. »Und apropos

›schnüffeln‹ … Lass uns Deans Sachen durchgehen und schauen, was ans Licht kommt.«

Als Erstes durchsuchten sie das größte der Zimmer, das am Ende des Flurs. Hannah öffnete die Tür und lächelte zufrieden. Sie hatte recht gehabt. Es war vom Hersteller als Schlafzimmer mit Doppelbett vorgesehen, und Dean hatte den Wohnwagen mit dieser Ausstattung genommen. Das große Bett, das ordentlich Platz bot, war der Mittelpunkt des Raumes, und das Einzige, was an ein Büro erinnerte, war ein achteckiger Tisch mit vier Sesseln.

»Wofür hat er das Zimmer benutzt?«, fragte Hannah, obwohl sie fast sicher war, dass sie die Antwort kannte.

»Für Proben mit einzelnen Schauspielern. Wenn einer mit einer Szene Schwierigkeiten hatte, ist Dean mit demjenigen in den Wohnwagen gegangen. Aber ich vermute, dass er ihn auch für anderes benutzt hat.«

»Gut. Du fängst mit dem Schrank an, ich mit dem Beistelltisch und der kleinen Kommode am Bett.«

Mit dem Tisch war sie schnell fertig. Ein paar Zeitschriften, zwei Bücher und mehrere gelbe Schreibblöcke. Eine Keramikschale enthielt allerhand Bleistifte und Kugelschreiber, und zwei Kartenspiele lagen in einen Korb mit Bridge-Block. Sofern nicht jemand wegen einer Partie Bridge außer sich geraten war und Dean aus Rache umgebracht hatte, war sie auf nichts Wichtiges gestoßen.

»Wie kommst du voran?«, fragte sie in Richtung Schrank.

»Gut. Bin fast durch.«

»Ich auch.« Hannah ging zu der kleinen Kommode, aber die enthielt nur CDs für das Soundsystem. Sie ging sie durch. Da gab es Musical- und Filmsongs, Blues, Film-Soundtracks und ein paar Pop-Klassiker. Ziemlich offensichtlich eine sorgfältige Auswahl für den breiten Geschmack, und Hannah vermutete, dass sie zum Lieferumfang des Wohnwagens gehörte und jeden Käufer oder Mieter zufriedenstellen sollte.

»Ich habe nichts Interessantes gefunden.« Michelle tauchte aus dem Schrank auf, als Hannah die letzte Schublade schloss.

»Ich auch nicht. Durchsuchen wir noch den Rest.«

Eine Viertelstunde später waren sie damit im letzten Raum angelangt, in Deans Büro. Sie hatten fest damit gerechnet, dort Hinweise zu finden, doch bislang nichts. Dann wandte sich Michelle dem Aktenschrank zu und stieß einen Jubelschrei aus, als sie fündig wurde.

»Sieh dir das an.« Sie schob eine Mappe über den Schreibtisch zu Hannah, die sich auf Deans Stuhl gesetzt hatte, um die Schubladen zu durchsuchen. »Das ist Connors Personalakte.«

»Und die ist wichtig?« Hannah klappte sie auf. Das erste Blatt war ein Standardfragebogen, wie ihn jede große Firma von ihren Bewerbern vor dem ersten Vorstellungsgespräch ausfüllen lässt. »Das schaut mir ganz normal aus.«

»Guck es dir näher an. Siehst du, was Connor als seinen letzten Job angegeben hat, bevor Dean ihn eingestellt hat?«

Hannah schaute weiter unten auf die Seite und fand den fraglichen Abschnitt. »Chauffeur und Bodyguard bei einer Familie Dickinson in Iowa. Er hat die Frau zu gesellschaftlichen Anlässen gefahren. Was ist daran so ungewöhnlich?«

»Erst mal nichts, aber sieh mal, wie die Frau heißt.«

»Emily«, las Hannah und runzelte die Stirn. »Mrs Emily Dickinson? Wie die Schriftstellerin?«

»Genau. Und da muss Dean neugierig geworden sein, denn er hat einen Privatdetektiv engagiert, der sich Connors frühere Arbeitgeber ansehen sollte. Das Ergebnis steht auf dem nächsten Blatt.«

Hannah blätterte die Seite um und keuchte auf, als sie den Bericht las. Connor hatte die Wahrheit mehr gedehnt als ein Zerrspiegel im Gruselkabinett, doch sie bewunderte, wie findig er war. Es steckte ein Körnchen Wahrheit darin. Er hatte Emily Dickinson geschützt und zu gesellschaftlichen Anlässen gefahren – nämlich ihre Werke. Connor hatte im Staatsgefängnis von Iowa in der Bibliothek gearbeitet und hatte die Bücherwagen durch die Zellenblöcke gefahren.

»Und?«, fragte Michelle.

»Das gibt ihm ein Motiv, besonders wenn Dean ihn rauswerfen wollte. Und dazu passt auch Connors Bemerkung, dass er Dean nicht als Empfehlung angeben kann.« Hannah dachte an die Aufnahme. »Connor war in der Aufnahme nicht zu sehen, oder?«

»Ich habe ihn jedenfalls nicht bemerkt.«

»Wäre es ihm möglich gewesen, am Set zu sein, ohne gefilmt zu werden?«

Michelle nickte. »Absolut. Sie haben nicht jeden aufgenommen.«

»Erinnerst du dich, ob er gestern am Set war?«, fragte Hannah.

»Ich habe ihn nicht gesehen, doch ich erkundige mich bei Ross. Er achtet immer darauf, wer da ist und wer nicht.«

Hannah schüttelte den Kopf. »Nein, lass nur. Du hast genug zu tun. Ich werde Ross fragen, wenn ich ihn heute Abend sehe.«

»Heute Abend?« Michelle grinste. »Was ist heute Abend?«

»Ross geht im *Lake Eden Inn* mit mir essen.«

»Schön!« Michelle lächelte erfreut. Das Lächeln blieb so mehrere Sekunden lang und wurde dann schelmisch. »Wissen Norman und Mike, dass du mit Ross ausgehst?«

»Nein, und ich verrate es ihnen nicht. Ich brauche auch keinen Katzensitter.«

»Katzensitter?« Michelle runzelte irritiert die Stirn.

»Genau. Moishe kommt sehr gut allein zurecht. Ich glaube, ich will nicht noch eine nächtliche Versammlung in meiner Wohnung über mich ergehen lassen.«

Michelle sah sie groß an. »Nächtliche Versammlungen? Katzensitter? Was hat es damit auf sich?«

»Das erzähle ich dir auf dem Weg zum *Cookie Jar*. Sind wir hier fertig?« Hannah wartete, bis Michelle nickte, und schob den Stuhl vom Schreibtisch weg. »Nimm dein Band und das Drehbuch und lauf. Ich lasse das Stinktier raus und hole dich ein.«

Zwei Minuten später stürmte Hannah durch die hintere Tür, übersprang die Stufen und war nach drei Schritten bei ihrer Schwester.

»Hast du es gesehen?«, fragte Michelle.

»Allerdings. Als ich die Badtür geöffnet habe, hat es versucht, aus dem Fenster zu springen. Es hatte große Angst und wird froh sein, endlich nach draußen zu können.«

»Meinst du, es hat den Weg ins Freie gefunden?«

»Ich wüsste nicht, warum es den nicht finden sollte. Nur die hintere Tür steht offen, alle anderen habe ich geschlossen.«

»Gut. Ich wundere mich, warum es überhaupt erst eingedrungen ist«, murmelte Michelle.

»Vielleicht wurde es von dem anderen Stinktier angezogen.«

Michelle schaute verwirrt. »Welches andere Stinktier?«

»Das zweibeinige, das den Wohnwagen als Büro benutzt hat.«

26

»Du siehst fantastisch aus!« Ross betrat die Wohnung und umarmte sie anerkennend. »Das Outfit gefällt mir.«

»Danke.« Hannah beschränkte sich darauf und folgte damit dem Rat ihrer Mutter, den sie ihr von klein auf eingeschärft hatte: *Wenn ein Mann dir ein Kompliment macht, fang nicht an zu plappern. Sag nur höflich Danke.*

Deshalb erzählte Hannah nicht, dass sie gleich nach seiner Einladung panisch nach nebenan ins *Beau Monde Fashions* gelaufen war und Claire gebeten hatte, ihr etwas auszusuchen, in dem sie unwiderstehlich aussehen würde. Sie ließ unerwähnt, dass das Outfit trotz des großzügigen Nachbarschaftsrabatts ein großes Loch in ihr Budget gerissen hatte. Und sie verkniff sich, Claires Bemerkung zu wiederholen, wonach das Kleid die hinzugewonnenen zehn Pfund um die Körpermitte kaschierte und die Teile ihrer Anatomie, auf die die meisten Männer achteten, kurvig und üppig erscheinen ließ.

»Hallo, Großer.« Ross ging zu Moishe, der sofort anfing zu schnurren. Ihr Kater machte sich sogar zum Narren, indem er sich auf den Rücken drehte, um am Bauch gekrault zu werden.

Hannah grinste. Er hatte sein Kreuz bei Ross gemacht, und der war ein klarer Gewinner. Bisher hatte ihr vierbeiniger Mitbewohner seine Zustimmung allen drei Verehrern gegeben. Vermutlich hätte er sie jedem gegeben, der ihn »Großer« nannte und ihm den Bauch kraulte, selbst dem Hausmeister.

»Ich hole schnell meinen Mantel.« Hannah ging ins Schlafzimmer. Sie unterbrach das Liebesfest zwischen Mensch und Kater wirklich ungern, aber ihr knurrte der Magen, und soweit sie wusste, bot Sally heute Abend Bœuf Wellington an. Da das zu ihren Lieblingsgerichten gehörte, brannte Hannah darauf, frühzeitig im Restaurant anzukommen und zu bestellen, damit sie nicht leer ausgehen konnte.

Sie nahm ihren besten Wollmantel aus dem Schrank, den sie nur alle Jubeljahre mal trug. Er war schwarz, also nicht katzentauglich. Sie hatte ihn abgebürstet, bevor sie ihn zuletzt in den Schrank gehängt hatte, aber während sie ihn betrachtete, schwebten orange-weiße Haare heran und ließen sich auf einem Ärmel nieder. Sie zupfte sie ab, doch eigentlich war das vergebene Liebesmüh. Bis sie das Wohnzimmer durchquert und die Wohnung verlassen hätte, würden mehrere hundert Haare an dem Wollstoff haften.

»Ich habe ihm den Tierfilmsender eingeschaltet«, sagte Ross, als Hannah ins Wohnzimmer kam. »Ist das in Ordnung?«

Sie schaute zum Gerät. Da lief eine Dokumentation über Pinguine, die sie kannte. »Perfekt. Moishe regt sich auf, wenn Vögel fliegen, aber nicht, wenn sie nur watscheln.«

Nachdem sie dem Kater ein halbes Dutzend Katzenkekse mit Lachsgeschmack hingeworfen hatte, damit er beschäftigt war, schloss sie die Tür hinter sich und ging mit Ross die Treppe zur Garage hinunter. Sie erwartete, seinen Mietwagen auf ihrem Zweitparkplatz zu sehen, und blieb abrupt stehen, als sie die Karosse entdeckte, die sie zum *Lake Eden Inn* bringen würde. »Die sieht genau wie Deans Limousine aus«, stellte sie fest.

»Weil es Deans Limousine ist. Wir haben sie seinem Vertrag gemäß für ihn gemietet. Da wir sie noch eine Woche lang haben, dachte ich, wir sollten sie heute Abend nutzen.«

»Soll ich fahren?« Hannah gab ein kleines Lachen von sich. »Ich habe Erfahrung als Chauffeur. Bei Lisas und Herbs Hochzeit musste ich die Limousine fahren, weil sich der Chauffeur ein Bein gebrochen hatte.«

Ross legte einen Arm um sie und drückte sie kurz. »Du bist eine erstaunliche Frau, Hannah Swensen! Und ich hege keinerlei Zweifel, dass du auch als Chauffeur dienen könntest. Doch wir haben schon einen. Also werden wir hinten einsteigen.«

»Du hast nur für heute Abend einen Chauffeur gemietet?«

»Nein, wir haben sowieso einen. Connor sitzt am Steuer. Wir haben sein Gehalt als Provision auf Deans Vertrag gezahlt. Ich habe ihm gesagt, er kann das Geld behalten und nach Hause gehen, doch er wollte bleiben und weiterarbeiten.«

»Verstehe.« Hannah glaubte jedenfalls zu verstehen. Connor hoffte wahrscheinlich, bei künftigen Arbeitgebern Ross als Empfehlung angeben zu können.

Connor stieg aus und öffnete Hannah die hintere Tür. Sobald sie saß, ging er zur anderen Seite und öffnete die Tür für Ross. »Direkt zum *Lake Eden Inn?*«, wollte er wissen.

»Könnten wir erst noch bei Deans Wohnwagen haltmachen?«, fragte Hannah, bevor Ross antworten konnte.

»Natürlich. Aber warum?«

»Als Michelle Deans Drehbuch geholt hat, war ich bei ihr. Wir glauben, es war ein Stinktier im Bad.« Hannah hörte Connor leise husten. Vermutlich verkniff er sich dabei das Lachen. »Wir haben die hintere Tür offen gelassen, damit es hinauskann, und ich möchte mich vergewissern, ob sie zugemacht und abgeschlossen wurde.«

»Wurde sie«, erklärte Connor.

»Ganz sicher?«

»Ja. Ich habe Mrs Lawrence und Mr Larchmont heute Nachmittag hingebracht, bevor wir dann zum Flughafen gefahren sind. Sie haben mich gebeten, mit reinzukommen, während Mrs Lawrence ein paar Sachen eingepackt hat, die sie behalten will. Hinterher habe ich bei beiden Türen geprüft, ob sie abgeschlossen sind.«

»Haben Sie das Stinktier gerochen?«, fragte Hannah.

»Das haben wir alle drei gerochen. Wir wussten nur nicht, wo der Gestank herrührte. Mrs Lawrence dachte, der Abfluss wäre verstopft.«

»Offensichtlich eine Großstadtpflanze«, sagte Ross halblaut zu Hannah.

»Und Mr Larchmont meinte, am Herd wäre Gas ausgetreten.«

»Offensichtlich eine Großstadtpflanze«, wiederholte Ross.

»Ich habe den Herd geprüft, das Gas war abgedreht.«

»Danke, Connor.« Ross lehnte sich zurück und legte einen Arm um Hannahs Schultern. »Da Sie sicher sind, dass alles in Ordnung ist, fahren Sie uns direkt zum *Lake Eden Inn*, und ich gebe Ihnen ein Abendessen aus.«

Hannah schob ihre leise Enttäuschung beiseite, als Connor sich in einer von Sallys abgelegenen Nischen zu ihnen an den Tisch setzte. Sie hatte ohnehin mit ihm sprechen wollen und sollte froh sein, dass er ihr direkt gegenübersaß. Es war albern, sich zu ärgern, nur weil sie mit Ross nicht allein war, zumal sie sich gar nicht sicher war, ob sie mit ihm allein sein wollte.

»Also, wer war's, Hannah?«, sagte Ross.

»Was meinst du? Die Polizei ermittelt noch, und mir würde nicht im Traum einfallen, in eine amtliche …«

Ross unterbrach ihre Antwort, mit der sie ihre Kunden im *Cookie Jar* schon unzählige Male abgewimmelt hatte. »Natürlich, aber du kannst mir den Standardspruch ersparen. Ich weiß, dass du immer ermittelst.«

»Ich ermittle nie«, widersprach sie. »Das überlasse ich den ausgebildeten Profis. Doch ich kann nicht verhindern, dass mir Leute Dinge erzählen, und ich zähle eben zwei und zwei zusammen, nicht wahr?«

»Natürlich. Also zurück zu meiner Frage. Was meinst du, wer Dean getötet hat?«

»Ich weiß es nicht. Hier hatte fast jeder ein Motiv.«

Connor lachte auf. »Da haben Sie recht. Und falls Sie es noch nicht getan haben, setzen Sie mich besser auch auf die Liste der Verdächtigen.«

»Warum denn Sie?« Hannah war gespannt, ob seine Begründung mit ihrer übereinstimmte.

»Weil Dean mich gefeuert hat, nachdem ich am Mittwochmorgen mit Ihnen gesprochen habe. Ich habe eingewandt, dass Sie nach der Cocktailparty-Szene mit Winnie sprechen wollten, doch das war ihm egal. Er hat mir die Schlüssel abgenommen und verlangt, dass ich mein Hotelzimmer räume und verschwinde.«

»Aber Sie sind geblieben«, stellte Hannah fest.

»Genau. Ich habe gehofft, dass er mich wieder einstellt, sobald Sie Winnie überredet hätten. Schließlich hat er das schon ein paar Mal getan. Dean ist …« Er stockte und schluckte schwer. »Dean war ein bisschen unbeherrscht. Er konnte wegen einer Kleinigkeit aus der Haut fahren, und am nächsten Tag hat er sich dafür entschuldigt. Darum bin ich nach einer Entlassung immer in der Nähe geblieben. Wenn er sich beruhigt hatte, stellte er mich jedes Mal wieder ein.«

Es war Zeit, mit harten Bandagen zu kämpfen, und Hannah war in dem Sport geübt. »Und Dean hatte Sie in der Hand. Er wusste, dass Sie ohne Empfehlungsschreiben nur schwer eine neue Anstellung bekommen würden. Und er wusste von Ihrer Vergangenheit. Daher konnte er Sie so mies behandeln, wie er wollte. Sie mussten das hinnehmen.«

»Stimmt, bis auf einen Punkt«, gab Connor zu. »Diesmal hatte ich schon einen anderen Job an der Hand.«

»Wirklich?« Hannah klang überrascht. »Was für einen?«

»Als Mrs Hendersons Kommissionär.«

Hannah fiel das Kinn herunter, und sie versuchte, das zu überspielen, indem sie einfach das letzte Wort wiederholte. »Kommissionär?«

»Genau. Jedes Jahr versteigert Mrs Henderson ihre preisgekrönten Rinder. Und jedes Jahr bekommt sie für die herrlichen Tiere weniger, als sie wert sind. Ich habe angeboten, das Vieh für sie zu versteigern. Meine Provision käme aus dem zusätzlichen Gewinn.«

Hannah konnte ihr Lächeln nicht unterdrücken. Wie es schien, hatte Winnie wieder einen Mann mit ihrem Stachelbeerkuchen angezogen. Sie hoffte nur, dass Connor so ehrlich war, wie er zu sein schien, und dass er nicht wegen Betrugs oder Unterschlagung im Gefängnis gesessen hatte … oder gar wegen …

»Da Sie Winnie gut leiden können, wollen Sie vermutlich wissen, warum ich gesessen habe.« Connor neigte sich vor und sah ihr in die Augen. »Es klingt nicht gut, das gebe ich sofort zu. Ich habe einen Kerl fast totgeprügelt. Er hatte meine kleine Schwester zusammengeschlagen und schwer verletzt liegen gelassen.«

Hannah dachte kurz darüber nach und tätschelte dann seine Hand. »Ich wäre wahrscheinlich in Versuchung, das Gleiche zu tun, wenn jemand Michelle so etwas antun würde.«

»Danke. Aber das bringt mich auf Platz eins Ihrer Liste. Ich war stinksauer auf Dean und gebe zu, dass ich überlegt habe, ihm ein paar zu langen. Ich habe meine Wut in den Griff gekriegt, indem ich zu Winnies Farm gefahren bin. Sie war nur leider nicht zu Hause, und so kann ich nicht beweisen, wo ich gewesen bin, als der Revolver ausgewechselt worden ist.«

»Das vielleicht nicht«, erwiderte Ross. »Aber wo Sie nicht gewesen sind, können Sie beweisen, nämlich nicht am Set oder auch nur im selben Haus.«

Hannah und Connor sahen ihn an, als hätten sie völlig vergessen, dass er bei ihnen in der Nische saß, so sehr waren sie in das Gespräch vertieft gewesen.

»Ich habe Frances notieren lassen, wer ins Haus gekommen ist«, erklärte Ross. »Und Ihr Name ist nicht dabei. Sie sind nicht da gewesen, können es also nicht gewesen sein.«

Connor wirkte erleichtert. »Dann … werde ich nicht mehr verdächtigt?«

»So ist es. Und Sie brauchen sich keine Sorgen mehr zu machen, dass jemand Sie mit Ihrer Vorstrafe erpresst. Michelle hat mir Ihre Personalakte gegeben, und ich habe die entsprechenden Seiten geschreddert.«

Hannah lächelte. Sie war stolz auf ihre kleine Schwester. Vielleicht hätte Michelle die Personalakte nicht einfach mitnehmen dürfen, doch am Ende war etwas Gutes dabei herausgekommen.«

»Also, wie wär's mit Nachtisch?«, fragte Ross. »Es gibt hier eine fantastische Zitronentorte, und Sally hat mir erzählt, dass sie das Rezept von dir hat, Hannah.«

»Das stimmt. Meine Grandma Ingrid hat sie früher oft gebacken, und ich habe seit einer Ewigkeit keine mehr gegessen.«

»Das könnte ein Abend für schöne Erinnerungen werden.« Ross nahm unter dem Tisch Hannahs Hand.

»Gut möglich.« Sie tat ihr Bestes, um das Kribbeln, das sie von Kopf bis Fuß durchlief, nicht weiter zu beachten, und konzentrierte sich auf etwas, was eigentlich wichtiger war … die Lösung des Mordfalls.

Als Hannah den Speisesaal verließ und in den Flur einbog, der zur Damentoilette führte, sah sie Amber Coombs, die anscheinend auf sie gewartet hatte.

»Gott sei Dank!« Amber atmete erleichtert auf. »Ich dachte schon, Sie kommen gar nicht mehr aus der Nische!«

»Du hast auf mich gewartet?«

»Ja. Sally meint, Sie ermitteln …«

»Eigentlich nicht«, unterbrach Hannah sie. »Das überlasse ich …«

»Den Profis. Das sagen Sie immer, aber wir alle wissen Bescheid. Ich habe mit Sally gesprochen, und sie findet, ich soll Ihnen erzählen, was ich am Mittwochmorgen aus Mr Lawrence' Büro gehört habe, als ich ihm den Kaffee bringen wollte.«

Hannah deutete mit dem Kopf zur Damentoilette. »Komm mit in mein Büro und erzähl mir alles.«

Die Damentoilette des *Lake Eden Inn* war geräumig. Gegenüber den Waschbecken gab es einen runden Tisch mit mehreren Sesseln und sogar ein Wandtelefon. Hannah hatte schon oft darüber nachgedacht, wer das wohl benutzen sollte. Ihr waren mehrere Szenarien in den Sinn gekommen. Zum Beispiel könnte eine Frau bei einem unangenehmen Date sich von da aus ein Taxi rufen und verschwinden, bevor ihr Begleiter noch unangenehmer werden würde.

»Nimm schon mal Platz.« Sie spähte rasch in den angrenzenden Raum, um sich zu vergewissern, dass sie allein waren, und setzte sich zu der jugendlichen Kellnerin, die sie nun als ihre Informantin betrachtete. »Warum hast du Kaffee zu Mr Lawrence' Wohnwagen gebracht?«

»Er hatte vergessen, die Thermoskannen mitzunehmen, die Sally für ihn an die Rezeption gestellt hatte. Und weil ich für die Frühstückszeit eingeteilt war und ein Auto hatte, hat sie mich gebeten, ihm die Kannen zu bringen.«

»Okay.« Hannah nahm ihren Stenoblock aus der Handtasche und blätterte zur entsprechenden Seite. »Um wie viel Uhr bist du beim Wohnwagen angekommen?«

»Um halb neun. Ich habe KCOW gehört, und Kelly schlug gerade den Halb-Stunden-Gong, als ich geparkt habe.«

Hannah notierte die Uhrzeit und entschied, nicht nach dem Gong zu fragen. Jake und Kelly waren halb Comedians, halb Nachrichtensprecher und bestritten bei dem Sender die Frühnachrichten. Sie waren manchmal skurril. »Was passierte dann?«

»Na ja, ich bin mit den Thermoskannen aus dem Auto gestiegen und habe sofort einen lauten Streit gehört. Der kam aus dem Wohnwagen, und ich habe Mr Ansons Stimme erkannt.«

»Bist du ganz sicher, dass er es war?«, fragte Hannah, den Stift schreibbereit über dem Papier.

»Absolut sicher. Und ein paar Minuten später habe ich gesehen, wie er herausgekommen ist. Das beweist es also.«

Das genügte Hannah, und sie notierte sich das. »Und Mr Lawrence war auch im Wohnwagen?«

»Oh ja. Er schrie genauso laut. Darum habe ich abgewartet und nicht gleich angeklopft. Ich wollte nicht in den Streit reinplatzen.«

»Eine kluge Entscheidung.« Hannah hoffte, dass Amber etwas Bedeutsames aufgeschnappt hatte. »Du bist also im Auto sitzen geblieben?«

»Genau. Ich schäme mich ein bisschen, das zuzugeben, doch ich habe die Tür einen Spalt geöffnet, um zu lauschen.«

»Aber selbstverständlich!« Hannah nickte verständnisvoll.

Amber schüttelte den Kopf. »Ich hätte das nicht tun dürfen. Ein privates Gespräch belauscht man nicht, das geht einen nichts an.«

»Das ist sicher richtig, doch jeder in Lake Eden hätte das getan.« Hannah lächelte sie aufmunternd an. »Und du hattest sogar einen guten Grund zu lauschen.«

»Echt?«, fragte Amber.

»Oh ja. Du musstest wissen, ob der Streit endet, damit du den Kaffee ausliefern kannst.«

»Das stimmt.« Amber erwiderte das Lächeln. »Mir gefällt, wie Sie denken, Miss Swensen.«

Hannah schaute auf ihren Block. »Gut. Was hast du gehört, während du im Wagen gewartet hast?«

»Es ging ständig hin und her, ob Mr Lawrence etwas getan hatte oder nicht. Sie wissen bestimmt, wie das ist.«

»Wahrscheinlich, doch wiederhole trotzdem, was gesprochen wurde.«

»Mr Anson sagte: ›Ich weiß, dass du es warst, Dean!‹ Und Mr Lawrence sagte: ›Du spinnst. Ich habe nichts damit zu tun.‹«

»Stellte sich noch heraus, worüber sie gesprochen haben?«, wollte Hannah wissen.

»Nicht direkt. Es ging immer weiter hin und her, und sie wurden lauter und lauter. Mr Anson brüllte Mr Lawrence an: ›Ich sage nur so viel: Denk an letzten Dienstag!‹ Und Mr Lawrence beharrte darauf, dass er nichts damit zu tun hatte.«

Hannah notierte *letzten Dienstag* und versah das mit einem Fragezeichen. »Und es fiel kein Wort darüber, was an dem Dienstag vorgefallen ist?«

»Kein einziges. Aber irgendwas muss es gewesen sein, Miss Swensen. Sie waren beide auf hundertachtzig. Und Sally meint, ich soll Ihnen unbedingt erzählen, dass Mr Anson gedroht hat, bevor er aus dem Wohnwagen gestürmt ist.«

Hannah neigte sich gespannt vor. »Was genau hat er denn gesagt?«

»›Wenn ich herausfinde, dass du es warst, dann wirst du dafür bezahlen!‹«

»Okay, Amber.« Hannah notierte sich Burkes Worte und packte den Stenoblock weg. »Vielen Dank, dass du es mir erzählt hast.«

Nachdem Amber gegangen war, blieb Hannah ein paar Augenblicke lang sitzen und dachte über das nach, was sie erfahren hatte. Der Streit zwischen Burke und Dean war interessant, brachte aber kaum Licht in den Fall. Burke hatte den Revolver sicherlich nicht ausgewechselt, da er ihn sich später an den Kopf hatte halten und abdrücken sollen. Das musste jemand anderes getan haben, vielleicht jemand, der in den Vorfall von »letzten Dienstag« verwickelt war.

Sie würde Ross danach fragen, und wenn der es nicht wusste, dann würde sie Michelle bitten, sich in der Filmcrew umzuhören.

Zitronenbaisertorte

Den Ofen auf 120 Grad (120 Grad – das ist kein Druckfehler) vorheizen, das Blech auf die mittlere Schiene setzen.

Backen Sie diesen Kuchen an einem Tag mit geringer Luftfeuchtigkeit, sonst wird das Baiser nicht kross.

Für das Baiser:

4 Eiweiße (die Eigelbe für die Füllung beiseitestellen)
200 g weißer Zucker
½ TL Vanilleextrakt

Belegen Sie ein Blech mit Backpapier. Zeichnen Sie mit dem Rand einer Springform (22 cm) zwei Kreise darauf. Diese mit Backspray einsprühen und bemehlen.

Die Eiweiße steif schlagen, bis beim Herausziehen der Quirle weiche Spitzen stehen bleiben. Zwei Drittel des Zuckers einrieseln lassen und dabei auf höchster Stufe schlagen. Dann den Vanilleextrakt und den übrigen Zucker mit dem Handmixer bei niedriger Stufe oder mit einem Tellerbesen einrühren, bis die Masse glatt ist.

Den Eischnee gleichmäßig auf die beiden vorbereiteten Kreise verteilen und glatt streichen.

Bei 120 Grad eine Stunde lang backen, bis die Oberfläche eine hellgoldene Farbe angenommen hat und hart ist.

Anschließend das Blech auf ein Kühlgitter stellen und erkalten lassen.

Wenn das Baiser kalt ist, behutsam vom Backpapier lösen, aber darauf liegen lassen, dann an einen kühlen, trockenen Ort stellen (zum Beispiel in einen geschlossenen Küchenschrank – aber nicht in den Kühlschrank!)

Für die Füllung:

4 Eigelbe
100 g weißer Zucker
3 EL Zitronensaft
2 TL abgeriebene Zitronenschale
125 ml Schlagsahne
2 TL Vanilleextrakt
50 g weißer Zucker

Die Eigelbe mit 100 g Zucker schlagen, den Zitronensaft und die Zitronenschale unterrühren.

Im Wasserbad erhitzen, bis die Masse glatt und dick wie Mayonnaise ist. Das dauert etwa 3 Minuten. Das Gefäß aus dem Wasser nehmen, auf eine kalte Herdplatte setzen und abkühlen lassen.

Währenddessen den Vanilleextrakt in die Schlagsahne geben und mit dem Handmixer schlagen, bis Spitzen stehen bleiben. Dann den übrigen Zucker unterschlagen. Die steife Schlagsahne langsam in die handwarme Zitronencreme rühren. (Lecken Sie den Löffel ab – die Creme schmeckt herrlich!) Abdecken und bis zum Servieren kalt stellen.

Zur Fertigstellung des Desserts die Baiserböden und die Zitronencreme hervorholen. Entscheiden Sie, welcher Baiserboden schöner aussieht. Den verwenden Sie als Deckel. Den anderen auf eine Tortenplatte legen.

Die Hälfte der Creme darauf verteilen, mit einem Gummispatel bis fast an den Rand streichen.

Den anderen Baiserboden auflegen. Nun die übrige Zitronencreme darauf verteilen.

Zum Servieren Tortenstücke herausschneiden und auf Dessertteller legen. Das ist ein leichtes, süßsäuerliches, sehr befriedigendes Sommerdessert.

Ausbeute: für 4 bis 6 Personen (es sei denn, Sie laden Carrie ein – sie isst immer ein drittes Stück).

Das Dessert ist köstlich, aber keine Augenweide. Wenn Sally es im *Lake Eden Inn* serviert, schneidet sie die Stücke in der Küche, weil das Baiser gern bricht, und legt sie auf farbige Teller oder flache Schälchen und garniert sie mit Schlagsahne und einer hauchdünnen Zitronenscheibe.

27

»Warum lächelst du so?«, fragte Delores.

Das riss Hannah aus ihrem vergnüglichen Tagtraum, in den sie nach dem Backen geraten war, und warf sie zurück in die Wirklichkeit, in der sie mit ihrer Mutter in der Backstube saß.

Sie wollte ihr nicht erzählen, woran sie gedacht hatte, nämlich an Ross und den schönen Abend mit ihm und an die Möglichkeit, noch mehr schöne Abende mit ihm zu erleben, denn das würde Delores nur ermutigen, etwas zu unternehmen, um die Entwicklung zu beschleunigen. Und deshalb versuchte sie, Zeit zu schinden, und tat, als hätte sie sie nicht gehört. »Was hast du gesagt, Mutter?«

»Warum hast du so gelächelt?«

»Wie denn?«

»Wie die Katze vor dem Sahnekrug«, antwortete Delores.

Hannah horchte auf. Das war wieder so ein Regency-Ausdruck. Die streute ihre Mutter in den letzten Wochen ständig ein. Innerhalb von zwanzig Minuten waren drei solcher Ausdrücke gefallen. Die Katze vor dem Sahnekrug war der vierte. Jemanden, den sie eingebildet fand, hatte

Delores als »eitlen Stutzer« bezeichnet, ihren neuen Pullover »en vogue« genannt, und sie hatte erzählt, eine ihrer Kundinnen, die wegen der Scheidung ihrer Tochter eine schwere Depression durchmachte, sei *in* »Schwermut verfallen«.

Normalerweise redete sie so noch ein oder zwei Tage nach einem Treffen des *Regency Romance Club*, aber diesen Monat war das Treffen ausgefallen, damit sich die Mitglieder als Statisten für den Film bewerben konnten.

»Wieso benutzt du so viele Regency-Ausdrücke?«, fragte Hannah, um von sich abzulenken.

»Weil die viel schöner sind, findest du nicht?« Delores benutzte dieselbe Taktik, und so ging es wie beim Pingpong hin und her.

»Meinst du wirklich?« Hannah schlug den Ball zurück ins gegnerische Feld. Sie musste einen guten Schlag gelandet haben, denn ihre Mutter verstummte. »Wie viele Regency-Ausdrücke kennst du eigentlich?«

»Sicherlich Hunderte«, antwortete Delores und hielt nicht länger an der Taktik fest.

Hannah triumphierte. Sie hatte den Satz gewonnen. Doch gerade als sie in ihrem Sieg schwelgen wollte, kam ihr ein unheilvoller Gedanke. Delores hatte einen Computer und benutzte viele Regency-Ausdrücke. Hatte sie wieder einen Engländer kennengelernt, der ihr Interesse geweckt hatte? Vielleicht in einem internationalen Chatroom im Internet? Delores hatte schon bewiesen, dass ihr Urteilsvermögen getrübt war, wenn es um attraktive, tanzfreudige Engländer ging.

»Mutter?«, hakte Hannah zögernd nach, aber erst nachdem sie ihr frische Schokoladenkekse vorgesetzt hatte.

»Ja, Liebes.«

»Michelle sagt, du hast dir einen Computer zugelegt.«

»Das stimmt«, antwortete Delores. »Norman hat mir geholfen, ihn zu bestellen, und hat ihn für mich eingerichtet.«

»Wieso hat er mir das nicht erzählt?«

»Weil ich ihn darum gebeten habe. Ich wollte dich überraschen, wenn du das nächste Mal zu mir kommst. Aber ich habe vergessen, Michelle zu sagen, dass es eine Überraschung sein soll. Das ist ein erstaunliches Gerät, Liebes, viel besser als eine Schreibmaschine.«

»Also«, Hannah tastete sich vorsichtig vor, »benutzt du den Computer zur Textverarbeitung?«

»Ganz recht. Und Norman hat mir ein Mailprogramm installiert.«

Ein Mailprogramm. Hannah verdaute das einen Moment lang und wagte die nächste Frage. »Du bist also mit dem Internet verbunden?«

»Noch nicht, Norman meint, ich soll warten, bis die Kabelfirma ein Sonderangebot für DSL hat. Er meint, ich wäre nicht glücklich mit einer Einwahlverbindung. Die ist einfach zu langsam.«

»Verstehe.« Hannah entspannte sich ein wenig. Delores hatte keinen Zugang zum Internet, und das hieß, sie konnte keine Chatroom-Romance mit einem gut aussehenden, tanzfreudigen Engländer haben. »Ist das Mailprogramm, das Norman eingerichtet hat, für später, wenn du E-Mail haben wirst?«

»Nein, das für Schneckenpost. Ich habe gelernt, Etiketten zu erstellen, und verwalte unsere Kundenadressen fürs Geschäft. Ist es zu glauben, dass Carrie und ich sämtliche

Werbeschreiben bisher von Hand adressiert haben? Nun muss ich nur noch die Etiketten ausdrucken, und wir kleben sie auf die Umschläge.«

»Das spart viel Zeit.« Hannah war noch immer nicht ganz beruhigt. Nichts von alldem erklärte, warum ihre Mutter gerade so besessen von Regency-Ausdrücken war. »Liest du zurzeit sehr viel?«

»Nicht so viel, wie ich gern wollte, Liebes. Das Geschäft ist eine Vollzeitaufgabe, obwohl wir schon zu dritt sind. Und wenn ich abends nach Hause komme, schaffe ich es nur noch, einen Happen zu essen, meinen Laptop einzuschalten und ein, zwei Stündchen zu arbeiten.«

»Arbeiten?« Hannah griff die letzte Information auf. »Was arbeitest du denn?«

Delores schaute zur Wanduhr. »Ach, das ist nur ein kleines Steckenpferd. Das würde dich nicht interessieren. Aber ich muss mich jetzt sputen, Liebes. Carrie ist ganz allein im Laden. Sie wird meine Hilfe brauchen.«

»Ihr habt doch gar nicht geöffnet«, wandte Hannah ein.

»Ich weiß. Trotzdem gibt es viel zu tun.« Delores stand auf, schlüpfte in den Mantel und ging zur Tür. »Inventarisieren, aufräumen, solche Dinge. Bis später, Liebes.«

Hannah starrte auf die Tür, die sich hinter ihrer Mutter schloss, doch auf dem weiß lackierten Holz war keine Antwort zu lesen. Delores hatte ein Geheimnis und hütete es sorgfältig. Früher oder später würde es ans Licht kommen, aber sie kam fast um vor Neugier.

»Hannah?« Lisa stieß die Schwingtür auf und sah ihre Partnerin an. »Mike ist hier und will dich sprechen. Ich habe gesagt, ich würde nachsehen, ob du sehr beschäftigt bist. Er meint, er muss dir ein paar Fragen stellen.«

Hannah grinste. »Was für ein Zufall! Ich will ihn nämlich auch einiges fragen.«

»Soll ich also das Lamm zur Schlachtbank führen?«

»Ja, aber ich würde das dem Lamm gegenüber nicht so ausdrücken«, antwortete Hannah.

»Keine Sorge, werde ich nicht.« Lisa ging zurück ins Café, streckte dann aber noch mal den Kopf herein. »Wenn wir wetten wollen, wer die meisten Antworten bekommt, setze ich auf dich.«

»Danke, Hannah.« Mike nahm den Becher Kaffee entgegen und trank einen großen Schluck. »Das wäre viel einfacher, wenn Bill nicht zu der Tagung gefahren wäre. Ich arbeite an den meisten Tagen Doppelschichten.«

»Weil du Bill vertreten musst und dazu die Mordermittlung leitest?«

Er nickte. »Genau. Letzte Nacht habe ich nur vier Stunden geschlafen, und da kann ich mich noch glücklich schätzen.«

Wenn du deinen Stolz hinunterschlucken könntest und mich helfen ließest, bekämst du mehr Schlaf, dachte sie, aber natürlich sprach sie das nicht aus. Sie wollte ihn auch nicht zu sehr bedauern. Sie hatte selbst kaum vier Stunden geschlafen und hatte nicht vor preiszugeben, mit wem sie so lange zusammen gewesen war!

»Ich weiß, was du denkst.«

»Tatsächlich?« Ein leiser Schreck durchfuhr sie bei seinen Worten. Hatte Mike von ihrem Date mit Ross erfahren?

»Du denkst, wenn ich bei der Ermittlung deine Hilfe annähme, wäre ich nicht so überarbeitet.«

Auf die Schnelle griff sie zu einer möglichst vagen Antwort. »Hm.«

»Es ist nicht so, dass ich deine Hilfe nicht will. Das tue ich. Es ist nur so, dass ich nicht darum bitten kann. Verstehst du?«

Sie schüttelte den Kopf. »Eigentlich nicht.«

»Winnetka County Sheriff's Department Dienstvorschrift vier Strich achtzehn, Punkt B lautet: Kein Zivilist darf in eine amtliche Ermittlung rekrutiert werden ohne Versicherung, Bürgschaft, aufgabengemäße Vergütung und Deputysierung.«

Hannah runzelte die Stirn. »Gibt es das Wort überhaupt?«

»›Vergütung‹? Ja, das heißt …«

»Nicht das«, unterbrach Hannah. »Ich weiß, was ›Vergütung‹ heißt. Ich meinte ›Deputysierung‹. Ich glaube, das Wort gibt es gar nicht.«

»Muss es aber. Schließlich steht es in den Dienstvorschriften.«

Hannah biss sich auf die Zunge. Mike musste noch viel lernen über Dienstvorschriften und überarbeitete Sekretärinnen, die sie gewöhnlich für ihre Vorgesetzten formulierten. Eine seltsame Wortbildung konnte sich von County zu County und von Staat zu Staat verbreiten, bis sie so allgegenwärtig war wie Erdhörnchen auf einem Golfplatz.

»Ich war schwer versucht, dich zu deputysieren, aber ich dachte, damit würde ich meine Befugnisse als Bills Stellvertreter überschreiten.«

»Du glattzüngiger Mistkerl!«, zischte Hannah in sich hinein und lächelte gegen ihren Willen. Wenn Mike sie deputysiert hätte, hätte sie sich ihre Schnüfflerfinger für ihn wund geschuftet. Hatte er aber nicht. Und er hatte das nur gesagt, um ihr zu schmeicheln, damit sie ihm verriet, was sie herausgefunden hatte.

»Also, was hast du herausgefunden?«, fragte er und bestätigte auch schon ihre Vermutung.

»Nicht viel«, antwortete sie. Doch sie würde ihm etwas geben müssen, damit sie im Gegenzug etwas von ihm bekam. »Nach allem, was ich höre, war Dean nicht sonderlich beliebt.«

»Wer kommt deiner Meinung nach für den Mord infrage?«

»Zuerst habe ich an Connor gedacht. Er hatte ein gutes Motiv, aber wie sich herausstellt, kann er es nicht getan haben. Er war an dem Nachmittag gar nicht im Antiquitätengeschäft.«

»Stimmt. Sein Name steht nicht auf Frances' Liste. Wer noch?«, hakte er nach.

Hannah atmete erleichtert durch. Da Mike den Chauffeur bereits ausgeschlossen hatte, würde er einen Background-Check nicht für nötig halten. Connors Haftstrafe würde sein Geheimnis bleiben, solange er es für sich behielt. »Ich dachte, vielleicht hat Sharyn die außerehelichen Aktivitäten ihres Mannes entdeckt und ihnen ein Ende gemacht. Ich habe sogar in Betracht gezogen, dass Tom Larchmont Dean beseitigt haben könnte, um seiner Nichte das Leben mit einem lausigen Ehemann zu ersparen.«

»Hat er nicht. Ich habe das überprüft. Sie geben sich gegenseitig ein Alibi, und ein unabhängiger Dritter schwört, dass sie ihre Stühle zwischen den Aufnahmen nicht verlassen haben.«

Hannah würde Sophie also nicht fragen müssen, was sie von dem Streit zwischen Tom und Lynne verstanden hatte. »Bist du dir auch bei Lynne ganz sicher? Sie hat an dem Schreibtisch gesessen und hätte den Revolver auswechseln können.«

»Das stimmt«, sagte Mike, »und sie war meine Hauptverdächtige, als ich von Ross gehört habe, dass sie die Regie übernehmen will. Aber ich habe sie nach dem Mord selbst durchsucht, und sie hatte den Bühnenrevolver nicht am Körper.«

Am Körper? Hannah unterdrückte ein Kichern. Sie könnte ihm keinen Vorwurf machen, wenn er die Durchsuchung ein bisschen mehr genossen hätte, als er sollte, denn Lynne war hinreißend. »Und wer kommt *deiner* Meinung nach als Mörder infrage?«

»Jared ist eine Möglichkeit.«

»Jared? Wieso er?«

»Weißt du noch, als ich gesagt habe, jemand hätte ihn bei dem Blumenstrauß auf dem Schreibtisch gesehen?«, fragte Mike.

»Ich erinnere mich.«

»Tja, da hatte er die Gelegenheit, den Revolver auszutauschen. Ich habe mir den Mitschnitt der Proben angesehen. Eine Kamera hat ihn aufgenommen, als er mit dem Körper die Schublade verdeckt hat. Da hätte er es machen können.«

Hannah nickte. »Das stimmt. Aber warum hätte er das tun sollen? Soweit ich weiß, hat er gegen Dean keinen

Groll gehegt. Und gegen Burke auch nicht, sofern der das eigentliche Ziel war.«

»Vielleicht doch, und wir wissen das nur noch nicht.«

»Da könntest du recht haben. Ich frage mal herum und sehe, was sich in Erfahrung bringen lässt. In der Zwischenzeit könntest du dich auf deine übrigen Verdächtigen konzentrieren.«

»Okay.« Mike seufzte müde. »Ich mache mich wieder an die Arbeit, und du kannst weiterbacken.«

»Damit bin ich fertig. Koste mal meine neuen Plätzchen und sag mir, wie du sie findest.«

Mike biss in eines hinein, und seine Stirn glättete sich. »Die sind lecker, Hannah. Hast du schon einen Namen dafür?«

»Noch nicht.«

»Ich finde, du solltest sie ›Engelküsse‹ nennen. Sie sind zart und süß.«

»Gute Idee. Nimm noch einen.«

Mike vertilgte noch vier weitere, und als er sich zum Gehen wandte, lächelte er, erst recht als Hannah ihm einen Beutel Engelküsse in die Hand drückte und sagte, er solle sie mit seinen Deputys teilen.

Als sich die Tür hinter ihm schloss, steckte Hannah sich auch einen in den Mund. Die Schokolade hatte Mike enormen Auftrieb gegeben; er brannte förmlich darauf, den Mörder zu fassen. Eine Dosis ihrer eigenen Medizin würde sie vielleicht auch beflügeln.

Engelküsse

Den Ofen auf 135 Grad vorheizen, das Blech auf die mittlere Schiene setzen.

3 Eiweiße (die Eigelbe in den Kühlschrank stellen und beim nächsten Rührei verwenden)
¼ TL Weinstein
½ TL Vanilleextrakt
¼ TL Salz
200 g weißer Zucker
2 EL Mehl (15 Gramm)
etwa 30 Schokoladenpralinen

Die Eier trennen und das Eiweiß Raumtemperatur annehmen lassen. Dadurch bekommt es beim Schlagen mehr Volumen.

Die Backbleche mit Backpapier auslegen, einfetten und leicht bemehlen.

Das Eiweiß zusammen mit Weinstein, Vanilleextrakt und Salz steif schlagen, bis beim Herausziehen der Quirle weiche Spitzen stehen bleiben. Den Zucker in 4 Portionen zugeben und jeweils auf höchster Stufe schlagen. Das

Mehl darüberstreuen und mit dem Handmixer auf niedriger Stufe oder mit einem Tellerbesen einrühren.

Von dem Teig je 16 Häufchen auf das vorbereitete Blech setzen. Je eine Praline in die Mitte legen und sanft andrücken (aber nicht bis zum Boden). Die Praline mit Teig bedecken.

Bei 135 Grad 40 Minuten backen, bis das Baiser hellgelb und fest ist.

Anschließend das Blech auf ein Kühlgitter setzen und erkalten lassen. Die Engelküsse behutsam vom Papier lösen und in einem luftdichten Behälter an einem trockenen Ort aufbewahren (nicht im Kühlschrank!).

Ausbeute: etwa 4 Dutzend Engelküsse mit einer schokoladigen Überraschung.

28

Die Schwestern trafen sich um zwölf Uhr im Kaffeezimmer des Friseursalons *Cut 'n Curl*. Zum Glück war die Besitzerin, die leidenschaftlichste Klatschtante von Lake Eden, ganz auf Honey konzentriert, die Tracey schminkte, und so hatten die Schwestern das Räumchen für sich allein.

»Hast du schon mal so viele Flamingos auf einmal gesehen?« Andrea schaute umher zu der Flamingo-Stehlampe in der Ecke, zu dem Papierkorb mit einem rundlichen Flamingo an der Seite, der Tapete, auf der rosa Flamingos die Flügel spreizten und in parallelen Reihen ringsherum stolzierten, und zu dem Spiegel, der mit Flamingo-Aufklebern in verschiedenen Rosatönen verziert war.

»Das war früher mal der *Flamingo Hair Salon*«, sagte Hannah. »Dann hat Bertie ihn gekauft. Sie hat die meiste Deko ausrangiert und nur die paar Sachen für das Kaffeezimmer behalten.«

»Die vorige Besitzerin wollte die Sachen nicht mitnehmen?«

»Anscheinend nicht«, antwortete Hannah. »Vielleicht fand sie, die würden den echten zu viel Konkurrenz machen.«

Andrea schaute einen Moment lang verwirrt. »Sie ist nach Florida gezogen?«

Hannah nickte. »Genau. Da kommt Michelle.«

Die jüngste Schwester kam hereingeeilt und zog sich einen weißen Kunstlederstuhl mit einem Flamingo an der Rückenlehne heran. Der Stuhl war alt und der Flamingo rissig, sodass gelber Schaumstoff an manchen Stellen herauslugte. »Ich war noch nie hier hinten.« Sie ließ sich an dem rosa Resopaltisch nieder.

»Du Glückspilz«, scherzte Andrea und setzte sich eine dunkle Sonnenbrille auf.

»Wozu die Brille?«, fragte Hannah.

»Um das viele Rosa zu dämpfen. Das einzige Ding ohne Flamingo ist das da.«

Hannah und Michelle schauten, wohin Andrea zeigte. Da stand ein Gerät in der Ecke, bei dem lauter Kabel von einer Metallhaube herabhingen. Es sah gruselig aus.

»Was ist das?«, fragte Michelle.

»Ich glaube, das ist ein altmodisches Dauerwellengerät«, sagte Hannah. »Damit sind die Haare onduliert worden.«

Michelle schüttelte ratlos den Kopf. »Was sind ondulierte Haare?«

»Ein Frisurenstil der Dreißigerjahre. Mit Brennstäben wurden Wasserwellen gelegt. Die habt ihr schon mal gesehen, oder?«

Michelle nickte. »Dad hat solche Wellen gehabt, wenn er sich Öl in die Haare gekämmt hat. Mutter hat das gefallen.«

»Aber Dad nicht«, warf Andrea ein. »Er hat immer gesagt, das fühlt sich fettig an.«

»Die Wasserwellen haben den ganzen Kopf in makellosen Reihen bedeckt und sind scharf konturiert gewesen. Denkt an Aufnahmen von Joan Crawford und Mae West aus der Zeit. Sie hatten ondulierte Haare«, erklärte Hannah.

»Wie hat dieses Gerät funktioniert?«, wollte Andrea wissen.

»Seht ihr die Metallstäbe am Ende der Kabel?« Die Schwestern nickten, und Hannah fuhr fort: »Ich weiß es nicht genau, aber vermutlich wurden die Haare um die Stäbe gelegt, die wurden dann heiß und die Haare dadurch lockig.«

Andrea war entsetzt. »Aber das ist doch gefährlich! Ich frage mich, ob da nicht mal jemand an einem Stromschlag gestorben ist.«

Hannah zuckte mit den Schultern. »Ich weiß es nicht. Das war lange vor meiner Zeit.«

»Ich kann Mutter mal danach fragen«, bot Michelle an.

»Das würde ich an deiner Stelle sein lassen«, warnte Andrea.

Hannah nickte bekräftigend. »Das war auch lange vor ihrer Zeit. Und du weißt, sie wird nicht gern an ihr Alter erinnert.«

»Klar. Ich dachte nur, ich könnte bei ihr nachhören, ob sie als kleines Mädchen mal hier war und gesehen hat …« Michelle stockte und seufzte. »Du hast recht. Besser nicht.«

»Lasst uns zur Sache kommen«, schlug Andrea vor. »Ich muss Tracey zur Anprobe bringen, wenn Honey mit ihr fertig ist.«

Michelle sah Hannah an. »Ich habe das mit Jared herausgefunden.«

»Was ist mit ihm?« Andrea nahm den Stenoblock, den

Hannah auf den Tisch gelegt hatte, und blätterte zu der Seite mit den Verdächtigen. »Er steht nicht auf der Liste.«

Hannah gab ihr einen Bleistift. »Wir wollten ihn nicht ohne dich hinschreiben. Michelle und ich haben uns die Mitschnitte von den Proben angesehen, und Jared hatte ebenfalls die Gelegenheit, den Revolver auszutauschen.«

»Welches Motiv hat er?«, fragte Andrea, während sie schrieb.

»Er hat keins«, antwortete Michelle hastig. »Und er hat den Mord auch nicht begangen.«

»Woher weißt du das?«, fragte Hannah.

»Weil er sich neben Honey gesetzt hat, nachdem er mit den Blumen fertig war. Da hat er gesessen, bis der Schuss gefallen ist, und er war noch bei ihr, als alle von den Deputys durchsucht worden sind.«

»Also hatte er keine Gelegenheit, den Bühnenrevolver vorher loszuwerden?«, schloss Hannah sofort.

»Genau. Ich habe mich mit Honey unterhalten, und sie bestätigt alles, was Jared mir erzählt hat.«

»Damit fällt Jared raus.« Andrea strich seinen Namen durch. »Noch ein Verdächtiger, von dem ich nichts weiß?«

»Lloyd«, sagte Michelle.

»Lloyd«, wiederholte Andrea. Die Bleistiftspitze schwebte über dem Papier. »Soll ich ihn aufschreiben? Oder werde ich ihn sowieso durchstreichen müssen?«

»Schreib ihn auf«, erwiderte Michelle.

Und Hannah gleichzeitig: »Spar dir die Mühe. Er ist aus dem Schneider.«

Michelle blickte sie überrascht an. »Du hast das abgeklärt?«

»Nein, aber Mike hat mir heute Morgen erzählt, dass

Lloyd keine Zeit hatte, einen Revolver zu verstecken. Mike hat gesehen, wie er zum Schreibtisch gegangen ist, in die Schublade geschaut hat, und dann ist er direkt zu Mike zurückgekommen, und sie haben sich weiter über Schusswaffen unterhalten.«

»Er hat also die Gelegenheit gehabt, ihn auszutauschen, aber keine, um ihn loszuwerden«, fasste Andrea zusammen. »Okay, wen können wir noch streichen?«

»Connor«, antwortete Hannah.

»Wieso?«

»Er hatte auch keine Gelegenheit. Frances hat jeden aufgeschrieben, der zur Kostümprobe ins Haus gekommen ist, und Connor steht nicht auf ihrer Liste.«

»Oh, gut!«, meinte Andrea lächelnd. »Ich mag ihn. Übrigens habe ich mich viel mit ihm unterhalten, und ich kann Menschen beurteilen. Er ist nicht der Typ, der gewalttätig wird.«

Michelle und Hannah wechselten einen Blick, hielten aber den Mund. Warum sollten sie Andrea die Illusion nehmen? Es stand ihnen nicht zu, Connors Geheimnis zu lüften.

»Jetzt ist praktisch keiner mehr übrig.« Andrea schaute auf ihre Liste. »Und Winnie sollte ich wohl auch streichen, weil wir den Bühnenrevolver in ihrem Stall nicht gefunden haben.«

Hannah griff nach ihrer Schreibhand. »Noch nicht. Wir haben nur an einer Stelle gesucht. Er kann überall auf ihrem Hof sein. Sie kann ihn sogar auf dem Heimweg in den See geworfen haben.«

Andreas Augen weiteten sich. »Du meinst ... Winnie hat den Mord begangen?«

»Nein, aber sie hatte ein Motiv. Jeder in der Stadt weiß, dass sie Dean nicht ausstehen konnte und fest entschlossen war, ihn an den Filmarbeiten im Park zu hindern, weil er die Statue ihres Bruders verrücken wollte. Die ist ihr aber heilig.«

»Moment mal.« Andrea schaute verwirrt. »Ich dachte, sie ist einverstanden, dass Ross sie verrückt.«

»Nein«, entgegnete Hannah, »sie dürfen die Statue nur mit einem Kran hochheben und wieder absetzen, nachdem die Szene gedreht worden ist. Das ist alles. Dean wollte sie wegschaffen und zurücktransportieren. Winnie wollte nicht, dass sie zweimal bewegt wird.«

»Das kann ich gut verstehen«, sagte Andrea. »Die Statue steht da seit Jahren, und Winnie fürchtet wahrscheinlich, dass sie beim Transport kaputtgeht.«

Michelle seufzte. »Wäre Dean damit zufrieden gewesen, sie nur anzuheben, wie Lynne es jetzt macht, dann hätte Winnie sofort unterschrieben. Aber bei Dean musste immer alles genau so laufen, wie er es wollte. Er war genauso stur wie Winnie. Zwei so sture Menschen kommen zu keinem Kompromiss. Einer von beiden muss nachgeben.«

»Oder sterben«, sagte Hannah und wandte sich an Andrea. »Und darum solltest du Winnie noch nicht durchstreichen. Aus Gründen der Logik ist sie verdächtig, so unwahrscheinlich uns das vorkommt.«

Hannah lächelte, als es an der Hintertür klopfte. Das war wahrscheinlich Norman. Er hatte am Morgen angerufen und gefragt, ob sie mit ihm zur Eisbahn fahren und Traceys

Auftritt sehen wollte, und angeboten, sie im *Cookie Jar* abzuholen.

»Bist du fertig?«, fragte er beim Hereinkommen.

»Ich muss mir nur noch den Mantel anziehen. Mutter und Carrie sind vor zehn Minuten dahin aufgebrochen. Sie halten uns zwei Plätze frei.« Hannah nahm ihren Parka vom Haken an der Tür, und Norman hielt ihn ihr auf, damit sie hineinschlüpfen konnte. »Danke.« Sie drehte sich zu ihm um und sah ihn an. Ihm so nah zu sein war schön, ein bisschen, als wärmte sie sich an einem prasselnden Kaminfeuer an einem eisigen Winternachmittag oder als hüllte sie sich mit einem guten Buch in eine Wolldecke.

»Was?«, fragte Norman, der ihren verträumten Gesichtsausdruck sah.

»Ich dachte nur, wie sehr du mir gefehlt hast.«

»Aber ich war die ganze Zeit da«, erwiderte er.

»Das stimmt, *ich* war nicht da.« Hannah legte die Arme um seinen Nacken, drückte ihn an sich und gab ihm einen Kuss.

»Das war schön.« Er führte sie nach draußen und zu seinem Wagen. »Vielleicht solltest du häufiger nicht da sein.«

Im Stadtpark von Lake Eden sah es aus, als hätte der Zirkus sein Lager aufgeschlagen. Da die Schlittschuhszene im Rahmen eines Winterjahrmarkts stattfand, waren rings um den Park beheizte Zelte aufgebaut, in denen sich die Statisten aufwärmen konnten. Es war ein wenig kälter als in den letzten zwei Tagen, aber am Nachmittag hatte es sich auf laue vier Grad plus erwärmt. Das war für einen Märztag ziemlich angenehm, doch stundenlang im Schnee oder auf gefrorenem Boden zu stehen entzog selbst den abgehärteten Bürgern Minnesotas mit ihren gefütterten Stiefeln die Körperwärme.

Während sie durch die Menschenscharen gingen, entdeckte Hannah Eleanor und Otis Cox, die ihre Huskies an der Leine hielten. Bei ihnen waren der Bürgermeister und seine Frau, und Hannah fand Stephanie Bascomb viel sympathischer, als sie sich zu den Hunden hinabbeugte und sie streichelte. »Was für ein Gewimmel! Die ganze Stadt ist hier.«

»Heute früh wurde im KCOW durchgegeben, dass noch Statisten gebraucht werden. Das habe ich unterwegs zum neuen Haus gehört.«

»Warum bist du hingefahren?«, fragte sie.

»Ich wollte mich vergewissern, dass sie die Arbeitsplatten in der Küche wie vereinbart einsetzen. Du wolltest schwarzen Granit, oder?«

»Ja.« Kaum ausgesprochen, hätte sie das am liebsten zurückgenommen. »Ich dachte, das Schwarz würde zu dem hellen Eichenholz schön aussehen. Aber ehrlich, Norman … du hättest etwas bestellen sollen, was dir selbst gefällt.«

»Ich wollte das, was du willst.« Damit beendete er die Diskussion. Er legte einen Arm um ihre Schultern und drückte sie kurz, bevor sie sich zu ihren Müttern gesellten.

»Ihr ahnt nicht, wie schwer es war, die Stühle frei zu halten!«, sagte Delores statt einer Begrüßung. »Ich habe meine Handtasche daraufgelegt, um zu zeigen, dass sie besetzt sind, aber immer wieder hat mich jemand gebeten, sie wegzunehmen.«

»Vielen Dank, Mutter.« Hannah wusste, es war Zeit für Komplimente. Delores beklagte sich stets, um Dankbarkeit zu erfahren. »Ich war den ganzen Vormittag auf den Beinen und könnte keinen Augenblick länger stehen. Übrigens, die sind für dich und Carrie.«

Delores lächelte, als sie den Beutel sah. »Plätzchen? Wie nett von dir, Liebes! Welche Sorte ist das?«

»Das sind Mock Turtles, und du isst sie besser sofort. Sie haben einen Kern aus Karamell, der bei dieser Kälte hart wird. Du könntest dir einen Zahn abbrechen.«

»Das ist gut fürs Geschäft«, sagte Norman und brachte die drei damit zum Lachen. Aber die Mütter nahmen trotzdem jede einen Keks.

»Entschuldigt mich für einen Moment.« Hannah stand auf. »Da drüben ist Frances, und ich muss sie etwas fragen.«

»Zu dem Mord?«, wollte Delores wissen.

»In gewisser Weise, aber nicht direkt. Ich bin gleich wieder da.«

Frances stand vor der Statue und schirmte sie offenbar gegen Neugierige ab. Sie war eine kräftige Frau, deren Kurven trotz des dicken Parkas zu sehen waren, hatte lockiges braunes Haar und trug eine Brille mit Metallrand. Obwohl sie Jeans und Stiefel anhatte, glaubte man sofort, dass sie bei der Lehrer-Eltern-Konferenz Ehrenamtsformulare verteilte. Sie wirkte sehr mütterlich.

»Hallo, Frances.« Hannah trat zu ihr. Die Statue von Ezekiel Jordan, dem ersten Bürgermeister von Lake Eden, war in Filzdecken eingehüllt und verschnürt. Sie sah aus wie ein schlecht verpacktes Weihnachtsgeschenk. »Du wurdest dazu verdonnert, Ezekiel zu bewachen?«

»Ross sagte, ich soll mich hier hinstellen und dafür sorgen, dass keiner die Statue anfasst. Das hat er Mrs Henderson versprochen. Was soll die Abmachung mit dem Kran eigentlich? Ist sie verrückt?«

»Ich denke, sie schützt nur einen Familienschatz«, erklärte Hannah. »Ihr Bruder hat die Statue vor Jahren gefertigt und hier aufgestellt. Dann hat er das Grundstück der Stadt gegeben, damit ein Park angelegt wird, aber Winnie darf bis zu ihrem Tod über die Nutzung entscheiden. Ihr Bruder ist unverheiratet geblieben, und da er tot ist, sieht Winnie die Statue als sein Vermächtnis an. Sie fühlt sich verpflichtet, sie vor Schaden zu bewahren.«

»Das verstehe ich.« Frances blickte sich nervös um und neigte sich zu Hannah. »Glauben Sie, sie hat ihn umgebracht?«

»Wen meinen Sie?«

»Mrs Henderson«, flüsterte Frances. »Denken Sie, sie hat die Revolver ausgetauscht und Dean auf dem Gewissen?«

»Nein, sicher nicht. Winnie ist ziemlich geradeheraus. Wenn sie ihn hätte töten wollen, damit er die Statue nicht von ihrem angestammten Platz entfernen kann, hätte sie sich hier hingestellt und auf ihn geschossen, wenn er es versucht hätte.«

Frances nickte. »Genau das hat Michelle auch gesagt. Ich habe mir bloß meine Gedanken gemacht, das ist alles.«

»Was meinen Sie denn, wer die Revolver vertauscht hat?«

»Ich weiß nicht. Ich hätte nicht gedacht, dass jemand

Dean so sehr gehasst hat. Nun ja, er war manchmal schwer erträglich, aber meines Wissens hat er niemals jemandem geschadet.«

»Sie haben beim Putzen in seinem Büro nie etwas gefunden?«

»Was zum Beispiel?«, fragte Frances.

»Hassschreiben oder Erpresserbriefe oder etwas, das jemand als triftigen Grund ansehen könnte, ihn umzubringen?«

Frances schüttelte den Kopf. »Nein, nichts dergleichen. Ich habe mir immer wieder den Kopf zerbrochen, Hannah, und glaube nicht, dass ihn jemand derart gehasst hat. Jeder wusste doch, wie er war, und hat das akzeptiert, weil er ein Genie war. Sie haben Zugeständnisse gemacht. Leben und leben lassen, wissen Sie? Und all die Frauen, mit denen er in seinem Wohnwagen geprobt hat? Die haben alle nicht geglaubt, die einzige zu sein.«

Hannah nickte. »Wie steht's mit seiner Frau? Sharyn durfte erwarten, seine Einzige zu sein, nicht wahr?«

»Natürlich. Und niemand hätte ihr gesagt, dass sie das nicht war. Wir alle können Sharyn gut leiden, und wir waren Dean gegenüber loyal.«

»Wirklich alle?«, hakte Hannah nach.

»Ich denke ja. Ich wüsste jedenfalls niemanden, auf den das nicht zutrifft.« Frances vergewisserte sich wieder, dass niemand in Hörweite stand, als würde sie gleich ein pikantes Geheimnis ausplaudern. »Es ist so, Hannah. Ich glaube nicht, dass der Mörder es auf Dean abgesehen hatte. Ich bin überzeugt, dass er Burke töten wollte.«

»Wer?«

Frances zuckte mit den Schultern. »Keine Ahnung, aber

ich bin mir fast sicher, dass es jemand war, der nichts mit dem Film zu tun hat.«

Stillstand, Sackgasse, festgefahrene Situation, Hannah kamen lauter Synonyme in den Kopf. Die Ermittlung war an einem toten Punkt angelangt. Frances hatte ihr nichts Neues sagen können, doch Hannah beschloss, ihr auf gut Glück noch ein paar Fragen zu stellen. »Erzählen Sie mir von Burke. War er beliebt?«

»Einigermaßen. Keiner von uns hat ihn gekannt, bevor er den Vertrag unterschrieben hat, doch er wirkte nett. Er hat eine Hauptrolle gespielt, war aber nicht hochnäsig, und er war immer freundlich zu den kleinen Leuten.«

Hannah runzelte die Stirn. »Den kleinen Leuten?«

»Zu den Grips, Skriptgirls, Produktionsassistenten und allen, die nur stundenweise bezahlt wurden und nicht fest angestellt waren. Viele Schauspieler sind unhöflich zu den Leuten, die ihrer Karriere wenig nützen, aber Burke war zu jedem freundlich.«

»Sie können ihn also gut leiden?«

»Ja. Deshalb kann ich mir nicht vorstellen, dass ihn jemand von den Filmleuten hat umbringen wollen. Er ist naiv und lustig und wirklich dankbar gewesen, wenn man sich für ihn ein Bein ausgerissen hat.«

»Glauben Sie, dass jeder in der Filmcrew so über ihn denkt?«

»Ja. Es ist so, Hannah … Burke zu ermorden, das ist, als würde man den Osterhasen töten. Wer tut denn so was!«

29

»Hannah? Warten Sie!«

Hannah fuhr herum, als jemand ihre Hand zu fassen bekam, und sah Winnie Henderson vor sich. »Hallo, Winnie. Sind Sie hier, um auf Ihre Statue aufzupassen?«

»Ja, und mir gefällt die Kleine, die sie bewacht. Mir scheint, die macht keine Gefangenen.«

Hannah lachte. Frances schien recht wandelbar zu sein: von der mütterlichen Frau zur Revolverheldin. »Freut mich, dass Sie Vertrauen haben. Haben Sie den Kran gesehen, den Ross gemietet hat?«

»Ich habe ihn schon inspiziert.« Winnie drehte sich zu dem schweren Gerät um. »So einen habe ich noch nie gesehen. *Fünfzig-Tonnen-Teleskop-Kranwagen* steht an der Seite. Ich glaube nicht, dass Arnies Statue so viel wiegt.«

»Wahrscheinlich nicht, aber Ross wollte bestimmt kein Risiko eingehen.« Hannah hatte gehört, wie er deswegen telefoniert hatte. Es hatte sich nur darum gedreht, was für ein Kran für die Aufgabe der richtige wäre, und er hatte von Brückenkränen, Ladekränen, Auslegerkränen und Kranwagen geredet. Das war wohl ein Männerding, denn Ross und der Mitarbeiter des Kranverleihs waren sich innerhalb kürzester Zeit einig gewesen, und der Kran war gegen Mittag eingetroffen.

»Ich habe mitbekommen, wie er mit dem Kranverleih telefoniert hat, und er meinte dabei, es sei besser, einen zu starken als einen zu schwachen Kran zu nehmen.«

»Lieber auf Nummer sicher gehen«, meinte auch Winnie.

»Das stimmt. Möchten Sie sich den Dreh mit uns zusammen ansehen? Tracey hat ihre Schlittschuhnummer jeden Abend nach der Schule geübt. Die Kinder spielen Wilde Schlange, und Tracey läuft am Ende und verliert den Halt. Sie will es perfekt machen.«

»Sie brauchen sich ihretwegen keine Sorgen zu machen. Sie wird wunderbar sein. Sie schafft alles, was sie sich vornimmt. So war ich in dem Alter auch«, sagte Winnie.

Hannah grinste. Aus irgendeinem Grund konnte sie sich Winnie Henderson nicht als kleines Mädchen vorstellen.

»Ich weiß, das kann man sich schwer vorstellen.« Winnie hatte ihren Gedanken wohl erraten. »Aber ich war auch mal jung. Und danke, dass Sie mich eingeladen haben, bei Ihnen zu sitzen. Doch ich halte lieber ein Auge auf den Kranführer, damit er seine Sache richtig macht.«

Hannah rückte sich auf dem Metallstuhl zurecht. Gut, dass sie einen Becher heißen Kaffee mitgenommen hatte, denn gerade wurde die Windmaschine eingeschaltet, damit Traceys roter Schal flatterte, und bei all der Luft, die über die künstliche Eisfläche wehte, fröstelte man umso mehr.

»Ist dir kalt?«, fragte Norman, der ihr Schaudern bemerkte.

»Ja.«

»Noch einen Kaffee?« Er deutete zu dem Zelt, in dem es heiße Getränke für die Filmcrew und die Statisten gab.

Hannah schüttelte den Kopf. Sie hatte schon zwei große Becher voll getrunken, und beim nächsten würde sie zur Toilette gehen müssen. »Nein danke. Ich möchte nicht während Traceys Auftritt wegmüssen.«

»Wegmüssen? Warum solltest du …« Er stutzte und schlug sich an die Stirn. »Schon gut. Hab verstanden. Ich werde dich auf andere Weise wärmen statt mit heißen Flüssigkeiten.«

Hannah lächelte, als er den Arm um sie legte und eng an seine Seite zog. Da sie schon viel zusammen unternommen hatten, wusste sie, dass er selbst bei kältestem Wetter eine mollige Wärme abstrahlte. Das hatte wahrscheinlich mit seinem Stoffwechsel zu tun, und sie wünschte, sie hätte diese Gene auch.

»Es geht los.« Er deutete auf die Eisfläche. Der Kranführer hatte den Kranwagen hinter dem Kaffeezelt abgestellt, damit man ihn nicht sah, und befestigte gerade ein Gurtgeschirr an der Statue. »Sieht aus, als würde der gute Ezekiel sich gleich erheben.«

»Wenn Winnies Bruder das geahnt hätte, hätte er nicht den Bürgermeister, sondern Lazarus gemeißelt«, witzelte Hannah und war dankbar, als Norman lachte.

Es dauerte nur ein paar Augenblicke, das Gurtgeschirr zu sichern und an dem Haken des Kranauslegers zu befestigen. Hannah beobachtete zusammen mit allen anderen, wie der Kranführer die Statue anhob. Man hörte den starken Motor der Hydraulikwinde. Alle waren still fasziniert von dem Schauspiel, als Ezekiel Jordan in Filzdecken verschnürt angehoben wurde.

»Stopp! Nicht!«

Durch das Dröhnen des Motors hörte man jemanden schreien, und Hannah drehte sich um. Winnie rannte im Sturmlauf auf die Statue zu. Da stimmte anscheinend etwas nicht.

Ohne einen bestimmten Plan im Kopf sprang Hannah auf und verließ die Stuhlreihe, um aus der entgegengesetzten Richtung zu der Statue zu laufen. Sie hatte eine geringere Strecke zurückzulegen, rannte an der Statue vorbei und fing Winnie ein paar Meter vor dem Ziel ab.

»Winnie!« Keuchend hielt Hannah die Farmerin am Arm fest, damit sie stehen blieb. »Was ist los?«

»Der Dummkopf von Kranführer hebt den Sockel mit an! Ich habe doch gesagt, sie dürfen die Statue anheben, nicht den Sockel!«

»Aber der ist Teil der Statue«, erwiderte Hannah besänftigend. Dabei schob sie Winnie von der schwebenden Statue weg und zurück zum Kaffeezelt. »Kommen Sie mit. Ich spendiere Ihnen einen Kaffee.«

»Aber sie dürfen den Sockel nicht bewegen!«, beharrte Winnie.

»Das müssen sie doch. Er darf in der Szene nicht zu sehen sein. Ross hat mir das genau erklärt. Sie werden den kahlen Fleck am Boden beschneien, und keiner wird ahnen, dass dort eine Statue gestanden hat.«

»Aber … wenn sie die Stelle mit Schnee bedecken, woher wissen Sie dann, wo sie sie wieder hinstellen müssen?«

»Das habe ich auch gefragt.« Hannah ließ Winnie los,

die schon viel ruhiger erschien. »Michelle sagt, dass sie vorher ein Stück Pappe in der Größe des Sockels hinlegen. Nach dem Dreh wird der Schnee weggefegt, und der Kranführer stellt die Statue auf die Pappe.«

»Oh. Okay … das könnte funktionieren.« Winnie wirkte entspannter, als sie den Becher Kaffee von Hannah annahm.

»Kommen Sie, gehen wir zu den anderen.« Hannah griff sich einen Stuhl, den jemand verlassen hatte, und nahm Winnie mit zu Delores, Carrie und Norman.

Jeder hielt den Atem an, als die Statue haushoch in der Luft baumelte. Winnie betrachtete sie noch, als kein anderer mehr hinsah, doch schließlich senkte auch sie den Blick und atmete auf. »Dann ist wohl alles in Ordnung damit.«

»Aber sicher«, sagte Hannah beruhigend, und die Mütter und Norman pflichteten ihr ermutigend bei. Dann wurde ihre Aufmerksamkeit von der Holzhütte am anderen Ende der Eisbahn angezogen.

Winnie stupste Hannah an, als Lynne herauskam. »Das ist die neue Regisseurin. Anscheinend kann sie genauso gut Schlittschuh laufen wie die Kinder.«

Hannah sah ihre alte Freundin übers Eis gleiten und in der Mitte anhalten.

»Ich danke Ihnen allen, dass Sie heute hergekommen sind«, sagte Lynne, und damit man sie gegen den Kranmotor und den Wind gut verstehen konnte, hatte sie sich wohl ein Mikrofon angesteckt. »Ich weiß, es ist kalt, und deshalb gibt es drüben in dem rot gestreiften Zelt Kaffee und heißen Kakao. Da dürfen Sie sich gern bedienen. Wir haben schon einige Massenszenen gedreht und werden noch welche drehen, während die Szene auf dem Eis läuft.«

Sie gab ein Zeichen, und aus der Hütte kamen sieben Mädchen, Tracey bildete den Schluss. »Das sind die Stars der Szene. Sie werden zur Mitte laufen und Wilde Schlange spielen. Als das neue Mädchen in der Stadt, das von den anderen noch nicht in die Clique aufgenommen wurde, wird Tracey das Ende der Schlange bilden. Bei der fünften Umdrehung wird das vorletzte Mädchen sie loslassen, und Tracey wird vor dem grün-weißen Zelt gegen den Schneewall prallen.«

Alle drehten den Kopf dorthin, auch Hannah.

»Falls Ihnen aufgefallen ist, dass der Schneewall dort etwas anders aussieht, dann deshalb, weil er aus Schaumstoff besteht, der so bemalt wurde, dass er wie festgetretener Schnee aussieht. Im Film wird der Sturz dramatisch erscheinen, und Tracey wird schreien und so tun, als hätte sie sich den Arm gebrochen, aber in Wirklichkeit wird sie sich nicht wehtun.«

Im Publikum wurde Gemurmel laut, und dann rief jemand eine Frage, die Hannah nicht hören konnte.

»Einer unserer Statisten will wissen, warum alle ›Wallawalla‹ sagen. Das mag Ihnen albern erscheinen, aber wenn das viele Menschen mit ihren unterschiedlichen Stimmen ständig und asynchron sprechen, klingt das, als ob sie sich unterhalten. Das brauchen Sie aber nicht zu tun, denn wir nehmen heute keinen Stimmenlärm auf. Der wird bei der Postproduktion hinzugefügt, und ein paar Dialoge werden nachsynchronisiert.«

Hannah war beeindruckt, wie gut Lynne alles erklärte.

»Wenn die Aufnahme beginnt, möchte ich, dass Sie alle so tun, als hätten Sie Spaß an dem Winterjahrmarkt. Und während die Mädchen auf dem Eis Wilde Schlange spielen, dürfen Sie lächeln und sogar applaudieren, wenn sie einander in enge Kurven ziehen. Wenn Tracey gegen den Schneewall geschleudert wird, möchte ich bei Ihnen erschrockene und besorgte Gesichter sehen. Und wenn sie dagegenprallt und sich den Arm bricht, brauche ich entsetzte Gesichter.«

»Das ist ziemlich aufregend.« Winnie drehte lächelnd den Kopf zu Hannah. »Ich wusste nicht, dass es so viel Spaß macht, bei Dreharbeiten dabei zu sein.«

Hat es auch nicht gemacht, als Dean noch der Regisseur war, dachte Hannah. Lynne war im Kontakt mit der Öffentlichkeit viel besser als ihr Vorgänger.

»Sind alle bereit?«, fragte Lynne, und es wurde genickt und »Ja« gerufen. »Gut. Schauen wir mal, ob wir das mit nur einer Einstellung hinbekommen. Tracey? Kostüm bitte.«

Tracey drehte sich um und lief zu der Holzhütte, aus der sie zuvor gekommen war. Sie ging hinein und schloss die Tür hinter sich, aber Hannah sah kurz vorher noch die Maskenbildnerin Honey und Sophie, die Garderobiere.

Sie schaute sich zu der Stelle um, wo die Statue gestanden hatte. Da hatte nun ein Kameramann seine Position eingenommen, und ein anderer auf einem Podest am anderen Ende der Eisbahn, und Clark, mit dem sie sich einmal unterhalten hatte, ging mit einer Steadicam auf der Schulter am Rand entlang. Dieser Art von tragbarer Kamera gelangen Aufnahmen weitgehend ohne Verwacklungen.

»Mädchen, auf die Plätze bitte!«

Nach dieser Anweisung von Lynne fuhren die sechs, die auf dem Eis geblieben waren, zur Mitte. Lynne verteilte sie und änderte ein paar Mal ihre Positionen. Als alles so war, wie sie es haben wollte, rief sie nach Tracey.

Die Tür öffnete sich. »Ich bin so weit«, rief Tracey und schloss sie wieder.

»Licht!«

Die Scheinwerfer, die rings um die Eisbahn an Masten montiert waren, flammten auf. Es war heller Tag, doch das zusätzliche Licht war anscheinend nötig.

»Kamera ab!«, sagte Lynne. »Kamera läuft!«, war die Antwort, und dann gab sie die letzte Anweisung: »Und bitte!«

Darauf fingen die Mädchen zu spielen an. Eine übte Drehungen, eine andere lief rückwärts, zwei gaben sich die Hände und drehten sich langsam im Kreis wie die Eiskunstläufer im Fernsehen, und zwei fassten sich über Kreuz an den Händen und sausten am Rand der Eisfläche entlang. So ging es mehrere Minuten lang.

»Danke!«, rief Lynne. »Nächste Szene! Und bitte!«

Die beiden Mädchen, die langsame Kreise zogen, bewegten sich zur Mitte, eine winkte der rückwärts laufenden, die daraufhin zu der lief, die Drehungen übte, und nahm sie mit zu den anderen. Als sie sich in der Mitte bei den Händen fassten, gesellten sich die übrigen zwei zu ihnen. Sie scherzten und grinsten und stellten sich in einer Reihe auf, um Wilde Schlange zu spielen.

»Tracey!«, sagte Lynne.

Tracey kam aus der Hütte. Sie trug einen königsblauen

Mantel und dazu Bills roten Schal um den Hals, eine blaue Strickmütze auf dem Kopf und blaue Pompons an den Schlittschuhen. Anstelle einer bauschigen Schneehose hatte sie eine straff sitzende Steghose an. Das war ein schickes Outfit, wie es die kleine Tochter reicher Leute zum Schlittschuhlaufen auf der Eisbahn am Rockefeller Plaza tragen würde, und es bildete einen starken Kontrast zu den Parkas und Schneehosen der anderen Mädchen.

Tracey schien den Unterschied nicht wahrzunehmen. Sie lächelte, als sie die anderen Kinder spielen sah. Sie lief auf sie zu, näherte sich dem Mädchen am Ende der Schlange und fragte allem Anschein nach, ob sie mitspielen dürfe. Die Kleine wechselte Blicke mit den anderen und nickte dann. Tracey schloss sich erfreut an.

Die Schlange begann sich in der Mitte der Eisfläche zu drehen. Tracey schien Spaß zu haben, während die Schlange immer schneller um das größte Mädchen kreiste, den Kopf der Schlange. Tracey bildete die Schwanzspitze, wo das größte Drehmoment herrschte.

Die Mädchen liefen immer schneller, und Hannah zählte die Umdrehungen. Sie sah andere Leute das Gleiche tun und hörte Winnie und Norman laut zählen. Als Tracey einmal strauchelte und fast das Gleichgewicht verlor, gab es besorgte Gesichter.

Die schnellste Umdrehung war die fünfte, und Tracey konnte kaum noch mithalten, als das Ende der Schlange am Kaffeezelt vorbeisauste. Daneben stand das blau-weiße Zelt, und man sah schon, dass Tracey die Kraft ausging und sie bald stolpern würde. Sie hielt mit knapper Not das Tempo, als es an dem gelb-weißen Zelt vorbeiging, und Hannah schaute ringsherum in die Gesichter, als sich ihre

Nichte dem grün-weißen näherte, der Stelle, wo sie stürzen sollte.

Alle schauten alarmiert, wie von Lynne gewünscht. Hannah empfand tatsächlich genauso, obwohl sie wusste, dass Tracey diesen Stunt mit den Mädchen, ihren Freundinnen, mindestens zwei Dutzend Mal geübt hatte.

Kurz vor dem grün-weißen Zelt geriet Tracey ins Wanken, rang um ihr Gleichgewicht und strengte sich sehr an, um mitzuhalten. Dabei ließ ihre beste Freundin, Karen Dunwright, ihre Hand los, sodass Tracey gegen den Schneewall krachte.

Die Zuschauer keuchten auf, und ein paar erschrockene Schreie waren zu hören. Traceys Sturz sah spektakulär aus. Sie fiel auf den Arm, und in ihrem Gesicht malten sich der Schreck und die Schmerzen ab. Sie wimmerte, und alle waren still und warteten ab, was passieren würde.

»Danke!«, rief Lynne laut, obwohl sie ein Mikrofon trug. »Alles okay, Schatz?«

»Ja, danke.« Tracey stand auf und lächelte die Leute an. Dann schwenkte sie den Arm über dem Kopf, um zu zeigen, dass sie unverletzt war, und bekam Applaus.

Hannah drehte sich zu Winnie. »Mir scheint, Tracey hat eine Karriere im Showgeschäft vor sich. Ich habe wirklich geglaubt, sie hätte sich wehgetan. Sie auch?«

Doch Winnie antwortete nicht. Sie starrte zutiefst erschrocken zu der schwebenden Statue, von deren Sockel etwas zum Boden fiel.

Der Kameramann darunter fluchte laut und rieb sich den Kopf. Dann blickte er hoch und zog seine Kamera schleunigst von der Stelle weg und zwischen die Zuschauer.

Jemand rief: »Die Statue fällt auseinander«, und alle reagierten. Lynne lief zu den Mädchen und scheuchte sie in die Hütte. Die Zuschauer, die sich in der Nähe der herabfallenden Brocken aufgehalten hatten, brachten sich eilends in Deckung, und es regnete weiter Brocken aus der verpackten und verschnürten Statue.

»Du meine Güte!« Hannah fragte sich, ob die Kameras noch liefen. Winnie hatte mit ihren Befürchtungen recht gehabt. Die Statue zerbröckelte vor ihren Augen. Hannah drehte sich zu ihr um, um zu sagen, wie leid es ihr tat, dass sie sie überredet hatte, doch Winnies Stuhl war leer. Wieso hatte sie ihren Platz verlassen, obwohl sie gar nicht in der Nähe der herabfallenden Brocken waren?

Endlich fiel nichts mehr unter den Filzdecken heraus, und ein mutiger Mensch rannte aufs Eis und hob einen Brocken auf. Doc Knight, der vom Rand aus zugesehen hatte, trat auf den Mann zu und nahm ihm ab, was er aufgehoben hatte.

In dem Moment kam Lynne von der Hütte auf ihn zugelaufen, wo sie die Mädchen der Obhut von Sophie und Honey übergeben hatte. »Was ist das, Doc?«

Doc Knight zuckte mit den Schultern. »Sieht aus wie ein Wadenbein.«

»Sie meinen, das ist ein Beinknochen?«

Er nickte. »Ganz recht.«

»Von einem Tier?«, fragte Lynne.

Doc Knight ließ sich mit der Antwort Zeit, und alle warteten gespannt. Es war so still, dass Hannah glaubte, die Leute atmen zu hören.

»Nein«, antwortete er schließlich. »Es stammt von einem Menschen.«

30

»Winnie? Sind Sie da?« Hannah klopfte an die Tür des Farmhauses. Als niemand kam, drehte sie sich zu Mike und Norman um. »Ich denke, sie ist zu Hause und traut sich nur nicht zu öffnen.«

Mike nickte. »Das vermute ich auch.«

»Versuch's noch mal«, schlug Norman vor. »Und sag diesmal, wer du bist.«

»Winnie? Hier ist Hannah.« Sie klopfte erneut. »Machen Sie bitte auf. Sie wissen, dass wir mit Ihnen reden müssen.«

»Ich komme«, rief Winnie von drinnen, und dann waren Schritte zu hören. »Schon gut, schon gut. Moment noch, ich muss das Schloss abnehmen.«

Es dauerte eine Weile, aber endlich zog Winnie die Tür auf. Im schwindenden Tageslicht stand sie vor ihnen und sah sehr schmächtig und einsam aus. »Sind Sie hier, um mich zu verhaften?«

»Nein«, antwortete Mike. »Sollte ich denn?«

»Vielleicht. Kommen Sie herein und trinken Sie Kaffee mit mir. Ich habe welchen auf dem Herd stehen.«

Immer eine gute Gastgeberin, dachte Hannah, als sie

ihr in die große Küche folgten. Sie setzten sich um den runden Eichentisch in der Mitte. »Warum sind Sie so schnell verschwunden, Winnie?«

»Das wissen Sie. Doc Knight dürfte inzwischen festgestellt haben, dass das Menschenknochen sind.«

»Das stimmt.« Mike schoss Hannah einen mahnenden Blick zu. Seine Botschaft war unmissverständlich. Sie sollte ihm das Reden überlassen. Das war allein seine Aufgabe.

»Nun, trinken wir noch einen Kaffee, bevor Sie mich in eine Zelle sperren.« Winnie schenkte vier Tassen aus einer blau gesprenkelten weißen Blechkanne ein, die auf dem alten Holzofen stand. »Wer möchte Sahne und Zucker?«

»Nur schwarz, danke, Winnie«, antwortete Hannah.

»Ich auch«, sagte Norman.

»Für mich ebenfalls schwarz«, meinte Mike. Er sah zu, wie Hannah und Norman ihre Tassen an den Mund führten und tranken.

Hannah musste sich das Kichern verkneifen. Wie ein König, der seine persönlichen Vorkoster hatte, wollte Mike erst nach ihnen trinken. Er würde mindestens einen Moment lang abwarten, ob der Kaffee vergiftet war. Er wusste wohl nicht, dass Winnies Gebräu auch ohne Gift tödlich war.

Es war stark und auf altmodische Art zubereitet. Sie wusch die Kanne am Samstagabend aus und brühte am Sonntagmorgen frischen Kaffee auf. Der wurde auf dem Holzofen warm gehalten, bis die Kanne leer getrunken war. Wenn nur noch der nasse Kaffeesatz am Grund der Kanne lag, gab sie Wasser und mehrere Löffel frisches Pulver hinein und kochte damit eine neue Kanne voll Kaffee. Bis der Samstagabend kam und es Zeit war, die Kanne auszuwaschen, war sie mindestens zur Hälfte mit Kaffeesatz gefüllt, von dem ein Teil ein Dutzend Mal aufgebrüht worden war.

Hannah trank den zweiten Schluck. Immerhin war erst Freitag. Einmal hatte sie Winnies Kaffee an einem Samstagabend getrunken. Der hätte selbst ein Maultier umgehauen!

Endlich hob Mike seine Tasse und trank einen Schluck. Hannah beobachtete sein Mienenspiel und gab ihm Punkte für ausbleibende Würgegeräusche. Seine Augen wurden wässrig, aber bei einem Erstkoster durfte man nicht weniger erwarten. Dann tat er etwas, mit dem bei jemandem, der kein gebürtiger Lake Edener war, nicht zu rechnen war. Er räusperte sich, lächelte Winnie an und sagte: »Mit dem kann man Wände abbeizen!«

Winnie erwiderte sein Lächeln, und Hannah sah ihr an, dass sie sich ein wenig besser fühlte. Jeder in der Stadt sagte, dass man mit Winnies Kaffee Wände abbeizen könnte, und das war ein Kompliment. Mit angehaltenem Atem wartete Hannah darauf, dass Mike seine Tasse hinstellte und mit der Befragung anfing. Er hatte ihr mal erzählt, dass er zwei Herangehensweisen bevorzugte, die einschüchternde und die mitfühlende.

»Erzählen Sie mir von den Menschenknochen, und vielleicht finden wir eine Lösung«, meinte er, und Hannah warf ihm einen dankbaren Blick zu. Sie war froh, dass er sich für die mitfühlende Art entschieden hatte.

»Das sollte ich dann wohl tun.« Winnie setzte sich Mike gegenüber. Wie sie dasaß, so steif und auf der äußersten

Stuhlkante, ließ schon ahnen, dass sie eine schmerzvolle Geschichte zu erzählen hatte. Sie trank einen Schluck von ihrem Kaffee und seufzte.

»Es ist so«, begann sie. »Mein zweiter Mann hat mich jedes Mal geschlagen, wenn er sternhagelvoll war. Ich hatte vorsorglich nie Schnaps im Haus, aber er ging samstagabends immer einen heben. Egal, was ich getan habe, nichts konnte ihn auf der Farm halten. Und ich habe weiß Gott alles versucht.«

Hannah runzelte die Stirn, unterbrach sie aber nicht, obwohl ihr eine Frage durch den Kopf schoss, sowie Winnie ihren zweiten Mann erwähnte. Wenn sie richtiglag, hieß er Red und war eines Morgens Zigaretten kaufen gegangen und nicht wiedergekommen.

»Jedenfalls war der Tag, an dem ich meinen ersten Jungen zur Welt bringen sollte, ein Samstag, und Red war in der Stadt im Schnapsladen. Ich wusste, ich hatte noch Zeit, rief aber schon mal meinen Bruder Arnie an, der in der Stadt wohnte, und bat ihn, Red da rauszuholen, damit er mich später zu Doc Knight fahren konnte.«

»Sprechen Sie weiter«, bat Mike.

»Nun ja, Red wollte nicht so früh nach Hause, aber Arnie schlug bei ihm eine härtere Gangart ein und brachte ihn her. Red wollte Arnie nicht mit ins Haus lassen. ›Fahr heim‹, sagte er und schlug ihm die Tür vor der Nase zu. Arnie hatte Angst, mich mit ihm allein zu lassen, weil Red betrunken war. Deshalb ging er ums Haus und schaute durch die Fenster. Als er am Küchenfenster ankam, schlug Red schon auf mich ein.«

Hannah wurde allein vom Zuhören ganz elend, und ein Blick zu Norman verriet ihr, dass es ihm ähnlich ging.

Sie schaute zu Mike. Der wahrte ein unbewegtes Gesicht, aber sie sah ihn schwer schlucken.

»Was haben Sie getan, als er Sie geschlagen hat?«, fragte er.

»Ich habe es ein paar Minuten lang hingenommen, aber dann habe ich mich gewehrt. Ich dachte, er schadet noch dem Kind. Schläge mit der Hand halfen mir nichts, deshalb sah ich mich in meiner Angst nach etwas anderem um. Ich hatte immer eine Kaffeekanne auf dem Herd stehen, eine große, ungefähr doppelt so groß wie die blau-weiße, die ich jetzt habe. Sie hatte zwei Henkel wie diese da, sehen Sie? Und sie war voll Kaffee.«

Sie zeigte auf den Henkel an der Rückseite ihrer jetzigen Kanne und den Drahtbügel, der rechts und links neben dem Deckel befestigt war. »Man braucht zwei Henkel bei einer so großen Kanne. Den oben hält man mit der einen Hand und neigt die Kanne mit dem Henkel an der Rückseite, wie ich es beim Eingießen gemacht habe.«

»Welchen Henkel haben Sie an dem Abend damals benutzt?«, fragte Mike.

»Den oben. Und ich habe mit der Kanne ausgeholt und sie ihm ins Gesicht geschlagen. Die Kanne ist mir aus der Hand geflogen, und Red ist auf den Küchenboden geknallt. Als er Anstalten gemacht hat aufzustehen, wusste ich, er würde mich umbringen. Also griff ich nach der Bratpfanne, die auf dem Herd stand …«

»Welche Art von Bratpfanne war das?«, wollte Mike wissen.

»So eine.« Winnie stand auf und holte eine große aus Gusseisen, in der man zwei Hähnchen nebeneinander braten konnte. »Sie ist schwer, wissen Sie?«

Mike nahm sie in die Hand. »Das stimmt. Die wiegt mindestens zehn Pfund, wenn nicht mehr.«

Winnie schluckte mühsam. »Wie gesagt, er wollte wieder aufstehen. In seinem Blick konnte ich sehen, dass er uns töten würde, mich und das Kind. Das durfte ich nicht zulassen. In meiner Panik schlug ich ihm auf den Kopf, und er blieb liegen. Als Arnie dann die Scheibe eingeschlagen hat und durchs Fenster gestiegen ist, um mir zu helfen, regte Red sich nicht mehr.«

»Was hat Ihr Bruder dann getan?«, fragte Mike.

»Er hat nachgesehen, ob Red noch lebte, aber er muss bereits tot gewesen sein, denn er hat ihn da liegen gelassen. Ich war völlig aufgelöst, zitterte am ganzen Körper. Und dann hat Arnie mich auf den Arm genommen und zu Doc Knight in die Praxis gefahren.«

»Nicht ins Krankenhaus?«

»Damals hatten wir hier noch keins. Docs Praxis war wie ein Krankenhaus. Er hatte ein paar Betten, und sie grenzte an seine Wohnung, sodass er immer da war.«

»Und Sie haben das Kind bekommen?«, hakte Mike behutsam nach.

»Ja, aber erst nachdem Doc mich genäht hatte. Ich hatte etliche Platzwunden von dem Ring, den Red immer getragen hat, wenn er in den Schnapsladen gegangen ist. Der hatte scharfe Kanten, für den Fall, dass er in eine Prügelei geriet.«

Hannah trank von ihrem Kaffee, um die Übelkeit loszuwerden. Was für ein Mann prügelte seine hochschwangere Frau? Der Kaffee half nicht, ihr war immer noch schlecht, und sie kämpfte dagegen an.

»Jedenfalls, kurz bevor Doc mich betäubte, konnte Arnie ein paar Worte allein mit mir reden. Er sagte, ich solle mir keine Sorgen machen, er würde sich um alles kümmern. Und das hat er getan. Das habe ich aber erst erfahren, als ich mit dem Baby nach Hause gekommen bin. Arnie fuhr an dem Abend zur Farm zurück und wickelte Red in den großen Flickenteppich, den wir in der Küche liegen hatten. Er putzte die ganze Küche, sodass niemand sehen würde, was passiert war, und schleifte Red zu seinem Wagen. Er fuhr ihn in die Garage, die er als Atelier benutzte. Ich nehme an, er hat ihn … zerlegt. Arnie hat mir das nie erzählen wollen. Doch als er im Sterben lag, hat er mir gestanden, dass sich Reds Leiche im Sockel der Statue befindet, die er für den Park gemacht hat.«

Hannah und Norman schluckten schwer, obwohl sie das Ende der Geschichte schon gekannt hatten. Es war trotzdem grausig. Mike dagegen wirkte gefasst. Vielleicht hatte er zu seiner Zeit als Detective in Minneapolis schon Schlimmeres gehört.

»Was haben Sie den Leuten erzählt, wo Red abgeblieben war?«, fragte Mike.

»Dass er Zigaretten holen wollte und nicht wiedergekommen ist. Niemand stellte das infrage. Alle dachten, er hätte mich verlassen, damit er nicht für eine Frau mit Kind sorgen muss.« Sie sah Mike gefasst an. »Also verhaften Sie mich nun? Oder nicht?«

»Nein«, antwortete er. »Ich sehe keinen Grund dazu, Mrs Henderson. In meinen Augen war das Notwehr. Sie wollten Ihr Kind schützen.«

»Dennoch habe ich ihn getötet!«

»Was meinst du?« Mike wandte sich an Norman, und Hannah hätte beinahe laut nach Luft geschnappt. Für einen Polizisten, der sonst immer auf die Dienstvorschriften pochte, war das eine beträchtliche Abweichung.

»Totschlag aus Notwehr, ja. Sie waren hochschwanger und standen kurz vor der Geburt, Winnie«, antwortete Norman schnell. »Wie siehst du das, Hannah?«

»Das war sicherlich kein geplanter Mord. Sie haben Red getötet, ja, aber nur, weil Sie das Leben Ihres Kindes schützen mussten.«

»Okay.« Mike schwieg einen Augenblick nachdenklich, dann nickte er. »Sofern Doc Knight die Verletzungen bestätigt, die Sie angegeben haben und die Red Ihnen zugefügt hat, ist der Fall für mich abgeschlossen, Winnie.«

»Sie meinen … Sie bringen mich nicht ins Gefängnis?«

»Ja. Sie haben aus Notwehr gehandelt. Aber jetzt noch eine wichtige Frage, und ich will, dass Sie ehrlich antworten. Haben Sie den Bühnenrevolver gegen einen echten vertauscht, damit Dean Lawrence zu Tode kommt und die Hände von der Statue lässt?«

Winnie starrte ihn mit offenem Mund an, und dabei sah sie aus, als könnte der Luftstrom aus einem von Berties Föhnen sie umpusten. Als sie sich gefasst hatte, schüttelte sie energisch den Kopf. »Ich hatte mir schon einiges überlegt, wie ich ihn davon abhalten könnte, die Statue abzutransportieren, doch ein Mord war ganz sicher nicht dabei!«

»Was hatten Sie sich denn überlegt?«, fragte Mike.

»Ich wollte mich an die Statue ketten und den Schlüssel wegwerfen. Ich dachte, bis irgendwer mit einem Bolzenschneider kommt, ist es zu dunkel, um die Szene zu drehen.«

»Also haben Sie nie daran gedacht, den Bühnenrevolver auszutauschen?«

»Natürlich nicht!«, antwortete Winnie. »Dadurch hätte ja der junge Surfer aus der Werbung umkommen können, und gegen den habe ich nichts. Oder ein anderer, der die Waffe in die Hand nimmt und damit herumalbert. Und selbst dieser Dean … Ich wollte die Dreharbeiten verhindern, das ja, aber deshalb hätte ich den Mann doch nicht *getötet!*«

»Okay.« Mike klappte sein Notizbuch zu und steckte es ein. »Das dachte ich mir, aber ich musste Sie das fragen. Das ist meine Pflicht.«

»Ein Mensch muss seine Pflicht tun.« Winnie wirkte sehr erleichtert, als sie sah, dass Mike ihr glaubte. »Werden Sie … allen erzählen, dass ich Red getötet habe?«

Er schüttelte den Kopf. »Dazu sehe ich keinen Grund. Das ist Jahre her.«

»Aber … was ist mit den Knochen? Inzwischen wissen alle, dass sie von einem Menschen stammen.« Winnie wirkte besorgt.

Mike sah Hannah an. »Was meinst du, was ich sagen sollte?«

»Dass sie sehr alt sind? Fossilien oder etwas in der Art?« Sie griff nach Strohhalmen.

»Das hält keiner Prüfung stand«, warf Norman ein. »So alt sehen sie einfach nicht aus. Aber man könnte doch behaupten, Winnies Bruder wäre beim Anlegen des Parks auf die Knochen gestoßen. Sie wären ihm aufgefallen, als er die ausgehobene Erde abtransportieren wollte. Er vermutete, dass sie aus einem Indianergrab stammten, und konnte sie nicht zurückbetten, weil er nicht wusste, wo das gelegen hatte. Arnie wollte den Fund nicht melden, weil er gefürchtet hat, man würde ihn hindern, den Park anzulegen.

Deshalb hat er die Knochen eingesammelt und im Sockel der Statue begraben, die er für den Park gemeißelt hat.«

»Und das hat er niemandem erzählt. Erst auf dem Sterbebett hat er es mir gestanden«, fügte Winnie hinzu.

»Also gut.« Mike schob seinen Stuhl zurück. »Ihr könnt noch bei Mrs Henderson bleiben, aber ich muss Mr Lawrence' Mörder fassen.«

Winnie brachte ihn zur Tür, und als sie wieder in die Küche kam, lächelte sie zaghaft und sagte leise: »Das alles war schrecklich. Jetzt fühle ich mich irgendwie erleichtert. All die Jahre habe ich mich gequält und mir Vorwürfe gemacht, ich wäre eine Mörderin, doch ich bin gar keine.«

31

Es war Samstagnachmittag, und Hannah stand hinten in einem Klassenraum der Jordan High und wartete darauf, dass Burke Anson einen sehr viel jüngeren Mann spielte. Denn unglücklicherweise litt der fünfzehnjährige Schauspieler, der für die Rolle des Jody engagiert worden war, plötzlich an einer Kehlkopfentzündung und konnte nicht mehr sprechen. Burke hatte angeboten, den Teenager zu spielen, wenn Honey ihn kosmetisch verjüngte.

Hannah kannte das aus dem College. Sie hatte viel Zeit im sogenannten »Green Room« verbracht, dem Raum hinter der Bühne, in dem Schauspieler sich entspannten und auf ihre Einsätze warteten. Maskenbildner konnten jemanden so schminken, dass er wesentlich jünger aussah, sie konnten ihn aber auch viel älter erscheinen lassen.

Es war stickig, und Hannah musste sich zusammenreißen, um nicht ständig zu gähnen. Sie war am vergangenen Abend lange aus gewesen und hatte sich im *Lake Eden Inn* mit Ross und den Schauspielern die Aufnahmen angesehen, und dabei hatte Lynne sie gefragt, ob sie die Englischlehrerin in der heutigen Schulszene spielen würde.

Hannah drückte die Daumen, dass Burke kein Dutzend

Einstellungen brauchte, um seine Rolle richtig hinzukriegen. Lisa hatte Herb rekrutiert, damit er ihr im *Cookie Jar* half, und beide hatten sie aufgefordert zu gehen und Spaß zu haben. Trotzdem hatte sie das Gefühl, sich vor ihrer Arbeit zu drücken.

»Sind Sie bereit?«, wollte ein Teenager wissen, der zu ihr trat. Hannah sah ihm ins Gesicht und erwartete einen der Zehntklässler zu sehen, doch so jung die Stimme klang, es war Burke, der vor ihr stand.

»Haben Sie etwas zu mir gesagt?«, fragte Hannah, da sie ihren Ohren nicht ganz traute.

»Ja. Sind Sie bereit, Miss Bowman?«

Hannah lächelte und nickte. Das könnte doch funktionieren. Burke sah zweifellos wie fünfzehn aus, und seine Stimme war perfekt moduliert. Wenn er sich jetzt noch wie ein Teenager benehmen würde, wären sie mit der Szene im Nu durch.

»Nehmen Sie Ihre Plätze ein«, rief Lynne, und Hannah stellte sich vor die Tafel. Sie hatte nur einen kurzen Text zu sprechen, aber Lynne hatte ihr klargemacht, dass die wichtig war, weil sie den Ton für die ganze Szene setzte.

»Licht … und bitte!«

Lynne gab Hannah das Stichwort, und Hannah schlug ihren strengen Lehrerinnenton an. »Aufgepasst! Ich habe hinten am Tisch Arbeiten zu bewerten. Daher möchte ich, dass ihr euch für den Rest der Stunde mit *Mending Wall* von unserem geschätzten Dichter Robert Frost befasst. Wenn ihr Schwierigkeiten habt, die Anspielungen zu verstehen, fragt Jody. Sein letzter Test hat gezeigt, dass er ein hervorragendes Verständnis von Frosts Werk hat.«

Hannah nahm den Stoß Testbögen vom Lehrerpult und

ging in ihrem grauen Tweed-Kostüm und den vernünftigen Schuhen zu dem Tisch im Hintergrund des Klassenzimmers. Sowie sie an der letzten Pultreihe vorbei war, fingen die Schüler an, sich in den Gang zu neigen und zu flüstern.

Lynne winkte Hannah zu ihrem Stuhl an dem Tisch, und Hannah setzte sich. Sie breitete die Testbögen aus und tat, als vertiefte sie sich in die Beurteilung, bewegte ihren Rotstift über das Papier, setzte Haken und schrieb ab und zu eine Bemerkung an den Rand. Aber sie wusste, sie würde nur im Master Shot zu sehen sein, einer Gesamtaufnahme der Szene, und tatsächlich wäre im Film später nicht zu sehen, was sie gerade tat. Sie jedoch konnte die Klasse und die leise, bedrohliche Interaktion zwischen Jody und den anderen Schülern beobachten.

»Du hältst dich für verdammt schlau, was?«, zischte der Junge mit dem gelben Hemd.

Das Mädchen im rosa Pullover nickte. »Ja, du hast die Preise verdorben, du Widerling!«

Die Beleidigungen gingen in gedämpftem Ton weiter, und das Galgenmikrofon nahm sie auf. Jody schaute abwehrend und dann nervös und schließlich, als wäre er zu Tode erschrocken, während seine Mitschüler ihn quälten.

»Mensch, Leute!«, sagte er leise und blickte unauffällig zu Hannah. »Ich wollte bei dem Test keine Eins kriegen.«

»Was hast du mit Miss Bowman laufen, hm?« Der Junge im gelben Hemd, der angefangen hatte, stellte sich zwischen den Tisch im Hintergrund und Jodys Pult. Hannah konnte es nicht sehen, doch aus dem Skript wusste sie, dass der Junge Jody an den Hinterkopf schlug.

In dem Moment gab Lynne ihr ein Zeichen, und Hannah stand auf und stellte sich an die Seite des Klassenraums.

Der Master Shot war beendet, und sie hatten sie schon mehrere Minuten lang an dem Tisch gefilmt, wo sie die Testbögen bewertete. Wie Lynne erklärt hatte, würden sie die Aufnahme so schneiden, dass man glaubte, Miss Bowman hätte das Mobbing gegen ihren besten Schüler nicht mitbekommen.

»Hör auf damit!«, zischte Jody und blickte wieder zu dem Tisch. Doch als er feststellte, dass der Junge im gelben Hemd den Blick dorthin verstellt hatte, fing er an zu zittern. »Ich hab gar nichts mit ihr am Laufen. Sie ist unsere Lehrerin, mehr nicht.«

»Das sagst du, und vielleicht stimmt es. Aber du bist ihr Liebling, oder nicht?«

Der Junge schlug Jody wieder, und der zitterte noch heftiger. Hannahs Puls beschleunigte, obwohl sie wusste, dass alles nur gespielt war.

»Also … reden wir mal über den Test, den wir nächsten Freitag schreiben müssen«, sagte der Junge. »Du wirst dich neben mich setzen und mich abschreiben lassen.«

»Das wäre Betrug!«, protestierte Jody.

»Nein, das wäre schlau. Wenn du es nicht tust, finde ich dich nach der Schule und mach Hackfleisch aus dir. Kapiert?«

»Aber …«

Der andere Junge versetzte ihm einen kräftigen Schlag an den Kopf, der aber in Wirklichkeit ein paar Zentimeter danebenging, doch in der Aufnahme würde es echt aussehen. Und obwohl Burke nicht mal gestreift worden war, quollen bei ihm Tränen hervor.

»Du sitzt neben mir«, warnte der Junge. »Und wenn ich es verlange, zeigst du mir deine Antwort. Wenn du mich hängen lässt, sorge ich dafür, dass mein Alter bei deinem Alten was Belastendes findet. Kapiert?«

Burke nickte, und Hannah sah seine Angst. Er wusste, es war falsch, und wollte es nicht tun, doch er nahm dem Jungen die Drohung ab.

»Gut. Du machst mich zum Ass, und wenn du ein Sterbenswörtchen verrätst, wird deine kleine Schwester bald nicht mehr so niedlich aussehen wie jetzt. Kapiert?«

Burke nickte wieder, und Hannah kämpfte mit dem Drang, in die Szene zu platzen und den Drangsalierer zu ohrfeigen. Sie rang noch mit sich, als der Junge zu seinem Pult zurückstolzierte.

»Danke«, rief Lynne, »und Schluss für heute. Du warst großartig, Burke! Ich kenne niemanden, der das besser gespielt hätte.«

Die Schüler klatschten und ebenso die Kameraleute und ihre Kollegen. Der Applaus schwoll an, sodass Burke sich verneigte.

»Lasst den Quatsch, Leute«, sagte er noch in seiner Rolle und errötete bis zum Haaransatz. »Trotzdem wirklich nett von euch.«

Hannah betrachtete ihn fast mit Ehrfurcht. Er spielte grandios, und das hätte sie ihm nie zugetraut. Kein Wunder, dass Ross unbesorgt gewesen war, als der relativ unbekannte Burke für die Rolle gecastet worden war. Burke hatte mehr Talent als so manche Schauspielgröße in Hollywood.

»Abschlussparty um sieben im Gemeindezentrum«, verkündete Lynne. »Ich erwarte, jeden dort zu sehen, denn der Film ist jetzt offiziell im Kasten!«

»Heute Abend nicht, Moishe.« Hannah tätschelte ihren Kater und gab ihm eine Handvoll Futterpellets, die angeblich wie frischer Thunfisch schmeckten. »Ich gehe zur Abschlussparty, und du guckst den Tierfilmsender. Da gibt es eine tolle Doku über Fledermäuse, und gleich danach bringen sie noch mal *Frösche Nordamerikas*.«

Moishe leckte ihr schnurrend die Hand. Das war seine gewohnte Abschiedsgeste. Er war eindeutig froh, zu Hause zu bleiben bei den Tieren hinter der Mattscheibe, mit dem vollen Futternapf in der Küche, der sauberen Katzentoilette in der Waschküche und Hannahs Daunenkissen im Schlafzimmer.

»Okay. Wie sehe ich aus?« Sie drehte sich vor dem Kater, der sich ganz klar mehr für seine Thunfischpellets interessierte als für ihr Aussehen. Doch er zwinkerte mit einem Auge, und Hannah verstand das so, dass er ihren dunkelblauen Pulli und Rock als Outfit billigte. Sie hatte sich sogar mit dem Parfüm besprüht, das ihr eine Zimmergenossin im College mal zu Weihnachten geschenkt hatte, und mit der Kette aus gehämmertem Gold, die Michelle ihr vom Kunsthandwerksmarkt im College mitgebracht hatte, fand Hannah, sie könne sich sehen lassen.

Wollmantel oder Parka? Hannah wägte kurz ab, doch das Schicksal nahm ihr die Entscheidung aus der Hand. Ihr Parka lag auf dem Stuhl neben der Tür, und der Wollmantel hing im Schlafzimmerschrank. Sie schlüpfte kurzerhand in den Parka, und einen Moment später sauste sie die Treppe hinunter zu ihrem Wagen.

»Umwerfend«, sagte Ross, nahm Hannah den Parka ab und hängte ihn an den Ständer. »Ich liebe diese Farbe zu deinen Haaren. Komm mit. Ich habe hier auf dich gewartet.«

Hannah glaubte ihm das. Er hatte neben dem Eingang des Gemeindezentrums gestanden, um sie hineinzubegleiten, und sie hatte kaum widerstehen können zu fragen, wie lange er schon da war. Es schmeichelte dem weiblichen Ego, wenn ein Mann auf sie wartete, und Hannah stieg lächelnd die Treppe zum Festsaal hinunter.

Schon beim ersten Blick war sie beeindruckt. Ross hatte einen Caterer aus Minneapolis beauftragt, und der hatte aus dem Vollen geschöpft. Der Saal war mit Blumen und Kerzen geschmückt, die Tische, die ringsherum am Rand standen, in strahlendem Weiß eingedeckt. Förmlich gekleidete Kellner und Kellnerinnen bedienten an den Buffets, und eine fünfköpfige Band spielte Tanzmusik.

»Möchtest du tanzen?«, fragte Ross. »Oder lieber die Buffets inspizieren?«

Hannah warf ihm über die Schulter einen Blick zu, der ihn zum Lachen brachte.

»Schon gut. War eine dumme Frage. Komm mit. Wir sehen uns an, was der Caterer auf der Karte hat.«

Wie Hannah bald feststellte, ließ das Buffet keine Wünsche offen. Da waren ein Tisch mit Kaviar, den Hannah naserümpfend mied, und einer mit Käse und Kräckern verschiedenster Sorten. Am dritten Tisch gab es Röstbrot und Pasten, am vierten Shrimps in kross gebratenem Bacon, am nächsten Krebsfleisch in Blätterteig und einen mit Fruchtstücken, in denen jeweils ein Holzspießchen steckte.

Außerdem sah Hannah Mini-Hotdogs, Mini-Sandwiches und belegte Mini-Croissants, einen Tisch allein für

Räucherlachs, zu dem man Pumpernickel-Dreiecke mit Frischkäserosetten bekam.

An einer Wand standen die Wärmetische mit Rinder- und Schinkenbraten, gegrilltem Geflügel und Lachs, alle aromatisch und saftig. Köche in weißem Kittel und Haube schnitten das Fleisch und servierten es mit Backkartoffeln und verschiedenen Soßen, Kräuterbrötchen und Spinat, grünen Bohnen oder Mais oder allem zusammen.

Das nächste Speiseangebot interessierte Hannah am meisten. Und sie war auf den ersten Blick beeindruckt. Der Caterer hatte eine bunte Palette italienischer Eissorten geliefert.

»Ziemlich ausgefallen«, sagte Ross, der die Sorten der ersten zwei Stände in Augenschein nahm. Das Kokoseis kam in echten Kokosschalen daher, das Orangeneis in Orangenhälften, Zitronen und Pfirsicheis wurden ähnlich präsentiert, und das Bananeneis, geformt zu Mini-Bananen, kam jeweils zu dritt auf einem Teller. Hannah bewunderte vor allem das Ananaseis, das auf Ananasscheiben angerichtet war.

Die üblichen Süßspeisen gab es am letzten Tisch, Kuchen, Torten, Plätzchen und Kleingebäck aus Blätterteig. Hannah wollte sich schon geschlagen geben und das Ananaseis probieren, doch Ross trat hinter sie und legte die Arme um ihre Taille.

»Zuerst essen und dann tanzen? Oder andersherum?«

»Zuerst tanzen und dann essen.« Der Sirenengesang der Desserts war stark, aber sie genoss das Gefühl seiner Arme viel zu sehr, um sogleich wieder darauf zu verzichten.

Eine wunderbare Diät!, dachte sie, als er sie auf die

Tanzfläche führte. Ich könnte sie die ›Tanzdiät‹ nennen und ein paar attraktive Männer dazu anbieten, die übergewichtige Frauen zu den Essenszeiten herumwirbeln, damit sie das Essen vergessen. Das ginge umgekehrt auch mit übergewichtigen Männern. Die meisten würden auf eine Mahlzeit verzichten, um mit einer hinreißenden Frau zu tanzen. Und dann, als Ross sie in die Arme nahm und sich zu der langsamen, romantischen Musik mit ihr drehte, verschwand die soeben erfundene Modediät aus ihren Gedanken.

»Danke, dass du einen Tisch ergattert hast!« Hannah setzte sich seufzend. »Es tut so gut, die Füße zu entlasten.«

Michelle lachte. »Ich dachte schon, du hörst gar nicht mehr auf zu tanzen.«

»Ich auch.« Hannah streifte sich einen Schuh ab und betrachtete die Sohle. »Ich war mir sicher, ich hätte ein Loch hineingetanzt.«

»Ross, Mike, Norman, Lloyd und Clark. Und danach Mike, Ross, Norman und Burke.«

»Du verwaltest meine Tanzkarte?«, fragte Hannah lachend.

»Ich nicht, aber Mutter. Sie behält deine Partner genauestens im Auge.«

»Das sieht ihr ähnlich.« Hannah nahm den Krug Wasser und goss sich ein Glas ein.

»Ich habe dich mit Burke beobachtet«, erwiderte Michelle. »Sein Gesichtsausdruck war unbezahlbar. Ich wünschte, ich hätte es fotografieren können.«

»Das ist mir nicht aufgefallen. Wie sah er denn aus?«

Michelle grinste. »Als wäre er der glücklichste Mann der Welt und du sein Ein und Alles.«

»Ist nicht dein Ernst!« Hannah war verblüfft, nicht nur über die Beobachtung, sondern auch, weil ihre kleine Schwester romantische Ausdrücke aus alten Schlagern verwendete. »Aber wir haben uns dabei unterhalten, und er hat nichts gesagt, was im Geringsten romantisch wäre.«

»Ich weiß. Mit mir hat er auch getanzt, und wir haben über den Film gesprochen. Und dann hat Mutter mich abgefangen und gefragt, was zwischen uns läuft. Und sie hat es wörtlich so ausdrückt: ›er der glücklichste Mann der Welt und ich sein Ein und Alles‹. Ich dachte, sie übertreibt maßlos, bis ich dich mit ihm tanzen gesehen habe.«

Nachdem nun Michelles Wortwahl erklärt war, schaute Hannah suchend über die Tanzfläche. Sie sah Ross mit Honey tanzen und verspürte einen höchst unwillkommenen Anflug von Eifersucht. Sie unterdrückte ihn augenblicklich und ermahnte sich, dass sie einander nichts versprochen hatten. Dann suchte sie weiter nach Burke.

Der tanzte mit Carrie, einer der unwahrscheinlichsten Kandidatinnen für eine romantische Affäre. Sie war nicht nur dreißig Jahre älter als er, sondern auch …

Hannah suchte vergeblich nach dem treffenden Wort und begnügte sich mit »alltäglich«. Normans Mutter war eine sehr nette, alltägliche Frau, aber keine, für die Burke, ein talentierter junger Adonis, der sein Leben noch vor sich hatte, sich interessieren würde.

»Siehst du, was ich meine?«, fragte Michelle, die das Tanzpaar ebenfalls entdeckt hatte. »Er schaut aus, als wollte er ihr gleich einen Antrag machen.«

»Wäre das ein anständiger oder ein unsittlicher Antrag?«, gab Hannah grinsend zurück.

»Er hätte etwas von beidem. Es ist wirklich seltsam, Hannah. Burke erweckt für jeden, der ihn beobachtet, den Eindruck einer intimen Beziehung, aber wahrscheinlich reden sie nur übers Wetter.«

Hannah beobachtete ihn verblüfft. »Wie macht er das?«

»Wer und was?«, wollte Andrea wissen, die gerade zu ihnen an den Tisch kam.

»Burke«, erklärte Michelle. »Er schaut jede Tanzpartnerin so an, als fände er sie unwiderstehlich.«

Andrea setzte sich neben Michelle und zuckte die Schultern. »Das hat Lisa auch gesagt. Herb hat sich darüber ziemlich aufgeregt, bis Lisa ihm erzählt hat, dass sie sich mit Burke übers Scheibenschießen unterhalten hat.«

»Burke kennt sich mit Schusswaffen aus?« Die Rädchen in Hannahs Kopf drehten sich.

»Ich nehme es an. Lisa sagt, er hat einige Preise gewonnen und ist der Vorstandssprecher einer Outdoor-Firma. Vielleicht wird er jetzt wieder Werbefilme drehen, nachdem er die Rolle nicht bekommen hat.«

»Welche Rolle?«, fragte Michelle sichtlich überrascht, dass Burke sich schon für eine neue Rolle beworben hatte.

Andrea zog eine zusammengerollte *Variety* aus der Handtasche und las laut vor. »*Burke Anson, die Surf-'n'-Turf-Berühmtheit, könnte auf* Halsey Productions *STINKIG sein, weil etwas definitiv FAUL ist.* Ist das nicht süß, wie die das ausdrücken?«

»Sehr süß«, sagte Hannah trocken. »Lies weiter.«

»*Obwohl schon vorgesehen für die Hauptrolle in* Remember Last Tuesday, *wurde Anson an die FRISCHE LUFT ge-*

setzt zugunsten von Derek Pullman, der beschlossen hat, lieber die Luft anzuhalten und keinen Kommentar abzugeben. Auf die Frage, warum in letzter Minute umbesetzt wurde, sagte ein Halsey-*Sprecher, dass Anson bei seinem laufenden Projekt,* Krise in Cherrywood, *in den Ruf geraten ist, schwierig zu sein.«*

»Remember Last Tuesday«, hauchte Hannah. »Das ist ein Filmtitel! ›Denk an letzten Dienstag‹.«

Michelle schüttelte den Kopf. »Kein Wunder, dass mir keiner sagen konnte, was letzten Dienstag vorgefallen ist! Darum ging es also bei dem Streit zwischen Dean und Burke, den Amber belauscht hat!«

»Also, wenn das kein Motiv ist, dann weiß ich es nicht«, murmelte Hannah. »Burke war anscheinend überzeugt, dass Dean ihn als ›schwierig‹ bezeichnet hatte. Von wann ist das Blatt?«

Andrea schaute nach. »Von Mittwoch. Die *Variety* kommt aus L. A. und war heute im Briefkasten.«

»Burke brauchte nicht auf die Ausgabe zu warten, um davon zu erfahren«, bemerkte Michelle. »Sein Agent wird ihn sofort angerufen haben. Burke kann mit ihm telefoniert haben und dann gleich zum Wohnwagen gestürmt sein, um Dean zur Rede zu stellen. Ganz sicher hat er geglaubt, Dean hätte seine Karriere ruiniert, indem er ihm das ›Schwierig‹-Etikett angeheftet hat. Das ist der Todeskuss, wisst ihr?«

»Aber laut Amber hat Dean das abgestritten«, gab Andrea zu bedenken. »Sie hat gehört, wie er gesagt hat, dass er das nicht getan hat.«

Hannah lachte auf. »Doch Burke hat ihm ganz offensichtlich nicht geglaubt. Er muss überzeugt gewesen sein, dass Dean sich für das schreckliche Interview rächt, das er KCOW gegeben hat.«

»Aber hat Dean nicht gesagt, er sei deswegen nicht sauer? Und dass er Burkes Antworten lustig fand?«, wandte Andrea ein.

»Das hat er gesagt, doch ich war dabei und habe ihm das keine Sekunde lang abgekauft. Die anderen sicher auch nicht. Es war ziemlich klar, dass er nur so getan hat, um sein Gesicht zu wahren.«

»Ihr glaubt, Dean hat bei den Produzenten von *Remember Last Tuesday* verlauten lassen, es sei schwierig, mit Burke zu arbeiten?«, wollte Andrea wissen.

Michelle zuckte mit den Schultern. »Das ist durchaus möglich. Die meisten Produzenten kennen sich untereinander und tauschen sich aus. Es spielt eigentlich keine Rolle, ob Dean das getan hat oder nicht, solange Burke davon überzeugt ist.«

»Deshalb hat Burke seine Szene so schlecht gespielt«, rief Hannah plötzlich aufgeregt, da ihr ein Licht aufging. »Er ist ein großartiger Schauspieler, das wissen wir alle. Und ein großartiger Schauspieler kann einen lausigen Schauspieler mimen.«

Andrea starrte Hannah einen Moment lang an. »Du hast recht. Deshalb hat er behauptet, dass ihm der Rücken wehtut und er in die Rolle nicht richtig reinkommt. Er wollte, dass Dean ihm die Szene vorspielt, damit er sich den Revolver an die Schläfe setzt und abdrückt.«

»Er ist ein eiskalter Mörder.« Hannah schauderte. »Er war dabei und hat zugesehen, stand nur ein paar Schritte entfernt und wusste genau, was gleich passiert.«

»Sollen wir es Mike sagen?«, schlug Michelle vor.

»Noch nicht. Noch ist das bloß eine Vermutung. Wir haben keinen Beweis.« Hannah wandte sich an Andrea. »Kannst du Sally suchen und sie fragen, ob Burke am Mittwochmorgen einen Anruf auf dem Hotelzimmer bekommen hat? Ich bin sicher, sie ist hier irgendwo.«

»Bin schon unterwegs.« Andrea eilte davon.

»Und kannst du unter einem Vorwand herausfinden, wer Burkes Agent ist?«, bat Hannah ihre jüngste Schwester. »Wir können jederzeit anrufen und uns erkundigen, wann Burke verständigt worden ist, dass ein anderer die Rolle bekommen hat.«

»Kein Problem. Irgendjemand wird das wissen. Was wirst du tun?«

»Ich gehe zu Mutter und lasse mir den Schlüssel zu ihrem Geschäft geben. Wir wissen, dass Burke den Bühnenrevolver nicht bei sich hatte, als er das Haus verlassen hat. Also muss er ihn dort irgendwo versteckt haben.«

Hannah schaute vergeblich durch den Saal. Sie hatte sie eben noch gesehen, aber Delores war wie vom Erdboden verschluckt. Sie sah sogar in der Damentoilette nach, doch da war nur Winnie Henderson, die sich vor dem Spiegel die Haare bürstete.

»Hallo, Winnie. Es freut mich, dass Sie zur Party gekommen sind.«

»Connor hat mich hergefahren«, erwiderte die Farmerin. »Er meinte, das Buffet hätte mehr gekostet als eins meiner preisgekrönten Kälber, und ich war es meinem Gaumen schuldig, das Buffet abzugrasen.«

Hannah knurrte der Magen. Bei all der Aufregung hatte sie vergessen zu essen. »Das war eine gute Idee. Haben Sie meine Mutter gesehen?«

»Vor zehn Minuten. Sie wollte gerade gehen.«

»Gehen?« Hannah schaute auf die Uhr. »Aber es ist erst halb neun.«

»Oh, sie kommt wieder her. Sie ist nur rüber ins Antiquitätengeschäft gelaufen, um das Verladen der Nähmaschine zu überwachen.«

Hannah runzelte die Stirn. »Welcher Nähmaschine?«

»Die im Wohnzimmer stand. Sie müssen sie gesehen haben. Sie stand ganz in der Ecke gleich neben dem Schreibtisch, wo Sie-wissen-schon-was passiert ist.«

Hannah erinnerte sich. Der Deckel war geschlossen gewesen, die Nähmaschine versenkt, und ein großes Deckchen aus Häkelspitze hatte darauf gelegen.

»Ihre Mutter war sehr zufrieden mit dem Verkauf. Sie hat nämlich ein Vermögen für das Ding bekommen.«

»Tatsächlich?« Hannah war verwirrt. »Ich dachte, das sei damals ein Massenmodell gewesen, das es bei jedem Versandhändler gab.«

Winnie nickte. »Das stimmt. Aber der junge Schauspieler aus dem Film hat fast tausend Dollar dafür gezahlt. Er lässt sie nach Kalifornien bringen.«

Hannah wunderte sich noch mehr. Warum sollte Burke für eine gewöhnliche Nähmaschine so viel Geld ausgeben? Dann schaltete sie. Burke hätte noch viel mehr dafür hingeblättert, weil er nämlich etwas Kostbares darin versteckt hatte. Den Bühnenrevolver!

Aber wieso hatten die Deputys den bei der Durchsuchung nicht gefunden? Einen Moment lang dachte sie darüber nach und fand eine mögliche Erklärung. Mit dem Spitzendeckchen hatte die Nähmaschine wie ein Tisch mit zwei kleinen Schubladen ausgesehen. Was, wenn die

Deputys in die Laden geschaut, aber nicht bemerkt hatten, dass dahinter die Nähmaschine versenkt und in dem Hohlraum ringsherum genug Platz für einen Revolver war?

Hannah schlug sich an den Kopf. »Du dummes Rindvieh!«, keuchte sie und entschuldigte sich im Stillen bei Tausendschönchen, Butterblume und Petunie. Sie wusste, wo Burke den Revolver versteckt hatte, und musste ihn an sich bringen, bevor er mit dem Lkw nach Kalifornien unterwegs war!

32

Es schneite leicht, als Hannah zum Antiquitätengeschäft fuhr. Es fielen zu wenige Schneeflocken auf die Windschutzscheibe, sodass die Gummilippen der Scheibenwischer auf dem Glas quietschten, aber doch zu viele, als dass sie die Scheibenwischer ausschalten sollte. Als sie in die Gasse hinter den Häusern einbiegen wollte, sah sie hinter dem Antiquitätengeschäft die Rücklichter eines Sattelschleppers. Anstatt sich hinter ihn zu stellen, fuhr sie um den Block herum, bog von der anderen Seite in die Gasse ein und blockierte ihn.

Beim Aussteigen rechnete sie mit einem wütenden Zuruf des Lkw-Fahrers, doch sie hörte nur das Tuckern des Motors. Sie kam gerade noch rechtzeitig. Der Fahrer musste noch bei Delores im Haus sein und hatte die Nähmaschine wohl noch nicht eingeladen.

Sie rannte zur Hintertür, rutschte mit ihren Abendschuhen auf dem nassen Asphalt fast aus. Sie hatte sich nicht die Zeit nehmen und ihre Stiefel anziehen wollen, und das war gut so, denn sonst hätte sie den Sattelschlepper nicht mehr erwischt. »Mutter!«, rief sie, sowie sie die Tür öffnete, und hastete durch den Bereich, den Delores als »Schund-und-Schatz-Kammer« bezeichnete, wo die Waren lagerten, deren Wert sie noch nicht beziffert hatten.

»Hier drinnen, Liebes.« Delores klang überrascht. »Wir füllen gerade die Frachtunterlagen aus.«

»Stopp!«, rief Hannah im Näherkommen.

»Wie bitte, Liebes?« Delores klang noch überraschter und schaute entsprechend, als Hannah in den großen Hauptraum stürmte, der noch als Wohnzimmer für den Film eingerichtet war.

»Ich muss mir die Nähmaschine ansehen, Mutter!«

Delores sah sie irritiert an. »Du meinst die, die Burke gekauft hat?«

»Genau. Wo ist sie?«

»Da drüben.« Ihre Mutter zeigte auf eine große Holzkiste, die neben der Tür auf einer Sackkarre stand. »Du kannst sie dir nicht ansehen, Liebes. Sie ist schon für den Transport verpackt.«

Hannah wandte sich an den Fahrer. »Haben Sie eine Brechstange?«

»Im Wagen«, antwortete er.

»Die brauche ich mal kurz. Ich muss die Kiste öffnen und die Nähmaschine untersuchen. Sie könnte das Beweisstück einer Mordermittlung enthalten.«

Der Fahrer, ein großer Mann, der aussah, als könnte er nicht nur eine Brechstange, sondern auch einen Vorschlaghammer handhaben, trat einen Schritt zurück. »Auf keinen Fall will ich etwas mit einem Mord zu tun haben!«

»Dann helfen Sie mir bitte, die Nähmaschine auszupacken, und Sie können gehen.«

»Aber was ist mit dem Kerl, dem sie gehört?«, wandte er ein. »Er wird nicht glücklich sein, wenn er feststellt, dass sie nicht geliefert wurde.«

»Oh, das macht nichts«, sagte Hannah. »Wenn ich richtig vermute und das Beweisstück finde, wird er sowieso nicht da sein, um sie in Empfang zu nehmen.«

»Fertig?« Hannah hob den Deckel ab, den der Fahrer mit der Brechstange gelöst hatte, und lehnte ihn gegen die Wand. »Warst du dabei, als die Nähmaschine verpackt wurde, Mutter?«

»Das war an dem Tag, als Burke sie gekauft hat.«

»Wann war das?«

Delores überlegte. »Am Donnerstagnachmittag. Er kam mit zwei Schreinern der Filmgesellschaft, die die Kiste für ihn gezimmert haben.«

»Die Nähmaschine ist anscheinend in Filzdecken eingeschlagen und mit Klebeband umwickelt.« Hannah nahm die Schere, die Delores ihr reichte, und schnitt das Klebeband durch.

»Sie ist auch von innen gesichert. Ich habe gesehen, wie Burke das gemacht hat. Er hat einen breiten Plastikstreifen um das Oberteil geschlungen, damit der Deckel draufbleibt und die Scharniere sich nicht bewegen, und er hat die Schubladen mit Klebeband gesichert, sodass sie beim Transport nicht herausrutschen können.«

»Und das hat er eigenhändig getan«, bemerkte Hannah, während sie die Filzdecken löste und auf den Boden fallen ließ.

»Ja. Ich fand das ein wenig ungewöhnlich, doch dann hat er mir erklärt, warum er das tut.«

»Was hat er erzählt?«, hakte Hannah nach.

»Er sagte, schon beim ersten Anblick der Nähmaschine hätte er sie unbedingt haben wollen. Seine Mutter ist gestorben, als er zehn war, weißt du? Sie hatte damals genau die gleiche. Jedes Jahr vor dem Schulanfang ist sie Stoff kaufen gegangen, um ihm neue Hemden zu nähen. Er hat noch immer welche davon. Als Andenken. Und jetzt hat er auch so eine Nähmaschine.«

»Klar.« Hannah glaubte von der Geschichte kein einziges Wort. »Und deshalb hat er dir so viel Geld dafür geboten?«

»So sagt er. Ich habe ihn darauf hingewiesen, dass alte Sears-Modelle nicht mal die Hälfte wert seien, doch er meinte, das sei ihm egal, denn er wollte nur dieses spezielle Modell haben. Er kauft es zu Ehren seiner Mutter, und er wird jedes Mal an sie denken, wenn er die Maschine sieht. Und er hat sie auch deshalb erworben, weil sie am Set gestanden hat und er ein Erinnerungsstück an seinen allerersten Film haben möchte.«

»Du lieber Himmel!«, stöhnte Hannah. Wie hatte ihre Mutter darauf reinfallen können? Doch dann fiel ihr ein, dass Burke ein erstklassiger Schauspieler war, sodass sie ihm die Geschichte wahrscheinlich auch abgekauft hätte. Gut möglich, dass Burkes Mutter eine Sears-Maschine besessen hatte. Tausende Frauen dürften eine gehabt haben. Und es war auch möglich, dass Burke noch wusste, dass man den Deckel anheben und darunter etwas verstecken konnte. Rings um den Nähmaschinenkopf war genug Platz, um einen Gegenstand von der Größe eines Revolvers zu verbergen.

»Was hast du gefunden?«, fragte Delores.

»Noch nichts.« Hannah konnte die Schubladen nicht herausziehen. Die Kiste war zu eng gebaut. Doch das kümmerte sie nicht, weil die Deputys darin nachgesehen hatten. »Ich werde das Plastikband durchschneiden und den Deckel abnehmen. Wenn ich recht habe, hat Burke den Bühnenrevolver darunter versteckt, nachdem er ihn gegen die echte Waffe ausgetauscht hatte.«

»Warte«, bat Delores, öffnete eine Kommodenschublade und zog ein Paar Handschuhe heraus. »Zieh die an. Du willst sicher keine Fingerabdrücke hinterlassen.«

»Guter Gedanke, Mutter. Aber Fingerabdrücke beweisen in diesem Fall gar nichts. Am Set hat jeder gesehen, dass Burke den Revolver bei den Drehproben immer wieder aus der Schublade genommen hat. Seine Fingerabdrücke sind also sowieso darauf. Und da er den echten Revolver benutzt hat, als er Dean überzeugt hat, die Szene nicht richtig spielen zu können, sind seine Fingerabdrücke auch an dem zu finden.«

Delores sah sie mit großen Augen an. »Also hat er nur so getan, als wäre er nicht richtig motiviert?«

»Das ist meine Theorie. Und wenn ich den Bühnenrevolver in der Nähmaschine finde, kann ich es beweisen.« Gespannt schnitt Hannah das Plastikband durch und hob den Deckel an. Sie tastete auf der Platte unter dem Nähmaschinenkopf entlang und lächelte schließlich.

»Gefunden?«, fragte Delores, die das Lächeln wohl als Erfolgszeichen interpretierte.

»Oh ja. Jetzt muss ich nur noch …« Hannah stockte und angelte die Waffe mühsam heraus. »Ja. Da ist er!«

»Also wollte Burke meine Nähmaschine nur, um das

Beweisstück verschwinden zu lassen?« Delores klang enttäuscht.

»Ich fürchte, so ist es. Aber wenigstens hat er damit keinen Erfolg. Lass uns zur Party zurückfahren und Mike erzählen, was passiert ist, damit er Burke festnehmen kann.«

Ihre Mutter schaute verwirrt. »Ich hoffe, er schnappt ihn noch.«

»Was heißt das?«

»Als Burke mit mir getanzt hat, hat er mich gebeten, die Verladung der Kiste zu überwachen, weil er heute Abend abreisen will. Er sagte, er müsse zum Hotel zurück und seine Sachen packen. Er hat einen Nachtflug gebucht.«

»Wohin?«, fragte Hannah.

»Nach Europa. Er hat erzählt, dass er Urlaub machen will, da der Dreh abgeschlossen ist. Darum hat er mit dem Umzugsunternehmen vereinbart, dass die die Nähmaschine lagern, bis er wieder zurück ist.«

Hannah sah auf die Uhr. Da Burke einen internationalen Flug nahm, musste er mindestens zwei Stunden vorher am Flughafen sein. Das hieß, er musste spätestens in dreißig Minuten vom *Lake Eden Inn* wegfahren, um pünktlich zu sein.

»Ich brauche deine Hilfe, Mutter.« Hannah warf sich in ihren Mantel und zog die Handschuhe an. »Ruf auf dem Revier an, erkläre ihnen, das ist ein Notfall, und lass dich zu Mikes Handy durchstellen. Sag ihm, Burke ist der Mörder, und ich habe den Bühnenrevolver gefunden, der das beweist.«

»Sofort, Liebes. Wohin fährst du?«

»Zum *Lake Eden Inn*. Bitte Mike, so schnell wie möglich hinzukommen. Ich werde Burke aufhalten, bis er da ist.«

Sechzehn Minuten später preschte Hannah die Auffahrt des *Lake Eden Inn* entlang. Wahrscheinlich hatte sie den Winterrekord für die Schotterstraße gebrochen, die sich durch das Waldstück schlängelte. Das konnten die Stoßdämpfer ihres Wagens bezeugen. Die nicht verkauften Plätzchen, die Lisa jeden Abend in Beutel packte und Hannah in ihrem Wagen mitführte, um sie als Kostproben zu verteilen, lagen jetzt auf dem Boden. Hannah hatte gehört, wie sie in den Kurven gegen die Seitenwand flogen. In der scharfen Kehre vor dem Parkplatz war ein verirrtes Hafer-Rosinen-Plätzchen, von der Zentrifugalkraft erfasst, an ihrem Ohr vorbeigeflogen und lag nun auf dem Beifahrersitz.

Als sie sich der Ladezone näherte, den vier Parkbuchten neben dem Hauteingang, die für an- und abreisende Gäste reserviert waren, hörte sie ein Auto anspringen. Eine Sekunde später leuchteten Rücklichter auf, und Hannah erkannte Burkes Mietwagen, einen sportlichen gelben Toyota. Sie ließ das Seitenfenster herunter und lenkte den Wagen in die freie Parkbucht links daneben. »Hallo, Burke!«, rief sie.

Er fuhr das Fenster ebenfalls herunter. »Hallo, Hannah. Was tun Sie hier draußen?«

Sie überlegte hastig. »Meine Mutter sagte, dass Sie heute Abend abreisen, und ich wollte mich von Ihnen verabschieden.«

»Dann auf Wiedersehen, Hannah. Es war mir ein Vergnügen, Sie kennenzulernen. Ihre Plätzchen sind die besten, die ich je gegessen habe.«

»Danke.« Sie schaute zur Schotterstraße, sah aber keine Scheinwerfer. Sie würde sich weiter mit Burke unterhalten müssen, bis Mike kam.

»Ich muss los, Hannah«, erklärte er. »Ich muss meinen Flieger kriegen. Ich fliege nach London, um einen Werbefilm zu drehen.«

»Nicht so schnell!«, bat sie und bemühte sich um ein Lächeln. »Ich will sie erst noch einiges fragen.«

Burke grinste sie jungenhaft an. Dieses Grinsen ließ die Herzen aller Frauen zwischen sechzehn und sechzig schneller schlagen. »Das klingt ernst. Wissen Sie denn nicht, dass das keine Nacht für ernste Fragen ist?«

»Inwiefern?«, erwiderte sie, um ihn hinzuhalten.

»Das ist eine Nacht zum Feiern. Der Film wird ein Riesenerfolg, Ihre Nichte wird ein Star und Ihr Kater auch. Was könnte besser sein?«

»Nicht viel.« Hannah nickte. »Außer vielleicht die Hauptrolle in *Remember Last Tuesday*.«

»Wie bitte?«

Burke sah sie verständnislos an, und Hannah hätte schwören können, dass er von dem Filmtitel noch nie gehört hatte. Doch sie wusste es besser.

»*Remember Last Tuesday* ist der große Kinofilm, der *Sie* zum Star gemacht hätte …« Hannah ließ das wirken. »Wenn Dean Lawrence nicht jemanden angerufen und verhindert hätte, dass Sie die Rolle bekommen.«

»Wovon reden Sie da?«, wollte er wissen.

Er wirkte noch immer verdutzt, und das war irritierend.

Eine Sekunde lang fragte sich Hannah, ob sie falschlag, doch dann sagte sie sich, dass Burke großes Talent hatte und jede Rolle spielen konnte, auch die Unschuld in Person.

»Dean war wütend über Ihr Interview und hat sich dafür gerächt. Er brauchte nur ein paar Worte fallen zu lassen bei einem der Regisseure, mit denen er befreundet war, und Ihre Karriere war im Eimer.«

Burke lächelte verkniffen. »Ich weiß nicht, ob Sie verrückt geworden sind oder bei der Party zu viel getrunken haben. Jedenfalls denke ich, Sie legen sich besser aufs Ohr und schlafen sich aus.«

Na endlich!, dachte Hannah, als sie in der Ferne die Polizeisirene hörte. Mike rückte an, und sie brauchte Burke nicht mehr lange hinzuhalten. Zwei Minuten später fuhr der Streifenwagen in die andere Parklücke neben Burkes Wagen, und das Seitenfenster wurde heruntergelassen.

»Was ist los?«, fragte Mike und sah zuerst Hannah, dann Burke an.

»Ich will, dass du ihn verhaftest. Er hat Dean getötet.« Sie hoffte, dass Delores ihn ausreichend informiert hatte.

Burke lachte ausgiebig, und dann drehte er den Kopf zu Mike. »Das sagt sie jetzt schon zum wiederholten Mal, und ich kann mir das nicht erklären. Am besten, Sie bringen sie nach Hause und flößen ihr Kaffee ein, damit sie nüchtern wird. Sie hat sich auf die lächerliche Vorstellung versteift, ich hätte jemanden umgebracht.«

»Ist das wahr?« Mike blickte zu Hannah.

»Ja. Dean hat Burkes Karriere zerstört, und Burke hat sich gerächt, indem er den Revolver ausgetauscht hat. Er hat dabeigestanden und Dean die Selbstmordszene vorspielen lassen, in dem Wissen, dass der Revolver geladen war.«

»Ist das nicht eine völlig irre Geschichte?« Burke war die Leutseligkeit in Person und strahlte Mike an. »Ich weiß nicht, wie sie auf solche Ideen kommt, doch ich denke, sie sollte mal ein Drehbuch schreiben.« Er klappte den Mantelkragen hoch und sah demonstrativ auf seine Armbanduhr. »Wenn ich jetzt nicht losfahre, werde ich meinen Flug verpassen.«

»Sie bleiben, wo Sie sind!«, rief Hannah empört und schaute zu Mike. »Sag ihm, dass er nicht wegdarf, Mike.«

Der schüttelte den Kopf. »Tut mir leid, Hannah. Das ist eine interessante Theorie, doch ich habe keine ausreichenden Beweise, um ihn festzuhalten.« Er wandte sich an den Schauspieler. »Sie dürfen fahren.«

Burke winkte fröhlich und legte den Rückwärtsgang ein. Er wollte zurücksetzen, doch Hannah zog den Revolver aus der Manteltasche und zielte auf ihn. »Stopp – oder ich schieße!«, schrie sie.

»Hannah! Wo hast du die Waffe her?« Mike sah sie entsetzt an.

»Aus der Nähmaschine im Antiquitätengeschäft meiner Mutter.« Hannah sah Burke wieder an. »Ich bin eine gute Schützin, also machen Sie keine Mätzchen. Hände hoch und aussteigen, oder ich schieße.«

»Nein, Sie schießen nicht«, erwiderte er mit einem hässlichen Lachen. »Der Revolver hat keinen Schlagbolzen.«

»Sieh an!«, sagte Hannah, und im nächsten Moment verschwand die Selbstgefälligkeit aus Burkes Gesicht. »Das können Sie nur wissen, weil Sie ihn in der Nähmaschine versteckt haben. Und Ihnen ist klar, was das heißt!«

Burke trat aufs Gaspedal, doch Mike war schneller, und der Streifenwagen schoss rückwärts aus der Parkbucht und blockierte den Toyota. In dem Moment kam ein zweiter Streifenwagen an, mit Lonnie Murphy am Steuer und seinem Bruder Rick als Beifahrer. Der hielt eine 12-Kaliber-Flinte vom Revier auf das Fahrerfenster des Toyotas gerichtet.

»Lest ihm seine Rechte vor und nehmt ihn fest«, befahl Mike seinen Deputys. Er stieg aus und überwachte es. Erst als sie Burke Handschellen angelegt, auf den Rücksitz des Streifenwagens verfrachtet hatten und weggefahren waren, ging er zu Hannahs Lieferwagen und sprach mit ihr durch das offene Fenster.

»Wusstest du die ganze Zeit, dass der Revolver in meiner Hand nicht schießen kann?«, fragte sie.

»Na klar. Deine Mutter hat mir alles haarklein berichtet.«

»Ich verstehe das nicht. Wenn du doch wusstest, wie Burke Dean getötet hat und dass wir den Bühnenrevolver gefunden haben, warum hast du Burke nicht sofort festgenommen?«

»Ich wollte abwarten, ob er sich verrät, und das hat er getan. Er hat vor uns beiden zugegeben, dass er weiß, dass der Revolver in der Nähmaschine keinen Schlagbolzen hat.«

Hannah nickte. »Und du hast befürchtet, ohne dieses Eingeständnis würde er vor Gericht den Unschuldigen geben und die Jury überzeugen?«

»Das wäre möglich. Vergiss nicht, er würde die Rolle seines Lebens spielen.« Mike beugte sich ins Fenster und gab ihr einen zarten Kuss auf die Lippen. »Ich habe dich vermisst, Hannah.«

»Weil du in einem Mordfall ermittelt hast und ich nicht bei dir war?«

»Jep.« Er küsste sie wieder, ein bisschen tiefer und ein bisschen länger. »Ich hätte dich wohl doch deputysieren sollen.«

33

Hannah schaute in den Spiegel, während sie sich die Kette umlegte, die Ross ihr geschenkt hatte. Die roten Steine in den winzigen Kirschen funkelten in der Sonne, die durch ihr Schlafzimmerfenster hereinschien, und warfen rötliche Flecken an die Wand. Ross hatte ihr die Kette am vergangenen Abend geschenkt, kurz bevor er ins Auto gestiegen war, um seinen Flug nach Kalifornien zu erwischen.

»Denk an mich, wenn du sie trägst«, hatte er gesagt. »Falls *Krise in Cherrywood* es nach Cannes schafft, schicke ich dir ein Ticket.«

Dann hatte er sie in die Arme genommen und geküsst und ihr damit eine Antwort erspart. Selbstverständlich wollte sie nach Cannes fliegen. Wer wollte das nicht? Aber wollen und tatsächlich tun waren zwei verschiedene Dinge.

Nach seiner Abreise hatte sie stundenlang das Für und Wider erwogen, sich vorgestellt, wie es wäre, am Arm eines bedeutenden Produzenten bei der Gala einer Filmpremiere zu erscheinen.

Es kam ihr vor, als wäre sie eben erst eingeschlafen, als am Morgen das Telefon klingelte. Es war Andrea, und sie klang bestens gelaunt, als sie Hannah zum Familienbrunch einlud. Die gewohnte Clique würde da sein, und Norman würde sie abholen.

Schließlich saß Hannah im *Lake Eden Inn* an Sallys größtem Tisch direkt gegenüber von Bill, der in seinem pinkfarbenen Hemd glänzend aussah.

»Ich hätte eine Sonnenbrille mitnehmen sollen«, raunte Norman an ihrem Ohr, und Hannah verkniff sich ein Grinsen.

Er hatte recht. Auf der Helligkeitsskala lag Bills Hemd nur ein oder zwei Striche unter einer Blendgranate. Mike, der auf der anderen Seite neben ihr saß, hatte Normans Bemerkung gehört und hielt sich seine Serviette vor den Mund, während seine Schultern bebten.

Hannah lächelte zuerst Norman und dann Mike an. Bisher hatte sie sich bei diesen Familienessen immer geärgert, weil sie jedes Mal zwischen den beiden sitzen musste, und sich den sarkastischen Gedanken erlaubt, sie säße zwischen Baum und Borke. Heute hatte sie gar nichts dagegen. Sie hatte die zwei aus dem Gleichgewicht gebracht, als sie mit Ross ausgegangen war, und es wurde Zeit, sie zu beruhigen.

Ross war wie ein exotisches Dessert, ein Erlebnis für die Geschmacksknospen, nach dem sie ihr Leben mit anspruchsvollerem Gaumen genießen konnte. Er war wie ein Baked Alaska flambiert mit gutem Weinbrand, auffällig und aufregend, aber nichts, was man zu einem Alltagsessen servierte. Mike und Norman dagegen waren mehr wie … Plätzchen. Plätzchen konnte man jeden Tag essen, ohne sie leid zu werden.

Ihr Lächeln wurde breiter. Wenn sie die jeweilige Plätzchensorte bestimmen müsste, dann wäre Norman ein Vanilleplätzchen, eins ihrer absoluten Favoriten. Es war für jede Gelegenheit und jede Tageszeit perfekt.

Mike war ganz anders, da musste sie ein wenig überlegen. Sie kam zu dem Schluss, dass er ein Schwarz-Weiß-Plätzchen war, perfekt geformt und etwas fürs Auge. Es war außen süß und unter der Zuckerschicht dunkel und intensiv.

»Hannah?« Andrea holte sie aus ihren süßen Gedankenspielen. »Komm mit mir zum Buffet. Du musst mir zeigen, welches Gebäck du mitgebracht hast.«

Hannah entschuldigte sich und ging mit ihr zum Desserttisch. Sie zeigte auf die Ooey Gooey Chewy Cookie Bars, die sie ausnahmsweise mit einem Gittermuster verziert hatte, um damit zu feiern, dass Deans Mörder hinter Gittern saß. Doch Andrea nickte nur.

»Ich wusste, was du mitgebracht hast, ich wollte nur kurz allein mit dir sprechen.«

Hannah holte tief Luft und machte sich auf eine schlechte Nachricht gefasst. Andrea und Bill hatten einander den ganzen Abend lang angelächelt, doch vielleicht nur, um Delores nicht zu beunruhigen. »Was gibt es denn?«

»Ronnie Ward hat sich verlobt und wird nächsten Monat heiraten!«, platzte Andrea heraus.

»Das ist ja großartig! Wann ist das passiert?«

»Letzte Woche in Miami. Weißt du noch, als Lisa mich trösten wollte und gesagt hat, dass Ronnie da unten vielleicht einen Fitnesstrainer kennenlernt und sie zusammen Sport treiben?«

Hannah nickte. »Ja, ich erinnere mich.«

»Tja, genau das ist geschehen. Ronnie hat einen Personal Trainer aus Minneapolis kennengelernt, und sie wollen zusammen ein Fitnessstudio eröffnen. Ist das nicht wunderbar?«

»Zweifellos.« Hannah fuhr herum, weil ihr jemand auf die Schulter tippte. Es war Michelle, und sie machte einen leicht verstörten Eindruck. »Was ist los? Du siehst völlig geschockt aus.«

Ihre jüngste Schwester nickte. »Weil ich völlig geschockt bin. Lonnie hat mir gerade verraten, dass er mich beim Schönheitswettbewerb der Miss Winnetka County angemeldet hat.«

Andrea stellte die heikle Frage. »Ohne das mit dir abzusprechen?«

»Genau. Er sagt, ich bin die Schönste im ganzen County, und er will, dass das jeder sieht. Ist er komplett wahnsinnig, oder was?«

»Wahnsinnig verliebt«, antwortete Hannah schmunzelnd. »Das ist sehr süß, Michelle, und du brauchst dir keine Sorgen zu machen. Wenn du in die Endauswahl kommst, kannst du immer noch aussteigen.«

Michelle seufzte kläglich. »Ich bin schon in der Endauswahl. Lonnie hat es mir gerade gestanden. Und ich kann nicht aussteigen.«

Andrea runzelte die Stirn. »Wieso nicht?«

»Weil Mutter schon den Teilnahmevertrag unterschrieben hat.«

Hannah überwand als Erste ihre Verblüffung. »Kann sie das denn so einfach?«

»Oh ja. In den Bestimmungen steht, dass ein Elternteil den unterschreiben muss, wenn man unter einundzwanzig ist.«

»Du lieber Himmel!«, murmelte Hannah. »Wann ist der Wettbewerb?«

»Im Juni. Er findet bei der Winnetka County Fair statt. Und diesen Sommer bin ich nicht im College, habe also keine Ausrede. Ich sitze in der Falle und weiß nicht, wie ich da rauskommen soll. Aber zumindest stecke ich nicht allein drin.«

»Was heißt das?«, fragte Andrea.

»Mutter hat mich nicht als Einzige angemeldet. Sie hat dich und Tracey beim Mutter-Tochter-Lookalike-Contest eingetragen und Bethany beim Baby-Schönheitswettbewerb.«

»Um Himmels willen!«, murmelte Andrea, wirkte aber nicht besonders empört.

Hannah konnte nicht mehr an sich halten und lachte schallend. »Das wird dieses Jahr superlustig. Ich kann es kaum erwarten, euch beide auf dem Podium zu sehen.«

»Freu dich nicht zu früh«, warnte Michelle.

»Warum nicht?«

»Mutter hat dich für die Jury angemeldet, die das Gebäck prämieren soll.«

»Meinetwegen. Das macht bestimmt auch Spaß.« Hannah lächelte, doch es verging ihr sofort, als Michelle in Lachen ausbrach. »Was?«

»Sie hat dich auch für den Stand der *Lake Eden Historical Society* eingetragen.«

»Das ist nicht übel. Es macht mir nichts aus, Literatur unters Volk zu bringen.«

Michelle schmunzelte. »Dieses Jahr verteilen die keine Bücher.«

»Nicht?«

»Nein, ihr Stand dient ihrer Spendensammlung. Hast du mal diese Jahrmarktbude gesehen, in der eine Lady im schicken Seidenkleid mit Sonnenschirm über einem Wasserbottich sitzt?«

Hannah schnappte nach Luft. Das würde Delores ihr doch nicht zumuten! »Meinst du die, wo die Leute mit einem Baseball ein Ziel treffen müssen, sodass die Lady ins Wasser fällt?«

»Genau die. Du sitzt am Samstagnachmittag von zwei bis vier über dem Bottich. Laut Mutter herrscht da der meiste Andrang. Und von Bill soll ich dir ausrichten, dass Norman und Mike bei einem Coach ein Wurftraining gebucht haben!«

Ooey-Gooey-Chewy-Schokoschnitten

Den Ofen auf 175 Grad vorheizen, das Blech auf die mittlere Schiene setzen.

Für den Teig:

100 g Zucker
90 g Mehl
40 g Kakao (ungesüßt)
¼ TL Salz
60 g zerlassene Butter

Für die Füllung:

340 g Schokotropfen
160 g Minimarshmallows
120 g Kokosflocken
125 g gehackte Pecan- oder Walnüsse
390 ml gezuckerte Kondensmilch

Zucker, Mehl, Kakao und Salz in einer Schüssel mischen, die flüssige Butter darübergießen und mit einer Gabel zu einer krümeligen Masse verarbeiten.

Eine Backform (23x32 cm) einfetten und die Teigkrümel hineinschütten, durch sanftes Schwenken der Form gleichmäßig verteilen und mit einem Spatel andrücken.

Zuerst die Schokotropfen, dann die Marshmallows und zuletzt die Kokosflocken gleichmäßig darauf verteilen. Die Kondensmilch darübergießen.

Bei 175 Grad 25 bis 30 Minuten backen, bis der Belag eine schöne Bräune angenommen hat.

Anschließend auf dem Blech erkalten lassen, dann in längliche Stücke schneiden.

Zum Einfrieren unbedingt vorher aufschneiden.

Anmerkung von Edna Ferguson, der Expertin für Mogelrezepte: Wenn es mal schnell gehen soll, nehmen Sie für den Teig eine Schokoladenkuchenbackmischung und vermengen die Hälfte des Pulvers mit der zerlassenen Butter. (Die andere Hälfte kann luftdicht verpackt aufbewahrt und beim nächsten Mal verbraucht werden.)

Kinder lieben diese Schokoschnitten und besonders den Namen.

Rezepte

Cocolattas 38

Erdnussbutter-Marmeladen-Plätzchen 47

Fruchtige Arme Ritter 60

Sallys Schokoladenkuchen ohne Mehl 113

Kirschkäsekuchen (Dean Lawrence' »Kirschkuchen«) 132

Mock Turtles 144

Janes Minikirschkäsekuchen 178

Nachtschichtplätzchen 217

Schokoladentrüffel 220

Heiße Frischkäsehäppchen 228

Flockenplätzchen 266

Zitronenbaisertorte 330

Engelküsse 342

Ooey-Gooey-Chewy-Schokoschnitten 411